KB248732

소란스러운
관계

소란스러운 관계

2013년 9월 14일 초판 1쇄 인쇄
2013년 9월 26일 초판 1쇄 발행

지은이 권도란
발행인 이종주

기획 편집 박지해

발행처 (주)로크미디어
출판등록 2003년 3월 24일
주소 서울시 용산구 원효로97길 46 5층
Tel (02)3273-5135 **Fax** (02)3273-5134
홈페이지 rokmedia.blog.me · E-mail rokmedia@naver.com

ⓒ 권도란, 2013

값 9,000원

ISBN 978-89-257-3518-4 03810

소란스러운 관계

권도란 장편소설

ROCOCO

contents

차례

LE UNIVERSE

POSTALE

Tarjeta

Briefkaart

Postkarte

D'AMSTE...

RECAMM...GRAND

PRIN...GRAND

THE ADDRESS ONLY TO BE...

28 APR

네가 '너'라서 이유라니까

'Norman'은 한국의 브랜드다. 해외 사람들은 노만이 일본이나 중국의 기업일 거라고 생각하지만 노만은 엄연히 한국에 본사가 있다.

권희는 그 노만 본사의 마케팅부 사원이다. 제대로 된 직업을 갖지 않으면 집으로 강제 복귀시키겠다는 부모님의 명령에 권희는 아무 생각 없이 친구 따라 원서를 냈다. 그런데 설마 철썩 붙을 줄이야 누가 알았냐고.

'이왕지사 붙은 거 다니면 좋지 않겠어? 잘릴 때까지만 일하지 뭐' 하는 마음으로 노만에 입사한 지 어언 4년. 함께 입사한 친구는 벌써 대리였지만 희는 여전히 평사원이다. 딱히 권력욕이 있는 건 아니다. 하지만 어떤 작자 덕에 최근엔 직위가 아주 절실했다. 이왕이면 부장 이상 되는 직위가.

"세상에, 또?"

연서가 질린다는 어투로 묻자 희는 대꾸 대신 고개를 한 번 끄덕였다.

"결재 몇 번이나 퇴짜 당했는데?"

"음…… 어디 보자, 한 여섯 번?"

희는 이젠 익숙하다는 듯 담담히 대꾸했다.

"생긴 건 말짱한 양반이 왜 자꾸 그런다니. 너희 부장, 다른 부서에 뭐라고 소문났는지 알아?"

"뭐라고 났는데?"

"개꽃 부장."

하긴 맞는 말이지. 개꽃. 꽃은 꽃이로되 개꽃이로다.

마케팅부에 새로 부임한 젊은 부장은 훤칠한 키며 멀리서 쳐다봐도 빛나는 외모로 단숨에 회사 여직원들을 휘어잡았다. 하지만 세상엔 완벽한 사람이 없다고, 누가 알았으랴? 그렇게 잘생긴 부장님이 놀부 심보를 타고난 개꽃일 줄은. 제 마음에 안 들면 다시 해 오라는 일은 일상다반사에 어디서 독재자 수업이라도 받았는지 일을 멋대로 몰아붙이는 게 아주 불도저 수준이었다.

"나, 빨리 잘렸으면 좋겠다."

텅 빈 음료수 캔을 재활용 쓰레기통에 집어 던지며 희가 혼잣말을 했다.

"얘가 또 쓸데없는 소리 한다. 빨리 자리로 돌아가, 개꽃 부장한테 실컷 욕 얻어먹지 말고."

연서가 정신 차리라는 듯 가볍게 희에게 꿀밤을 놓았다.

그래도 희에게 다시 부서로 돌아가 같은 일을 반복해야 한다
는 건 정말 힘들었다. 그나마 4년을 버틴 건 개꽃 부장이 마케팅
부를 점령하기 전에 있던 부장님이 아주 선량하고 좋은 사람이
어서였다.

근데 지금 꼴을 보라지. 요즘은 밥 먹듯이 야근을 한다.

"아. 싫다."

나지막하게 중얼거린 희는 하얀 목을 뒤로 젖혀 벽에 뒤통
수를 쿵 찧었다.

사표라도 내 버릴까. 언제나 연말이면 시골에 계시는 부모
님에게 진지하게 이야기를 했지만 그때마다 먼지가 나도록 두
들겨 맞을 뻔했을 뿐이다.

사실대로 말하면 어떻게 될까.

부모님께 회사를 그만두고 싶다고 허구한 날 토로했어도 희
는 정작 가장 중요한 걸 말하지 못한 채 자취방으로 돌아오곤
했다.

가슴을 손바닥으로 쓸어내린 희는 자리에서 비틀거리며 일어
섰다.

휴게실을 나와 곧장 부서로 향한 희는 문턱을 넘자마자 "죽
고 싶어?"라는 낮은 음색과 마주해야 했다.

이번엔 또 무슨 일이람.

부서 안을 빙 둘러본 희는 개꽃 부장 앞에 꼬리 만 강아지처
럼 서 있는 신입 사원을 쳐다보았다.

"서류를 분쇄기에 갈아 먹기 전에 복사본을 마련해 두든가,
파일을 갖고 있던가 해야 할 거 아냐. 너 대체 이게 몇 번째 실

수야?"

"……죄송합니다."

요즘 자주 있는 일이다. 개꽃 부장이 시키는 일이 오죽 많아야지. 덕분에 입사한 지 1개월도 되지 않은 신입 사원 중 조금 어리바리한 녀석들이 서류 분류를 똑바로 못 해 중요한 서류 몇 개를 분쇄기에 처분하는 사건 사고가 몇 번 있었다. 안 그래도 프로모션 진행으로 개꽃 부장 민감한데. 저 신입, 불쌍해서 어쩌나.

살벌한 분위기에 문턱 근처에 가만히 서 있던 희는 뺨을 긁적거렸다. 실컷 혼나는 신입 사원은 그녀의 맞은편 자리에 앉는 남자다. 여사원들에게 가장 많은 총애를 받고 있는 이강오 사원.

서류철로 사정없이 강오의 어깨를 내려친 개꽃 부장은 "자리로 썩 꺼져. 당장 다시 해 와." 하고 최대한 분노를 낮추어 명령했다.

이제 개꽃 부장에게 잘못 걸리면 아주 사단이 난다. 희가 재빨리 자리로 걸음을 옮기는데, 그녀의 바로 옆자리에 앉는 서현이 자꾸만 어서 오라는 손짓을 했다. 서현의 손짓을 이해하지 못해 희가 고개를 옆으로 갸웃거리는데…….

"야. 권희."

희는 뒤에서 음산하게 들리는 개꽃 부장의 목소리에 그 모르게 아랫입술을 한 번 삐죽였다가 원상 복귀 하고선 뒤를 돌아보았다.

"네, 부장님."

등을 돌리자마자 눈을 부릅뜬 개꽃 부장이 코앞에 있는데, 와, 정말 권희 인생 고작 27년에 심장마비로 어이없게 세상 하직할 뻔했다.

개꽃 부장 눈에서 레이저가 나오지 않는 게 신기할 따름이다.

하지만 그녀가 누군가. 바로 그 권희다. 설마 성격이 나쁘냐고? 아니, 전혀!

"부르셨어요."

희는 비록 평사원에 불과했지만 개꽃 부장이 부임한 뒤론 마케팅부에서 절대 없어선 안 되는 존재 1순위다. 왜냐고?

"너 대체 몇 분이나 자리를 비운 거야. 하라는 일은 다 했냐? 꽤 여유로운 모양이지?"

"음…… 시키신 일이라면, 아뇨, 아직."

태연한 희의 대답에 개꽃 부장의 관자놀이에 서슬 푸른 핏대가 섰다.

"한동안 가만히 내버려 뒀더니 나사가 좀 풀리셨나 보지, 권희."

"꽤 급한 일이라 자리를 비울 수밖에 없었거든요."

"무슨 일!"

"생리요."

"……뭐?"

황당한 기색이 역력한 개꽃 부장의 표정을 본 희는 빙그레 웃으며 말했다.

"둘째 날이라서 양이 많거든요. 여성의 몸은 소중하답니다, 부장님."

마케팅부에서 권희가 절대적으로 필요한 까닭은 바로 그녀가 공공의 적 윤규성과 대적할 수 있는 유일한 적수이기 때문이다.

회사 근처 식당에서 간단히 점심을 먹기로 한 마케팅부 사원들은 1시간 전쯤에 있었던 희와 규성의 말다툼에 대해 떠들며 실컷 웃었다.

"아니, 거기다 대고 생리 얘기를 꺼내는 여자가 대체 어디 있어!"

서현이 민망해 죽겠다는 듯 빽 소리를 지르자 밑반찬으로 나온 무말랭이를 젓가락으로 집던 희가 입술을 삐죽였다.

"그런 여자 여기 있지."

수치도 없냐며 서현이 자꾸만 잔소리를 퍼붓자 희가 밥맛 떨어졌다는 표정으로 입안을 물로 헹군다. 그러자 맞은편에 앉아 킬킬대며 웃던 박 대리가 그녀의 편을 들어 주었다.

"아니 뭐 어때, 서현 씨. 덕분에 개꽃 부장이 신경질 내면서 나가 버렸잖아."

"개꽃 부장요?"

강오가 고개를 갸웃하자 물수건으로 손등을 문지르던 희가 답해 주었다.

"윤규성 부장 별명이래."

"아아."

강오가 충분히 알 만하다는 듯 고개를 끄덕였다. 눈치 없기로 소문난 강오조차 듣자마자 납득을 한 별명인데 장본인이 들으면 얼마나 열불을 낼까.

"우리 권희 씨 덕분에 마케팅부에 늘 평화가 온다니까. 자자, 내가 살 테니까 권희 씨 원하는 걸로 시켜 먹어."

박 대리의 선처에 희는 거절하지 않고 전골을 주문했다.

"근데 말이야, 개꼴 부장, 의외로 독서광인 거 알아?"

늘 이런 식이다. 마케팅부의 회식 자리에서나 식사 자리에서나 모였다 하면 개꼴 부장 윤규성 이야기. 특히 여사원들은 성격 지독한 남자라 싫다, 싫다 하면서도 은근히 관심이 있는 기색이었다.

"저도 봤어요. 점심시간 조금 남았을 때였는데 휴게실에서 책 읽고 계시더라고요. 부장 이상만 들어갈 수 있는 그 휴게실요."

강오가 박 대리의 말에 고개를 끄덕이며 동조하자 서현이 "어머, 의외로 교양 있나 봐요, 개꼴 부장." 하고 말을 맞추었다.

"영업부에 연서 씨도 그러더라. 차에서 책 읽는 걸 봤는데, 아무리 성격이 개차반이어도 얼굴 하나 끝내주는 건 인정해야겠다고. 우리 개꼴 부장이 안경 쓰고 책을 읽는데, 다른 사람인 줄 알고 깜짝 놀랐대."

박 대리가 깔깔 웃으며 말하자 다른 여사원들도 동조하면서 웃음을 터뜨렸다.

하지만 희는 고개를 설렁설렁 내저으며 식사 시간마저 규성을 떠올려야 한다는 데 반감을 느꼈다.

전골이 나오자마자 박 대리에게 잘 먹겠다고 말한 그녀는 업무 시간에 슬쩍 인터넷으로 들어가 보았던 출판사 사이트를 떠올렸다. 개꼴 부장 덕에 실컷 야근하느라 서점에 안 들른 지 몇 주째다. 희는 미간을 찡그리며 당면을 후루룩 삼키고선 햄을 규성이라 생각하며 힘주어 씹었다.

전골 한 접시를 뚝딱 해치운 희는 근처 카페에 들렀다 가자는 사원들 무리에서 슬쩍 빠져나왔다. 권희가 소란스러운 자리를 마다하는 건 모두가 다 아는 일이라 아무도 그런 그녀를 붙잡지 않았다. 그저 마음씨 좋은 강오가 "아메리카노 사 갈게요!"라고 말했을 뿐.

주머니에서 사탕을 하나 꺼내 입안에서 도르르 굴린 희는 승강기에서 내리자마자 반쯤 열린 문 너머로 사람 한 명 없는 부서를 보고선 크게 안도했다. 그렇지 않아도 점심시간에 강오가 내뱉은 말이 슬쩍 신경 쓰였다. 점심시간에 시간이 남으면 개꼴 부장이 책을 읽는다던. 주로 부장 이상만 들어갈 수 있는 휴게실에서 책을 읽는다지만, 그래도 혹시 모르니까.

부장 자리가 텅 빈 걸 보고 가슴에 알 수 없는 환희가 마구 솟아오르는데, 눈길이 부장의 책상에 박혀 떨어지질 않는다. 사탕을 이빨 사이에서 소리 나게 굴리며 부장 자리로 슬쩍 다가간 희는 책 제목을 쳐다보았다.

《스무 번째 계절》

제목을 보자마자 희가 흠칫 어깨를 떨었다. 어찌나 놀랐는지 이빨 사이에 단단히 끼워 두고 굴리던 사탕을 실수로 깨물어 버렸다. 입안에서 산산이 부서진 사탕 부스러기들을 혀로 어루만지며 아깝다는 생각을 하면서도 책에서 시선을 쉽게 거둘 수가 없었다.

《스무 번째 계절》은 바로 며칠 전에 출간된 소설책이다. 작가의 이름인 강명은 필명으로 알려져 있다. 다른 작가들에 비해 강명은 유독 알려진 정보가 없었다. 출생지, 나이, 성별, 출신 학교, 본명은 물론 생긴 것조차 알려지지 않은 작가 양반. 유명한 문학상을 수시로 수상하지만 항상 출판사 측에서 나온 대리인이 받았다. 덕분에 출판사 측에서 여러 명으로 구성한 가상의 인물이 아니냐는 루머가 돌기도 했다. 하지만 베스트셀러 순위에도 여러 번 오른 작가고, 작품 중 하나가 최근 영화로 제작되어 천만 관객을 끌면서 다시 한 번 화젯거리가 되었다.

"뭐 하냐?"

뒤에서 들려온 목소리에 책을 집으려던 희가 움찔했다.

"내 자리 기웃거려도 돈 같은 거 없다."

규성의 말에 울컥한 희가 눈에 바짝 힘을 주고 그를 노려보았다. 그러자 그가 손에 들고 있던 서류 뭉치로 가볍게 그녀의 이마를 때렸다.

"뭘 노려봐, 인마. 누가 남의 책상에서 얼쩡거리래? 그러니까 오해받을 짓을 왜 해?"

그건 맞는 말이지만.

분하게도 규성의 말에 딱히 반박할 거리를 찾지 못했다. 희는 아프지는 않지만 괜히 심술을 내며 그에게 맞은 이마를 손바닥으로 문질렀다.

"책 때문에 얼쩡거린 거예요."

"책?"

"네. 책요. 부장님 자리에서 훔쳐 갈 게 뭐가 있다고…….."

자리에 앉는 규성을 힐끗 쳐다본 희는 그대로 등을 돌려 자리로 향했다.

왠지 엄청 억울하다. 윤규성과 단둘이 부서에 있어야 한다니 이거야말로 엄청난 고문이다.

하지만 망부석처럼 자리에 앉아 책을 읽는 그의 표정은 평소보다 좀 더 부드러웠다. 개꼴 부장이 책 읽는 모습을 두 눈으로 목격하니 왠지 기분이 새로웠다. 물론 그것도 잠시. 오늘 결재를 여섯 번이나 거절당한 일을 떠올린 희는 고개를 내저으며 칸막이 아래로 얼굴을 쑥 내렸다.

모니터를 잡아먹을 듯이 노려보던 희는 몇 시간 전에 규성에게서 퇴짜 맞은 결재 서류를 들고선 자리에서 일어섰다. 의자가 뒤로 밀리는 소리가 적막하던 부서에 크게 울리자 규성이 고개를 들어 그녀를 쳐다보았다.

"뭐야."

책을 읽던 규성이 못마땅하다는 듯 미간을 팍 찌푸렸다.

"점심시간이잖아. 시계 볼 줄도 몰라?"

내밀어진 서류를 노려보며 묻자 희가 덤덤히 대꾸한다.

"제가 지금 해 달라고 말 안 했잖아요."

"시끄러. 당장 치워."

희를 툭 쏘아본 규성은 꼴도 보기 싫다는 듯 결재 서류를 책상 아래로 밀어냈다. 아래로 후드득 쏟아진 결재 서류를 빤히 쳐다보던 그녀는 속으로 배알이 꼴렸다. 이런 사람이 강명의 소설을 진지하게 읽고 있다니 엄청나게 열 받았다. 아마 강명이 왜 그런 소설들을 쓰는지 이 미련하고 나쁜 남자는 죽어도 이해하지 못하리라.

무섭게 입을 꽉 닫은 희는 흩어진 서류들을 차곡차곡 모으고선 다시 책상 위에 일부러 소리 내어 올려 두었다.

그냥 봐도 살벌한 개꽃 부장의 눈초리가 사납게 변했지만 희는 아랑곳 않고 규성을 쳐다보았다.

"넓은 책상 혼자 쓰셔서 뭐하게요. 부하 직원이 결재 받을 서류 좀 여기 미리 둔다는 게 그렇게 아니꼬우세요?"

"아니꼬우면 어쩔 건데. 내 책상 내가 혼자 쓰겠다는데 뭐가 불만이야."

미간 사이에 내 천川 자를 그린 규성이 여차하면 한 대 칠 기세로 희를 올려다보았다. 하지만 희는 칠 테면 쳐 보라는 심보였다.

"죄송하지만 제 책상은 많이 좁아서요. 거기다 누가 시킨 일 때문에 책상이 엉망이에요."

"말로 할 때 당장 서류 치워, 권희."

낮게 으르렁거리는 규성의 목소리가 꽤 위험하다. 그녀의 머릿속에도 빨간색의 경고가 떠올랐다.

"네가 아직 덜 혼났지. 저번에 내가 경고했을 텐데. 한 번만 더 주제도 모르고 기어오르면 정말 가만 안 둔다고."

혼쭐을 내 주겠다는 규성의 말은 진심이었다. 그는 불쾌감에 읽던 책을 당장에 집어 던질 기세였다.

"차라리 해고하세요."

"뭐?"

그녀의 목소리는 마치 "오늘 저녁에 식당에서 불고기가 나온다던데." 하던 영업부 친구와 같은 음색이었다.

희에게 제대로 뒤통수를 얻어맞은 그는 황당한 얼굴을 했다. 이 여자가 지금 뭐라고 했지?

"해고하시라고요. 역시 그게 낫겠어요."

희는 얼빠진 규성의 면전에 대고 늘 그렇듯 또박또박 말했다.

"진심이야?"

규성이 기가 막힌다는 듯 무릎 위에 얹고 있던 책을 기어이 집어 던지며 말했다.

"진심이냐고, 권희."

"진심이죠, 그럼."

"내 손으로 부하를 자를 마음은 없어. 나가고 싶으면 사표 내."

물론 사표를 내고 집에 내려가 잘렸다고 거짓말 치면 그만이지만 그건 양심에 찔렸다. 정말로 잘려야 속이 시원할 것 같았다. 그래야 부모님께 떳떳하게 회사 일 따위 죽어도 못 하겠다고 반항이라도 해 보지.

"사표는…… 안 돼요. 그냥 해고해 주시죠."

"내가 싫다고 말했잖아. 사람 말귀 못 알아들어?"

"저도 말했잖아요. 사표는 안 된다고요."

"권희."

"왜요?"

희가 될 대로 되라는 듯이 표독스럽게 규성과 눈을 마주했다.

잘리고 싶다는 그녀의 마음은 정말, 진심이었다. 해고만 해 준다면 규성에게 엎드려 절을 할 수도 있을 만큼 희는 절박했다.

눈 한 번 깜빡 않고 쳐다보는 희를 응시하던 규성은 곧 한숨을 내쉬며 이마를 손바닥으로 문질렀다. 그의 표정엔 귀찮고 짜증 난다는 기색이 역력했다.

아주 많이 거치적거린다는 듯 쳐다보던 눈길에 그만 욱해 버린 희는 입술을 뒤틀어 올리며 규성에게 한마디를 툭 던지고 말았다.

"장담하는데요. 부장님같이 못된 사람이 그 책을 읽는다는 걸 알면 강명이 놀라서 까무러칠 겁니다."

마케팅부의 이전 부장이 그에게 자리를 인수인계해 줄 때, 충고라며 한마디 해 주고 간 게 있다. 고양이와 권희는 건들지 마라. 처음엔 나이 먹은 노인네가 헛소리하는구나 싶었는데, 그래도 전대 부장의 충고인지라 며칠은 권희라는 여자를 집요하게 관찰했다.

권희라는 여자는 평범한 사람이었다. 무슨 일을 하건 하기 싫다는 심정이 얼굴에 고스란히 드러나는 것만 제외하자면 희는 걸림돌은커녕 어디에나 있는 흔한 사원이었다.

그런 규성이 권희의 위험성을 발견한 건 몇 주 전이었다. 희에게 일을 지시했는데, 규성의 이야기를 고분고분 다 듣던 그녀가 마지막에 내뱉은 말은 "알겠습니다."가 아니라 "못 합니다."였다.

그 뒤로 규성은 권희를 신중히 관찰했다. 어찌나 변덕스러운지 고양이 저리 가라다. 어쩔 땐 군소리 없이 일을 잘하다가 어쩔 땐 못 한다며 생고집을 피우기도 했다. 도무지 종잡을 수 없는 성격에 규성도 희를 대할 때마다 여지없이 인내심이 바닥을 드러냈다.

그런데 그 여자가 자신을 해고해 달라고 종용하다니. 그저 어이가 없을 따름이다. 더구나 해고를 정중히 부탁하는 희는 진지한 표정까지 하고 있었다.

거기다 뭐라고? 강명이 까무러치게 놀라?

그녀의 말을 곱씹은 규성은 뒤늦게 화가 치밀기 시작했다.

오늘만은 야근 없이 부하 직원들을 퇴근시킨 규성은 조수석에 강명의 소설책을 던져 놓고선 잠깐 곰곰이 생각해 보았다.

희가 자신에게 관심이 있어 일부러 책상까지 왔을 리는 없고, 설마 강명과 아는 사이인가?

머릿속으로 온갖 궁리를 한 규성이 미간에 주름을 잡으며 책에 눈길을 주었다.

핸들을 손가락으로 톡톡 두드리던 규성은 곧 고개를 세게 내저었다. 이건 말도 안 되는 상상이다. 규성은 등단 작부터 최근에 나온 작품까지 강명이 쓴 책은 모두 섭렵했다. 그는 강명의 열혈 팬이다. 강명의 등단 작을 보고 반한 진짜 팬. 그러니 희가 내뱉은 말이 어찌 귓가에 박히지 않겠냔 말이다.

뇌리를 빙빙 도는 그 말이 자꾸만 신경 쓰여서 규성은 오후 내내 일을 제대로 잡을 수 없었다. 덕분에 얼렁뚱땅 희가 내민 결재 서류에 사인을 해 주고 말았다. 설마 그 멍청한 여자가 이것까지 계산했을 리는 없고.

권희는 치밀한 여자가 아니다. 마음 가면 가는 대로, 아니면 아닌 거고 그러면 그런 거다. 정말 물 흐르듯 사는 여자였다. 어떻게 하면 사람이 저렇게까지 자기 의견이 없을 수 있는 건지 의아할 정도로 희는 있는 듯 없는 듯 살았다. 그런 희를 보고 있노라면 규성은 어째서인지 자꾸만 강명의 소설이 떠올랐다.

　계속해서 보고 있으면 화가 났다. 숨이 막혀서 그녀는
　그가 미웠다.

권희는 강명의 문장을 닮았다. 신기할 만큼 강명이 쓰는 세계와 비슷했다. 지극히 일상적이고 조용한데도 보통 사람들과는 달라서 미묘하게 튀는 색깔을 내는. 그게 강명의 소설인데 희가 그런 사람이다.

이게 다 전대 부장이 헛소리를 지껄이고 갔기 때문이다. 그런 말만 듣지 않았다면 희를 관찰하지도 않았을 테고, 다른 녀석들에게 본보기가 되도록 톡톡히 혼쭐을 내 주었을 텐데.

어째서인지 자신을 똑바로 쳐다보는 희를 보면 규성은 자꾸만 약점을 들킨 기분이 되고 말았다. 역정을 낼 때마다 그런 느낌이 마음을 콕콕 쑤셔서 규성은 여러모로 그녀를 대하기가 껄끄러웠다.

머리를 벅벅 긁은 규성은 "아, 귀찮아." 하고 심드렁히 중얼거리고선 안전벨트를 착용했다.

차에 시동을 켜고 액셀을 밟은 규성은 머물고 있는 오피스텔에서 가장 가까운 서점으로 향했다.

자동으로 열리는 서점의 문 안쪽으로 발을 들여놓은 규성은 다른 건 쳐다보지도 않고 곧장 소설 코너로 걸어갔다. 신간이라는 스티커 아래에 서서 며칠 전 구입할까 말까 망설이던 책을 뽑는데, 왠지 익숙한 기척이 느껴졌다. 책을 펼쳐 들면서 옆을 힐끗 보는데, 다섯 걸음쯤 되는 거리에 희가 서 있었다.

희를 보자마자 규성은 한쪽 눈썹을 씰룩였다. 오후 내내 신경을 엉뚱한 데 쏟게 만든 장본인이 여기 있다니. 강명을 잘 안다는 듯이 말하더니, 아무래도 희도 책을 꽤 읽는 모양이다.

희와 그는 앙숙이다. 적어도 회사 안에서는 치열하게 눈싸움을 벌이는 그런 관계다. 그건 그녀가 자신을 썩 좋아하지 않는다는 증거였다. 저번의 일만 해도 그렇다.

휴게실에서 음료수를 뽑는데 자판기 유리 너머로 가운뎃손가락을 치켜세우는 사람이 보이기에 누군가 했더니 권희였다. 자판기에 훤히 비쳐 보이는데 뭐 하는 짓인지 한심하기도 했지만, 규성은 그냥 모른 척 넘어가 주었다.

생각해 보면 나도 그렇게 나쁜 사람은 아닌데 말이야.

괜히 속상해진 규성이 이맛살을 찌푸리며 책이 가지런히 꽂힌 책장을 쳐다보았다.

험악하게 일그러뜨린 인상을 하고 있는데 하필 그때 희와 눈이 딱 맞았다. 그녀는 어딘가 살짝 경악한 표정으로, 그리고 조금 거북스러운 눈길로 규성을 보다가 슬금슬금 옆으로 멀어졌다.

"동작 그만."

자신이 잡아먹기라도 한다는 건가. 규성은 짜증이 나는 티를 노골적으로 풍기며 희를 노려보았다.

"상사 봤으면 인사하라고 안 배웠냐. 어디서 도망이야!"

규성이 뿔난 얼굴을 하자 희가 주춤거리다가 마지못해 해 준다는 듯 "서점에서 부장님 뵐 줄은 전혀 몰랐네요." 하고 웅얼거렸다.

희는 차마 규성을 보자마자 날래게 튀어야겠다고 생각했노라 말할 수 없었다. 도망치려는 도중에 그에게 딱 걸릴 건 뭔가. 마주칠 곳이 없어서 서점에서 마주치다니, 아무래도 권희 올해 마가 꼈나 보다. 하지만 어쨌거나 규성이 상사는 상사니 그에게 인사를 해야 하는 건 기본 예의였다.

읽던 시집을 덮은 희는 규성에게 허리를 꾸벅 숙였다.

"인사 먼저 못 드려서 죄송합니다."

"죄송한 걸 안다니 다행이네."

이놈의 개꼴 부장은 사과를 해도 시비다. 살 시집과 소설책만 얼른 골라 들고 사라져야겠다. 회사 바깥에서까지 규성과 함께 있으면 재수 없는 세포가 옮을지도 모른다.

"권희."

꽤 얌전하게 부르는 목소리에 희가 고개를 돌렸다.

"여기 서점 자주 오냐."

"그건 왜 물어보세요?"

"대답."

"……자주 옵니다."

아무래도 윤규성도 이 서점을 자주 들락거리는 것 같다. 당분간은 서점 출입을 금하고 인터넷 서점을 애용하는 수밖에.

희는 못생기게 일그러지려는 미간을 검지로 꾹 누르고선 시집 한 장을 넘겼다.

적어도 책을 읽으면서 못된 생각을 하고 싶지 않던 그녀는 책장을 넘기다가 이내 이맛살을 찡그렸다.

설마?

무언가를 깨달은 희가 눈을 동그랗게 뜨고 책을 탁 덮었다.

"왜? 내 얼굴에 똥 묻었냐?"

희를 위아래로 훑은 규성은 곧 고개를 내저으며 "아, 아뇨, 아무것도." 하고 대꾸하는 그녀를 의아하게 여겼다. 규성은 그녀의 반응을 심드렁히 넘겼지만 희는 책으로 얼굴의 반을 거의 가린 채 어떤 표정을 지어야 할지 당황해하고 있었다.

점심시간 때 책 읽는 것 좀 방해했다고 그 성질을 냈단 말이야? 장난해? 진짜? 정말로?

시집을 읽는 둥 마는 둥 하던 희는 질문이 자꾸만 목을 간질여서 손가락으로 뺨을 긁적였다.

희가 괜히 운동화 앞코를 바닥에 툭툭 차며 초조해하자 규성이 그 변화를 단번에 눈치챘다.

책을 책장에 꽂은 그는 그녀의 뒤통수에 아프지 않은 꿀밤을 먹였다.

"아, 왜요!"

기습 공격에 놀란 희는 자신이 있는 곳이 서점이라는 걸 알고선 목소리를 죽였다.

"다리는 왜 떨어, 시끄럽게."

질문을 식도 너머로 꼴딱 삼킨 희는 어금니를 악물고 규성을 힘껏 쏘아보았다가 시선을 도로 시집으로 내렸다.

"뭔데 그래?"

"뭐가요."

규성의 물음에 희가 뽀로통히 대답하자 그가 쯧 하고 혀를 차며 다시 꿀밤을 때릴 듯 손을 가져다 댔다.

"너 나한테 하고 싶은 말 있잖아. 하라고."

없다고 말했다간 엄청 아픈 꿀밤을 줄 기세다. 설마 혼쭐을 내 준다는 게 이런 의미였나? 머리를 가리고 있던 시집을 내린 희는 어물쩍 입술을 열고선 살짝 그의 눈치를 보았다.

"……그냥."

"그냥?"

"강명 소설 좋아하시나 싶어서……요."

규성에게서 딱히 대답을 기대하고 던진 질문은 아닌데 그는 "으음." 하고 중얼거리더니 책장 하나를 옆으로 밀어내며 "좋아하지."라고 순순히 대답했다.

강명을 좋아한다니.

그 이야기를 듣자니 희의 가슴 한구석에 새싹이 자라는 듯 간질거렸다.

"너는?"

"네?"

"강명 좋아하느냐고."

"네, 물론 좋아하죠."

"그래? 어떤 면이 좋은데."

"그 일상적인 이야기가 좋아요. 자극적이지도 않고, 그렇다고 아예 평범하지도 않고……. 정말 흔한 이야기들뿐인데 읽고 나면 괜히 뿌듯해서. 그래도 관통하는 건 분명 있잖아요. 말하기는 조금 애매한데, 살아가는구나 하는 거. 그런 게 좋은 거죠."

규성은 주절주절 의외로 잘도 떠드는 그녀의 이야기를 말없이 경청했다. 얇은 시집을 입술 근처에 대고 조곤조곤 나지막한 목소리로 떠드는 희는 꽤 즐거워 보였다.

하지만 그에게 강명에 대해 주저리 늘어놓은 희는 뒤늦게 자신이 무슨 짓을 했는지 깨달았다. 그저 '아차. 쓸데없이 요 주둥이를 놀렸구나.' 싶었다. 시집을 책장에 꽂아 넣으며 어깨를 움츠리는데 옆에서 피식 웃는 소리가 들렸다.

"나도 그래."

"네?"

"나도 그래서 강명이 좋다고."

책을 꽂아 넣던 희가 눈을 깜빡이며 멀거니 그를 보았다.

강명 소설이 유명세를 타면서 거창한 비평이 많이 달렸다. 무슨 책이 나와도 칭찬 일색이었다. 하지만 희는 그런 걸 읽어도 당최 무슨 소리인지 하나도 이해할 수 없었다. 세계의 상실이나, 소멸에 대한 고찰이라든가……. 솔직히 너무 어려웠다.

그런데 지금 이 남자가 뭐라고? 개꽃 부장이 대체 뭐라고 한 거지?

"너무 오래 있지 말고 집에 들어가서 발 씻고 자라. 내일 지각하지 말고."

희가 넋을 놓고 그를 보자, 규성이 소설책의 모서리로 그녀의 이마를 탁 찍으며 말했다. 그녀는 뒤늦게 이마를 부여잡으며 항변하려고 했지만 규성은 어느새 계산대로 휘적휘적 걸어가고 있었다.

멀리서 봐도 빛나는 윤규성의 잘난 뒤태를 멍하니 쳐다보던 희는 "짜증 나." 하고 혼잣말로 중얼거리며 빨갛게 자국이 남은 이마를 세게 문질렀다. 대체 저 남자에게 몇 번이나 이마를 얻어맞은 걸까. 덕분에 머리가 어떻게 됐나 보다. 그렇지 않고서야 그에게 '실은 내가 강명이에요!' 하고 고백하려 했을 리가 없다.

얼굴이 새빨갛게 달아오른 희는 손바닥으로 열심히 부채질을 하며 아무 책이나 뽑다가 규성이 사라지고 없는 계산대로 다가갔다.

"19,000원입니다, 손님."

"아, 네…… 네."

허둥지둥 지갑에서 돈을 꺼낸 희는 무슨 책을 구입한 줄도 모르고 점원이 봉지에 담아 주는 걸 들고 얼빠진 표정으로 계단을 올랐다.

'나도 그래서 강명이 좋다고.'

쓴 작가조차 알아듣지 못할 이야기를 내뱉는 사람이 아니라 정말로 강명과, 그러니까 권희와 비슷한 생각을 갖고 책을 읽은 사람이 있었다.

여태까지 희는 반신반의하고 있었다. 그런데 방금 강명이 좋다는 독자와 대화를 했다.

빈말인지 아닌지 알 수는 없고, 그 말을 한 사람이 윤규성이라 해도 희는 굉장한 안도를 맛보았다. 부모에게조차 글을 쓰고 있다고 고백하지 못한 채 혼자 끙끙 앓고 살아온 게 5년인데 그 기나긴 시간이 단 한마디에 보상받은 것 같았다. 말 한마디면 천 냥 빚을 갚는다고, 평소에 험한 말을 입에 달고 살던 사람이 맘에 꼭 드는 소리를 하니 효과가 배가 된 모양이다.

그나저나 이제부터 규성에게 독하게 덤비지 못할 것 같은데. 마케팅부 사람들에게 미안하다.

희는 자신에게 잘해 주는 사람에겐 무조건적으로 친절한, 아주 줏대 없는 여자였다. 자기를 좋아해 준다는데 어떻게 미워해. 그러니 일도 엄청 큰일이 난 셈이다.

아오, 진짜 이제 앞으로 어쩌면 좋담?

"너무 독자들의 반응에 굶주린 게 분명해."

자괴감이 느껴진다는 듯 희가 중얼거리자 그녀의 편집을 도맡은 편집장 서윤이 "갑자기 왜?"라고 물었다.

인터넷 서점에서 이벤트로 선착순 백 명에게 판매할 책에 희는 착실히 사인하는 중이었다.

"회사에서 강명을 좋아한다는 사람을 만났는데, 엄청 기쁜 거 있지?"

"흐음. 인터넷으로 네 필명을 검색만 해 봐도 충분하잖아."

서윤이 사인이 된 책을 잘 쌓아 상자에 챙겨 넣으며 묻자 희가 펜을 쥔 손에 힘을 주며 눈을 세모꼴로 치켜떴다.

"오프라인 만남은 차원이 다르단 말이야."

희가 분하다는 듯 말하자 서윤은 그저 허허 웃었다.

"오프라인 팬이 그렇게 신경 쓰이면 사인북이라도 한 권 갖다 주던가."

서윤이 장난스럽게 말하자 희가 눈살을 찌푸리며 "웃기시는 소리." 하고 투덜댔다.

"그랬다가 들키면? 출판사 사람들한테 무슨 욕을 얻어먹으려고."

물론 규성에게 입 다물어 달라고 간곡히 부탁한다면 그는 들어줄지도 모르겠다. 입이 그렇게 가벼운 사람도 아닌 것 같고. 애당초 회사 내에서 규성과 편안히 대화를 나누는 사람이 있긴 했던가?

어쩌면 규성도 굉장히 외로운 사람일지도 모르겠다. 점심시간에 노닥거릴 동료 한 명 없이 홀로 책을 읽는다는 게 그 증거가 아닐까.

"……어차피 그렇게까지 사이좋은 관계도 아니고."

희가 중얼거리며 100권째 되는 책을 서윤에게 넘겼다. 책을 받아 든 서윤은 조심스레 상자에 집어넣었다.

"회사 동료야?"

"동료라기보다는 상사. 개떡 상사."

"개떡이라고 하는 거 보니까 성격이 아주 안 좋은가 봐?"

상자를 잘 포장한 서윤이 웃으며 묻자 희가 고개를 끄덕였다. 문제는 그 개떡과 강명의 첫 오프라인 팬이 동일 인물이라는 데에 있다.

"아, 맞다. 미안한데 여기다 사인 하나만 더 해 주라."

깜빡할 뻔했다는 듯 서윤이 가방에서 강명의 신작을 한 권 더 꺼냈다. 방금 막 100권 다 채웠는데 어째서? 희가 고개를 갸우뚱거리자 서윤이 검지를 입술에 얹으며 "쉬잇, 이거 비밀이야." 하고 속닥거렸다.

"내 지인이 네 팬이거든. 사인북 좀 꼭 받고 싶다고 애걸복걸해서 말이야. 강명 사인북을 100권이나 유통하는데 무슨 상관이야. 응?"

"난 상관없지만."

"부탁할게."

희는 순순히 펜을 들고 서윤이 펼쳐 주는 페이지에 사인을 했다. 사인이라고 해서 별게 있는 것도 아니었다. 그저 날짜와 '강명'이라는 이름을 적어 넣은 게 전부다. 사인북을 가방에 챙겨 넣은 서윤은 "고마워, 대신 이거 절대 비밀이다." 하고 신신당부하며 자리에서 일어섰다.

희는 마음 같아선 서윤에게 조만간 밥이나 먹으러 가자고 말하고 싶었지만 서윤이 이래저래 바쁜 걸 잘 알고 있었다.

서윤을 배웅한 희는 어느새 시간이 9시를 넘긴 걸 확인하고선 찌뿌둥한 팔을 위로 쭉 뻗었다.

빨리 주말이 왔으면 좋겠다. 아무것도 하지 않고 침대에 틀어박혀 잠만 자고 싶었다.

뻣뻣한 어깨를 크게 돌린 희는 냉장고에서 맥주 한 캔을 꺼내고선 침대에 걸터앉았다.

"그러고 보니까……."

며칠 후면 노만에서 봄을 맞아 의류 상품 몇 개를 출시한다. 또 엄청나게 바쁘겠지. 맥주를 홀짝이며 천장을 쳐다본 희는 뻐근한 목을 주먹으로 두드렸다. 맥주 한 캔만 비우면 바로 자자. 규성의 말마따나 지각 같은 건 하고 싶지 않고, 지금 굉장히 피곤하니까. 맥주를 꼴딱꼴딱 삼킨 희는 텅 빈 캔을 머리맡에 내버려 두고선 침대 위에서 웅크려 잠들었다.

선잠에 빠진 희는 사납게 짖는 개에게 주둥이를 콱 물리는 악몽을 꾸고 새벽쯤에 눈을 떴다. 어쩐지 개꽃 부장이 생각났지만 꿈을 꾼 건 아마도 우연이라고 생각하면서, 희는 금방 다시금 잠이 들었다.

"그게 뭐 어쨌다고?"

어째서 그 일을 이번 주까지 마감해야 하느냐 묻고 싶었지만 희도 눈치는 있다. 규성이 최근 출시되는 상품들에 관련된 프로모션이며 통계로 신경이 극도로 예민하고 날카롭다는 것쯤은 알고 있었다.

"죄송합니다. 아직 미완입니다. 완성되려면 하루 정도 더 필요할 것 같습니다."

"권희."

"……네, 듣고 있습니다."

"그거 프로모션이랑 동시 진행해야 한다고 내가 누누이 강조했던 것 같은데. 일 처리 자꾸 이따위로 할래? 같이 진행하던 박 대리는 어디로 내뺐고?"

책상을 신경질적으로 두드리는 규성의 손가락에 점차 힘이 들어간다.

규성의 역정만큼이나 희도 난감했다. 오늘 안에 하라고 해도 무리다. 오늘 야근하고, 내일까지 일을 해야 그가 원하는 시간에 서류를 제출할 수 있으리라. 하지만 규성이 다시 해 오라고 하면? 그땐 진짜 부서에서 목매달아 죽어 버릴 것이다.

이번엔 그냥 좀 넘어가나 싶었는데 규성이 손바닥으로 책상을 있는 힘껏 내리쳤다. 그의 화딱지를 진작 눈치채고 휴게실로 도망친 박 대리가 어느새 부서 입구 근처를 서성이고 있었다.

"둘 다 죽고 싶지?"

아직 죽을 나이가 아니긴 합니다만.

희는 두 손을 가지런히 모으고선 결 좋은 머리칼을 마구 헝클어뜨리는 그를 응시했다.

"박 대리랑 너, 둘 다 토요일에 나와. 이번 주 안에 일 마무리 못 지으면 둘 다 모가지야."

그녀는 분노를 애써 눌러 참는 기색인 규성에게 인사를 꾸벅하고 등을 돌렸다.

"박 대리님 도망간 거야?"

서현이 아연해서 묻자 희는 대답 대신 어깨를 으쓱해 보였다. 어차피 둘이 같이 있어 봤자 욕먹는 건 똑같았을 것이다.

"부장이 자꾸 신경질 부리면 자기도 참지 않겠다고 허세 부릴 땐 언제고. 하여간 이상한 아줌마라니까. 누가 겁 많은 노처녀 아니랄까 봐."

"뭐 어때. 한두 번 먹는 욕도 아니고. 그냥 욕 실컷 먹고 벽에 똥칠할 때까지 살지."

"그런 거면 개꽃 부장은 100년은 거뜬히 살겠다, 얘."

서현의 말에 키득키득 웃음소리를 죽인 희는 자신을 맹렬히 쏘아보는 규성의 눈길에 입을 다물고선 바로 키보드를 두드렸다. 개꽃 부장 덕에 토요일에도 회사를 나와 일을 하게 생겼으니 행복한 주말은 굿 바이다. 강명을 좋아한다고 말해 줘서 살짝 고마워하고 있었는데, 그 감정 다 취소다, 취소.

키보드를 두드리는 손가락에 점차 힘이 들어갈 즈음, 휴게실로 피난 갔던 박 대리가 부서 사람들의 눈치를 보며 자리로 슬쩍 돌아와 앉았다.

미안해 권희 씨.

모니터 화면에 채팅 방이 떴다.

미안할 것까지야. 박 대리가 중요한 순간에 36계 줄행랑치는 게 한두 번도 아니고.

아뇨, 괜찮아요. 근데 개꽃 부장이 토요일에도 나오래요. 일 못 끝내면 죽는다고.

어머, 진짜? 나 데이트 있는데!

평생 제대로 된 연애도 해 보지 못하고 노처녀로 죽을 것처럼 굴던 사람이 웬일일까. 박 대리가 토요일에 데이트가 있다니. 박 대리가 측은해진 희는 심각하게 고민하다가 키보드를 탁탁 두드렸다.

제가 부장님께 잘 말씀드릴게요. 데이트하세요. 대신 데이트 어땠는지 말씀해 주셔야 해요.

아, 정말. 인간 권희, 착해도 너무 착하다. 이렇게 되면 토요일에 개꽃 부장과 부서에서 단둘이 일을 해야 한다. 스스로 지옥으로 걸어 들어가는 꼴인데, 이거 정말 박수 받아야 마땅하다.

권희 씨, 진짜 너무 미안해. 이번 데이트 성공해서 나 시집가면 자기한테 크게 한턱 쏠게!

채팅을 마무리 지은 희는 내일 규성에게 뭐라고 변명을 둘러대야 할지 생각하며 근심 가득한 표정으로 키보드를 두들겨 댔다. 박 대리에겐 호언장담했지만 정작 윤규성에겐 뭐라고 한단 말이냐. 우리 불쌍한 박 대리님 결혼 좀 하시게 내버려 두라고? 그런 말을 했다간 개꽃 부장이 콧방귀를 뀌며 헛소리하지 말라고 눈을 부라릴 게 뻔하다.

자리에 오랫동안 엉덩이를 붙이고 있던 희는 시간이 어느새 5시를 넘어선 걸 보고선 뜨악했다. 이렇게 오래 앉아 있었는데 마무리 지은 일이 하나도 없다니! 무엇보다 당장 규성에게 내밀어야 할 서류가 생각나자 숨이 턱 막혀 왔다. 오늘은 보나 마나 야근이다. 어제 서점에서 개꽃 부장을 만날 때부터 이 불운을 예상했어야 했다.

사원들의 자리가 하나둘씩 비어 가는 걸 보던 희는 차라리 박 대리도 일찍 보내 버리고 야근할 때 규성에게 슬쩍 내일 일을 말하는 게 좋지 않을까 생각했다.

희는 규성의 눈치를 슬슬 살피는 박 대리에게 모종의 시선을 주었다. 자리에서 일어나 규성에게 다가간 희는 그에게 서류철을 내밀며 "정리 부탁하신 프로모션 관련 이벤트 일부입니다." 하고 말했다. 그 틈을 타 재빠르게 부서를 빠져나간 박 대리가 희를 향해 하트를 날리고선 허둥지둥 승강기에 올라탔다.

머리칼을 쓸어 넘기던 규성은 서류를 덮더니 나직한 목소리로 물었다.

"박 대리는 무사히 도망갔나?"

규성의 말에 희는 흠칫했지만 모르쇠로 일관했다. 규성은 희를 껄렁하게 보았다.

"대답 안 하면 박 대리 다시 호출하는 수가 있어."

"아마도…… 무사히 퇴근하신 것 같습니다."

희가 띄엄띄엄 대답하자 규성이 "하여간 이럴 땐 죽이 잘 맞지." 하고 못마땅한 얼굴로 꿍얼거렸다. 그렇지 않아도 규성도 탕비실에서 여사원들의 수다를 들은 참이었다. 박복한 노처녀 박 대리가 오래간만에 데이트 신청을 받았노라고.

어차피 그도 박 대리를 굳이 붙잡아 가축처럼 부려 먹을 생각은 없었다.

"토요일에 혼자 일할 생각이야?"

"못 할 것도 없죠."

그가 전혀 걱정하는 어투로 묻는 게 아니어서 희도 담담히 대꾸했다.

"정의감이 넘치시네, 권희 사원. 불쌍한 박 대리 시집보내기 작전인가? 아무리 그래도 이건 혼자서 감당하기 힘들 텐데?"

심술궂은 규성의 말에 짐짓 태연한 얼굴을 한 희는 "상관없습니다. 어떻게든 될 테니까요."라고 대답했다.

규성은 자리로 되돌아가는 그녀의 뒷모습을 보며 피식 웃음을 참았다. 일하기 싫다고 얼굴에 써 붙여 놓은 주제에 동료 감싸기라니.

"권희."

"왜요?"

그가 부르면 꼭 저렇게 뚱하니 대답한다.

꼭 그랬다. 한 번을 살갑게 대꾸해 준 적이 없다. 그래서인지 규성은 희와 단둘이 있다 보면 자꾸 시비를 걸고 싶었다. 시비라기보다는 그냥 시시껄렁한 장난을 치고 싶었다.

"커피 좀 타 줘."

그의 말에 모니터를 뚫어지도록 보던 희가 눈썹을 팩 찡그렸다. 한껏 일그러진 그녀의 얼굴에는 '내가 다방 여자예요?'라고 쓰여 있어서 규성은 입술에 호를 그리며 "빨리 타 와."라고 명령했다.

희는 의자에 거만하게 앉아 손짓으로 명령하는 규성에게 묵직한 서류철을 집어 던지고 싶었다. 안 그래도 부서에 아무도 없는데 확 일 저지르고 튀어 버려? 음흉한 생각을 하며 희가 눈을 가늘게 뜨자 규성이 살며시 웃으며 턱짓을 했다.

"지금 뭐 던질 생각했지, 너."

규성의 말에 눈가를 움찔 떤 희는 "아뇨, 아무것도."라고 시치미를 떼고선 자리에서 일어섰다.

아랫입술을 삐죽 내민 희가 탕비실 안으로 들어서자 규성이 깜빡했다는 듯 소리쳤다.

"프림 없는 걸로 타 와. 커피 봉지로 젓지 말고."

하여간 바라는 것도 많지. 아랫입술을 꽉 깨문 희는 자신을 커피 심부름꾼으로 부려 먹은 대가를 톡톡히 치르게 해 주겠노라 생각했다. 그래서 일부러 프림이 들어간 커피로 타고, 봉지로 휘휘 저어 주었다.

"드세요."

규성의 앞에 커피를 딱 갖다 놓은 희는 새침하게 등을 돌렸다. 희가 두고 간 커피를 빤히 쳐다보던 그는 잠깐 의심스러운 표정을 짓더니 미심쩍은 듯 말했다.

"침 뱉었냐."

"아니에요!"

하지 말라는 건 다 했지만 그 짓은 안 했어!

희가 눈을 세모꼴로 치켜뜨며 규성을 노려보자 그가 "그래?" 하고 심드렁하게 대꾸하고선 커피를 한 모금 마셨다. 규성은 그녀의 격한 반응에 아주 살짝 미안했는데 커피를 마시는 순간 그 마음이 싹 가셨다.

내 이럴 줄 알았지. 텁텁한 커피를 겨우 삼킨 규성은 콧잔등을 찡그렸다.

"나도 내일 너 감시하러 나올 거니까 늦지 않게 출근해."

"네에, 압니다."

"커피는, 잘 마실게."

규성의 중얼거림에 희가 칸막이 밖으로 고개를 내밀었다. 규성을 쳐다본 희는 귀를 후비더니 "……헛소릴 들었나." 하고 혼잣말을 했다.

프림이 듬뿍 들어간 커피를 홀짝이며 다시 일하는 그를 이상야릇하게 보던 희는 시선을 돌려 모니터를 응시하곤 중얼거렸다.

"별나다니까, 진짜."

'8시까지 출근 안 하면 죽는다.'라는 규성의 문자 메시지를 받은 희는 아침부터 재수 옴 붙었구나 싶었지만 그래 봤자 휴일에 출근해야 하는 현실이 달라지는 건 아니었다.

평소라면 지금 시간대에 사람들로 인산인해겠지만 오늘만은 노만도 조용하다. 휴일에조차 일해야 하는 비극은 모두 윤규성 때문이다. 저기압인 얼굴로 한숨을 내쉰 희는 활짝 열린 승강기 안쪽에 회색 정장을 쫙 빼입은 규성을 보고 몸을 움찔 떨었다.

아, 정말 권희, 재수도 옴팡지게 없다.

떨떠름한 표정을 지었지만 희는 애써 일그러지려는 입매를 다스리고선 "안녕하세요, 부장님." 하고 간신히 인사했다.

협소한 승강기 안에 맴도는 공기가 서먹해서 미쳐 버릴 것 같다. 희는 잠깐 입술을 우물거리더니 입을 조그맣게 열었다.

"이번에 강명 친필 사인북 나온다던데, 들으셨어요?"

"이미 챙겼어."

그녀의 물음에 단조롭게 대답한 규성은 출판사에서 일하는 친구에게 부탁해 얻어낸 거라고는 차마 말할 수 없었다. 출판사에서 강명의 편집을 맡았다는 아는 동생을 귀빈 대접 해 가며 겨우 얻은 책이다. 인터넷 서점에서 한정 100권으로 강명의 친필 사인북을 판다는데 규성이 그 이벤트에 당첨될 확률은 몹시 희박했다. 세간에 전혀 알려지지 않은 강명이 처음으로 내놓은 사인북이다. 규성은 그걸 어떻게든 갖고 싶었다.

승강기 문이 열리고, 희가 먼저 내렸다. 희는 부서의 창문을 열고 하룻밤 사이에 공기가 탁해진 부서를 환기시켰고, 규성은 그런 그녀를 묘한 눈길로 쳐다보았다.

그의 눈에 희는 역시 변덕스러운 여자였다. 뭘 시켜도 한껏 투정 부릴 때가 엊그제인데 지금은 창문을 열어 공기도 환기시키고 너저분해진 책상도 착실히 정리하고 있다.

자리에 앉은 그는 무엇을 할지 생각하다가 책상 수납장에 넣어 둔 강명의 소설책을 꺼냈다. 규성은 오늘 굳이 회사에 나올 이유가 없었다. 순전히 희를 감시하기 위해 나온 것뿐이다.

휴일이어서 그런지, 아니면 건물이 하도 고요해서 그런지,

창문으로 뿌옇게 쏟아지는 햇살을 보자 규성은 책이 읽고 싶어졌다.

그렇지 않아도 희는 속으로 열불이 나는 중이었다. 누군 일하러 나왔는데 감히 책을 읽고 놀아? 입을 잔뜩 삐죽인 희는 의자에 부러 소리 내어 앉으며 신경질적으로 모니터를 켰다.

책을 읽던 규성은 키보드를 두드리고 마우스를 달각대는 소리에 고개를 살짝 들어 그녀를 보았다. 평소에 말대꾸하는 것만 보면 말이 꽤 많을 것 같지만 희는 의외로 조용하다. 가끔 휴게실에서 여사원들과 옹기종기 모여 있는 걸 본 적 있지만 떠들지는 않았다. 수다 떠는 건 적성에 안 맞지만 말대꾸하는 건 적성에 딱 맞는다는 건가.

피식 웃은 규성은 조끼 안쪽 주머니에 넣어 둔 핸드폰이 진동하는 걸 느끼고 책을 엎어 두었다.

요즘 규성에게 주야장천 연락해 오는 사람은 단 한 명이었다. 핸드폰 액정 화면에 '한유정'이라는 이름이 뜨자 그는 무척 짜증 난 표정을 지었지만 어쩔 수 없이 전화를 받았다.

"또 뭐야."

—뭐냐니? 상사를 대하는 태도가 꽤 버르장머리 없잖아, 윤규성 부장.

나긋하게 울리는 남자의 목소리에 규성은 "이번엔 뭐로 귀찮게 굴려고." 하고 떨떠름하게 말했다.

—귀찮게라니, 형 상처 받는다.

"쓸데없는 소리 말고."

규성이 성가시다는 듯 말하자 유정이 소리 죽여 웃었다.

—왜 전화했겠어. 프로모션 때문에 그러지.

"거짓말 치시네."

미간을 찡그린 규성이 나지막하게 읊조리자 유정은 또다시 유쾌하게 웃었다.

―거짓말인 거 어떻게 알았지? 티 났나?

"너 그거 어제도 물어봤어. 거기다 하루에 한 번씩 상황 보고하는데 굳이 전화까지 해서 물어볼 만큼 네가 이번 프로모션에 관심이 많은 것도 아니잖아."

한심하다는 어조로 규성이 유정을 타박했다. 이런 녀석이 노만 회장이라니. 이마를 살짝 덮은 머리칼을 뒤로 쓸어 넘긴 규성은 "그래서 본론이 뭐냐니까." 하고 신경질적으로 물으며 다리를 꼬았다.

―너, 회사에 출근했다며?

누구냐, 소문 낸 녀석.

규성은 핸드폰 너머에서 마치 자신의 표정을 보기라도 한 것처럼 웃는 유정의 목소리가 영 마땅찮았다.

―듣자 하니까 어떤 여사원을 꼬시려고 요즘 열심히 괴롭히고 있다던데, 같이 출근한 사람이 그 여자야?

어쩐지 굉장히 신 난 듯한 유정의 목소리를 잠자코 듣던 규성은 순간 대화의 방향이 몹시 어긋났다는 걸 깨달았다. 미간 사이를 검지와 중지로 문지르던 규성은 자리에 엉덩이를 착 붙이고 앉아 제법 열심히 일을 하고 있는 희를 보았다.

"무슨 개소리야."

낮게 깔린 규성의 목소리에 모니터에 집중하고 있던 희가 어깨를 파르르 떨었다.

또 뭐지, 이 불길한 기류는.

그의 목소리는 아주 잠잠했지만 그렇다고 불만이 전혀 없지는 않았다. 뭔지는 몰라도 그와 통화하고 있는 사람이 개꽃 부장의 심기를 단단히 비틀어 놓은 모양이다.

―어라? 아니었어?

유정은 아니라는 걸 알고 있었지만 즉각적인 규성의 반응이 재미있었는지 계속 이죽거렸다.

―그렇지 않고서야 네가 휴일에 나올 리 없잖아. 설마 그 여사원 하나 감시하려고 휴일까지 반납했다는 거야? 어지간히 좋은 모양이지?

그 여사원이 권희라서 그런 거다. 희는 어디로 튈지 모르는 럭비공이니까. 그나저나 대체 어디서 이런 괴소문이 돈 걸까. 진짜 환장할 노릇이다. 건드릴 여자가 없어서 희를 건드린다니.

"어디서 그런 헛소리를 들었는지 당장 불어."

소문을 낸 놈을 잡아다가 주리를 틀어 버리리라. 규성이 어금니를 으드득 씹으며 말하자 유정이 커다랗게 웃음을 터뜨렸다.

―소문 말이야? 그거 방금 내가 지어낸 건데!

유정의 말을 듣는 순간, 규성은 마음속 어딘가에서 이성의 끈이 깔끔히 톡 끊어지는 걸 느꼈다.

―네가 휴일에도 회사를 나간다고 측근에게서 들었거든. 예쁜 여사원과 단둘이 시간 외 근무를 한다기에 좀 골려 준 것뿐이야. 아, 삐쳤어?

규성은 진지하게 고민하기 시작했다. 어째서 노만 회장은 지금 이 시간에 자신에게 전화를 걸어 이런 시답잖은 헛소리를 늘어놓는 것인가. 그리고 그 빌어먹을 측근은 또 누구고? 누군지 몰라도 잡히면 그날로 황천길 예약이다.

그는 침착하기 위해 손을 뻗어 책상 모서리를 있는 힘껏 움켜쥐었다.

"끊어라."

—아아, 안 돼! 아직 용건 남았단 말이야!

유정이 애타게 소리쳤지만 규성이 고민할 것도 없이 통화 종료를 하려는 순간.

—서보연 돌아왔대!

핸드폰에서 유정의 목소리가 쩽 울렸다. 그 목소리가 어찌나 컸는지 내내 모른 척하던 희도 들어 버리고 말았다.

묘하게 익숙한 이름을 듣자마자 눈길이 규성에게로 향한 건 어쩔 수 없는 일이었다. 그냥 자동 반사적인 행동이었다고나할까. 하지만 그는 희와 눈이 마주치자마자 겉옷을 챙겨 들고 밖으로 나가 버렸다.

엄청난 굉음을 내고 닫히는 부서 문을 찔끔하며 쳐다본 희는 잔뜩 움츠리고 있던 목을 쭉 폈다. 무슨 일이 일어나는지 하나도 모르겠다. 통화하면서 혼자 실컷 짜증 내더니 이번엔 나가 버렸다. 경직되어 있던 목과 어깨를 주먹으로 톡톡 두드린 희는 굳게 닫힌 마케팅부의 문을 쳐다보며 가볍게 혀를 찼다.

"내가 알게 뭐야."

마케팅부에선 규성과 멀면 멀수록 행복하고 평안한 회사 생활이 이루어지는 법. 기지개를 크게 편 희는 규성이 꽤 오랫동안 사무실을 비울 것 같은 예감에 자리에서 일어났다. 나가서 커피라도 사 와야지 입이 심심해서 못 참겠다.

문손잡이를 잡고 마케팅부 로고가 붙은 철문을 앞으로 힘껏 당기는데……. 어라? 문이 몇 번 덜컹거릴 뿐이지 열리지 않는다. 당황한 희가 문손잡이를 놓고 얼떨떨해 있다가 마음 한구석을 싸하게 스치는 불길함에 문을 마구 흔들기 시작했다. 그렇지 않아도 며칠 전부터 제대로 열리지 않아 말썽이던 문짝이었다. 문에 발을 갖다 대고 문손잡이를 열심히 돌리고 흔들기를 반복하던 희가 침을 꼴딱 삼켰다.

"……나 갇힌 거야?"

안색이 하얗게 질린 희가 막막한 표정으로 철문을 쳐다보며 가슴에 성호를 그었다.

오 마이 갓.

진짜 권희 생에 최악의 토요일이다.

규성은 보연의 이름에 예민하게 반응했다. 유정이 마치 다 내다보는 듯이 말하기에 설마 싶어서 무작정 회장실로 쳐들어와 봤는데 아니나 다를까, 유정은 정말로 회장실에 거만하게 앉아 있었다.

유정은 소파에 다리를 꼬고 앉아 규성을 보며 실실 쪼갰다.

"예쁜 여사원을 혼자 두고 와도 괜찮은 거야?"

"그런 거 아니랬잖아. 사람이 말하면 좀 들어 먹던가"

지겹다는 듯 규성이 말하자 유정이 능청스레 웃으며 한쪽 눈을 찡긋 감았다 떴다.

"알잖아, 나 청개구리인 거. 알면서 왜 그래?"

오냐, 자랑이다 인마.

그는 신경질적으로 소파에 있던 쿠션을 유정에게 집어 던지는 것으로 화풀이를 했다. 규성이 집어 던진 쿠션을 품에 끌어안은 유정은 친구의 표정을 찬찬히 살피더니 곧 입술에 호를 그렸다.

"정말로 권희 씨 감시하러 왔어?"

"똘마니가 이름도 알려줬나 보지?"

"응. 굉장히 똑똑한 스파이거든. 네가 권희 씨 생리 드립에 얼굴이 붉어져서 나가 버렸다는 것도 들었어."

유정이 생각하면 생각할수록 재미있다는 듯 뺨에 손등을 갖다 대며 미소를 유지했다. 못되게 웃는 유정을 보던 규성은 우러나오는 한숨을 끝내 삭히지 못하고 내뱉으며 관자놀이를 세게 지압했다.

"말해 봐. 진짜 권희 씨 감시하러 회사 나온 거야?"

유정이 눈매를 부드럽게 아래로 당기며 최대한 나른하게 물었다. 유정이 잘 다독이며 물었지만 규성은 입을 열지 않았다. 그저 머리칼에 가려진 관자놀이를 어루만지며 간간이 크게 숨만 삼킬 뿐이었다.

굉장히 고뇌하는 친구의 표정을 곁에서 지켜보고 있자니 유정은 양심이 찔렸다. 왜냐면 '그녀'를 노만 전속 디자이너로 영입한 건 바로 한유정 자신이었으니까.

"서보연 디자이너는 오늘 잠깐 둘러보러 오신 거야. 월요일부터 정식 출근인데 회사를 구경하고 싶어 해서 내가 좋을 대로 하라고 했어."

유정의 말에 규성은 "그러냐." 하고 짧게 대꾸했다.

실은 규성도 내내 반신반의하고 있었다. 서보연이라는 여자가 새로 노만에 영입되었다기에 정말로 그 여자가 맞는지 확인해 보고 싶었다. 유정에게서 보연이 토요일에 회사를 방문할지도 모른다는 이야기를 들었을 땐 가슴이 섬뜩하고 뒷골이 뻣뻣해졌지만 그래도 보고 싶은 건 별수 없었다.

아니. 보고 싶었다기보다는 그동안 얼마나 잘 먹고 잘 살았는지가 궁금했다.

"으음, 네가 원한다면…… 만나게 해 줄 수는 있는데."

유정이 규성의 눈치를 보며 중얼거렸다. 무척 매혹적인 말이었지만 규성은 선뜻 내키지 않았다. 이런 식으로 보연을 만난다고 해서 기쁠까? 그가 마음속으로 갈등하고 있을 때, 주머니에 넣어 둔 핸드폰이 길게 진동했다.

유정은 규성의 대답이 궁금했지만 상쾌한 미소를 날리며 전화를 받아도 좋다는 손짓을 했다.

안쪽 주머니에서 핸드폰을 꺼낸 규성은 액정에 뜨는, 뜻밖의 이름을 보았다.

―지금 어디세요!

핸드폰을 귀에 가져다 대자마자 희의 높은 음색이 고막을 날카롭게 찔렀다. 그래서 규성도 바로 앞에 유정이 있다는 것을 깜빡 잊고선 그녀 못지않게 와락 짜증을 냈다.

"갑자기 왜 성질이야? 토요일에 회사 나오라 했다고 뒤늦게 화풀이하는 거야?"

―잔업이고 뭐고! 빨리 돌아오세요. 문 안 열린단 말이에요.

"뭐?"

가뜩이나 짜증 나는 마당에 이 여자가 뭐라는 건가 싶던 규성은 뒤늦게 마케팅부의 고철 문짝을 떠올렸다. 그러고 보니 좀 전, 규성이 그 문제의 문짝을 있는 힘껏 닫고 나왔다.

뜨악한 규성이 손바닥으로 눈가를 짓누르며 신음 소리를 냈다.

―여보세요? 부장님?

"……알았어. 갈 테니까 기다려."

―빨리 오세요.

"알았다니까."

―저 배고프다고요.

그러게 누가 아침 안 먹고 오래?

신경질이 머리카락까지 뻗힌 규성은 그 한마디를 톡 쏘아 주려다가 희가 누구 때문에 마케팅부에 갇혔는지를 상기하고선 "금방 갈게. 금방." 하고 같은 말을 되풀이했다.

자리에서 일어선 규성은 옆머리를 넘기며 유정에게 중얼거렸다.

"조만간 마케팅부 문 좀 고쳐야겠어."

"아하. 안 그래도 말이 많던데. S/S 패션쇼만 마치면 바로 수리해 줄게."

마케팅부의 고철 문짝 이야기를 뜬금없이 꺼내는 그를 유정은 순순히 밖으로 보내 주었다. 어차피 규성에게 강요할 마음은 없었다.

슬슬 다른 여자를 만났으면 좋겠는데 말이야. 손등에 턱을 괴고 소리 없이 닫힌 회장실의 문을 쳐다보던 유정이 탐탁지 않은 표정으로 구두 굽을 바닥에 두드렸다.

"하여튼 무슨 고집이 저렇게 세나 몰라."

한숨을 내쉰 유정은 사라져 버린 친구의 뒤통수를 떠올리며 혀를 찼다.

한편, 서둘러 마케팅부로 내려간 규성은 꾹 닫혀 있는 문을 보고선 마른 입술을 혀로 핥았다. 문 너머가 조용한 걸 보니 희도 열기를 포기한 모양이다. 규성은 혹시나 하는 마음에 문 손잡이 두 개를 모두 돌려 보았지만 문은 미동도 하지 않았다.

눈 밑을 긁적거린 규성은 문 너머에서 "부장님?" 하고 자신을 부르는 목소리를 들었다.

"기다려. 경비실에서 사람 불러 줄 테니까."

"네에……."

어쩌면 문짝을 아예 뜯어내야 할지도 모르겠다. 최악의 상황을 염두에 두고 경비실에 연락을 넣은 규성은 사람이 갇혔으니 빨리 와 달라고 말했다. 그러고는 문 너머에 있는 그녀의 표정을 어림짐작해 보았다.

"권희."

문 앞에 쪼그려 앉아 있던 희는 규성의 목소리에 숙이고 있던 고개를 치켜들었다.

"왜요?"

잔뜩 퉁한 목소리로 대꾸했지만 규성은 잠시간 말이 없었다. 희가 사태가 이렇게 된 걸 실컷 저주할 즈음, 아귀가 딱 맞물린 문틈으로 다시 그의 목소리가 들렸다.

"……음, 미안."

약간 흐릿한 규성의 목소리에 희는 최대한 소리를 죽여 피식 웃었다. 미안하다고 사과한 그의 표정이 도무지 상상이 가질 않는다.

하지만 무척이나 넓은 마케팅부에 갇혀 쪼그리고 앉아 있자니 묘한 기분이 든 것도 사실이었다. 이 공간에 버림받은 듯한 착각마저 들어서 뭐라도 하지 않으면 우울한 과거들이 떠오를 것 같았다.

"부장님."

"왜?"

"문 앞에 계신 거죠?"

차가운 문에 뒤통수를 퉁 기댄 희가 조심스레 물었다.

맞물린 문 틈새를 노려보던 규성이 "문 앞에 있어."라고 대답했다. 흠집이 난 문을 손가락으로 어루만진 규성은 "그러시구나."라고 밋밋하게 대꾸하는 그녀의 목소리를 경청했다.

어쩐지 희의 목소리가 처음보다 풀이 죽은 것 같다. 문에 한 발자국 더 다가간 규성이 맞물린 틈새를 유심히 지켜보다가 서툴게 말을 붙였다.

"너는 어디 있는데."

"저도 문 앞에 있죠. 참고로 앉아 있어요. 왠지 맥 빠져서."

"경비원들 금방 올 거야. 조금만 참아."

그의 말투는 평소처럼 덤덤해서 말을 잠자코 듣고 있던 희는 어쩐지 심통이 났다.

"부장님 탓이에요, 이거."

"알아. 반성하고 있어."

"진짜 미안해하는 거 맞아요?"

"미안하다니까."

"맨입으로?"

"뭘 바라는데?"

"네?"

규성이 예상외로 온순하게 묻는다. 그렇지만 그에게 마땅히 바라는 바가 없었던 희는, 그럼 조만간 절 잘라 주세요라는 말을 하려다가 더 미움을 받을 것 같다는 여자의 촉이 곤두섰다.

철문에 기대어 있던 희는 꼬르륵거리는 배를 손바닥으로 살살 문지르며 "밥이나 사 주세요."라고 중얼거렸다.

"잘 안 들려. 크게 말해."

"밥이나 사 달라고요!"

자리에 쪼그려 앉아 있던 희는 몸이 시큰거리는 걸 느끼고 선 자리에서 일어섰다. 어깨를 토닥토닥 두드린 희는 바깥이 소란스러워진 걸 엿들었다. 아무래도 경비실에서 사람들이 올라온 모양이다. 문손잡이가 몇 번 찰칵거리며 돌아가더니, 아예 문짝을 뜯어내야겠다는 대화들이 오갔다.

아무래도 문이 얌전히 열릴 것 같지는 않다는 판단이 들어 희는 문에서 살짝 멀어졌다. 뒷걸음질을 천천히 치다가 규성의 자리에까지 도달한 희는 여전히 책상 구석에 떡하니 자리 잡은 《스무 번째 계절》을 내려다보았다.

그가 강명의 팬이라는 걸 알아서인지 왠지 규성에게 미안한 마음이 아주 가끔 들었다.

권희는 매일 어떻게 해야 노만에서 무사히 해고당할 수 있을까 그걸 고민하며 산다. 그것은 그녀가 권희임과 동시에 소설가 강명이기에 가능한 이야기였다.

그래서인지 정말 열심히 일하는 규성을 볼 때면 희는 양심이 따끔따끔했다. 규성을 볼 때마다 가슴 한가운데 밤송이가 박혀서 빙그르르 돌아갔다.

볼을 자그맣게 부풀린 희가 그의 책상에 놓인 책을 집어 들 즈음, 문의 윗부분이 커다란 소리를 내며 문턱에서 떨어져 나갔다. 굉음에 놀라 뒤를 돌아보자 크게 벌어진 문틈으로 윤규성이 보였다.

규성은 마케팅부가 훤히 내다보일 정도로 일그러진 문틈 너머로 강명의 소설책을 들고 있는 희를 발견했다. 또 자신의 책상 근처를 서성거리는 그녀를 보고 규성은 눈썹을 모았지만, 갇힌 것치곤 희가 상태가 괜찮아 다행이라는 생각이 들었다.

넥타이를 살짝 아래로 잡아당긴 그는 방금 전까지 희의 손에 들려 있던 소설책을 힐끗 내려다보았다.

"이번엔 내 책상에서 또 뭘 훔쳐 가려고?"

규성이 장난기 섞인 목소리로 묻자 희가 눈을 부릅떴다.

"안 훔쳐 간다니까요, 글쎄."

희는 좀 전 바닥에 붙이고 있던 탓에 더러워진 엉덩이를 손바닥으로 가볍게 털고선 야박하게 규성에게서 등을 돌렸다.

규성은 다시 얌전해진 희를 쳐다보았다. 배를 슬슬 문지르며 찬물을 들이켜는 희를 쳐다보다가 살며시 웃은 그는 《스무 번째 계절》의 표지를 톡톡 두드렸다.

"권희."

"왜요?"

"점심시간까지 일 얼추 마무리 지으면."

"지으면?"

"점심도 사고 저녁도 사 줄게. 그러니까 빨리 끝내."

규성은 같이 밥 먹자는 말에 그건 또 생각해 봐야 할 일이라는 표정을 한 희를 보고선 입술에 호를 그렸다.

규성은 부서 문이 떨어져 나갈 때, 책을 손에 꼭 쥐고선 입술을 꽁 모으고 있던 그녀의 귀여운 얼굴을 떠올리고선 키득키득 웃었다.

"별난 여자야."

혼잣말을 중얼거린 그는 다시 강명의 소설책을 펼쳤다.

물수건으로 손을 닦은 규성은 "표정 펴라." 하고 희에게 넌지시 말했다.

그의 말에 아래로 못나게 내려간 입가를 손가락으로 보란 듯이 끌어 올린 희는 차례대로 나오는 밑반찬들을 잽싸게 훑었다.

밥을 사 준다더니 진짜였다. 뭐든 먹고 싶은 걸 말하라기에 심술 좀 부려 볼까 싶은 마음에 참치 회라고 했더니, 이 남자가 진짜 횟집에 데려왔다.

그녀는 주문한 지 별로 되지 않아 후딱 나온 선홍빛의 참치 회를 보고 저절로 군침을 삼켰다.

"먹어."

규성이 선심 쓰는 듯 참치 회가 그득 담긴 접시를 그녀의 앞으로 밀어 주었다. 회가 나오는 순간부터 시선을 온통 그릇에 집중하고 있던 희는 회를 향해 가볍게 합장했다.

"감사히 잘 먹겠습니다."

참치 회 한 점을 감싸 입안에 쏙 넣은 희는 보드라운 맛에 몇 번이고 감탄하다가, 규성이 젓가락질을 하지 않은 걸 보고선 몰래 그를 살폈다.

배가 안 고픈가?

고개를 갸우뚱거린 희는 젓가락을 입에 물면서 값비싼 참치 대뱃살을 주시했다.

규성은 맛난 참치 회를 집어먹는 생각 대신 손등에 턱을 괴고선 그녀가 오물오물 먹는 걸 쳐다보기만 했다. 먹는 걸 지켜본다고 배가 불러지는 건 아닌데.

입에 젓가락을 꼭 물고 규성의 눈치를 보던 희가 스리슬쩍 참치 대뱃살 한 점을 그의 접시에 내려놓았다.

"드세요."

희는 규성의 빤히 보는 시선을 마주하다가 "왜요?" 하고 물었다.

"안 드실 거예요?"

이해가 안 간다는 듯 희가 자꾸만 고개를 갸웃거리자 규성이 무언가를 말하기 위해 잠깐 입을 열었다가 다시 다물었다.

"아냐, 아무것도."

나지막하게 중얼거린 그가 희가 건네준 회를 입에 집어넣는다. 희는 규성의 입가에 언뜻 떠오른 웃음을 의아하게 쳐다봤지만 뭐 별 의미나 있을까 싶었다.

혹시 먹으라고 권해 준 게 오지랖이었나.

속으로 찜찜해진 희가 규성의 행동을 살피고 있을 즈음, 정작 그는 강명의 소설을 떠올리며 터져 나오려는 웃음을 참느라 안간힘을 썼다.

여자는 엄마가 한 번도 먹어 보지 못했다는 치즈 김밥을 수저에 얹어 주었다. 엄마가 치즈 김밥을 라면 국물에 적셔 먹고 수저를 싹 비우면 다음엔 어떻게 만든 거냐며 연방 신기해 한 누드 김밥을 얹어 주었다.

여자는 엄마가 김밥 하나를 식도로 넘길 때마다 앞으로 먹을 음식들만큼 행복해지길 바랐다. 그 생각만 하면 여자는 자꾸만 엄마 몫의 접시가 비어 있는 걸 보고 있을 수가 없었다.

물론 이 여자가 자신이 행복했으면 해서 회를 권해 준 건 아니겠지만.

서늘하고 부드러운 참치 회 한 점을 입에 넣은 규성은 혼자서도 많은 양을 씩씩하게 잘 먹는 희를 보며 조용히 웃음 지었다.

권희는 이런 여자다. 미움 받기에는 너무 솔직하고, 좋아하자니 너무 스스로를 숨기지 않아서 도리어 낯설게 느껴지는. 생각하면 할수록 희는 강명과 닮았다. 그것도 강명의 소설에서 매력이라고 할 수 있는 점들만 쏙쏙 빼닮은 것 같았다.

"강명 말이야."

"……소설가요?"

규성의 입에서 그 이름이 나오자 희는 어쩐지 가슴이 설레었다. 눈을 진득하게 깜빡이며 그가 별거 아니라는 듯 가볍게 웃었다.

"아니. 왠지 네가 좀 닮은 것 같아서."

"강명 만나 보신 적 있으세요?"

설마. 그럴 리 없다. 희는 단 한 번도 강명이라는 이름으로 오프라인에서 스스로를 밝힌 적이 없었다. 만약 규성이 자신이 누구인지 알고 여태까지 강명의 이야기를 한 거라면……. 진짜 그의 앞에서 혼자 북 치고 장구 치고 쇼를 보여 준 셈이다.

"만나 본 적이 있을 리가 없지."

다행히도 규성이 그건 아니라는 듯 고개를 내저어서, 희는 그 모르게 안도의 한숨을 내쉬었다.

"근데 제가 닮았다고 생각하셨어요?"

신기하다는 듯 희가 눈을 빠르게 깜빡대자 규성이 피식 웃었다. 아, 오늘따라 이 남자가 왜 이렇게 자주 웃는담. 괜히 기분 좋아지잖아.

오물거리는 그녀의 양 뺨을 쳐다보던 규성은 "그냥 그렇다는 거지." 하고 심심하게 대답했다.

"어디가요?"

규성은 다시 되돌아온 그녀의 질문에 시선을 빨갛게 빛나는 참치 회로 내렸다. 희에게 뭐라고 설명할지 생각하던 규성이 미미하게 눈썹 사이를 좁혔다.

막상 그 느낌을 표현하자니 막막하다. 거기다가 이 여자는 왜 이런 질문에 눈을 반짝이냔 말이야.

난데없이 그런 희가 귀엽게 보인 규성은 손으로 입가를 가리며 괜히 뚱하게 말했다.

"빨리 식사나 해. 자리 잠깐 비운 거니까 얼른 돌아가야지."

그녀는 참치 회 접시를 후딱 해치우고선 포만감이 오르는 배를 손바닥으로 가볍게 두드렸다.

참치 회의 가격이 궁금해 규성이 결제하는 걸 훔쳐보려고 했지만 그가 신경 쓰지 말라는 건지, 참견하지 말라는 건지 또다시 꿀밤을 먹었다. 덕분에 잘 먹고도 이마를 두들겨 맞는 바람에 기분이 팍 상했다. 가게 입구에 있는 사탕 두 개를 집어 든 희는 그의 뒤통수를 향해 입술을 한껏 삐죽였다.

분홍색의 사탕을 입에 쏙 넣고 가게를 나서려는데, 입구에 떡하니 서 있는 규성의 뒷모습에 의아했다. 고개를 갸우뚱하며 그의 얼굴을 기웃거리는데, 어째서인지 그의 표정이 심상치가 않다.

조금 살벌해진 규성의 표정에 희는 무언가가 잘못되었다는 걸 직감했다. 그의 눈초리가 향하는 곳을 쳐다본 희는 어느 식당 근처에서 화기애애하게 대화를 나누고 있는 두 남녀를 발견했다. 다른 건 모르지만, 몇 시간 전의 상황으로 유추하자면 문제의 여자는 서보연이라는 게 확실했다. 그냥 여자의 측이 그렇게 말해 주고 있었다. 그렇다면 옆에 있는 남자는? 멀끔한 차림새에 멀리서 봐도 훈훈하게 생긴 사람이다. 남자가 누굴 닮았다는 생각에 유심히 쳐다보자 규성이 고개를 팩 돌려 그들을 무시했다.

병아리처럼 졸졸 규성의 뒤를 따라간 희는 군말 없이, 아주 점잖게 규성을 따라 로비를 지나치고 승강기에 올랐다.

희는 우직하게 서 있는 규성의 뒷모습을 쳐다보며 소리 나지 않도록 가슴을 탕탕 두드렸다. 맛나게 먹은 참치 회가 가슴에 딱 얹힌 것 같다. 개꽃 부장과 토요일에 두 번 잔업 했다가는 정말 죽을지도 모르겠다. 곁눈질로 투명한 승강기 내부를 쳐다본 희는 눈치껏 남은 시간 동안 입 딱 다물고 자리에 앉아 있어야겠다고 생각했다.

그나저나 개꽃 부장도 참 솔직하다. 감정을 숨기지 않는 건지, 숨길 줄 모르는 건지. 거침없는 건 희도 마찬가지지만, 이렇게 껄끄러운 얼굴 표정을 지켜보고 있자니 마음이 왠지 석연찮았다.

발자국 소리를 죽여 규성의 자리를 지나친 희는 횟집에서 챙겨 온 사탕을 주머니에서 꺼내 그의 책상 위에 쓱 올렸다. 이게 뭐냐고 묻는 규성의 사나운 시선에 희는 "사탕요."라고 간단히 답하고선 재빨리 말을 덧붙였다.

"아무리 생각해도 부장님은 당분 부족이신 것 같아서."

규성이 기분 나빠 하지 않게끔 유연하게 말한 희는 "그럼 가서 일할게요."라는 말을 덧붙이고 자리로 돌아갔다.

자리에 앉은 희는 규성이 사탕을 건드리지 않으면 어쩌나 싶었는데 그녀의 걱정과는 다르게 규성은 어느새 사탕을 입에 넣고 있었다.

"권희."

"네?"

규성의 부름에 희가 의자 뒤로 젖히고 고개를 내밀었다. 규성은 한쪽 뺨에 사탕을 몰아넣은 희에게 까딱까딱 손짓을 했다.

"수정 시안 가져와."

"지금요?"

"그럼 지금 가져오라는 거지 언제겠냐. 말 안 들을래?"

하여간에 성질 하고는.

하라는 대로 서류를 갖다 바친 희는 와이셔츠 소매를 걷어 올리고 문서를 꼼꼼히 훑는 그를 감상했다. 그 여자는 대체 누굴까. 얼굴이 왠지 낯이 익은 여자였다. 하지만 기억이 날 듯 말 듯 했다.

희는 꼬리에 꼬리를 무는 의문에 통통한 아랫입술을 가볍게 물었다. 하지만 곧 자리에서 일어난 규성에게 이마를 볼펜으로 두드려 맞고선 눈살을 찡그렸다.

"밑줄 친 부분 다시 수정해 와. 이런 식으로 뭉뚱그려 문서 작성해 가면 그들이 무슨 소리 하는지 알아듣겠어? 글재주 좀 부려라, 권희."

입술을 실룩거린 희가 그의 손아귀에서 서류를 빼앗듯 돌려받으며 "수정해 올게요." 하고 최대한 인내심을 발휘한 목소리로 답했다.

글재주가 없다고? 글재주 없는 사람이 쓴 소설을 보고 좋다고 한 게 어디 누군데?

자리에 도로 앉는 규성을 돌아보며 슬쩍 가운뎃손가락을 날렸다. 하지만 개꽃 부장이 일을 잘한다는 건 인정해야겠다. 빨간 밑줄을 사정없이 그어 놓은 곳에 이렇게 수정하는 편이 좀 더 나을 거라고 써 놨는데, 그게 너무 정확해서 희는 할 말이 없었다.

개꽃 부장이 지시한 대로 문서를 수정하는데 모니터 옆에 둔 핸드폰이 가볍게 울렸다.

희야, 오늘 저녁에 시간 돼?

서윤이다. 예전에 희가 밥 좀 같이 먹자고 징징거린 걸 서윤이 기억하고 있었던 모양이다. 비실비실 웃은 희는 서윤에게 '몇 시에 만날까?' 하고 답장을 보냈다.

그 광경을 지켜보던 규성은 실실 웃음을 쪼개는 희를 보고선 한쪽 눈을 치켜떴다.

남자 친구랑 데이트 약속이라도 잡혔나, 왜 저래?

펼쳐 놓은 서류로 다시 시선을 내린 규성은 다시 힐끗 희를 쳐다보았다. 문서를 수정하다 말고 틈틈이 문자 메시지를 보내며 웃는 희가 영 거슬린다.

책상을 두드리던 규성은 방금 전, 식당 앞에서 본 보연과 그 옆에 여전히 함께 있던 자신의 형을 떠올렸다.

빌어먹을. 그는 입안에서 도르르 굴리던 사탕을 와드득 깨물고선 "권희!" 하고 소리쳤다.

"서류 수정한 거 가져와."

"그거 방금……."

"안 가져와? 싫으면 내가 갈까?"

이 불한당 같으니. 지금 핸드폰 조금 만졌다고 이 난리를 떠는 게 분명하다. 희는 핸드폰을 규성의 시야가 닿지 않는 곳에 숨겨 두고선 떨떠름한 표정으로 말했다.

"죄송합니다. 금방 수정해서 드리겠습니다."

"휴일에도 야근하고 싶으면 계속 핸드폰 보면서 시시덕거려라."

잡아먹을 듯이 쳐다보는 규성을 똑같이 노려본 희는 고개를 휙 돌리고선 볼펜으로 규성이 수정하라고 지적한 부분을 박박 그었다.

'집에 돌아가는 길에 넘어져서 흙탕물에 뒹굴어라.'

희는 속으로 온갖 저주를 퍼부었다. 절대로, 오늘만은 무슨 일이 있어도 야근은 안 된다. 만약 규성이 야근을 명령한다면 진심으로 화내겠다는 마음으로, 서윤과 6시에 저녁 약속을 잡았다.

"아오, 열 받아!"

발을 세게 구른 희는 테이블을 주먹으로 힘껏 두드리려다가 이를 악물고 주먹을 무릎에 올렸다.

"나보고 뭐라고 했는지 알아? 글재주가 없대! 자기 마음에 안 들면 별걸로 다 시비야!"

희의 맞은편에 앉아 있던 서윤은 순식간에 비는 잔에 술을 채워 주며 "그래, 그래. 그 상사님 말이지?" 하고 동조해 주었다.

서윤은 약속 시간에 딱 맞추어 노만 근처에 있는 버스 정류장에서 희를 기다렸는데 어찌 된 영문인지 희는 6시가 되도록 장소에 나오질 않았다. 문제의 개꽃 부장에게 딱 걸려 토요일에도 회사를 나간다는 푸념을 들어서 대충 예상했지만 설마 6시까지 일을 시키다니. 그 때문에 희는 얼굴이 붉으락푸르락해서는 밥이고 자시고 술부터 마시러 가자고 성을 냈다.

"희야, 천천히 마셔. 너 그러다가 훅 간다."

"뭐 어때. 네가 알아서 집에 날라 주겠지."

퉁명스럽게 대꾸한 희는 홍합 국물을 떠 마시며 차가운 술잔을 손안에 그러쥐었다.

윤규성도 싫고, 회사를 다녀야 하는 것도 싫고, 부모님도 원망스럽고, 이것저것 다 갑갑하다.

희가 울상을 짓자 덩달아 속상해진 서윤이 머리를 긁적이며 화젯거리를 돌렸다.

"아, 저번에 내가 얘기한 지인 기억해?"

"친구?"

"개인적으로 사인북 부탁했던 지인. 벌써 까먹었어?"

서윤이 빙그레 웃으며 묻자 희가 "설마 벌써 까먹었을까 봐?" 하고 새초롬하게 말하며 눈을 흘겼다. 손에서 술잔을 놓은 희는 딱딱한 플라스틱 의자에 등을 기대고선 "그 지인이 왜?" 하고 궁금증을 드러냈다.

"고맙다고 전해 달래."

"뭘?"

"사인해 줘서. 개인적으로 조른 건데 해 줄 줄 몰랐다고, 강명한테 감사하다고 전해 달라던데?"

"별것도 아닌 걸 가지고."

말랑말랑한 홍합을 먹으며 희는 덤덤한 표정을 지으면서도 속으론 배시시 웃었다. 뜨거워진 뺨을 손등으로 누른 희는 빈 서윤의 술잔을 보고선 냉큼 소주를 채워 주었다.

"그 친구는 뭐 하는 사람인데?"

"응?"

순간 그녀의 말에 당황한 서윤이 눈가를 움찔 떨었다. 서윤은 개인적으로 사인북을 요청한 지인이 노만에서 일하고 있는 직원이라고 말해도 되는 건지 잠깐 속으로 갈등했다. 말하면 희가 왜 알려 주지 않았느냐고 소리를 칠 것 같아서 서윤은 허허 웃으며 "그, 그냥 회사원이지, 뭐." 하고 대꾸했다.

"그나저나 우리 작가님은 언제 연애하시려나."

대화 주제를 재빨리 돌린 서윤이 능글맞게 웃자 희는 마시던 술을 뿜을 뻔했다.

"뜬금없이 웬 연애 타령이야?"

입가를 손등으로 닦아 내며 희가 황당하다는 듯 묻자 서윤이 "에이, 너도 슬슬 연애 다시 해야지." 하고 말하며 빈 술잔을 빙그르르 돌렸다.

"연애는 무슨. 혼자 살다 혼자 죽고 말지."

"너 그거 진짜 말이 씨가 된다."

"씨 되라고 하는 말이다."

"왜? 근처에 좋은 남자 없어? 이 오빠가 소개해 줘?"

홍합 껍데기를 그릇에 담으며 서윤이 희의 마음을 은근슬쩍 떠보려 하자, 그녀가 어림도 없다는 듯 코웃음을 쳤다.

"오빠 좋아하신다. 나보다 5개월이나 늦게 태어난 녀석이."

"그야 너 걱정되니까 하는 소리지. 외로우면 재깍 말해야 된다, 너. 친절한 남자 리스트 쫙 뽑아다 줄 테니까. 응?"

유들유들하게 웃는 서윤의 표정에 희가 마지못해 미소 지으며 "알았다니깐." 하고 대꾸했다.

홍합탕 한 그릇을 뚝딱 해치운 두 사람은 소주 몇 병에 해물파전 한 장까지 해치우고선 술집을 나왔다. 오래간만에 술을 잔뜩 마신 희는 술집 거울로 광대뼈 부근이 취기로 물든 걸 보고는 혼자 헤프게 웃음을 터뜨렸다. 희는 술만 마셨다 하면 웃음이 잦아진다.

서윤은 길 한복판에 서서 실실 웃고 있는 희의 팔 한 짝을 어깨에 둘러메고선 "희야, 정신 차려야지." 하고 씨알도 안 먹힐 말을 중얼거렸다.

"응, 괜찮아. 괜찮대도."

서윤의 어깨를 토닥토닥하며 대답한 희는 자신을 염려스럽게 쳐다보는 서윤의 시선에 히죽 웃었다.

"야, 어차피 나 집 근처야. 괜찮아. 갈 수 있어."

낮은 만세를 해 보이며 헤실헤실 웃은 희는 그래도 데려다주겠다는 서윤의 등을 억지로 떠밀고선 손을 크게 흔들었다.

등을 돌려 느릿느릿 걸어가는 희를 걱정스럽게 쳐다보던 서윤은 진짜 괜찮은지 의구심이 들었지만, 어차피 희가 사는 원룸에서 10분도 채 떨어지지 않은 곳이니 괜찮겠지 싶었다. 사람은 누구나 귀소 본능이 있으니 무사히 들어가겠지. 희가 모퉁이를 돌아 사라질 때까지 자리에 서 있던 서윤은 그제야 걸음을 택시 승강장 쪽으로 돌렸다.

골목길을 손으로 짚으며 침착하게 걸어간 희는 어지러운 머리를 손바닥으로 짚으면서도 스스로 상태가 기가 막혀 비실비실 웃었다.

고주망태가 되지 않았다고 생각한 서윤의 생각은 심각한 오판이었다. 희는 취했다. 그것도 단단히 취했다. 희가 오래간만에 몹시 기분 좋게 술 취해서 서윤이 미처 눈치채지 못한 것뿐이었다.

그녀는 걸을 때마다 건물들이 팽팽 도는 걸 보았다. 속이 울렁거리는 건 아닌데 눈앞이 어지럽다. 걸을 때마다 뇌가 출렁거리는 것 같아서 세상만사 말 그대로 요지경이다. 나지막하게 신음 소리를 낸 희는 원룸 바로 맞은편에 있는 편의점으로 향했다.

술을 적당히 마셔야 했는데 오래간만에 서윤과 실컷 떠들다 보니 스스로를 과대평가하고 말았다. 편의점에 휘청거리며 들어선 희는 그래도 아무렴 어떠랴 싶었다. 어차피 내일은 일요일이고, 잔소리하는 사람이 있는 것도 아니다.

콧노래를 흥얼거리며 숙취 해소 음료를 집어 드는데 "얼씨구." 하고 혀를 차는 소리가 들렸다. 희는 그 목소리를 한 귀로 흘려들으며 계산대로 걸어갔다. 주머니에서 지폐를 꺼내 값을 지불하고 다시 편의점을 나서는데 "야, 권희." 하고 자신을 호명하는 목소리가 또 뒤통수를 톡 쳤다. 아니. 진짜 누가 뒤통수를 쳤다. 검지나 중지로 머리를 가볍게 두드리는 느낌에 눈이 반쯤 풀린 희가 뒤를 돌아보았다.

고개를 돌리자 한 손에 담배를 들고 있는 개꽃이 보였다. 뭐지? 희가 갸웃하며 눈을 느리게 깜빡거리자 그녀의 앞에 서 있던 개꽃이 우습다는 듯 "과년한 처녀가 넋 놓고 다니고. 잘한다." 하는 잔소리를 툭 내뱉었다.

"윤규성?"

이름을 냅다 입으로 싸지르자 한쪽 눈을 위로 치켜뜬 규성이 아프지 않게 꿀밤을 먹이며 "오냐, 윤규성이다." 하고 대꾸했다.

"왜 당신이, 왜, 왜 여기 있는데?"

그녀의 어조엔 불만이 한껏 담겨 있어서 규성은 어이없다는 듯 담배 한 개비를 입에 물었다.

"그게 누가 할 말인데? 내가 내 집 앞도 못 나오냐."

"아, 어쨌든. 몰라. 저 갈게요. 안녕!"

"안녕? 안녕 좋아하네. 그리고 왜 아까부터 계속 반말이야?"

"뭐 어때. 어차피 세 살 많은 주제에!"

희가 삿대질을 하며 뾰로통하게 중얼거리자 규성이 그녀의 손가락을 툭 치며 불만스럽게 말했다.

"세 살? 너 내 나이도 모르냐, 인마."

"뭐, 모른다 어쩔래. 너는 내 나이 아냐?"

"스물일곱이잖아."

"……어? 어떻게 알았지?"

그가 단번에 대답하자 희는 진심으로 놀랐다.

놀란 희가 눈을 깜빡거리자 규성이 이 상황이 터무니없게 느껴졌는지 헛웃음을 쳤다.

"완전 주정뱅이구만."

술에 단단히 취한 희가 그를 알아보는 게 그저 용하다. 어디서 술을 퍼마시고 오는 길인지는 몰라도 평소 주량 이상으로 마신 건 확실했다. 그는 때마침 담배와 술을 사러 나온 길이었다. 혼자 마시기 적적한 차에 권희가 나타나다니. 정말 묘한 일이었다.

규성이 살며시 웃자 손가락을 꼼지락대던 희가 갑자기 그를 향해 허리를 숙였다.

"그럼요, 저어, 주정뱅이는 갑니다. 안녕히 계세요."

폴더처럼 반으로 딱 접혔다가 흐느적거리며 상체를 일으킨 희가 자리에서 휘청했다.

"야, 야. 똑바로 걸어."

비틀거리는 희를 규성이 다급히 붙잡자 그녀가 그를 향해 싫은 눈초리를 대놓고 드러냈다.

"아, 또 왜요!"

까칠한 그녀의 어조에 규성이 입에 물고 있던 담배를 손가락으로 부러뜨렸다.

요 조그만 게 술 취했다고 막 나간다. 아니, 그에겐 오히려 잘된 일인지도 몰랐다.

"권희."

"왜?"

"또 반말한다."

"왜요!"

"너 오늘 일 기억할 자신 있어, 없어?"

아무 데도 못 가게 딱 붙잡고 난데없이 물어 오는 규성의 질문에 희는 잠깐 사태 파악이 되지 않아 고개를 옆으로 기울였다. 아무리 술에 취했다지만 정신은 어느 정도 깼다. 하지만 희는 기억할 자신이 있다고 말하고 싶지 않았다. 지금 자신의 꼴이 얼마나 우습겠냔 말이다. 광대뼈와 귀가 빨갛게 물든 권희는 어딜 봐도 주정꾼이었다.

하지만 그는 누구건 간에 그저 이야기를 들어 줄 사람이 절실했다. 어쩌면 이것이 운명일지도 모른다는 생각이 들자 규성은 절로 웃음이 새어 나왔다.

"여기 가만히 앉아 있어."

그는 편의점 앞에 펼쳐 놓은 파라솔로 희를 끌고 가 파란 플라스틱 의자에 그녀를 무작정 앉혔다.

"왜?"

"권희. 너, 한 번만 더 반말하면 정말 혼난다."

어깨를 지그시 압박하는 규성의 힘에 희가 딸꾹질을 했다. 위협적으로 쳐다보는 그의 표정에서 두려움을 느낀 희는 술에 취해 둔한 고개를 성실하게 끄덕거렸다.

의자에 앉아 꾸벅거리던 그녀는 편의점 문 너머로 규성을 응시했다. 그가 계산하는 것들을 멍하니 쳐다보던 희는 이내 눈을 부릅떴다. 규성이 카운터에 올려놓은 건 술이었다. 그것도 다량의 술. 아무리 생각해도 윤규성과 일대일로 술 마시는 건 좀 아니다. 개꽃 부장과 단둘이 술이라니.

엉덩이를 들썩거리며 도망치려는데 편의점 문에 달린 방울이 경쾌하게 울렸다. 팔걸이를 손으로 짚은 채 굼뜨게 고개를 치켜든 희는 소주며 맥주를 한 아름 사 가지고 나온 규성을 보고선 뜨악했다.

그녀는 둥근 테이블을 꽉 채우는 술을 보고선 잠시간 망연했다. 하지만 희가 무슨 생각을 하건 말건 규성은 소주 한 병을 무작정 땄다.

그는 조그만 종이컵에 술을 채우더니 입술을 반쯤 벌리고 있는 희에게 술병을 흔들어 보였다.

"마실래?"

어벙한 표정으로 뚝딱 술 한 잔을 비운 희는 이 상황이 너무 막연해서 꿈일지도 모르겠다는 생각이 들었다.

다시 종이컵에 술을 채워 주는 규성의 하얗고 가는 손가락을 보며 희는 무거운 눈꺼풀을 움직였다. 정말로 꿈이라면 왠지 규성에게 좋을 대로 헛소리를 해도 좋을 것 같았다. 부모님 이야기나, 오빠에 대한 이야기나, 자신이 강명이라는 사실이나, 회사를 늘 그만두고 싶어 한다는 이야기도.

생각만 해도 웃기다. 희가 혼자 비시시 웃자 술을 세 잔째 비우던 규성이 싱겁게 미소를 그렸다.

"혼자서 뭐가 웃겨?"

"그냥? 아무것도. 아무것도요."

반말로 끝냈다가 재빨리 존댓말을 덧붙인 희가 벙글거렸다.

규성은 아이처럼 고르고 하얀 이를 드러내고 생글거리는 그녀의 표정이 낯설고 새로웠다. 종이컵을 네 번째 비운 규성은 컵을 양손에 꼭 쥐고선 술에 취해 소주를 호호 불어 먹는 희를 보며 작게 웃었다.

"애인이랑 데이트는 잘했어?"

"나 데이트 안 했는걸. 친구 만났어요. 내가 데이트를 해? 누구랑?"

살살 눈웃음을 치는 그녀의 말에 규성은 "그래? 애인인 줄 알았더니." 하고 답하다가 졸음에 겨운 듯 옆으로 쓰러지는 희의 몸을 붙잡았다.

"너 여기서 자면 버리고 간다."

곤란하다는 규성의 어조에 "그건 싫은데." 하고 중얼거린 희가 눈을 가늘게 뜨며 그를 쳐다보았다.

회사에서와는 다르게 시선을 마주하는 규성의 눈빛이 생소해서 희는 자꾸만 지금이 꿈이라는 착각에 빠졌다.

사람에게는 누구나 경계가 있다. 그 경계가 갑자기 허물어져 버리면 급속도로 친해지게 되지만 서먹해지는 것도 한순간이다. 엄청난 비밀을 공유한다고 해서 절친한 사이가 되는 건 아닌데, 지금 그와 그런 짓을 하고 있는 것 같아 희는 마음이 내내 불편했다.

그녀는 윤규성이 너무 다가오지 말았으면 했다.

처음 오프라인으로 만난 강명의 팬이고 자신이 얄밉게 생각하는 상사고, 장점이라곤 겉모습밖에 없는 사람이지만 술에 취해서인지 그가 자꾸만 근사하게 보였다. 그래서 가까이 있는 규성을 볼 때마다 심장이 뛰었다.

"저기요, 부장님."

잔잔하게 일렁이는 소주에 시선을 콕 박고 있던 희는 빨간 입술을 달싹거리다가 규성의 눈치를 보며 말을 덧붙였다.

"……책 읽는 게 좋으세요?"

그녀는 외로워서 책을 읽었고 쓸쓸해서 글을 썼다. 하지만 완벽하게 이해해 주는 사람은 없겠지 하며 살아왔는데 서점에서 규성이 강명을 좋아한다고 말해 줘서 그녀는 순수하게 완전한 기쁨을 느꼈다. 규성에게 진심으로 고마웠다.

그래서 그날 이후로 희는 궁금해지기 시작했다. 당신은 무슨 상처가 있어서 강명의 소설을 좋아하는 걸까 하고.

"대답 안 해 줄 거예요?"

그는 의자에 위에 쪼그리고 앉아 아이처럼 순수한 표정을 짓는 희를 감상하고 있었다. 뺨이 상기된 희를 보던 규성은 소리 죽여 웃었다.

권희가 술에 취하니 조금 귀여워 보인다.

규성은 종이컵을 기울이며 그녀의 질문에 덤덤히 대답해 주었다.

"누가 읽으라고 권해 줬거든."

"권해 줬어? 아니, 권해 줬어요?"

권해 주었다는 말에 희의 눈빛이 빛났다. 하지만 그를 쳐다본 그녀는 더 이상 아무것도 물어볼 수가 없었다.

손깍지를 끼우고 비스듬히 고개를 기울인 규성은 조금 힘없이 웃고 있었다. 그 웃음을 보자마자 체한 것처럼 가슴 가운데가 먹먹해진다. 희는 저런 표정도 지을 줄 아는 사람인데 그걸 왜 몰랐을까 싶었다.

고개를 푹 숙인 희는 눈썹을 모았다.

이래서 거리가 가까워지는 게 싫다. 그의 이런 얼굴을 보고 회사에서 아무 일도 없었다는 것처럼 치열하고 박 터지게 다투어야 한다는 게 희는 못 견디게 고통스러웠다.

"오늘 일은 전부 잊어버려."

"그럴 거예요."

희는 그의 말을 한 귀로 흘려듣자고 생각하면서도 어느새 나른하게 눈웃음을 짓는 규성을 보고 있었다.

"좋아하던 사람이 한국으로 돌아와서 기분이 영 복잡하거든. 그래서 나도 모르게 너한테 짜증만 냈지."

"좋아하던 사람?"

희가 턱을 살짝 기울이며 묻자 규성이 고개를 끄덕였다.

"응. 좋아하던."

"옛날 애인?"

"아니."

"그럼?"

이상하다는 듯 희가 눈가를 살짝 찡그리자 그가 피식 웃었다.

"나 말고, 우리 형 예전 애인."

뚝뚝 끊기는 대답을 들은 그녀의 머릿속에서 명멸하는 이름 하나가 있었다.

서보연.

또렷하게 그 이름을 떠올린 희는 그 여자 때문에 그답지 않게 서글픈 눈을 하는 걸 보고 있을 수가 없었다. 그래서 품에 끌어안고 있던 손을 길게 뻗었다.

규성의 눈을 가려 준 희는 울 것 같은 목소리로 조용히 그를 불렀다.

"저기, 부장님."

"술 냄새 나."

"그건 알지만, 아, 아무래도……."

희는 입안 가득 차오르는, 간질거리고 뜨거운 말을 꿀꺽 삼켰다.

"왜 그래, 권희."

"…아뇨, 그냥. 그냥."

그녀는 붉어진 눈시울로 규성을 쳐다보았다. 이렇게 잘난 남자가 애처로운 목소리로 짝사랑 이야기를 꺼내면 감정 이입을 할 수밖에 없다.

"……부장님."

"말해. 듣고 있어."

"역시, 부장님 진짜 싫어요."

"말 한번 참 곱게도 한다."

그는 훌쩍거리는 소리를 내는 희를 신기하다는 듯 쳐다보면서도, 영 싫지 않은 눈길로 훑었다.

역시 묘한 여자다. 하는 짓이 영 얄미워서 쳐다보기 시작했는데 지금은 보면 볼수록 지나치게 순진하고 순수한 여자라는 생각이 그의 머릿속을 지배했다.

"왜 하필 저한테 이러세요?"

유독 그녀의 눈이 예쁘다고 생각할 즈음, 규성은 희의 질문에 현실로 돌아왔다.

"글쎄. 너라서?"

"그게 이유야? 말도 안 돼."

"그보다 권희."

"네?"

"언제까지 이렇게 붙어 있을래? 술 냄새 난다."

규성의 말에 화들짝 놀라 몸을 뒤로 뺀 희는 다급한 나머지 파라솔 기둥에 머리를 부딪쳤다. 뒤통수가 많이 아픈 건 아니었지만 자신의 꼴을 보며 웃음을 터뜨린 규성 때문에 민망함과 부끄러움이 배가 됐다.

웃음을 참지 않는 규성을 흉악하게 쏘아본 희는 혹이 난 머리를 어루만지며 소주 한 잔을 휙 들이켰다.

규성을 보며 이빨을 간 희는 자신을 보면서 유쾌하게 웃는 규성이 너무 낯설어 또다시 연거푸 술을 들이켰다.

자꾸만 가슴을 간질간질 쑤시는 요 이상한 느낌은 대체 뭐지? 하고 연방 갑갑해하면서.

애정과 증오는 한 끗 차이

　순간 서윤은 자리에서 바로 박차고 일어나야 한다는 걸 눈치챘다. 낌새가 영 안 좋더라니. 간밤에 희와 함께 술을 들이붓느라 위에서 신물이 올라왔다. 가슴을 천천히 쓸어내린 서윤은 유정에게서 시선을 회피하며 "권희는 왜? 형이 어떻게 알고." 하고 조심스레 되물었다.

　"내가 장난을 좀 칠 생각인데 너도 협조하라는 거지."

　"장난?"

　"너 자꾸 모르는 척하면 재미없어, 한서윤."

　유정이 손깍지를 끼운 채 음산하게 웃는 건 반드시 무슨 일이 일어난다는 전조였다.

　"나한테 뭘 원하는데?"

　"권희 씨가 소설가 강명인 것 정도는 이미 알고 있어."

"뭐?"

"내가 그래서 누누이 말했지? 너는 어디 가서 술 마시면 안 된다고."

"참나, 그럼 형 앞에서는 마셔도 되고?"

서윤은 툴툴거리며 말꼬리를 잡으면서도 속으로는 윽 하고 가슴을 부여잡고 싶은 심정이었다. 취하면 고상하게 잠드는 유정과 다르게 서윤은 지니고 있는 비밀이란 비밀을 탈탈 털어놓는 못된 술버릇이 있다.

애써 침착한 서윤은 자꾸만 웃는 유정의 얼굴을 한 대 때리고 싶다는 충동에 휩싸이며 형수가 가져다주는 꿀물을 받아 들었다.

"서윤이 너도 알잖아. 윤규성, 서보연이 파리로 떠나고 여태까지 솔로로 살아온 거."

그래, 그러긴 했지.

서윤은 희가 말하는 개꽃 부장이 규성일지도 모른다고 어림짐작하고 있었다. 윤규성은 그 별명이 너무 잘 어울렸으니까.

"근데 그게 왜? 규성 형이 여자 사귈 맘이 없는 거잖아. 설마 희랑 엮어 줄 생각을 한다던가, 그런 건 아니겠지?"

서윤이 의문스러운 듯 묻자 유정이 활짝 웃으며 답했다.

"맞아. 윤규성한텐 새로운 여자가 필요해. 신선한 여자!"

"……형, 결혼하더니 미쳤구나, 진짜?"

이래서 결혼과 죽음은 뒤로 미루면 미룰수록 좋다고 하는 모양이다. 서윤이 절대 불가능하다는 듯 양팔로 엑스 자를 만들고 몸을 뒤로 뺐다.

유정이 뭘 생각하는지 몰라도 서윤은 결사반대였다. 윤규성과 권희는 아주 흡사한 생명체다. 둘이 서로를 봤다 하면 으르렁거리는 이유를 네 글자로 말하자면 '동족 혐오'다.

  "권희 씨가 네가 술에 취했다 하면 늘어놓는 '그 사람'의 여동생인 건 알아."

  "형."

  '그 사람'이라는 이야기에 서윤이 사정없이 얼굴을 구기자 유정이 상냥히 웃으며 "응, 더 이상 이야기하지는 않아." 하고 속삭였다.

  "그래도 서윤아. 상처 없는 사람이 상처 있는 사람을 위해 줄 수는 없다고 그러잖아. 비슷하니까 오히려 잘 맞지 않을까?"

  그냥 순전히 윤규성을 괴롭히고 싶다고 말하시지.

  서윤은 친절함을 가정한 채 예의 바른 미소를 짓는 유정을 징그럽다는 듯 쳐다보았다. 하지만 한번 한다면 하는 게 한유정의 주특기가 아닌가.

  서윤은 어떻게 해야 할지 애매하다는 듯 갈피를 잡지 못했다. 애당초 남의 연애에, 아니, 아직 연애를 하는 것도 아니지만, 하여간 왜 끼어들어야 하는데?

  "해 보자니까. 뭐 어때. 어차피 권희 씨도 회사 때려치우고 싶어서 몸에 두드러기가 날 지경이라며. 여차하면 내가 권희 씨 해고해 줄게."

  "그건……. 으음, 뭘 어쩌려고?"

  "남녀가 만나는 건 역시 소개팅이 정석이지."

  다디단 물을 꿀꺽꿀꺽 삼킨 서윤은 대접을 탁자 위에 얹고선 비장한 표정으로 "그래, 까짓것." 하고 말했다.

"대신 뒤탈은 형이 책임지는 거다."

"그래, 그 정도는 사랑하는 아우를 위해 형이 감수해 줄게."

"사랑하는 아우 좋아하시네. 됐고. 그래서 황여울에 대한 건 뭔데?"

"아, 그거?"

서윤은 부엌에서 나오는 형수를 돌아보는 유정을 보고선 순간 불안함이 엄습했다. 아 잠깐만, 설마?

"소개팅이 무사히 성사되면 알려 줄게."

"……."

"진짜야. 형 믿지?"

"……사실 아무것도 모르는 거 아니야?"

"에이, 설마. 형이 너한테 거짓말 칠까 봐? 섭섭한데, 한서윤?"

서윤은 능글맞게 웃으며 자리에서 슬쩍 일어서는 유정의 뒤통수를 쏘아보았지만 그런다고 한들 사랑하는 여자에 대한 소식이 줄줄 쏟아지는 것도 아니고, 결국 별수 없다. 부엌에서 나오는 형수를 와락 끌어안으며 뽀뽀 공세를 퍼붓는 유정을 쳐죽일 듯이 쏘아보던 서윤은 "저놈의 빌어먹을 닭 털 같으니." 하고 혼잣말을 꿍얼거리며 홀로 쓰라린 속을 달래 보려 남은 꿀물을 왈칵왈칵 들이켰다.

희는 자그만 냉장고 문에 붙은 메모지들을 보며 쓸데없는 감상에 빠졌다. 메모지엔 원고 날짜나, 서윤이 붙여 놓고 간 쪽지나, 그녀가 해야만 하는 일들이 적혀 있었는데 그중엔 '개꽃 부장한테 엿 먹이기'가 있어서 희는 그만 어젯밤을 떠올리고 피식 웃고 말았다.

나는 당신이 왜 그토록 싫은 걸까?

물병을 냉장고에 넣어 둔 희는 베란다 문을 활짝 열어 두고선 침대에 드러누웠다. 규성이 부임한 첫날, 눈이 딱 마주쳤는데 그때 등골에 소름이 쫙 돋아서 '아, 한 성깔 하는 남자구나.' 싶었다. 가뜩이나 다니기 싫은 회사가 그로 인해 더 지긋지긋해져서 그런가.

아니지? 지긋지긋한 건 예나 지금이나 마찬가지지만 희는 회사를 다니면서 일종의 희열이라는 걸 느끼기 시작했다. 윤규성의 말을 하나하나 맞받아칠 때마다 느껴지는 즐거움이라고나 해 둘까.

그나저나 신기한 일이다. 규성은 늘 희에게 화를 내지만 정말 진심을 담은 분노를 표출한 적은 없었다. 그건 개꽃 부장이 굉장히 마음이 넓고, 착하다는 증거가 아닐까. 어쩌면 겉모습만 까칠한 양반일지도 모르겠다. 표현하는 방법이 자신만큼이나 서툴러서 의도와는 다르게 항상 엇나가기만 하는 그런 거 말이다.

어젯밤 사건으로 희는 윤규성에 대한 자신의 생각을 정리했다. 권희는 개꽃 부장을 싫어한다. 그건 분명하다. 하지만 사람을 싫어하는 게 아니라 그 태도를 미워하는 것뿐이다. 애매하지만 이런 건 확실히 해 두어야 했다. 인정하기 싫지만 희는 은근슬쩍 규성을 신경 쓰기 시작한 것이다. 물론 연애 감정으로 말고, 사람과 사람으로서!

부르튼 입술을 잘근잘근 씹은 희는 침대 옆의 수납장에 올려 둔 핸드폰을 집어 들었다. 실컷 퍼질러 잔 사이에 부재중 전화 두 통과 메시지 하나가 와 있다. 누군가 싶었는데 서윤이다. 희는 그제야 서윤에게 집으로 잘 들어갔다는 연락을 하지 않은 걸 알고선 뜨끔했다.

그런데 웬걸. 서윤은 문자 메시지에 집으로 무사히 들어갔냐는 입 발린 몇 줄을 적고선 '소개팅 좀 나가 주라.'라는 헛소리를 늘어놓고 있었다.

이건 또 무슨 일인가 싶어 희가 눈썹을 찌푸리고는 서윤이 보낸, 장황하고도 구구절절한 문자 메시지를 신중히 읽었다.

"이 녀석 친구가 솔로인 거랑 나랑 무슨 상관이야?"

희가 황당하다는 듯 중얼거렸지만, 서윤이 그냥 이 문자 메시지를 보냈을 리 없었다. 계략으로 따지면 제갈공명 저리 가라 할 만큼 치밀한 책사, 한서윤이 아니던가.

긴 문자 메시지가 막바지에 다다르면 달할수록 이번 소개팅에 나가 주면 저번 술자리에 저질렀던 사건은 입 다물어 주겠다느니, 어쩌겠다느니 이러쿵저러쿵. 문자 메시지가 가면 갈수록 협박조가 짙었다.

소개팅 이야기가 나오기에 이럴 걸 예상은 했지만, 하여간 한서윤 진짜 치사하고 유치하다.

저번에 술자리에 있었던 사건을 서윤이 알고 있을 줄은 몰랐다. 그때는 서윤도 고주망태가 된 줄 알았는데.

끙, 하고 소리 내며 미간 사이를 문지른 희는 두 번 다시 대학 동창들과 술자리를 갖지 않겠노라 다짐했다.

동창들과 술을 마시다가 몇몇 여자 동기들의 비꼬는 말에 욱하는 바람에 화장실에서 몰래 뒤치기를 했는데, 뒤통수를 얻어맞은 동기가 중심을 잃는 바람에 값비싼 명품 구두가 똑 분질러짐과 동시에 대걸레 담겨 있던 통을 뒤집어쓴 것이다. 다행히도 동기들이 많이 술에 취한 상태여서 일을 저지른 범인이 희라는 걸 누구도 모르는 것 같았는데 하필 한서윤이 사건의 전말을 알고 있을 줄이야.

물론 희가 소개팅을 거절한다 해도 서윤이 그걸 동창들에게 까발리지 않을 것임을 알고 있었다. 단지 서윤이 이만큼 유치하게 나올 정도로 절실하다는 것이다. 뻑뻑한 눈가를 문지른 희는 그냥 밥만 먹고 오면 되겠지 생각하며 '소개팅은 언젠데?'라는 답장을 보냈다.

남자 친구 없이 솔로로 지낸 지 몇 년이나 됐던가. 스물넷에 만난 게 마지막이었으니 어언 3, 4년은 된 것 같다. 여태까지 해 온 연애의 뒷마무리가 영 좋지 않아서 희는 누군가를 진지하게 만나는 일은 그만두자고 생각했다.

이번 소개팅도 마찬가지다. 서윤의 친구인지 뭔지 하는 사람에게는 미안하지만, 정말 간단하게 밥만 먹고 후딱 헤어질 생각이었다. 어쨌거나 한서윤 체면만 세워 주면 되는 일이니까.

그런데 소개팅 자리에 뭘 입고 나갈지 생각하는데 왜 개꽃 부장이 생각나지? 이것 참 난처하다. 자신을 보면서 느릿느릿 부드럽게 웃던 눈가가 잊히질 않아서 희는 마치 몽롱한 꿈을 꾸고 있는 심정이었다.

개꽃 부장이 미련스러운 순애보일 줄이야 누가 알았을까. 거기다 형의 전 애인이라니.

점심은 뭘 먹을지에 대해 고민하고 싶었는데 어느새 뇌가 멋대로 개꽃 부장을 생각하고 있다. 이거 진짜 말세다, 말세.

규성과 함께 일한 이래로 이렇게까지 자주 그를 생각한 적이나 있었나. 민망함에 뺨을 미미하게 붉힌 희는 자리에서 벌떡 일어나서 부엌으로 다가가 냄비에 물을 받았다.

"……열 받아."

라면을 주먹으로 쾅쾅 잘게 부순 희는 저도 모르게 씩씩거리며 입술을 물었다. 규성이 조소를 띠우는 모습을 상상하자 희는 엄청난 패배감에 휩싸여서 있는 힘껏 라면 봉지를 주먹으로 내려쳤다.

"엄청 열 받아!"

권투하듯 라면을 주먹으로 수십 번 두드린 희는 보글보글 끓기 시작한 냄비에 거의 가루가 된 라면 면발을 쏟아 넣고선 흐물흐물한 죽이 되어 가는 라면을 보며 크게 한숨을 토해 낸 뒤 크게 소리쳤다.

"확 독감이나 걸려 버려라, 개떡!"

캔 커피를 원 샷 한 희는 캔을 찌그러뜨리고선 바로 부서로 향했다. 부서 근처에 도착하자마자 문틈으로 콜록거리는 병자의 소리가 들렸다. 그녀는 수시로 훌쩍거리는 규성을 보며 일요일에 그를 향해 퍼부었던 저주를 떠올렸다.

아파서 끙끙거리는 와중에도 일을 하겠다며 의자에 엉덩이를 붙이고 있는 규성의 꼴을 보자니 괜히 희만 속이 갑갑했다. 기침을 하는 규성이 자꾸만 거슬려서 희는 일이 쉽게 손에 잡히지 않았다.

대체 이유가 뭐냔 말이다. 그가 독감에 걸린 게 마치 자신의 잘못인 것처럼 느껴지는 건.

"희야, 판촉 PR 문제 어떻게 됐어?"

"그거? 아까 사람들이랑 진작 마무리 지었어. 강 대리님이 부장님한테 최종 보고 한다고 가져갔는데."

"그래? 야아, 나 시장 조사 통계 내는 것 때문에 돌겠어, 정말."

서현이 우는소리를 내며 속삭이자 희는 피식 웃었다. 그러면서 노만에서 신상품 나오면 연서랑 같이 손에 손을 마주 잡고 쇼핑하고선 화장품 후기 올리는 게 어디 누구시더라?

희가 묘하게 웃자 그 미소의 의미를 눈치챈 서현이 눈을 흘겨 뜨며 "얘 봐라?" 하고 새침하게 말했다.

"안 그래도 요즘 화장품 사이트 들어갈 때마다 삼십 대 초반 여자들이 올린 글 보고 공감이 더 많이 가서 속상해 죽겠는데, 그런 눈으로 볼래? 젊은 애들한테 뒤처지지 않으려면 몸매도 가꾸고! 옷도 예쁘게 입어야지!"

눈 한 번 찡그렸다고 눈가에 주름 잡힐까 봐 황급히 거울을 들어 염려하는 서현을 보며 희는 그저 작게 웃기만 했다.

그래도 서현을 보자니 약간 위기의식이 느껴진다. 꾸며 봤자 빛 좋은 개살구겠지만 소개팅을 주선한 서윤의 체면도 있다.

화장품과 원피스를 좀 검색하는데 서현이 눈을 가늘게 뜨더니 희의 옆구리를 찔렀다.

"너 소개팅 하니?"

하여간 누가 여우 아니랄까 봐 눈치는 백 단이다. 희는 굳이 숨길 필요가 없어서 고개를 끄덕였다. 희가 순순히 인정하자 서현이 "어머, 어머." 하고 목소리를 낮추어 감탄하고선 어깨를 아프지 않게 때렸다.

"네가 드디어 옆구리 시린 걸 느꼈구나. 웬일이니. 언젠데?"

"이번 주 화요일."

민무늬의 심플한 원피스를 쳐다보며 희가 심드렁히 대꾸하자 서현이 오묘하게 눈웃음을 치며 "그래? 잘됐네. 그때까지 쇼핑 좀 하고 그래, 애!" 하고 그녀에게 충고했다.

딱히 쇼핑까지 할 의욕은 없는데. 거기다 그 남자에게 잘 보여야 할 이유는 또 뭐란 말인가. 어떤 타입의 남자인지도 모르고 어떻게 생겼는지도 모른다. 희가 사진을 요구했지만 서윤은 그저 "괜찮아. 보면 너도 충분히 만족할 테니까."라고 자부했을 뿐이다.

서현과 소개팅에 대해 좀 더 떠들던 희는 골골거리는 와중에도 자신을 노려보는 규성의 시선을 느꼈다. 다행히도 그는 지난번의 일을 말끔히 잊은 듯 굴었다. 희는 규성에게 그런 태도를 원했지만, 막상 아무 일도 없었다는 듯이 굴자 소심하게도 섭섭함을 느꼈다. 이렇게 무언가를 기대하기 시작하면 정말 밑도 끝도 없는 법인데 일 났다, 정말.

쓰게 웃은 희는 사탕 꺼내 야금야금 깨물어 먹으며 책상 두 번째 서랍장을 열었다.

소란스러운 관계

메모지를 찾을 요량이었는데 그 아래 깔린 목캔디가 눈에 들어왔다. 뚜껑을 열자 구석에 처박힌 목캔디 세 개가 보인다. 희는 회의 안건을 정리하다 말고 잦은 기침을 하는 규성을 돌아보았다.

왜 이렇게 마음이 조급한 건지. 희는 모니터 테두리로 자신의 입술이 새처럼 튀어나온 걸 보았지만 그래도 눈과 손을 멈출 수가 없었다. 잔소리를 퍼붓던 사람이 없으니 느긋해지기는 커녕 아픈 개꽃 부장이 허투루 한 일에 스트레스를 받을까 봐 괜히 더 열심히 하게 된다.

원래 서류는 박 대리가 규성에게 제출해야 했지만 박 대리가 일이 많아 힘들다느니 어쩌느니 우는소리를 해서 하는 수 없이 개꽃 부장의 대항마인 희가 결재를 받기로 했다. 그 때문에 박 대리는 사원들에게 욕을 오지게 먹었다.

솔직히 그녀는 상관이 없었다. 어차피 규성에게 쓴소리를 들어도 담담했다. 글에 관해서라면 모를까, 회사 일에 대해서라면 희는 놀라울 만큼 관대한 사람이었으니까. 거기다 규성이 지난밤의 일을 어떻게 기억하고 있는지 희는 살짝 궁금하기도 했다.

희는 검은색 가죽 결재 판에 서류를 가지런하게 끼워 넣고 자리에서 일어섰다.

고개를 푹 수그리고 찌푸린 눈으로 서류를 읽던 규성은 눈앞에 들이밀어진 하얀 손과 결재 판을 보고 고개를 들었다. 웬일로 희가 꽤 다소곳하고 참한 표정으로 서 있었다. 입에 걸고 있던 마스크를 벗은 규성은 몇 번 잔기침을 하더니 희가 내미는 결재 판을 펼쳐 보았다.

심하게 부르튼 규성의 입술을 본 희는 손바닥에 꼭 쥐고 있던 목캔디를 그의 책상에 슬쩍 밀었다. 끙끙 앓고 있는 와중에도 매서운 눈초리로 서류를 보던 규성이 책상에 톡 떨어지는 목캔디를 보고는 묘한 표정으로 희를 쳐다보았다. 목이 아프니 이건 뭐 하는 수작인지 굳이 묻지 않겠다는 그의 표정에 희는 시선을 외로 꼬았다.

"보시다시피 마케팅부는 폐쇄적인 공간입니다, 부장님."

폐쇄적이라고?

규성은 희에게서 시선을 돌려 비록 빌딩 숲 한복판이라 해도 전망이 탁 트인 마케팅부를 둘러보았다. 여름엔 시원하고 겨울엔 따뜻하기로 소문난 마케팅부다. 그런데 폐쇄적이라니. 규성은 허술하고 유치한 그녀의 변명을 들으며 피식 웃음이 새어 나왔지만, 기침을 하는 척 손등으로 입가를 가리고 물었다.

"그래서?"

쉰 목소리로 간신히 대꾸한 규성이 결재 판을 덮었다.

"사원들에게 감기 옮기시면 곤란합니다."

분명 권희는 토요일 밤의 일을 은근히 신경 쓰고 있다. 규성은 그 일을 잊어버리라고 말했지만, 사실 그녀가 기억하기를 바랐다. 물 흐르듯이 살려고 아등바등 애쓰는 권희가 자신의 이야기를 듣고 실컷 고민하길 바랐다.

이유는 없다. 굳이 이유를 대자면 그건 그녀가 권희이기 때문이다. 물끄러미 바라보는 눈동자가 너무나도 새까매서 동공이 어딜 바라보고 있는지조차 알기 어려운, 그런 여자라서 아무에게도 하지 않은 은밀한 이야기를 꽃봉오리 터뜨리듯 톡 피운 것이다.

규성이 목캔디를 보며 참 솔직하지 못한 여자라고 생각하고 있을 즈음, 희는 그와 반대로 약간 초조한 마음으로 꼭 움켜쥔 손가락을 꼼지락대고 있었다.

그가 목캔디를 집지 않고 바라만 보고 있는 게 은근히 살 떨린다. 마음이 서늘해진 희는 분홍색의 립글로스를 덧칠한 입술을 조그맣게 벌렸다. 그때 일 기억나세요? 하고 그녀가 물어보려던 찰나, 규성이 길쭉한 손가락을 쏙 뻗어 목캔디를 집었다.

"내가 잊어버리라고 했지."

규성의 목소리는 평소처럼 심술 맞지 않았다. 오히려 너무 곰살궂어서 희는 저도 모르게 어깨를 움츠리며 어깃장을 부렸다.

"무슨 말씀 하시는지 모르겠는데요."

시치미를 떼는 그녀의 얼굴엔 그날을 똑똑히 기억하고 있다는 진심이 뚝뚝 묻어났다. 목캔디를 입안에 집어넣은 규성은 마스크를 도로 하고선 "잘했어." 하고 멀리 흘러가는 어투로 중얼거렸다.

희가 무얼 잘했냐고 묻기 위해 입을 벌리는 찰나.

"그리고 일은 다시 해 와."

규성이 결재 판으로 가볍게 희의 이마를 쳤다. 탁 하는 소리가 울려 퍼지자 부서가 잠깐 침묵에 잠겼다.

마스크 안에서 울리는 그의 목소리를 어떻게 들었는지 서현이 킥 하고 웃는 소리가 들린다. 눈에 쌍심지를 켠 희가 뒤를 돌아보자 규성과 그녀를 지켜보던 수십 개의 눈들이 제자리로 휙휙 돌아간다.

불만스러운 표정으로 결재 판을 받아 든 희는 정말 속 터진다는 듯이 "이 이상 더 어떻게 하라고……." 하고 혼잣말로 중얼거렸다.

입안에서 희가 준 목캔디를 데굴데굴 굴리던 규성은 마저 보던 서류를 넘기며 말했다.

"너한테 일임한 거 아니잖아."

"……그건. ……네, 뭐, 그렇죠."

하여간 저놈의 입은 바른 말만 해야 직성이 풀리는 모양이다. 박 대리가 바쁘다기에 대신 맡은 것뿐인데 뭐가 그렇게 마음에 안 든다고. 등을 돌린 희는 입술을 삐죽이고선 자신과 규성을 눈치껏 보던 박 대리에게 어깨를 으쓱해 보였다. 순간 박 대리의 표정이 절망에 휩싸였지만 이건 그녀도 어찌할 도리가 없는 일이었다.

박 대리에게 결재 서류를 건넨 희가 도로 자리에 앉자, 사내 채팅 방이 모니터에 떴다. 누군가 했더니 연서다.

이번에 서보연 디자이너 노만으로 왔다는데 들었니?

윤규성이 서보연을 운운하더니 이번엔 친구라는 것이 서보연에 대해 떠든다. 하지만 희는 패션에 대해선 눈곱만큼도 관심이 없어서 '몰라.'라고 대답했다.

그나저나 서보연이라는 여자, 개꽃 부장이 한때 좋아했던 여자라서 괜히 신경 쓰이는 걸까? 윤규성 형과 윤규성과 서보연이 삼각관계여서? 아니, 아무리 희가 규성에게서 지극히 개인적인 이야기를 들었다지만 그의 인간관계에까지 신경이 쏠릴 만큼 친해진 건 아니다.

사탕을 어금니 사이에 끼운 희는 연서 혼자서 실컷 떠들어 대는 채팅 방을 보다가 한마디를 슬쩍 보냈다.

서보연이라는 여자가 그렇게 유명한가?

희가 묻자 연서가 '너 정말 패션에 관심이 없어도 너무 없구나.' 하고 답했다.

영업부에 있을 연서가 혀를 끌끌 차는 모습이 상상이 간다. 하지만 희는 곧 연서가 채팅 방에 띄워 주는 서보연의 프로필 사진을 보고선 그제야 아아 하고 나지막하게 중얼거렸다.

내가 저번에 산 핸드백 말이야, 그것도 이 여자가 디자인한 거야. 대단하지? 나이도 그렇게 안 많은데 벌써 이렇게 유명 디자이너라니까?

입술에 갖다 대고 있던 손을 아래로 내린 희는 눈매가 살짝 처진 얼굴을 보며 그제야 '서보연'을 기억해 냈다.

'이 여자가 오빠 애인이라고?'
'응.'
'……흐음. 예쁜 사람이네.'

오빠의 부재로 깜빡 잊고 있었다. 아니, 잊고 있었다기보다는 굉장히 깊은 심해에 기억을 묻어 두고 모르는 척하고 있었다.

희는 오빠가 빙그레 웃으며 핸드폰으로 보여 주던 사진을 떠올렸다. 단발머리가 무척 잘 어울리던, 처진 눈매가 인상적인 아름다운 여자. 욕조에 잠긴 오빠의 몸에서 피가 싹 빠질 때까지 방관했던 여자.

이로써 권희가 노만을 반드시 때려치워야 하는 이유가 하나 더 늘었다.

점심시간이 되었지만 희는 배가 고팠지만 밥맛이 없어서 뭐든 먹었다간 바로 뱉어 낼 것 같았다. 그래서 강오에게 사탕만을 잔뜩 받아 들고선 사내 옥상으로 향했다.

캔 커피 하나를 뽑아 들고 옥상으로 향한 희는 흡연 구역 쪽에서 느릿느릿 솟아나는 담배 연기를 보고선 걸음을 멈추었다. 발자국 소리를 죽이고 벤치가 있는 쪽을 힐끗거리자 보기 좋게 가꾸어 놓은 나무 사이로 마스크의 한쪽만 귀에 걸어 놓은 규성이 보였다.

왜 하필 이 사람이람.

하지만 그가 영 싫은 것만도 아니어서 희는 반대편으로 돌아갈까 하다가 규성에게로 다가갔다.

"식사 안 하세요?"

희가 대뜸 묻자 담배를 입에 물고 있던 규성이 이맛살이 살짝 찌푸려질 정도로 눈동자를 위로 올렸다. 희를 보자마자 담배를 끈 규성은 "그러는 너는?" 하고 되물었다.

그녀는 규성이 자리한 곳 바로 옆 벤치에 앉아 캔 커피를 땄다.

"입맛이 없어서요."

"커피로 배 채우다가 나중에 구멍 난다."

"아프다면서 줄담배 피우시는 부장님만 할까요."

규성은 자신의 옆자리를 굳이 피해 옆 벤치에 앉은 희를 섭섭한 눈길로 보다가 허전한 옆자리 등받이에 팔을 두르며 지포 라이터를 켰다.

그의 손바닥에서 시원스레 돌아가던 지포 라이터를 본 희는 아직 주변에 남아 있는 담배의 잔향에 콧잔등을 찌푸렸다.

그러고 보니 서보연도 담배를 피웠던 걸로 기억한다. 무슨 담배인지는 모르지만 규성이 피우는 것과 향이 비슷했다. 기억하고 있는 이유는 응급실 입구에서 보연이 간호사들에게서 제지를 받을 만큼 줄담배를 피우고 있어서였다.

"부장님."

"왜?"

"담배 이름이 뭐예요?"

"블랙 데빌."

아무래도 향 담배의 일종인 모양이다. 공기에 남아 있는 잔향은 여느 담배처럼 매캐하거나 독하지 않았으니까. 하지만 희는 토요일 날 규성이 편의점에서 사 들고 나온 담배 종류를 분명 기억하고 있었다. 다른 건 몰라도 저 담배는 아니었다. 하지만 보연이 저 담배를 피운다는 데엔 얼마를 걸어도 좋았다.

규성이 보연 때문에 굳이 저 담배를 선택했다는 생각이 들자 갑자기 입안이 텁텁해진다.

"단발머리가 취향이세요?"

"그런 건 갑자기 왜 물어?"

"그냥요."

규성이 의아하다는 눈길로, 어쩐지 힘없어 보이는 희의 옆모습을 쳐다보았다. 그녀는 자신에게서 결재 서류를 퇴짜 맞은 뒤로 어딘가 지쳐 보이는 표정으로 업무에 임하고 있었다. 다른 사람들은 순순히 결재를 받은 걸 저 혼자 받지 못해서 혹시 기분이 상한 걸까.

그래도 그건 순전히 희를 위한 것이었다. 엄연히 상사인 박대리를 내버려 두고 왜 제가 총대를 메냐 말이다. 물론 솔직하게 굴지 않고 희를 박대한 건 잘못이었지만. 잠깐, 박대한 것도 아니었잖아? 평소에 비하면 약과였다고.

부르튼 입술을 질끈 깨문 규성은 신경질적으로 지포 라이터를 손안에서 돌리며 희의 눈치를 살폈다.

"애인한테 차였냐?"

"애인 없다고 분명 말씀드렸습니다만."

그의 말에 희가 눈에 불을 켜고 야멸차게 대답하자 규성이 입술을 씰룩였다.

"그럼 왜 그래?"

"뭐가요."

"그건 내가 묻고 싶은 말이다, 권희. 대체 뭘 그렇게 상처 받은 표정이야. 혹시 결재 서류 튕겼다고 삐쳤냐?"

상처 받은 표정이라니? 규성의 말에 희는 뺨을 연거푸 문질렀다. 얼굴이 그렇게 이상한가. 평소 잘 움직이지 않는 얼굴 근육을 손바닥으로 열심히 마사지한 희는 "아무것도요."라고 대꾸했다. 그러자 규성이 위협적으로 지포 라이터를 켜며 말했다.

"아무것도 안 괜찮다는 거야, 아무것도 괜찮다는 거야?"

짜증 섞인 목소리에 하는 수 없이 규성을 돌아본 희는 한숨을 삼켰다. 그는 평소처럼 미간 사이를 찌푸리고 있었지만 일을 할 때만큼 화가 난 것 같지는 않았다.

누그러뜨린 그의 눈가를 보던 희는 오묘한 기분에 휩싸였다. 왠지 입술을 굳게 다물고 있는 규성에게 빨려 들어갈 것 같다.

평소 살기 가득한 얼굴과 약간 거리가 먼 규성을 쳐다보던 희는 머리칼을 한데 모으고 하얗게 드러난 목덜미를 손바닥으로 쓸어내렸다.

"남자들은 단발머리를 좋아하나 싶어서……."

말끝을 흐린 희는 시선을 둥글둥글한 손톱 끝으로 쏟았다. 오빠도 그렇고, 윤규성도 그렇고, 그의 형도 모두 서보연을 좋아했다. 심지어 윤규성은 아직도 잊지 못하고 있다.

개꽃 부장도 그런 여자가 취향인 걸까. 말을 내뱉고 나니 왠지 실수했다는 느낌이 들었다. 거기다 말의 뉘앙스도 조금 묘했다.

"좋아하는 남자라도 있냐?"

규성이 믿기지 않는다는 어투로 물었지만 희가 기분이 상하지 않도록 부드럽게 말했다. 권희가 좋아하는 남자라니. 설마 어리바리 신입 녀석인가. 그러고 보니 둘이 죽이 잘 맞긴 했다. 이름이 이강오던가.

권희와 이강오라니, 최악의 콤비다. 적어도 마케팅부에선 굉장한 골칫덩어리가 될 터였다.

상상만 해도 싫다는 듯 미간을 찌푸린 규성은 "아뇨, 그런 건 아니에요."라며 부정하는 희의 목소리에 망상에서 빠져나왔다.

"아닌데 그런 건 왜 물어."

규성은 괜히 쓸데없는 상상을 한 게 찔려 그녀에게 심통을 부렸다. 힐난하는 목소리로 묻자 희가 축 늘어진 어깨를 한 번 들썩인다.

"그냥요. 그냥이라니까요. 어떻게 세상만사 다 일일이 이유를 갖다 붙이겠어요."

"뭐든 갖다 붙여. 될 수 있는 대로 그럴싸하게 꾸미기라도 해. 있는 사실을 과장해도 상관없어. 하지만 지나친 거짓말은 안 돼."

"……뭡니까, 그건. 상품 촉진 방법이에요?"

그는 어느새 희가 앉아 있는 벤치 쪽으로 자리를 옮겼다. 그녀는 규성이 다가오는 걸 빤히 보고 있는데 그가 희의 이마에 꿀밤을 먹였다.

"그렇게 불만만 늘어놓으면 아무리 예쁜 아가씨라도 남자가 안 좋아한다."

"글쎄, 잘 보일 남자가 있어야죠."

"진짜 없어?"

"아, 없다니까요? 세상 속고만 사셨나."

희가 툴툴거리며 사탕을 입에 넣어 꼭꼭 씹어 먹었다. 그러고는 벤치의 팔걸이를 사이에 두고 나란히 앉게 된 규성을 한 번 슬쩍 쳐다보았다. 그는 어째서인지 입을 앙다물고 고집 있게 자신을 보고 있었다. 꾹 다물린 입매에서 어떤 폭탄이 튀어나올지 몰라 희가 주춤주춤 엉덩이를 옆으로 움직이는데, 진지한 표정을 짓고 있던 그가 눈썹을 유연하게 풀더니 팔을 뻗었다.

"너는 머리가 긴 편이 더 예뻐."

담배 냄새가 희끄무레하게 나는 규성의 하얀 손가락이 희의 머리칼을 어루만지며 중얼거렸다. 결 좋은 머리카락을 쓸어내리던 규성은 "……좀 더 길면 좋을 텐데."라고 덧붙여 말했다.

머리카락을 살며시 쥐는 그의 손가락에 뺨과 턱에 살짝 닿자 그 자리가 불에 덴 것처럼 아프다. 뺨이 찌릿하고 뜨거워서 희는 다정다감한 그의 시선에 잠깐 넋을 놓았다. 입매를 위로 당겨 보기 좋은 호를 그린 규성은 영 딴사람 같았다.

희는 멍하니 눈을 깜빡거리다가 뒤늦게 정신을 차리고 그가 어루만지던 머리칼을 손바닥으로 마구 쓸어내렸다.

"머리 자르게? 괜히 잘랐다가 후회하지 말고."

손을 거둔 규성이 충고하듯 말하자 광대뼈 주위가 복사꽃처럼 발갛게 물든 희가 새침하니 눈을 치켜뜨며 "흥, 내 맘이에요." 하고 투정 부렸다.

"하여간에 이 녀석은 충고해 줘도 문제지."

그게 영 싫지 않다는 듯 웃은 규성은 또 입에 사탕을 집어넣는 그녀를 보고 손을 내밀었다.

"나도 줘."

"뭘요?"

"사탕."

한쪽 뺨을 볼록하게 부풀린 희는 규성의 말에 주머니를 뒤져 사탕 하나를 꺼냈다.

규성은 어느새 사탕 하나를 또 까 먹는 희를 보았다. 사탕 귀신이라도 쓰였나, 뭘 저렇게 먹는지 모르겠다. 덕분에 가뜩이나 젖살이 없는 그녀의 양 뺨이 동그랗게 부풀었다. 손가락으로 뺨을 꼭 누르면 입안에서 사탕이 데굴데굴 구르는 소리가 날 것 같았다.

희는 입에서 혀로 소리가 나도록 사탕을 굴리는데, 뺨에 무언가가 톡 닿은 기척을 느꼈다. 눈을 반짝 뜨고 옆을 보자 규성이 어린아이를 보듯 피식 웃으며 손가락으로 그녀의 뺨을 또다시 톡 쳤다. 마치 누르면 무언가가 펑 하고 솟아오르는 버튼을 누르는 것처럼, 톡톡.

느린 바람에 살짝 일렁이는 희의 잔머리를 따라 시선을 옮긴 그는 그녀의 콧잔등에서 분홍색 입술로 옮겼다.

놀랍게도 바람이 잔잔하게 불어오는 옥상에서 조명 나무 때문인지, 감기약 때문인지, 강파른 권희가 몹시 어여쁘게 보였다.

오락실 버튼을 누르듯 엄지로 그녀의 뺨을 꼭 누르고 있던 규성은 그제야 자신의 머리가 어떻게 되었음을 인지하고선 자리에서 벌떡 일어났다. 마른 목에 침을 꿀꺽 넘긴 규성은 뒷머리를 헝클어뜨리고선 여전히 어안이 벙벙한 희를 내려다보았다.

스스로의 이마를 한 번 짚어 본 규성은 "뭐예요?" 하며 고개를 갸웃거리는 희를 보고선 헛기침을 크게 한 번 했다.

젠장. 속으로 욕지거리를 내뱉은 규성은 언제 친절한 표정을 지었냐는 듯 무덤덤한 얼굴을 하며 등을 돌렸다.

"사탕 많이 먹으면 이 썩는다."

입안에서 사르르 녹는 사탕이 너무 달콤해서 뇌까지 흐물흐물해진 모양이다. 그렇지 않고서야…….

"진짜! 누가 어린앤 줄 알아요?"

말대답밖에 할 줄 모르는 권희가 사랑스러워 보이다니.

사랑스럽다는 단어를 떠올리자마자 갑자기 후끈후끈 열이 오르기 시작한다.

미련하기는.

손바닥으로 이마를 짚으며 크게 심호흡을 한 규성은 어질어질한 눈으로 승강기 전광판을 올려다보았다.

"드디어 미쳤구나, 윤규성."

나직하게 중얼거린 그는 서둘러 승강기에 올라탔다. 그리고는 성질이 단단히 난 희가 뒤따라오기 전에 재빨리 닫힘 버튼을 불이 나도록 눌렀다.

"강오 씨도 여자 친구가 있구나."

희가 놀랍다는 듯이 말하자 강오가 얼굴을 붉히며 손사래를 쳤다.

"쉿, 쉿. 조용히 해 주세요. 이거 진짜 비밀이라니까요!"

뺨이 한껏 붉어진 강오는 입술에 검지를 얹으며 비밀로 해 달라는 말을 재차 강조했다. 왜 비밀인지는 모르겠지만, 부탁하니 그렇게 해 두자. 거래처와의 계약 정리 문제로 또다시 희에게 손을 빌린 강오는 "변변치 못해서 죄송해요."라는 사과와 함께 그녀에게 음료를 샀다.

"선배는 연애 안 하세요?"

"나? 남자가 있어야 하지. 젓가락도 두 개로 쓰잖아. 연애를 어떻게 혼자 해."

"선배님 충분히 예쁘신데."

"내가 예쁘면 세상 여자들 다 공주마마지."

강오의 말에 피식 웃은 희는 소파에 등을 편안히 기대었다. 안 그래도 오늘 소개팅이 있기는 한데, 강오가 예쁘다고 말해 주니 조금 안심이 된다.

"근데 오늘 부장님 일 처리가 더 칼 같으시네요."

안 그래도 희도 그걸 느끼는 중이다. 하루 앓는 내내 사원들을 편하게 풀어 준 게 그렇게도 아니꼬웠는지 개꼴 부장은 생생해진 걸로도 모자라 한층 더 독해졌다.

서윤에게 소개팅 남자가 어떤 사람이냐, 뭘 좋아하느냐 등 캐묻느라 핸드폰을 들고 자주 부서 밖을 나갔던 희는 규성에게서 "변비냐?"라는 말까지 들었다.

아무래도 이 속 좁은 남자가 저번의 생리 드립을 마음에 담고 있었던 모양이다.

하지만 그 말을 듣고 가만히 있으면 권희가 아니지. 그래서 "일이 지나치게 많아서 말입니다. 의자에 하도 오래 앉다 보니 변비가 생기더라고요."라고 대꾸했더니 규성이 가뜩이나 업무가 많은 희에게 발주 서류 작성을 명령하며 말했다. "아하, 그래서 그 묵은 변비 해결하시느라 성격이 장만큼 꼬인 모양이지? 아예 뒤틀리게 일 좀 더 얹어 줄까?"라고.

그때 서현이 뒤에서 다가와 팀 회의가 있다고 끌고 가지 않았다면 희는 정말 주먹을 휘둘렀을지도 모른다.

"망할 놈 같으니."

"서, 선배."

욕을 중얼거린 희는 음료가 조금 남은 캔을 손아귀에서 찌그러뜨렸다. 소개팅이 있는데 야근을 할 수는 없는 노릇. 무슨 일이 있어도 일을 해결하고 정시 퇴근을 하고 말리라.

"돌아가자, 강오 씨. 개꽃한테 또 무슨 소리를 들으려고."

음료수를 입에 탈탈 털어 넣은 희가 지친다는 듯 중얼거리며 자리에서 일어서는데.

"오냐, 그 개꽃 여기 있다."

자리에 반듯하게 앉아 있던 강오의 얼굴이 창백하게 변한 걸 쳐다본 희는 설마 하고 속으로 생각하며 앞을 힐끗 보았다.

코트까지 완벽하게 챙겨 입은 규성이 한쪽 눈썹을 불쾌하다는 표시로 팍팍 찡그리며 저승사자처럼 서 있었다.

이래서 휴게실 문에 방울을 달아야 한다니까. 새하얗게 굳어 버린 강오에 비해 희는 덤덤하게 규성의 무시무시한 표정을 마주하며 "외근 가시나 봐요?"라고 말문을 열었다.

험상궂은 표정을 짓고 있던 규성은 자리에 얼어붙어 있는 강오를 쌀쌀맞게 쳐다보고선 "신입은 빨리 자리로 꺼져."라고 말했다. 음료를 반도 마시지 못한 강오는 규성에게 꾸벅 인사를 하고선 부리나케 휴게실을 나갔다.

"저도 자리로 복귀하겠습니다."

휴게실에서 말다툼만큼은 피하고 싶어서 먼저 고개를 숙이고 나서려는데 규성이 우악스럽게 팔을 잡았다.

"넌 따라와."

"네?"

"외근이다. 오라면 와."

개꽃 부장과 단둘이 외근은 엄청 피하고 싶은데. 희가 온몸으로 싫다는 기를 내뿜자 규성이 가뜩이나 큰 눈을 부릅뜨며 희의 얼굴에 제 얼굴을 바싹 들이밀었다.

"내가 지금 권희 사원에게 불합리한 명령을 내렸나?"

"……어, 그건……."

그런 사정을 논하기 전에, 너무 가깝다.

희는 민망할 만큼 얼굴이 붉히며 몸을 뒤로 뺐다.

"외근 나간다."

"……."

"대답."

"네, 알겠습니다."

캔을 쥔 채 휴게실을 다급히 빠져나온 희는 열이 잔뜩 오른 한숨을 푹 내쉬었다. 규성이 코앞으로 쑥 다가오는 순간 담배 냄새와 햇빛에 잘 마른 옷감 냄새가 훅 끼쳤다.

담배 냄새는 그다지 독하지 않았지만…….

부서 앞에 멈춰선 희는 손바닥으로 열이 후끈후끈 오른 눈가를 가렸다.

"돌겠다, 정말."

그녀는 한순간이지만 고작 개꽃 부장에게 설레고 만 게 이가 떨릴 정도로 분했다. 머릿속에 강렬하게 남은 규성의 눈동자를 애써 떨쳐 내며 코트를 들고 휘청휘청 부서를 나온 희는 숨이 막히는 가슴을 두드렸다. 괜히 개꽃이라고 불리는 건 아닌가 보다.

승강기 앞에 서 있는 규성의 뒷모습을 본 희는 뜨거워진 뺨을 두어 번 문지르고선 그의 곁에 섰다.

속으로 분해, 억울해 하고 격한 심정을 토로한 희는 승강기에 오르면서 슬쩍 규성의 발을 밟았다.

"윽, 야!"

"어머, 죄송해요. 몰랐네요. 부장님 발이 워낙 커야죠."

"……이게 진짜."

새침하게 싱긋 웃은 희는 승강기 버튼을 누르고선 자신을 노려보는 규성의 시선을 외면했다.

당장 어디로 외근을 나가는지도 몰랐지만 희는 소개팅 보기도 전에 마가 끼었다고 생각하며 규성의 등에 대고 잔뜩 혀를 내밀었다.

정말이지 개꽃 부장과 같이 다니면 되는 일이 없다. 외근 나갔다가 공사가 한창인 비포장도로에서 넘어지는 바람에 윤규성 앞에서 망신을 당했다.

긁힌 종아리 뒷부분을 손바닥으로 쓸어내린 희는 인상을 미미하게 찡그렸다. 소개팅을 위해 신고 온 힐이 여기서 말썽을 일으킬 줄이야. 손끝으로 느껴지는 까칠한 생채기에 희는 회사로 돌아가거든 의무실에서 치료를 받아야겠다고 생각했다. 검은 스타킹을 신건 뭘 하건 상처는 가리고 봐야 할 것 같았다.

한쪽 무릎을 구부리고 계속해서 쓰라려 오는 상처를 규성 모르게 살살 어르고 달래는데 갑자기 그가 불현듯 희를 돌아본다.

규성의 시선에 화들짝 놀란 희가 어정쩡하게 구부리고 있던 무릎을 확 폈다.

"아프냐?"

그가 어쩐지 조금 껄렁한 어투로 묻자 희가 "아닙니다."라고 대답하며 고개를 내저었다.

"금방 회사로 복귀할 테니까 참아."

희를 달랜 규성은 다시 앞으로 고개를 돌렸다. 하얗고 가는 그녀의 다리에 좍좍 그어진 생채기가 영 신경 쓰인 규성은 멋쩍게 관자놀이를 긁었다.

적어도 그녀가 어디로 외근을 나가는 거냐고 물어볼 줄 알았는데, 희는 조수석에 앉은 내내 아무 말도 하지 않았다. 규성은 침묵하는 희가 오히려 더 무서웠다. 독개구리처럼 볼을 부풀리고 불만을 토로할 줄 알았는데 그녀는 꽤 얌전하게 따라왔다. 규성은 난데없이 침묵시위를 하는 희를 힐끗힐끗 살피며 위태로운 운전을 해야 했지만, 덕분에 권희를 실컷 훔쳐볼 수 있었다.

말도 적고, 잘 웃지도 않고, 어느 일에나 상관없다 괜찮다 말하는 게 마케팅부의 권희라고 했다. 눈을 부릅뜨고 한마디도 지고 싶어 하지 않는 권희와 말을 잃어버린 것처럼 조용한 권희는 동일 인물이면서도 다른 사람 같았다.

입을 꾹 다물고 있는 희의 옆모습을 좋을 대로 감상한 규성은 솔직히 인정해야겠다고 생각했다. 그녀는 수수한 여자였다. 하지만 그렇다고 아름답지 않은 건 아니었다. 연예인 뺨칠 정도로 아리따운 여자는 아니지만, 분명 예뻤다.

규성은 늘 시시콜콜한 이유로 자신과 신경전을 펼치는 희가 썩 마음에 들었다.

"미운 정이 단단히 들었군."

"네?"

차에 타던 희는 불쑥 중얼거리는 규성의 말에 고개를 갸우뚱했다. 하지만 그는 대답해 주지 않은 채 문을 열며 "빨리 타."라고만 했을 뿐이다.

조수석에 올라탄 희는 운전석에 타지 않고 뒷좌석을 뒤적대는 규성을 빤히 보았다. 미운 정 어쩌고 혼자 헛소리를 하더니 이번엔 또 뭘 하는 걸까. 희가 의심 가득한 눈초리로 규성을 쳐다보자 그가 무릎 위로 무언가를 툭 던졌다.

"붙여. 약도 바르고."

운전석으로 도로 돌아온 규성이 냅다 던진 건 반창고와 약이었다.

"부장님, 이런 것도 챙기고 다니세요?"

"내 차엔 마약 빼고 다 있어."

"······그럼 손톱깎이는?"

혹시나 하는 마음에 찔러보자 규성이 조수석과 운전석 사이에 있는 콘솔 박스를 열었다. 콘솔 박스 안을 보는 순간 희는 규성의 철저함과 완벽성에 흠칫했다.

"손톱깎이 말고 또 뭘 드릴까? 말만 해."

의기양양하게 말하는 규성의 표정에 희는 콘솔 박스 안에 가득한 물품들을 기가 막힌다는 표정으로 쳐다보았다. 남자 주제에 생리대는 웬 말이야? 생리대뿐인가, 조그만 비상 약상자, 손톱깎이 세트, 샘플 형식으로 된 로션과 스킨, 향수, 물 없이 쓸 수 있는 샴푸에다가 심지어 중국집 쿠폰 묶음까지······. 하여튼 콘솔 박스는 뭐든 튀어나오는 마법의 상자였다.

"저기요, 부장님 다 이해하겠는데요. 대체 생리대는 왜?"

희가 도무지 이해가 안 간다는 듯 묻자 규성이 생각하기도 싫다는 듯 입술을 부루퉁히 내밀었다.

"우리 누나 때문에."

"누나요?"

형이 있는 줄은 알았지만 누나가 있는 줄은 몰랐다.

아니, 잠깐. 그럼 개꽃 부장이 막내란 말이야?

"누나가 좀 왈가닥이야. 자기가 생리대 안 챙겨 간 주제에 허구한 날 나한테 심부름시키거든. 이제는 이골이 나서 항시 대비 중이지."

생각만 해도 끔찍하다는 듯 규성이 치를 떨었다. "이래서 기센 여자들이 싫어."라고 조그맣게 중얼거린 규성은 그간 누나에게 당한 고난들이 떠올랐는지 어깨를 못나게 구부리며 이를 갈았다.

"의외네요."

"뭐가."

"부장님이 막내라는 게."

"음, 네 추리는 분명 당연하지만, 나는 막내가 아니야."

자리에 앉은 채 허리를 운전석 쪽으로 반쯤 틀어 종아리에 살살 약을 바르던 희는 눈을 휘둥그레 떴다. 분명 저번에 술 마실 때 형을 언급했고 지금 누나를 언급했는데 막내가 아니라니. 멍하니 입술을 벌리고 규성을 쳐다보자 갓길에 차를 세운 그가 그녀의 턱을 위로 올려 입을 딱 닫아 주며 픽 웃었다.

"아래에 동생 있어."

"그럼 부장님 포함해서 총 사 남매예요?"

갑자기 부장님 부모님에게 경의를 표하고 싶어진다. 요즘 같은 시대에 사 남매라니. 희가 믿기지 않는다는 듯 눈을 왕방울만 하게 뜨고 규성을 쳐다보자 그가 "아니." 하고 희의 감탄에 태클을 걸었다.

"오 남매야."

"네에?"

"막내가 쌍둥이거든."

입이 떡 벌어진 희를 보며 웃음을 삼킨 규성은 안전벨트를 풀고선 약을 바르다 만 희의 다리를 쳐다보았다.

스커트 위에 놓여 있던 약을 집은 규성은 "팍팍 좀 발라라." 하고 그 와중에 타박을 퍼부으며 그녀의 다리를 잡아당겼다.

"아아, 아파요!"

"이런 걸로 엄살 피우기는. 애냐?"

"부장님 손 때문에 아프다고요!"

"괜찮아. 네 다리는 튼실해서 쉽게 안 부러져."

욱한 희가 손바닥으로 구부린 규성의 등짝을 내려치려는데, 그가 가는 상처가 여러 줄 난 희의 종아리에 호호 하고 입김을 불어 주었다.

정말 이중적인 사람이다. 그렇게 모질게 타박하고 잔소리 퍼붓다가 가뭄에 콩 나듯 다정하게 대해 준다. 이런 식으로 개꽃 부장이 오락가락하면 그녀도 정신이 오락가락하게 된다. 속으로 툴툴거린 희는 "아직도 아파?" 하고 물어봐 주는 규성의 목소리가 보드라워서 그만 "어, 네, 조금." 하고 살짝 거짓말을 치고 말았다.

아프다는 희의 목소리가 살짝 떨려서 규성은 상처를 유심히 쳐다보았다. 깊이 난 상처는 없지만, 원래 살짝 긁힌 상처가 더 아픈 법이라지 않던가. 상처 부근을 손으로 조심조심 어루만지던 규성은 그래도 흉터는 남지 않겠다 싶었다.

가늘고 뽀얀 발목을 쥐고 있던 규성은 약이 빨리 마르도록 살살 부채질을 해 주다가 그녀를 쳐다보았다. 순간적으로 잔뜩 웅크리고 있는 희의 다리 사이에 눈길이 간 규성은 저도 모르게 아랫도리에 피가 확 몰렸다. 희는 몸을 운전석 쪽으로 억지로 틀고 있느라 한쪽 스커트가 위로 팽팽하게 당겨져 새하얀 허벅지가 반쯤 드러나 있었다. 허벅지 틈새로 까맣게 그림자가 드리워진 곳에 자연히 시선이 꽂힌 규성은 그제야 아차 싶은 생각에 후다닥 그녀의 다리를 놓아주었다.

규성의 손아귀에서 벗어나자마자 몸을 바로 튼 희는 운전대에 이마를 박는 그를 쳐다보았다. 그가 짓고 있는 경건한 표정과 어울리지 않게 운전대를 붙잡은 손이 부들부들 떨리고 있었다.

"부장님, 어디 아프세요?"

"……잠깐 현기증이 나서."

"그럼 조금만 쉬었다가 갈까요? 곧 점심시간인데."

중간에 운전하다가 기절하면 정말 그나, 그녀나 큰일이다. 희는 진심으로 걱정이 듬뿍 담긴 눈길로 규성을 쳐다보았다. 운전대를 잡고 무언가를 인내하는 규성의 표정은 정말 창백해서 혹시 지난번의 감기가 덜 나은 건 아닌지 의심도 갔다.

"제가 운전할까요?"

희가 조바심 나는 목소리로 묻자 규성이 검지로 그녀의 이마를 툭 밀었다.

"너 인마, 내가 걱정되는 거야, 회사까지 무사히 가는 게 걱정되는 거야?"

"그건…… 아마도 둘 다요."

그녀의 말에 아마도라는 단어가 붙은 건 '내가 걱정되는 거야'라는 말 때문임이 백 퍼센트 확실하다.

따지고 보면 권희도 제법 나쁜 여자다. 어쩌다 얼어걸린 건지, 규성이 욕구불만 때문에 눈이 뒤집혀서 그런 건지 몰라도 어쨌거나 지금 이 순간만큼은 그녀가 진심으로 얄밉고 섭섭했다. 입 발린 말을 아무리 못해도 그렇지 한 번이라도 걱정해 주면 덧나나.

규성은 토라지려는 마음을 간신히 바로잡고선 풀고 있던 안전벨트를 도로 착용했다. 운전하려는 그를 본 희가 손가락을 조물거리다가 "진짜 괜찮으신 거죠?" 하고 재차 물었다.

걸어 둔 기어를 푼 규성은 조수석에 손을 갖다 대고 후진을 하며 쌀쌀맞게 말했다.

"점심은 네가 사라."

"네? 왜요?"

"나쁜 짓 했으니까."

앞뒤 정황을 전혀 모르는 희에게 툴툴거리며 말한 규성은 그대로 갓길에서 차를 빼내고선 어벙한 표정을 한 그녀를 곁눈질로 보았다.

"고급 한정식 먹으러 갈 거야."

"네에? 대체 제가 언제 부장님한테 나쁜 짓을⋯⋯!"

하늘에 맹세코 그런 짓을 한 적이 없다고 소리 지르려던 희가 입을 딱 다문다.

죄를 미워하되 사람은 미워하지 말라고 했는데 개꽃 부장 뒤통수에 엿을 날린 게 어디 한두 번이던가. 독감 걸리라고 저주 퍼부은 것도 그렇고, 일을 바로바로 해결하지 않아서 성실한 개꽃 부장을 허구한 날 야근시켜 잔업 신청서에 쪽팔리게 부장 직급이나 되는 규성의 이름을 적게 한 것도 모두 그녀였다. 이래서야 어디 나쁜 짓 안 했다고 하늘을 우러러 말할 수 있단 말인가.

희가 차마 뭐라고 반박하지 못하고 입을 우물쭈물하자 규성이 눈을 가늘게 뜨며 "야." 하고 험상궂게 말을 붙였다.

"너 진짜 나한테 나쁜 짓 했냐?"

"네? 아, 잠깐, 뭐예요! 설마 그냥 하신 말씀이에요?"

"장난으로 한 말인데 생각이 바뀌었다. 가자. 한식집."

참나! 지금 겨 묻은 놈이 똥 묻은 놈 나무란다. 평소에 개꽃 부장이 저지른 행실을 떠올린 희는 굉장히 억울하다는 생각이 들었다.

투덜거리며 반창고와 약을 글로브 박스에 집어넣은 희는 콘솔 박스 못지않게 이것저것 잡다한 게 말끔히 정돈되어 있는 안을 보고선 뜨악했다. 글로브 박스 구석에 콘돔 상자가 다소곳하게 놓여 있어 흠칫했지만 못 본 척 연기하며 반창고와 약을 집어넣었다. 그러다 구석에 콘돔과 함께 박힌 사진 한 장을 발견했다.

희는 사진을 보자마자 가슴이 무거워지는 바람에 저도 모르게 글로브 박스를 탕 소리가 나도록 세게 닫았다.

담배를 피우고 싶은 마음에 입술을 만지작거리던 규성은 조수석에서 들려온 탕 소리에 어깨를 흠칫 떨었다. 글로브 박스를 세게 닫은 희도 저의 괴력에 놀랐는지 손바닥을 민망하게 쳐다보았다.

"아니, 저어……그……."

"이상한 데다 힘자랑 좀 하지 마라. 그거 고장 나면 너 월급에서 확 차감해 버린다.”

콘돔 앞에 다소곳하게 놓여 있던 건 서보연의 사진이었다. 세상에. 이 남자 진짜 순애보구나. 여러모로 당황한 희는 창문을 열어 머리에서 올라오는 열을 식혔다.

천하의 개꼴 부장이 이렇게까지 보연에게 집착하는 걸 알고 나니 자꾸만 호기심이 간다. 희는 남자 둘, 아니 죽은 오빠를 포함해 남자 셋을 휘두른 서보연에 대한 모든 것이 궁금해지기 시작했다.

그런데 개꼴 부장 차에 서보연 사진이 있는 걸 보자마자 속이 쓰려 온다. 희는 아랫배가 아닌, 명치가 자꾸 쿡쿡 쑤시는 걸 느끼며 고개를 갸웃거렸다.

고작 설렁탕집 올 거면서 잔뜩 겁주기는.

희는 뽀얗게 우러난 국물에 밥 한 공기를 뚝딱 말아 먹는 규성을 보며 볼을 잔뜩 부풀렸다. 규성이 정말로 고급 한정식 가게에 차를 주차했을 땐 심장이 덜컥 떨어지는 줄 알았다. 외관에서부터 ‘나 꽤 가격이 비싸요.’라고 말하는 한식집을 보고 규성의 등짝을 한 대 후려치고 싶었는데, 규성은 그 옆에 있는 평범한 설렁탕집으로 들어갔다.

그러고선 희에게 하는 말이 “내가 부하 직원 돈 뜯어먹을 만큼 악랄해 보이냐?”더라.

설렁탕 두 개를 시키는 규성에게 괜히 교만을 부리고 싶었지만 희는 그가 자신을 배려해 준다는 걸 알고 있었다. 식당의 3분의 2가 자리에 앉아 식사를 하는 곳이었는데도 규성은 일부러 구석진 곳에 놓인 탁자에 앉았다. 다리를 다친 자신을 위해 그랬다고밖에 생각할 수 없었다.

괜히 묘한 마음이 든 희는 설렁탕이 싱겁다며 소금을 여러 번 치는 규성을 물끄러미 보았다.

"인마, 네 상사 밥 먹다가 체하겠다. 뭘 그렇게 보냐?"

"그냥요. 되게 잘 드시는구나 싶어서."

"딴사람도 아니고 권희한테 얻어먹는 건데 당연하지."

하여간 저놈의 주둥이 하고는.

속으로 악담을 퍼부은 희는 그러면서도 밥을 싹싹 긁어 먹는 규성이 어쩐지 보기 좋아서 괜한 심술을 부리는 척 "흥, 이왕 얻어먹는 거 한 공기 더 시켜 드시지 그래요?" 하고 말했다.

"안 그래도 한 공기 더 시켜 먹으려고 했다."

말 떨어지기 무섭게 점원에게 밥 한 공기를 더 주문한 규성은 밥을 깨작깨작 먹는 희를 보며 혀를 찼다.

"어느 세월에 다 먹을래. 다 못 먹으면 확 버리고 간다."

"열심히 먹고 있거든요? 부장님이 빨리 드시는 거예요. 저번에 참치 회 먹을 땐 손도 안 대시더니."

희가 수저로 밥을 푹푹 쑤시며 항의하자 규성이 그새 나온 밥 한 공기를 받아 들며 싱긋 웃었다.

"난 입맛이 좀 싸구려라 이런 게 좋거든."

진짜 알다가도 모를 사람이다. 현실과 이상의 괴리감이라는 게 이런 걸까. 머리부터 발끝까지 최고급 정장으로 몸을 감싼 남자가 입맛이 싸구려라고 스스로 고백하고 있다.

희는 남은 설렁탕 국물에 밥 한 공기를 또 말아 먹는 규성을 감탄하듯 보다가 저의 뚝배기에 가득 고인 설렁탕 국물을 내려다보았다.

"저, 부장님. 제거 국물 좀 덜어 가실래요? 뻑뻑해 보여요."

맛있게 밥 한 수저를 뜬 규성은 희의 말에 잠시간 눈을 깜빡이더니 슬쩍 웃으며 뚝배기를 내밀었다.

개꽃 부장은 이런 것도 아무렇지 않아 하는구나. 간혹 남이 먹던 걸 먹겠냐고 물으면 굉장히 혐오하는 사람도 있는데. 규성의 뚝배기에 국물을 가득 부어 준 희는 고기 몇 점을 그의 밥 위에 얹어 주었다.

"부장님은 외국인 같은데, 식사하시는 거 보면 부족한 데 없는 진짜 한국인이시네요."

먹기 좋은 크기로 자른 깍두기를 입에 집어넣은 규성은 아삭아삭 소리가 날 만큼 맛나게 씹다가 희의 말에 무슨 이야기냐는 듯 눈썹 한쪽을 치켜세웠다.

"내가 설렁탕이랑 순댓국 좋아한다는 게 뭐 어때서."

하지만 여태까지 만난 여자들 중에 그런 걸 좋다고 한 여자는 없었다. 그에 비하자면 권희는 여태까지 규성의 주변에 있었던 여자와는 차원이 달랐다. 먹는 것도 안 가리고, 휴일은 양푼에 고추장 덜어 놓고 밥과 반찬에 잘 비벼 먹을 것 같았다.

그런 예감이 든 건 그녀와 회를 함께 먹을 때 아무렇지 않게 회 한 점을 건네주던 희의 행동 때문이리라. 습관처럼 나오는 그녀의 행동은 지금도 마찬가지였다. 희는 뚝배기에 얹어진 규성의 수저에 만두를 올리며 빙긋 웃었다.

"나중에 사모님이 콩나물 국밥 잘 끓이시면 엄청 행복하시겠어요."

"너는 뭘 제일 좋아하는데."

"음, 역시 김치찌개죠. 묵은 김치로 끓인 게 가장 좋아요. 적당히 매콤하고, 시큼하고."

"의외로 먹을 줄 아네? 회사에서 좀 멀긴 한데 꽤 괜찮은 식당 하나가 있거든. 그 집이 김치찌개를 잘해. 나오는 밑반찬은 엉망인데 말이야."

"부장님은 요리 잘하는 여자가 좋으세요?"

콩나물무침을 냠냠 먹으며 희가 넌지시 묻자 규성이 젓가락을 바로 세우며 "아니." 하고 단호하게 말했다.

"그럼요?"

"내가 좋아하는 음식 좋아해 주는 여자가 좋아. 요리는 내가 할 거니까."

이것 봐, 또, 또.

회사에서는 눈곱만큼도 듣기 힘든 것들을 술술 잘도 말한다. 요리는 자기가 해 주겠다니, 가정적인 척하는 걸까, 정말 가정적인 걸까.

희는 설렁탕을 한 수저씩 크게 떠먹으며 어느새 밥을 반이나 비운 규성을 따라잡기 위해 애썼다.

건더기는 죄다 저에게 주고 찔끔 남은 국물만 먹는 희를 쳐다보던 규성은 어느새 수저를 내려놓고 입안을 물로 헹구었다. 희는 배가 부른 기색이었지만 뚝배기를 기울이고선 밥알을 싹싹 긁어 먹었다. 다 안 먹으면 버리고 가겠다고 했더니 진짜로 다 먹을 심산인가 보다.

그런 희의 기백이 귀엽기도 하고, 재미있기도 해서 규성은 손바닥에 턱을 괴고 그녀가 식사를 마칠 때까지 기다렸다.

"오늘 데이트 있냐?"

"네?"

수저에 남은 밥풀을 쪽 빨아 먹던 희가 그의 말에 눈을 크게 떴다.

"평소보다 옷을 신경 써서 입었잖아. 반응 보니까 진짠가 보네?"

"데이트는 아니고, 그냥 소개팅요."

그 말에 규성은 오늘 퇴근 시간쯤에 잡아 둔 소개팅을 떠올렸다. 유정이 엄청 섹시하고 관능적인 여자라고 꿀 발린 말로 자신을 끌어당기기는 했지만 영 불안했다. 명색이 소개팅인데 사진도 보여 주지 않다니. 하지만 규성은 그 의문스러운 소개팅을 할 생각이었다. 마음에 들지 않으면 안 만나면 그만이니까.

그나저나 우연치곤 신기한 일이다. 설마 권희가 소개팅을 할 줄이야.

자리에서 일어선 규성은 계산을 위해 카운터로 향하는 희의 뒷모습을 쳐다보았다. 소개팅을 한다고 예쁘게 입고 온 걸 먼 발치에서 보자니 갑자기 속이 쓰리다. 다리에 딱 달라붙는 치마도 예쁘고, 잘록한 허리가 드러나도록 걸친 실크 블라우스도 다 예쁜데, 다른 놈을 위해서 저렇게 입었다?

의자에 걸쳐 둔 코트를 챙긴 규성은 가슴이 꽉 막히는 느낌에 손으로 명치를 누르며 재채기를 했다.

"너무 많이 먹었나."

후식으로 청포도 사탕을 입에 물고 규성은 주차해 둔 차로 반듯하게 걸어가는 희를 보며 가슴을 살살 문질렀다. 그리고 또다시 생각했다.

권희가 또 예뻐 보인다니, 여자가 고프긴 고픈가 보다 하고.

"이상해, 너."

수상쩍다는 듯 희가 눈살을 찌푸리며 말하자 서윤이 비지땀을 흘리며 허허 웃었다.

"이상하기는 뭐가. 아, 글쎄 네가 좋아할 만한 스타일이니까 염려 붙들어 매라는대도."

소개팅 남자에 대해 곧 죽어도 말하지 않으려는 서윤을 의문스럽게 쳐다본 희는 립스틱을 새로 바른 입술을 만지작거렸다. 허둥지둥 약속 장소에 나왔더니 베일에 싸인 소개팅 남자가 있기는커녕 서윤이 싱글싱글 웃는 얼굴로 맞이하지 뭔가. 일이 이렇게까지 되니 희는 서윤이 못 미더울 수밖에 없었다.

혹시 결함이 있는 남자일까? 그래서 이렇게 숨기려고 하는 건가?

"사실대로 말해, 한서윤."

희가 커피를 내려놓으며 매섭게 말하자 서윤의 어깨가 흠칫 떨렸다. 서윤이 조마조마한 눈길로 희를 응시하자 그녀는 상체를 앞으로 바싹 숙이며 조심스레 속삭였다.

"소개팅 하는 남자 말이야."

"으, 응?"

"설마 어디 막 문제가 있다거나…… 그런 거야?"

희의 말에 가득 삼킨 커피를 뿜을 뻔한 서윤이 가슴을 세게 두드렸다. 간신히 커피를 삼킨 서윤은 캑캑거리며 황망히 뜬 눈으로 희를 보았다.

"무, 문제가 있다니?"

성격에 엄청난 문제가 있기는 하지만. 따끔거리는 목으로 침을 꼴깍 삼킨 서윤이 가게 입구를 수시로 살피며 초조하게 시계를 살폈다.

규성과 희에게 상대편의 사진을 보여 주지 않는 대신, 성공적인 소개팅을 위해 유정은 서윤을 지표로 내세웠다. 한서윤이 앉아 있는 곳에 상대방이 기다린다고 규성에게 언질을 해 둔 것이다. 물론 소개팅 상대가 무척 예쁘고 섹시한 데다 관능적인 여자라는 거짓말까지 덧붙여서.

희는 검은색 스타킹의 종아리 부분을 어루만지며 반창고가 보이지 않을지를 염려하느라 서윤의 불안한 얼굴을 미처 보지 못했다. 종아리 뒷부분을 어루만지던 그녀는 주변의 눈치를 살피는 서윤을 보고 마음에 안 든다는 눈치로 테이블을 두드렸다.

"대답하라니까, 한서윤. 대체 왜 상대방 얼굴을 안 보여 주는데? 혹시 남자가 고자야?"

"으응? 아니, 어…… 음, 오랫동안 안 쓰기는 했지."

유정과 서윤 몰래 만난 여자가 있을지도 모르지만, 규성이 이십 대 중반에 보연을 만난 이후로 여자 친구를 옆에 끼고 다니는 걸 본 적이 없다. 노만에 입사해 일만 한 남자가 아닌가. 그러니 필히 아랫도리에 곰팡이가 슬었으리라.

"고자라는 거야, 아니라는 거야."

희가 답답하다는 듯 눈썹을 찡그리자 서윤이 "으음." 하고 진지하게 중얼거렸다.

"고자면, 왜? 싫어?"

"글쎄. 내가 고자를 만나 봤어야 알지."

"진짜 고자야?"

희가 설마 하는 표정으로 묻자 서윤은 잠시간 말이 없다가 에라 모르겠다 싶은 마음에 고개를 끄덕였다.

"응. 내가 듣기론 그렇다네."

"세상에, 그래서 그 나이가 되도록 여자를 못 만난 거래?"

희에게 만날 남자가 서른하나라고 일러주기는 했지만, 윤규성은 인기 초절정의 남자였다. 어딜 가나 사방에 여자가 끊이지를 않았더랬지. 그러니 여자를 만나지 않은 건 순전히 규성의 자의지만 서윤은 유정에게 당해 소개팅의 앞잡이가 된 마당에 잃을 것도 없겠다 싶어 세차게 턱을 주억거렸다.

"알잖아, 희야. 생식적인 문제로 엄청나게 상처를 받은 남자야. 그러니까 네가 오늘 하루만 잘 만나 줘, 응? 그 문제만 빼면 진짜 완벽한 사람이라니까. 얼굴도 잘났는데 거기만 문제일 뿐이야."

"그런 남자를 소중한 친구에게 소개해 주는 너는 뭐고?"

순간적으로 희는 기가 막혀 헛웃음이 났지만, 그래 까짓것 하루 봉사하는 셈 치자며 긍정적으로 고갯짓을 했다. 거기다

가만 생각해 보니 정말로 거기에 문제가 있는 남자라면 자신이 어지간히 없겠구나 싶었다. 사내의 자신감이라 불리는 곳이 풀이 죽었는데, 괜히 얼굴 보고 소개팅 했다가 후에 실망한다면 또 상처만 받을 게 뻔하니까. 고자라고 생각하고 나니 서로의 사진을 주고받지 않은 게 납득도 갔다.

이런저런 생각으로 일말의 기대감 없이 상대편을 기다리는데 소개팅 약속 시간을 3분쯤 남겨 두었을까. 서윤이 입구 쪽을 쳐다보더니 목울대가 크게 흔들리도록 침을 삼키고선 자리에서 일어섰다.

이제야 왔구나 싶어 뒤를 돌아보는데 보기 무섭게 희의 얼굴에 쩡 금이 갔다.

"권희?"

가게 밖으로 쏜살같이 도망가 버린 서윤에게 안부도 묻지 못한 규성은 어리둥절한 표정을 지었다. 왜 권희가 여기 있을까. 분명히 한유정은 서윤이 앉아 있는 곳에 소개팅 상대가 있을 거라고 말했다. 글래머에다가 섹시하고 관능적인 여자가.

그런데 이건 뭐야.

규성이 어리벙벙한 표정으로 자리에 서 있자 희도 사태 파악이 가지 않는다는 듯 고개를 갸우뚱거렸다.

"그런 부장님은 여기서 뭐 하세요?"

"소개팅 하러 왔는데."

"어, 저도요."

"그래? 그렇단 말이지."

희는 오늘 분명 소개팅이 있다고 했다. 그런데 지금 권희가 여기에 있다는 건…….

두 사람의 사이에 낮은 적막과 긴장감이 돌기 시작하자 인상 험악한 규성의 눈치를 살피던 직원이 살짝 다가왔다. 당장에라도 두 눈에서 레이저가 나갈 것처럼 직원을 쳐다본 규성은 직원이 내미는 종이 카드를 사납게 받아 들었다. 한 손으로 종이 카드를 구길 듯 쥔 규성이 주머니에서 핸드폰을 꺼내 유정에게 전화를 걸었다.

하지만 돌아오는 대답이라곤 '고객님의 전화기가 꺼져 있어 소리샘으로…….'라는 친절한 여자의 목소리뿐이었다.

마른 목에 침을 간신히 삼킨 규성은 핸드폰을 도로 주머니에 집어넣고선 크게 심호흡을 했다. 머리칼을 옆으로 쓸어 넘긴 규성은 여전히 상황을 이해하지 못하고 오뚝이 인형처럼 고개만 갸웃대는 희를 내려다보았다.

대체 어디가 글래머라는 거냐. 어디가 섹시해?

유정이 소개팅을 주선한다고 지껄일 때부터 이 사단을 알아봤어야 했다. 아주 우울한 표정으로 희의 맞은편에 앉은 규성은 직원이 건넨 종이 카드를 주섬주섬 펼쳤다.

> 사랑하는 마이 러브 규성!
> 나의 오랜 친구가 그 나이 되도록 여자 없이 쓸쓸하게 사는 게 속상해서 말이야. 내가 우리 규성이 시린 옆구리를 채워 줄 적임자를 찾아냈어.
> 권희 씨가 서윤이의 오랜 친구라는데, 너도 분명히 마음에 들 거야. 그러니까 화내지 마, 알겠지?
> 나는 당분간 우리 마나님이랑 프랑스에 다녀올 테니까 핫 한 시간 보내, 자기!

속으로 이빨을 으드득 간 규성은 카드를 당장에 찢어 버리며 낮은 소파에 등을 기대었다. 애당초 사진을 보여 줄 수 없다고 할 때부터 수상쩍은 냄새가 풍기기는 했지만 다른 사람도 아니고 권희라니.

규성이 답답하다는 듯 머리칼을 신경질적으로 헝클어뜨리자 희도 그제야 무언가 잘못되었다는 걸 직감했다.

희는 눈을 깜빡이며 그가 찢어 버린 카드를 보았다. 조각난 카드에 쓰인 글자들을 대충 보아도 이 상황을 충분히 이해할 수 있었다.

그러니까 지금 서윤이가 말한 그 고자가 개꽃 부장이라고?

어머, 세상에. 어깨를 움츠리며 핸드백을 꽉 움켜쥔 희의 표정이 말도 못 하게 일그러졌다. 사지 멀쩡한 양반인 줄 알았더니 정작 중요한 걸 휘두르지 못한다니? 여사원들이 알면 거품 물고 기절할 일이다.

"야. 너 표정."

"네?"

"표정 말이야, 표정. 뭐 씹은 표정 하지 말라고."

규성의 말에 희는 손을 다급히 들어 뺨을 문질렀다. 연민의 감정을 드러낸다는 게 그만 평소 규성에게 하던 것처럼 굴어

버렸나 보다.

희의 얼굴에 난감한 기색이 가득 돌자 규성이 넥타이를 잡아당기며 속으로 삼키던 한숨을 토해 냈다.

"한서윤이랑 아는 사이냐?"

"아, 네. 같은 학과 동기예요."

회사를 나오기 전에 화장을 고쳤는지 그녀의 얼굴은 한결 더 예뻤다. 눈매가 선명했는데 까만 아이라인을 덧칠하자 노르스름한 조명 아래 아몬드형의 눈가가 더 돋보였다. 반짝반짝 빛나는 희의 얼굴을 구경하느라 서윤이 졸업한 학과를 까먹어 버린 규성은 곧 차례대로 나오는 음식을 보며 미간을 확 찡그렸다. 한씨 형제가 멋대로 주문해 놓고 갔는지 예쁜 식탁보가 깔린 테이블에 스프와 빵이 나왔다.

하지만 규성은 그 음식은 거들떠보지도 않고 자리에서 벌떡 일어섰다.

"어, 저…… 부장님?"

아직 규성이 고자라는 사실에서 헤어 나오지 못한 희가 당황한 듯 물었지만 규성에게 그 모습은 조금 다르게 보였다.

잔뜩 기대하고 나왔는데 자신이 상대방인 걸 알고 시무룩해진 표정. 그래, 딱 그거였다. 그렇게 생각하니 규성은 속에서 활화산이 터지는 것 같아 우러나오는 언짢음을 간신히 참고 희에게 말했다.

"일어나."

"어디 가시려고요? 음식 나왔는데…….."

"그놈들이 사는 건 안 먹어. 따라와."

희는 이러지도 저러지도 못하는 가게 직원들에게 인사하고 그를 뒤따랐다. 머릿속이 뒤죽박죽 엉켜 어지러워 죽겠는데 어느새 주차장에서 차를 빼 왔는지 규성이 클랙슨을 마구 눌러 댔다. 한마디로 빨리 타라 이거다.

하지만 타기 싫었다. 타는 순간 엄청난 일이 벌어질 것 같았다. 그도 그럴 게 저 표정 좀 보라. 당장에라도 누구 하나 죽일 것처럼 살기등등한데 대체 누가 저 차에 타려고 할까? 천하의 권희마저 겁을 지레 먹을 정도로 규성은 표정이 좋지 않았다.

그를 모르쇠로 일관하며 왼쪽으로 예쁘게 땋은 머리칼을 한 갈래씩 세던 희는 다시 빵빵거리는 소리에 화들짝 놀라 딸꾹질을 했다.

"너 빨리 안 타? 죽고 싶어?"

하여간 성질머리 하고는. 누가 보면 집 나간 여편네 잡으러 온 서방인 줄 알겠다.

놀란 가슴을 추스르며 갓길에 세워진 그의 차로 걸어간 희는 마지못해 조수석에 올랐다. 에어컨을 틀지도 않았는데 차에 싸한 냉기가 도는 게, 이거 진짜 불길하다.

희가 딸꾹질을 멈추지 못하자 규성이 눈을 차갑게 빛내며 손을 뻗어 입을 억지로 틀어막았다.

"숨 참아."

"읍, 읍!"

"안 잡아먹을 테니까 참으라고."

규성이 낮게 경고하자 희는 그의 손바닥을 꽉 붙잡은 채 호흡을 멈추었다. 숨을 한 번 크게 삼키고 숨쉬기를 멈추자 가슴이 점점 무거워진다. 숨을 크게 내쉬고 싶은 욕구에 목이 끊어질 것 같아 희가 그의 손을 꽉 잡자 규성이 그제야 손바닥을 치웠다.

"딸꾹질 멈췄냐."

"으……. 네에."

"됐어, 그럼."

규성에게 눌려 벌게진 입가를 백미러로 확인한 희가 뭐 하나 물어뜯을 것처럼 으르렁거리는 규성을 훔쳐보았다.

이거 엄청 기분 나쁘다. 희도 규성이 소개팅 남자일 줄은 몰랐지만 그래도 기분이 불쾌한 건 아니었다. 그저 깜짝 놀랐고 조금 의외라고 생각되면서도, 나쁘지 않다고 생각했다.

그런데 윤규성은? 지금 어금니를 빡빡 갈면서 "한유정이 이 새끼를 믿은 내가 병신이지, 젠장." 하며 회사에서도 담지 않던 욕을 하는 중이다.

희는 그게 굉장히 불쾌하고 속상했다. 소개팅을 주선한 사람들이야 그렇다 쳐도 규성은 상대방이 권희라는 데에 화를 내고 있는 거다. 회사에서는 상사라 자신에게 벼락같이 화를 내고 괜한 불똥을 튀겨도 그러려니 하고 맞받아친다지만, 이건 아니잖아. 이건 윤규성이 권희를 싫어한다는 명백한 증거였다. 평소에도 잡아먹지 못해서 안달이 난 건 알지만 이 정도일 줄은 몰랐다. 이렇게까지 싫어하면서 왜 같이 술 마시자고 붙잡고 옛날 얘기를 들려준 걸까.

가슴 한구석이 아득하게 멀어지는 걸 느낀 희는 머리가 어지러웠다.

여태까지 봐 온 윤규성의 모습들이 순식간에 부정당하고 혼자 스트립쇼를 한 것 같은, 한심하고 착잡한 기분이다. 개꽃 부장이 미워 죽을 것만 같은 건 지금도 마찬가지인데, 대체 왜 이렇게 마음이 무너지는 걸까.

가슴을 손바닥으로 꼭 누른 희는 신고 온 힐을 쳐다보다가 작게 입을 열었다.

"저 갈래요."

"뭐?"

"내일 봬요."

희는 당장에라도 울고 싶은 마음에 규성이 뭐라고 하는 것도 듣지 못하고선 다급하게 조수석 문을 열어젖혔다.

정말로 몰랐다. 설마 윤규성에게서 미움 받는 게 이렇게까지 서럽고 버거운 일일 줄은. 왜 이렇게 슬픈지 알 수가 없어서 뒤에서 규성이 잡는 것도 매섭게 내친 희는 수선스럽게 들 끓는 가슴을 움켜쥐고선 차에서 뛰어내렸다.

나쁜 개꽃. 때려죽일 개떡.

립스틱을 예쁘게 칠한 입술을 잘근잘근 깨물며 높은 힐을 신고 보도를 재빨리 걷는데 뒤에서 조급하게 부르는 외침이 고막을 찔렀다.

"권희!"

규성이 참다 참다 폭발했는지 순식간에 희를 앞지르며 소리쳤다.

"왜 이렇게 멋대로야, 너는!"

옴짝달싹 못하도록 희의 손목을 움켜쥔 규성이 단단히 화가
난 목소리로 언성을 높였다. 주변을 지나가던 사람들의 시선이
한 번에 쏠릴 정도로 커다란 목소리에 놀란 희가 뒷걸음질을
쳤지만 이내 기가 막힌다는 표정으로 규성의 가슴팍을 밀어
냈다.

"누가 할 소린데요? 나라고 부장님이랑 소개팅 하고 싶었는
지 알아요? 아무리 내가 싫어도 그렇지 면전에 대고 그렇게 화
를 내는 게 어디 있어, 이 개떡만도 못한 놈아!"

그에게 질세라 목청을 높인 희가 규성에게 잡힌 손목을 빼
내려고 발버둥을 쳤다.

"뭐? 개떡? 하, 이게 진짜! 싫어하는 티 먼저 낸 게 어디 누
군데!"

"부장님이잖아요!"

"웃기시네, 네가 먼저 그랬거든!"

"나 안 그랬어요!"

눈에 불을 켠 희가 울음을 터뜨리며 바락 소리를 지르자 그
제야 규성의 화가 한 꺼풀 꺾였다. 평소에 철옹성처럼 견고하
던 희가 엉엉 울음을 터뜨리자 규성도 당황했는지 힘껏 비틀고
있던 손목을 놓아주었다.

뭐가 그렇게 서러운지 커다랗게 목 놓고 울기 시작한 희는
핸드백으로 규성을 때리면서 있는 힘껏 앙앙거렸다.

"내가 언제 싫어했는데, 언제, 언제! 항상 자기 멋대로 생각
하고 자기 멋대로 굴고! 내가 언제 부장님 싫다고 했냐고요. 대
체 언제!"

희가 화장이 망가지는 것도 모르고 펑펑 울자 규성은 그제야 일이 제대로 꼬인 걸 느꼈다. 이러려고 뒤쫓아 온 게 아니었는데 생각지도 않게 그녀를 울렸다.

규성은 사람들이 자신을 향해 혀를 차는 걸 보고선 한숨과 함께 이마를 쓸어 넘겼다.

진짜 되는 일이 하나도 없다. 조그만 손바닥으로 눈가를 가리며 끅끅 울음을 삼키는 희를 내려다본 그는 코가 빨개지도록 우는 희가 안쓰럽고, 또 미안해서 팔을 뻗어 슬쩍 안아 주었다.

"……미안."

품에 쏙 안길 정도로 마른 그녀를 품에 안은 규성은 동글동글한 머리를 쓰다듬어 주며 다시 사과했다.

"미안하다니까. 그만 울어."

"흑, 으윽…… 끅. 저리 가요! 이…… 이 나쁜……."

한심하게도 그는 희가 자신을 싫어한 게 아니라는 걸 알고 이 심각한 상황에 안도하고 말았다. 그녀가 자신을 소개팅 대상으로 싫어하지 않았다는 사실이 이렇게 다행스럽게 느껴지다니.

그녀를 힐끗 내려다본 규성은 작게 혀를 찼다.

"야, 너 그렇게 울면 나중에 머리 아프다."

"무슨 상관이에요? 이거 놓으라니까!"

품에서 아등바등하며 성질을 부리자 규성이 쓰게 웃으며 어깨를 쓸어 주었다.

"내가 잘못했다는데도? 야, 네가 길거리에서 펑펑 울어서 나만 나쁜 놈 됐으니까 이제 고개 좀 들어라."

"뭐예요, 잘못한 거 없다는 그 말투는."

코맹맹이 소리로 중얼거린 희가 마음에 안 든다는 듯이 그의 가슴팍을 때리자, 규성이 그녀의 옆머리를 넘겨 주고는 이마에 턱을 갖다 대며 속삭였다.

"희야."

"……뭐, 뭐예요."

"잘못했어."

부드러운 목소리에 방금 전까지 악을 써 대며 운 걸 까맣게 잊은 희는 고개를 힐끗 들었다. 화장이 엉망이 된 것도 모르고 벌겋게 물든 눈으로 그를 보자 규성이 그제야 입가에 호를 그리며 눈가를 손으로 닦아 주었다.

"야아, 나 진짜 최악의 소개팅남이다."

"그걸 이제 알았어요?"

부루퉁하게 말하며 그의 품에서 벗어나자 규성이 다시 손목을 잡았다.

"사과할게."

"알았다니까요. 이것 좀 놔요."

"어디 가려고?"

"그야 집이잖아요. 택시 탈 거예요."

쌀쌀맞게 대꾸하며 규성에게 잡힌 손을 탈탈 털어 내는데 무슨 놈의 남자가 힘이 이렇게 강한지 절대로 놓아주려고 하질 않는다. 그래서 눈에 힘을 잔뜩 주며 그를 노려보자 규성이 그대로 그녀를 붙잡고 앞으로 걷기 시작했다.

"데려다 줄게. 지은 죄가 있어서 택시 태워서는 못 보내겠다."

"시, 싫어요! 차라리 택시비를 주든가!"

"남자 체면이 있지 어떻게 그러냐."

등 떠밀려 차 앞에까지 다다른 희는 그가 열어 주는 조수석을 보고선 얼굴을 험하게 일그러뜨렸다. 그는 이 순간까지도 제멋대로다. 희가 눈에 쌍심지를 켜고 쏘아보자 규성이 조수석 문에 기대고선 초연한 얼굴을 했다.

"안 타?"

그가 조수석을 엄지로 가리키며 말했지만 희는 자리에서 꼼짝도 하지 않았다. 그저 뭐라고 말을 해야 이 꼴도 보기 싫은 남자를 엿 먹일 수 있을까 그 궁리만 할 뿐이었다. 그리고 그때, 서윤이 희에게 해 준 말이 있었으니.

"난 고자랑은 소개팅 안 해요. 그러니까 비켜요."

"뭐?"

"고자랑은 안 놀아요!"

"……지금 뭐라고 했어, 권희. 너 다시 말해 봐."

순간 태연하던 규성의 얼굴색이 하얗게 변했으니, 희는 그때 사태 파악을 했어야 했다. 아, 짐승을 잘못 건드렸구나 하고 말이다.

하지만 미운 털이 제대로 박힌 희의 눈에 윤규성은 그저 고자에 불과했다. 희는 표독스럽게 눈을 치뜨며 다시 한 번 더 또박또박 말했다.

"부장님 고자라면서요."

"누가 그래?"

"누군지 몰라도 돼요."

"……."

"저는 그쪽으로 일없는 남자는 사양이에요. 싫다고요. 됐죠?"

눈가를 꿈틀거린 규성은 뇌리에 박힌 두 글자에 잠깐 숨을 돌렸다가 담담한 표정으로 중얼거렸다.

"그래? 내가, 그거라 이거지?"

"네, 그래요. 그러니까 좀 비켜……. 꺄악!"

그녀의 어깨를 조수석으로 몰아붙인 규성이 "하, 그래. 그렇단 말이지." 하고 어이없다는 듯 웃으며 노려보고 있었다.

희는 굳어진 규성의 표정을 보자마자 아까 전에 그친 딸꾹질이 도로 터질 것 같은 불길함에 몸을 떨었다.

펑펑 울린 게 미안해서 상냥한 태도를 유지하려고 애를 쓰던 그는 고자라는 모욕적인 말에 머릿속에서 붙잡고 있던 이성을 놓아 버렸다.

방금 전까지 예쁘다고 생각한 거 죄다 취소다. 이 여자는 예뻐 봤자 권희다. 윤규성의 신경을 살살 긁어 미치게 만드는 나쁜 여자.

헛웃음을 친 규성은 위험을 감지하고 생쥐처럼 바들바들 떠는 희의 엉망진창인 얼굴을 보며 거칠게 눈을 빛냈다.

"말로 할 때 타라, 권희."

"……시, 싫다니까요!"

"확인시켜 줄게."

"네? 뭘요?"

눈물을 뚝 그친 희가 조심히 되묻자, 규성이 억지로 그녀를 조수석에 구겨 넣으며 낮게 속닥거렸다.

"고자가 아닌지 맞는지 어디 확인해 보자고."

차에서 내리기 무섭게 규성의 팔에 헤드 록이 걸린 희가 승강기로 질질 끌려갔다.

"놔 달라니까요! 어, 어디를 가는대요!"

희가 지하 주차장에 쩌렁쩌렁 울릴 정도로 소리를 지르자 규성이 목을 옭아맨 팔에 더 힘을 주며 대꾸했다.

"내 집."

"엄마야아아아아!"

올 것이 왔구나 싶은 마음에 희가 비명을 지르며 발버둥을 치자 무슨 일인가 싶어 오피스텔 입구를 서성이던 경비가 지하 계단으로 내려왔다. 눈물범벅이 된 채 규성에게 붙들려 있던 희는 경비를 보자마자 "아저씨!" 하고 소리를 쳤다.

"아저씨, 이 사람 좀 어떻게 해 주세요! 제발요!"

희가 애절한 목소리로 말하며 두 손을 싹싹 빌자 경비가 쓰고 있던 모자를 올리며 두 사람에게로 다가왔다.

"아이고, 1603호에 윤규성 씨 아니십니까?"

희는 규성을 보고선 환하게 웃는 경비를 보고는 맥이 풀린 표정을 지었다. 그녀가 당혹스러움이 넘쳐 나는 표정으로 쳐다 보자 경비가 넉살 좋게 웃었다.

"저번에 사정 봐주셔서 감사했습니다. 이거 뭐라 감사의 말씀을 전해야 할지 몰라서……."

경비가 고개를 숙이자 규성이 사람 좋게 미소 지으며 "아닙니다. 그다지 어려운 일도 아니었는데요." 하고 점잖게 말했다. 얼떨결에 경비와 규성, 두 사람 사이에 낀 희는 이게 당최 무슨 상황인지 짐작조차 가지 않아 멍청한 얼굴로 규성을 올려다보았다.

경비는 눈물로 화장이 다 번진 희를 보고선 "애인이신가 봅니다?" 하고 유쾌하게 말하더니 다음번에 꼭 사례를 하겠다는, 희로서는 도무지 알 수 없는 말을 남기고선 도로 지하 주차장 밖으로 사라져 버렸다.

경비의 발자국이 타박타박 울리는 지하 주차장을 우두커니 보던 그녀는 뒤늦게 정신을 차리고선 규성의 팔을 와드득 깨물었다.

"윽! 뭐 하는 거야!"

"안 놔요? 빨리 놔요! 진짜 안 놓으면 소리 지를 거예요!"

"마음대로 하시지. 아까 못 봤어? 경비도 내 편이야."

규성이 어림도 없다는 듯 그녀를 승강기 쪽으로 당겼다. 경쾌한 소리와 함께 열린 승강기에 억지로 올라탄 희는 목을 조여 오는 규성의 팔을 마구 긁으며 소리쳤다.

"저 경비 아저씨 머리가 어떻게 된 게 틀림없어. 이런 무식한 남자에게 감사하다니! 대체 무슨 짓을 하고 다니시는 거예요?"

"고자가 무슨 짓을 해 봤자 별거 있겠어?"

희가 눈을 날카롭게 빛내며 소리쳤지만 규성의 서늘한 시선에 말문이 막히고 말았다.

이 남자 분명 화가 났다. 삐쳐도 아주 제대로 삐친 게 틀림없다.

규성의 팔에 압사당하기 일보 직전인 희는 모든 걸 내려놓은 심정으로 승강기 사방에 붙은 거울을 쳐다보았다. 거울을 보자마자 심장이 깜짝 놀라 쿨럭하고 피를 토해 내는데, 권희 인생 27년 이런 험악한 모양새는 또 처음이다. 마스카라며 아이라인은 죄다 번져서 판다가 된 걸로도 모자라 립스틱도 사방팔방 번져서 미친년이 되었다. 거기다 기껏 예쁘게 땋은 머리칼은 또 얼마나 산발이고?

울어서 따끔거리는 목으로 침을 삼킨 희는 자신을 놓아줄 생각은 요만큼도 없는 것 같은 규성을 쳐다보며 불쌍하게 훌쩍였다.

"질질 짜지 마. 울어도 안 봐줘."

"안 울거든요! 누가 울었다고!"

자신을 잡고 놓아주지 않는 규성의 팔을 손톱으로 앙칼지게 꼬집은 희가 눈을 독하게 치떴다. 그런 그녀를 냉담하게 내려다본 규성은 '그래, 네가 언제까지 그러나 보자' 싶은 마음으로 입술을 앙다물었다.

"저어……저, 저기요, 부장님."

"왜?"

"……고자 아닌 거 알겠으니까 놔주시면 안 될까요?"

16층이 가까워질 때마다 가슴이 선득선득하다. 겁을 잔뜩 먹은 희가 먼저 꼬리를 말며 항복 선언을 했지만 규성은 아무런 대꾸도 하지 않았다. 그가 침묵으로 일관하자 뒷덜미가 싸하게 땅겨 온다.

규성은 승강기에서 내리자마자 비명을 지르는 그녀의 입을 막느라 고생했다. 경비면 모를까, 층에 사는 주민들이 나와 이 꼴을 봤다간 오해하기 십상이었다. 얼굴이 눈물이며 흘러내린 화장으로 뒤덮인 여자가 살려 달라고 소리를 지르는데 누군들 오해하지를 않겠냔 말이다.

손가락을 있는 힘껏 깨무는 희의 행동에도 불구하고 강단 있게 그녀의 입을 틀어막은 규성은 간신히 현관문을 열었다. 현관으로 희를 내팽개치자마자 물린 손가락을 쳐다본 규성은 피가 몰린 잇자국을 쳐다보며 눈을 부릅떴다.

"이제 어쩔래, 권희."

"어쩌긴 뭘 어째요? 당장 비키세요, 돌아가게!"

희가 소리를 지르며 엉덩이를 일으키자, 규성이 쓱 무릎을 굽혔다. 그의 다가옴에 놀라 뒤로 물러서자 규성이 이마에 꿀밤을 때렸다.

"왜 때리세요!"

억울한 희가 목소리를 높이자 코앞으로 다가온 그가 눈을 가늘게 뜨며 "이래도 반성 안 할래?" 하고 불만스러운 목소리로 쏘아붙였다.

반성이라니. 이 사람이 무슨 소리를 하는 건가 싶어 그녀가 눈에 힘을 주자 그가 코웃음을 치며 넥타이를 잡아당겼다.

"여기까지 끌려와 놓고 덜 혼났어?"

"전 혼날 짓 안 했어요."

끝까지 눈을 치켜뜨는 희를 어이없다는 듯 쳐다보던 규성이 껄렁한 자세로 그녀의 이마를 톡톡 쳤다.

"너 남자한테 고자라고 하는 게 정신적으로 얼마나 큰 충격인 줄 알아?”

그가 눈썹을 모으며 짐짓 화내는 척하자 그녀가 규성의 어깨를 밀치며 덩달아 짜증을 냈다.

“그럼 고자가 아니라고 하면 되잖아요. 왜 사람을 여기까지 끌고 와요, 무섭게!”

“참나, 진짜 무섭긴 했고?”

믿지 못하겠다는 듯 규성이 빈정거리자, 그에게 맞은 이마를 손바닥으로 가리고 있던 희가 짧게 숨을 삼켰다.

안 무서웠을 리가 없다. 남자 집에 이렇게 질질 끌려왔는데 누가 말짱한 정신을 유지한다는 건가. 희는 끝까지 못된 말을 하는 규성이 미웠다. 그래서 눈도 마주치지 않고 대꾸도 하지 않았다. 이런 일을 당한 게 서러워서 또 눈물이 날 것 같다.

“……야, 너 울어?”

고개를 푹 수그린 그녀가 아무 말도 없자 규성이 슬쩍 눈치를 살핀다. 하지만 그녀는 계속 침묵했다. 뺨을 긁적거린 그는 “권희?” 하고 이름을 조심스레 불러 보았다.

설마 정말로 놀랐나. 빛이 희끄무레한 어둠 속에서 조그맣게 훌쩍대는 소리에 규성이 뜨끔했다.

“또 왜 울어?”

“……집에 보내 주세요.”

가라앉은 희의 목소리에 규성이 난감한 듯 이마를 손바닥으로 짚는다. 또 그녀를 울리려고 한 건 아니었다. 단순히 ‘고자’라는 말을 아무렇지 않게 내뱉어 모욕을 주기에 똑같이 되갚아 주자 싶었을 뿐이었다. 연약하게 쓰러진 희를 쳐다보던 그는 자그맣게 들리는 울음소리에 갑자기 가슴이 아려 왔다. 그녀가 다시 울음소리를 죽이며 바들바들 떨자 규성이 난처한 듯 머리를 긁적였다.

"권희."

나직하게 그녀를 불러 보지만 대답이 없다. 그가 몸을 조금 움직이자 센서 등에 다시 불이 들어왔다. 노란 전구 아래 몸을 웅크리고 조용히 우는 희가 보인다.

그는 그제야 '아, 정말로 잘못했구나.' 싶었다. 평소의 희라면 콱 깨물어 버리겠다면서 덤벼들 줄 알았는데.

한숨을 삼킨 규성은 바닥에 무릎을 꿇고는 슬그머니 희에게 다가갔다.

"권희. 고개 좀 들어."

"부장님 정말 싫어요."

작게 터져 나온 원망에 규성이 쓴웃음을 짓는다.

"나 좀 봐 봐. 야, 권희. 내가 잘못했다니까. 응?"

"손대지 마세요."

얼굴을 가리고 있던 손을 휘둘러 규성을 밀쳐 낸 희가 울음을 크게 한 번 삼켰다. 손바닥으로 바닥을 짚고 무릎을 일으킨 희는 "건들지 마요." 하고 작게 경고를 하고선 자리에서 일어섰다.

낮에 개꽃 부장과 외근을 나갔다가 생긴 상처가 아프다. 생각하면 할수록 분하고 속상해서 벽을 짚은 채로 울음을 터뜨린 그녀는 이깟 남자가 다니는 회사, 당장에 때려치우고 말겠다고 생각했다.

울어서 무거워진 눈을 깜빡거리며 현관문으로 걸어가자 덩달아 일어선 규성이 "권희." 하고 또 그녀를 불렀다.

"그 얼굴을 하고 어딜 가."

희의 손목을 붙잡은 규성이 "희야." 하고 너그럽게 그녀를 불렀다.

노란 센서 등 아래로 눈물범벅이 되어 흐느끼는 희를 보자 규성은 마음이 심히 따끔거렸다. 이렇게 희를 울리려고 오피스텔까지 끌고 온 게 아니었다. 못내 속상해진 그는 손을 뻗어 어떻게든 벗어나려고 버둥거리는 그녀의 턱을 들어 올렸다.

"희야."

고개를 위로 올리자 울어서 빨갛게 물든 희의 눈이 보인다. 간헐적으로 들썩이는 그녀의 숨소리에 낮은 한숨을 뱉은 규성은 "미안." 하고 소곤거리며, 뺨을 천천히 손바닥으로 닦아 주었다.

"미안해. 울리려고 한 거 아니었어."

"……"

"그만 울고 나 좀 봐."

나긋하게 들려오는 규성의 음성에 희가 마지못해 눈동자를 들었다. 얼굴이 그의 손에 쏙 담겨 있어서 고개를 돌릴 수도 없었다. 그래서 정말로 하는 수 없이 그를 보자 서서히 어두워져 가는 센서 등 아래로 규성의 눈동자가 시야에 가득 찼다. 눈을 마주한 게 다행이라고 생각되었는지 그가 조그맣게 웃는 걸 끝으로 현관이 도로 깜깜해졌다.

잔향처럼 남은 규성의 눈동자를 떠올리던 희는 오피스텔에 퍼져 있는 미미한 빛으로 그를 응시했다. 방금 전까지 규성에 대한 원망과 미움으로 마음이 들끓었는데 지금 '희야.'라고 불러 주던 목소리와 웃음 하나로 지조 없을 만큼 마음이 순식간에 녹았다.

"권희."

"……."

"대답해야지."

"……."

"희야."

"……왜요?"

아직 그에 대한 못 미더운 감정이 남아 있어 짜증 난 목소리로 말하자 규성이 그녀의 팔을 살살 잡아 이끌었다.

"세수라도 하고 가. 그 얼굴로 어딜 가려고?"

"저 집 근처라 괜찮아요. 아, 좀 놓으라니까요!"

팔을 잡고 늘어지는 규성을 떼어 놓으려고 희가 바락 소리를 질렀다. 그러자 규성이 희를 와락 당기며 솔직하게 말했다.

"너 울린 거 미안해서 그냥은 못 보내겠다."

하마터면 규성의 품에 안길 뻔한 희가 화들짝 놀라 고개를 치켜들었다. 눈을 왕방울만 하게 뜬 희는 "여자 얼굴이 뭐냐, 이게." 하며 혀를 차는 규성의 목소리에 아주 잠깐 두근거렸던 마음이 싸하게 가라앉았다.

하지만 더 이상 반항할 힘이 없는 것도 사실이었다. 차에서부터 내내 말다툼을 벌이며 왔더니 기운이 쪽 빠졌다.

화장실에 등을 떠밀려 들어간 희는 "얼굴 씻고 나와."라는 그의 말에 입술을 부루퉁하게 내밀었다. 병 주고 약 주고 대체 뭐란 말인가. 그렇지만 그녀는 거울로 보이는 얼굴을 보고선 좀 씻어야겠다는 생각을 할 수밖에 없었다. 이래서 여자는 화장을 하면 울고 싶어도 울 수 없다고 하는 모양이다.

"폼 클렌저도 없는데."

투덜거리며 비누로 거품을 잔뜩 낸 희는 거울을 힐끗 보고선 조커같이 마스카라가 번진 얼굴을 보며 진저리를 냈다.

그녀를 화장실로 밀어 넣은 규성은 한숨과 마른세수를 했다. 얼굴에 화장이 번져서 기괴하기 짝이 없는 희를 보며 그는 미안하다는 생각과 동시에 꼭 안아 주고 싶다는 생각을 했다. 울린 게 마음에 걸려서 그랬던 걸까. 얼굴을 세게 문지른 그는 도리질을 하며 겉옷을 벗었다.

현관문 앞에 나뒹굴던 희의 핸드백을 챙겨 온 규성은 화장실 문이 열리는 소리에 고개를 돌렸다.

"화장 지우나 안 지우나 그 얼굴이 어디 가는 건 아니네."

"비꼬시는 거예요?"

제대로 화장을 지우지 못해 찜찜한 얼굴을 수건으로 문지르고 있는데 규성이 난데없이 타박이다. 아직 억울한 게 가슴에 그득 남아 있는데 확 뱉어 버릴까 싶은 희는 그래도 그의 말이 신경 쓰여 거울을 힐끗 쳐다보았다. 안 지워진 마스카라라도 있는 건가 싶어 눈을 꼼꼼히 뜨어보지만 얼굴은 말끔했다.

"얼굴 이상해요?"

그의 말이 영 거슬려서 슬쩍 묻자 와이셔츠 소매를 걷던 규성이 희의 얼굴을 뚫어지도록 쳐다보았다.

"야."

"왜요?"

"너 코에 뾰루지."

"말도 안 돼!"

헐레벌떡 화장실로 뛰어 들어간 희는 거울에 얼굴을 가까이 들이밀었다가 속았다는 걸 알고는 "부장님!" 하고 목소리를 높였다. 밖으로 고개를 내밀자 그가 비실비실 웃으며 "속았냐?" 하고 떠든다. 어이가 없어서 입을 벌리고 망연히 규성을 쳐다보자 그가 피식 웃었다.

"화 풀렸어?"

서글서글하게 눈웃음을 짓는 규성을 눈으로 좇던 희는 동그랗게 벌리고 있던 입을 딱 다물었다.

그가 갑자기 쓸데없이 잘 웃기 시작했다. 매력적인 눈웃음에 심장이 간질거리는 걸 느낀 희는 괜히 눈썹을 모으며 "개꽃 주제에." 하고 혼잣말을 했다.

냉장고 문을 연 규성은 식재료들을 빤히 훑더니, 수건으로 이마 둘레를 꼭꼭 눌러 닦는 희를 돌아보았다.

"권희."

"또 왜요?"

"밥 뭐 먹을래."

그의 말에 희는 수건을 내리고 퉁명스레 대꾸했다.

"저는 제 집 가서 밥 먹을 건데요."

"라면 끓여 먹게?"

정곡을 찌르는 말에 희가 입을 열었다가 딱 다문다. 아, 차마 할 말이 없다. 하지만 "저도 밥 할 줄 알아요." 하고 없는 소리를 하며 수건을 바구니에 던져 넣었다.

"난 지금 배고파."

그래서 뭘 어쩌라는 건가. 희가 멀뚱멀뚱 그를 쳐다보자 규성이 계란을 꺼내며 덤덤히 말한다.

"2인분 할 테니까 먹고 가."

"제가 왜요?"

희가 질문하자 그릇에 계란을 톡 까던 그의 눈가가 미미하게 꿈틀댄다. 권희는 곱게 '네, 알겠습니다.'라는 말이 나오지 않는 걸까. 눈치가 없는 건지, 일부러 어깃장을 부리는 건지 알 수가 없다. 하지만 방금 전에 그녀를 울린 죄가 있기에 규성은 최대한 누그러진 목소리로 떠들었다.

"배도 안 고프냐. 그렇게 울어 대더니."

"누구 때문에 울었는데요?"

규성의 곁으로 다가간 희는 능숙하게 계란을 푸는 그의 솜씨를 보며 속으로 혀를 내둘렀다. 그녀는 다른 건 보통 수준으로 해도 요리 솜씨만은 정말이지 젬병이었다. 오죽했으면 희의 어머니가 "너는 요리사와 만나는 게 네 자식들을 위한 길이야."라고 말했을까.

좁은 부엌에서 분주히 움직이는 규성을 쳐다보던 희는 이내 걸음을 딱 멈추고 뒤를 돌아보는 그와 눈이 마주쳤다. 또랑또랑 눈을 뜨고 규성을 보는데 그가 가까이 다가와 이마를 수저로 두드렸다.

"아, 또!"

욱해서 소리를 지르자 규성이 수저로 식탁을 가리킨다.

"안 도와줄 거면 앉아 있어라, 권희."

"부장님은 말로 할 줄 모르세요?"

"말로 할 줄 아는데 넌 예외야."

"제가 뭘요."

"평소 네 행실을 생각하시지?"

그의 말에 희는 입을 다물었다.

하긴. 개꽃 부장 말을 죽도록 안 듣긴 했다. 그래도 수저로 이마를 때리는 법이 어디 있나 싶어 규성을 한 번 쏘아보고는 잠자코 식탁 의자에 앉았다.

요리하는 남자의 뒷모습은 근사하다더니.

희는 규성 모르게 입술을 비죽였다. 개꽃 부장이 멋있는 건 인정하자. 왜냐면 뒷모습이 정말로 섹시했으니까. 걷어 올린 와이셔츠 소매를 빤히 쳐다본 그녀는 화장을 지워서 맹숭맹숭할 얼굴을 떠올리고는 슬쩍 민망함에 빠지기 시작했다.

그러고 보니 여기서 뭘 하는 건가. 방금 전까지 집으로 돌아가자마자 사직서를 쓰고 개꽃 부장의 뺨을 후려치리라 생각했던 것 같은데.

화장기 없는 얼굴을 손바닥으로 문지른 희는 가스레인지에 냄비를 얹는 그를 응시했다. 그러자 규성이 희를 힐끗 돌아보며 한쪽 눈썹을 치켜세웠다.

"내 등 뚫어진다, 권희."

"부장님은 뒤통수에도 눈이 달리셨나 봐요."

희가 부러 미소 지으며 대꾸하자 규성이 이마를 툭툭 치며

"누구 씨 때문에 나는 이마에도 눈이 있거든." 하고 받아쳤다.

"그 누구 씨가 누군데요."

냉장고 문을 여는 규성에게 묻자 그가 "있어, 말 엄청 안 듣는 여자." 하고 말하며 채소를 꺼낸다.

'말을 안 들어서 얄미워 죽겠는데 요즘 조금 예뻐 보이는 여자.'

양상추와 당근을 손에 쥐고 희를 곁눈질로 쳐다본 규성은 속으로 쓴 한숨을 삼켰다. 아무리 생각해도 그는 그녀의 어디가 예뻐 보이는 건지 도통 알 수가 없다. 한동안 솔로로 살았더니 이상형의 기준이 변한 걸까. 아니면 일을 무리하게 해서 눈에 극심한 피로가 생겼다던가?

양상추를 뜯으며 진지하게 고민에 빠진 그는 하마터면 칼에 손가락을 베일 뻔했다.

"부장님. 저 오이 먹어도 돼요?"

그는 어느새 뒤로 다가온 희를 보고선 흠칫 놀랐다. 샐러드에 넣으려고 깨끗하게 씻어 넣은 오이를 집어 든 그녀는 "먹으면 안 되는 거예요?" 하고 재차 물었다.

화장기 없이 깨끗한 희의 얼굴은 화장하기 전이나 후나 별 차이가 없었다. 어느 여자라도 화장을 지우면 수수하고, 피부 본연의 색이 드러나기 마련인데 그녀는…….

"부장님?"

고개를 옆으로 기울인 희가 규성을 재차 불렀다.

"응? 아, 먹어. 마요네즈는 냉장고에 있어."

황급히 고개를 돌린 그는 뒤늦게 도마 위에 채 썰린 당근을 보고 움찔했다. 카레에 넣을 당근이었는데 채 썰다니. 치명적인 실수를 저지른 규성은 물기가 어린 손가락으로 미간을 누르고선 신물을 삼켰다.

이게 다 권희 때문이다. 그녀에 대해 생각하다가 당근을 채 써는 멍청한 짓을 저질렀다. 하는 수 없이 이번 카레는 좀 독특하게 가자고 생각하며 칼을 씻은 규성은 등 뒤에서 오이를 아작아작 씹는 그녀를 힐끗 훔쳐보았다.

아주 잠깐이지만 가까이 다가온 희를 보느라 잠깐 얼이 빠졌다. 하얀 얼굴에 콕 박혀 있던 새까만 눈동자를 되새긴 규성은 무의식중에 움직이는 칼을 보곤 입술을 씰룩였다.

또다.

이번엔 양상추를 채 썰었다. 속으로 탄식을 뱉은 규성은 목을 뒤로 젖히며 끙 하고 앓는 소리를 냈다.

식탁 의자에 앉아 어느새 오이 하나를 다 먹어 치운 희는 손가락에 묻은 물기를 핥으며 이유는 모르겠지만 굉장히 고뇌하고 있는 규성을 보았다.

"도와 드려요?"

"됐어. 오지 마."

도와준대도 싫단다.

희는 오이 꼭지를 규성에게 집어 던지는 시늉을 했다. 그런데 하필 그때 규성이 뒤를 돌아봤다. 놀라서 움찔한 그녀는 다급히 팔을 내렸지만, 험악하게 일그러진 규성의 얼굴을 보아하니 아무래도 딱 걸렸나 보다.

"요리 안 하세요?"

자세를 가지런히 한 희가 요조숙녀를 흉내 내며 묻자 손에

칼을 쥐고 있던 그의 얼굴이 더욱더 일그러진다. 칼 들고 그런 얼굴 하면 진짜 망나니 같은데 규성이 왜 저렇게 노려보는지 희로서는 알 길이 없었다. 혹시 오이 꼭지 던지려고 한 것 때문에?

그의 눈치를 살피며 오이 꼭지를 식탁 아래로 숨기는데.

"야."

"네?"

희를 부른 규성이 칼을 내려놓고 그녀를 완전히 돌아보았다. 왜 그러나 싶어 눈을 끔뻑거리자 그가 식탁으로 가까이 다가와 그녀의 맞은편에 섰다.

"부장님?"

"너 소개팅 왜 나왔어?"

"그야……."

하지만 구구절절 규성에게 사연을 읊을 필요는 없을 것 같아서 "소개팅 하는 이유야 뻔하죠." 하고 간단히 대답했다.

희의 대답에 진지하게 고민하던 규성은 "그래?" 하고 어딘가 마음에 안 든다는 어투로 대꾸하더니, 양손으로 식탁을 짚으며 허리를 숙인다.

"그럼 너 나랑 연애해 볼래?"

"……어, 그건 사양하고 싶……."

"……."

"……진심이세요?"

그때 희는 생각했다.

이제 이 관계는 소란스러움의 한복판에 떨어졌다고.

희의 얼굴은 조금 애매했다. 연애를 해 보자는 말에 결투 신청을 받은 얼굴이 되었다가 건더기가 없는 이상한 카레를 보곤 허망한 듯 웃었다.

"저, 부장님. 이건……."

"그냥 먹어."

잘게 썰린 당근을 수저로 뜬 그녀는 규성을 힐끗 쳐다보았다. 그는 뜬금없이 연애를 해 보자고 말한 사람치곤 썩 담담했다. 마치 시시껄렁한 농담을 던진 것처럼 평소와 같은 표정이었다.

"부장님."

"왜?"

"연애하자면서요."

"그랬지."

그는 태연히 대꾸하며 수저를 내려놓았다. 희는 그의 집에서 카레를 먹고 있다는 사실도 무척 비현실적으로 느껴졌고, 연애하자고 말하는 윤규성 자체도 꿈처럼 느껴졌다. 이건 무슨 악몽인가.

그녀는 진심으로 그렇게 생각하며 몇 수저 뜨지 않은 카레와 밥을 물끄러미 쳐다보았다.

규성은 심드렁한 표정으로 밥을 수저로 쿡쿡 쑤시는 희를 응시했다. 정말이지 홧김에 내뱉은 말이었다. 신경 쓰이고, 거슬리기에 소개팅에 나온 목적이 그러한 것이라면 '오냐, 한번 해 보자.' 싶었다. 희가 그의 마음에 걸리는 건 사실이었다. '어째서' 걸리느냐가 문제였지만 그는 그녀를 볼 때마다 몸이 당혹스럽게 들뜨는 게 썩 싫지 않았다.

물로 입안을 헹군 규성은 "야." 하고 희를 불렀다.

"사람이 연애를 하자고 했으면 반응을 보여야지."

심드렁하다 못해 무덤덤한 그녀의 반응을 두고두고 곱씹자니 규성은 살짝 화가 났다. 아무리 생각 없이 내뱉은 말이라지만 저렇게 무시하다니. 자존심에 조금 금이 간 그는 못내 불만스러운 눈치로 그녀를 보았다.

희는 수저를 내려놓고 샐러드만 아작댔다. 아무 말도 않고 있자 규성이 눈썹을 찌푸린다. 그녀는 그제야 '아, 장난이 아닌가 보네.' 싶었다.

하지만 어째서? 아무리 생각해도 알 수가 없다. 살짝 화를 내는 그의 얼굴에 그녀는 도리어 패닉에 빠졌다. 개꽃 부장과 자신이 그렇게 될 수 있는 관계였던가라는 질문이 뇌리를 스쳤다.

"진심이세요?"

"너 아까도 그거 물어봤다."

"말이 안 되니까 그렇잖아요."

너무 울어서 따끔거리는 눈을 깜빡거린 희가 쥐고 있던 젓가락을 놓았다. 안 그래도 편의점 일로 거리가 가까워진 것 같아서 내내 신경이 쓰였는데 그가 지금 연애하자고 말한다. 희는 멍청한 얼굴을 했다가 눈썹을 모았다. 집에 다짜고짜 끌고 온 것도 그렇고, 지금 그의 태도도 그렇고. 그녀는 시종일관 모든 게 거슬렸다.

"제가 가벼워 보이세요?"

소란스러운
관계

"네가 어딜 봐서 가벼워?"

"아 진짜, 좀 진지하게 대답하세요."

"소개팅에 왜 나왔어?"

희가 약간 짜증을 내며 말하자 규성이 희를 똑바로 쳐다보며 물었다.

"왜 나오긴요. 그야…… 애인 만들러?"

"나도 애인 만들러 나갔는데."

"그래서 저랑 사귀시겠다고요? 내 의견은?"

기가 찬다는 듯 그녀가 헛웃음을 뱉었지만 그는 진지한 얼굴이었다. 방금 전에 삼킨 샐러드가 가슴에 얹힌 걸 느낀 희는 살짝 고개를 숙였다. 그렇다고 개꼴 부장과 사귀라고? 다른 사람도 아닌 윤규성과?

희는 머리가 깨질 듯이 아팠다. 규성이 왜 많고 많은 여자를 내버려 두고 자신에게 이렇게 구는지 알 수가 없었다.

"저 좋아하세요?"

대뜸 묻자 물을 삼키던 규성이 눈가를 흠칫 떨었다.

"너는 나 좋아하나?"

"아뇨."

규성은 명쾌할 정도로 단번에 대답하는 희를 보며 눈을 치켜떴다. 무감한 얼굴을 하고 대놓고 NO라고 말하는 여자다. 그게 권희다. 그는 내내 자신을 어리둥절한 표정으로 쳐다보는 희의 까만 눈동자를 들여다보았다.

어쩌면, 정말 어쩌면 권희의 눈에 홀린 걸지도 모른다. 그녀의 눈은 보통 사람들보단 몇 배는 진한 까만 빛깔이니까.

그녀는 종종 아무렇지 않게 눈웃음을 치는 습관이 있다. 규성은 그걸 알고 있었다. 무의식중에 희를 신경 쓰고 관찰한다. 그것만으로도 희를 여자로서 받아들일 여지는 충분하지 않을까. 그는 그냥 시도해 보고 싶었다. 보연에 대한 짝사랑이 허무하게 막을 내리고 아무도 만나지 않았다. 가슴 한번 들썩이는 일 없이 무척 조용히 살아왔다.

이 정도의 도박이면 해 볼 만하지 않을까. 규성은 그렇게 생각했다.

"나는 네가 애인이어도 좋을 거라고 생각해."

그는 잔잔한 음성으로 이야기했고 희는 잠자코 있었다. 그녀는 언제나 규성과 으르렁거리며 다툰 기억뿐이었기에 그와 손을 잡고 보통의 사람들처럼 데이트하는 게 상상이 가지 않았다. 아니. 정확히는 상상하는 순간 갑자기 낯부끄러워져서 머릿속에 떠오른 영상을 재빨리 지워 냈다.

"하지만 사귀는 건 서로 좋아해야 가능한 이야기잖아요."

이런 건 말도 안 된다는 듯 희가 항변하자 그가 피식 웃었다.

"마음에 들어서 사귀다가 좋아할 수도 있는 일이지. 첫사랑 하는 아이도 아니고."

"부장님은 제가 마음에 드세요?"

믿을 수 없다는 목소리로 묻자 그는 "글쎄." 하고 오묘하게 대답하더니 "네가 마음에 들어서." 하고 속 시원하지 않은 말을 했다.

"별로. 저는 태도가 분명하지 않은 사람은 싫어요."

"왜? 한번 해 보자니까?"

"그렇게 꼬드기셔도 소용없어요."

잠깐 눈앞에 환상이 펼쳐지고 그걸 사랑이라고 착각해서 남자를 만나는 짓은 좀 더 젊을 적에 실컷 해 보았다. 여러 남자 친구들에게 차이기만 하면서 절절히 깨달은 건 사랑한다고 무턱대고 착각하지 말자는 거였다. 그건 희에게 무척 중요한 깨달음이었다.

거기다 윤규성은 서보연을 좋아하고 있다. 설마 그 여자를 잊으려고 사귀자 하는 건 아니겠지.

희는 살짝 찌푸려진 눈초리로 규성을 쳐다보았다. 그의 옆에 보연이 화사하게 웃으며 서 있는 장면을 상상했다. 그러자 가슴 가운데가 퍽 쓰려 온다. 배가 고픈 것처럼 찌르르 울리는 그런 싸한 기류가 가슴을 빙글빙글 돌았다. 그녀는 그 낯선 감각이 무엇인지 한참을 생각해야 했다. 그렇지만 규성은 희가 감정을 정리할 여유를 주지 않았다.

"야, 너 자꾸 딴생각할래?"

시비조의 목소리에 희가 식탁을 가볍게 두드렸다.

"저도 진지하게 생각하고 있거든요."

"나랑 연애하는 걸?"

"네!"

안 그래도 머리며 마음이 복잡해 죽겠는데 규성이 말꼬리를 잡자 희는 짜증이 치밀었다.

"부장님은……."

좋아하는 사람이 있으시잖아요라는 말을 꿀꺽 삼킨 희는 위에서 신물이 오르는 걸 느꼈다. 이 한마디가 뭐 그렇게 어려운 거라고 내뱉을 수가 없는 걸까. "부장님은." 하고 또다시 운을 뗀 그녀는 이마를 짚으며 규성과 눈을 마주했다.

"솔직히 말해도 돼요?"

너무 울어서 머리가 어떻게 되었나 보다.

희는 그렇게 생각하면서도 어느새 입으로 떠들고 있었다.

"부장님이 제게 왜 이러시는지 모르겠어요."

그녀의 말에 '그건 나도 잘 몰라'라고 답하려던 규성은 울 것처럼 도로 일그러진 희를 보고선 입을 다물었다.

"전 연애 전적이 그렇게 좋지 않아요. 항상 먼저 고백받는 편이었지만 결국은 차였으니까요. 정말로 사랑해서 사귀는 건데 '가만 보니까 우리는 안 맞는 것 같다. 그만하자.'라고 말하는 게 말이 된다고 생각하세요? 전 잘 모르겠어요. 그러니까 부장님도 그 말 철회해 주세요."

"너랑 연애하자는 말?"

"네. 저는 부장님이 저를 진짜 사랑한다고 말하셔도 믿지 못할 판이에요. 철회해 주세요. 안 그러면 제 꼴에 부장님을 차 버리게 된다고요."

그는 진중한 그녀의 표정을 보며 한숨을 삼켰다.

"권희."

"저랑 키스할 수 있으세요?"

"……뭐?"

"저는 부장님이랑 제가 그러는 게 상상이 안 가요."

숨을 조그맣게 삼킨 희는 규성이 무어라 말을 꺼내기도 전에 벌떡 일어섰다.

"저 갈게요. 죄송해요."

침대에 놓인 핸드백을 집어 든 그녀는 뒤에서 "권희!"라고 규성이 외치는 게 들렸지만 서둘러 현관으로 걸어갔다.

희는 그에게 무슨 말을 했는지 정신이 멍했다. 그래도 쓸데없는 헛소리를 했다는 것만은 분명했다. 옛날 이야기를 아주 축약해서 조금 꺼냈을 뿐인데 기분이 괜히 슬프다. 허둥지둥 구두에 발을 꿰던 희는 뒤에서 어깨를 세게 당기는 힘에 몸이 휘청했다.

고개를 돌리자 알 수 없는 표정을 한 그가 보였다. 흡사 속상한 것처럼 보이기에 왜 그런 얼굴을 하느냐고 물으려 하자, 입술에 말캉한 게 닿았다. 뒷목을 부드럽게 감싼 손바닥에 피할 길이 없다는 걸 깨달았을 때 입속으로 혀가 쑥 들어왔다.

군더더기 없이 완벽하게 맞물린 입술 사이로 그녀의 신음이 흘렀다. 입맞춤 소리를 내며 입술을 뗀 규성은 가슴을 떠는 희를 보며 조용히 속삭였다.

"나는 너한테 키스할 수 있어, 권희."라고.

사람에게는 누구나 이중성이 있는 모양이다. 남들 앞에선 조신한 척하기 바쁜 서현이 연서와 희가 이렇게 셋이 있을 때면 그 누구보다도 입이 걸쭉해진다니.

"그래서 소개팅 남자는 어땠니? 사람이 겉도 말짱하면 거기도 튼실한 법이랬어. 어땠냐니까, 응?"

"연애하자던데."

"소개팅 남자가 그래?"

희는 약간 떨떠름한 표정으로 연서의 되물음에 고갯짓을 했다. 대체 개꽃 부장은 왜 그런 말을 했을까. 아무것도 모르겠다는 표정으로 난색을 표한 희는 이온 음료를 꼴딱꼴딱 삼켰다.

그녀는 물기가 남은 입술을 핥다가 어제의 규성을 떠올렸다. 아무렇지 않게 키스를 하고 '그러니까 너도 진지하게 생각해.'라고 말하고 순순히 손을 놓아주던, 윤규성을. 벌써 반나절이나 지난 일인데도 입안에 야들야들하던 혀의 감촉이 남아 있는 것 같았다. 말캉한 걸 내내 입에 물고 있는, 아주 묘한 감각. 입술을 손가락으로 지분거린 그녀는 한숨을 토했다.

대체 그는 무슨 생각일까. 덕분에 오늘 규성의 시선을 피하느라 정신이 없었다. 눈이 마주치는 순간 시선이 곧장 그의 입술에 쏠려서 머리가 핑 돌았다. 씹히는 것 없이 묽은 개꽃 부장표 카레를 떠올리던 희는 이내 "어머, 맞다!" 하고 호들갑을 떠는 서현을 쳐다보았다.

"사내에 개꽃 부장 여자 친구 있다며?"

"진짜? 세상에, 웬일이야! 하긴 그렇게 잘난 양반이 여자가 없는 게 더 이상하지. 어디 부서에 누구래?"

소문엔 무감한 희도 이번만큼은 사내에 도는 이야기에 은근히 짜증이 났다. 연애하자고 키스까지 한 남자에게 여자 친구가 있다고 소문이 났다니. 어쩌면 그냥 개꽃 부장은 단순한 바람둥이인 게 아닐까.

희가 속으로 온갖 억측을 하며 이온 음료를 마저 마시는데.

"이번에 새로 들어온 디자이너라는데."

"말도 안 돼, 개꽃 부장 애인이 서보연 디자이너야?"

서현의 입에서 민감한 이름이 나오자 희가 어깨를 살짝 떨었다.

"어머, 끼리끼리 논다더니 파격 조건으로 노만에서 서보연 끌어들일 때부터 알아봤다. 이런 여자랑 연애하니까 다른 여자를 거들떠도 안 보지."

순간 그녀의 시선이 서현과 연서가 들여다보고 있는 핸드폰으로 쏠렸다. 사내 채팅 방으로 재빠르게 올라오는 대화들을 눈여겨보던 희는 아랫배의 욱신거림과 함께 입술이 떨리는 걸 느꼈다.

"어머, 희야. 아직 휴식 시간 남았는데?"

"화장실."

서둘러 화장실 칸으로 들어간 희는 팬티에 미미하게 묻은 핏자국을 보고선 한숨을 뱉었다. 어쩐지 배가 아파 죽겠더라. 그런데 평소에도 생리통이 이다지 심했던가?

먹먹한 가슴 언저리를 짚은 그녀는 갑갑함에 숨을 길게 내뱉고는 자그맣게 중얼거렸다.

"언제부터 가슴이 이렇게 아팠지."

"소문?"

"그러게 말입니다. 무슨 소문일까요."

제하는 똥 씹은 표정을 하는 규성을 두고도 화사하게 웃으며 포크로 케이크 속에 녹아 있는 초콜릿을 휘휘 저었다.

"서보연 디자이너가 노만으로 영입되었다는 이야기는 들으셨을 테고."

"알아."

규성이 뚱하니 대꾸하자 "그럼 말 다했네요."라고 한 제하가 입을 다물고 케이크가 담긴 접시를 내려놓았다.

"처음엔 그냥 '여자 친구가 있다더라.'로 났는데 어느새 '서보연과 사귄다더라.'로 부풀려졌습니다. 웃기죠?"

"하나도 안 웃기니까 그만 웃어라."

규성은 해사하게 웃는 제하에게 날카롭게 쏘아붙였다.

미지근한 커피가 입안에 고였다가 식도로 흘러가자 가장 먼저 떠오른 건 권희였다. 맹추 같은 여자가 이 소문을 듣고 무슨 착각을 했을까. 최고급 원두로 만든 커피인데도 맛이 없다. 속에서 올라오는 신물을 삼킨 규성은 못마땅한 듯 미간을 찌푸리며 제하를 흘겨보았다.

"뭐야, 인마."

"뭘 말씀이십니까?"

반듯한 자세를 한 제하가 웃는 낯으로 되묻자 규성이 팔짱을 끼고 입술을 비틀었다.

"하고 싶은 말 있는 거 다 알아."

"역시 형님 눈은 못 속이겠네요."

제하는 자신을 날카롭게 응시하는 규성의 눈길을 담담히 받아치며 "유정 형님에게 들었습니다."라고 말을 꺼냈다.

"영국 지점으로 발령받는 거?"

"아뇨. 그건 아닙니다만."

"그럼 뭔데."

"별건 아니고, 형님이 고자시라던데."

너무 밝고 명랑한 제하의 말에 규성이 그대로 머금었던 커피를 뿜고 크게 기침했다.

"곤란합니다, 형님. 먹을 걸 뱉어내는 건 나쁜 짓이에요."

"이 미친 새끼가!"

자리에서 벌떡 일어선 규성이 주먹으로 있는 힘껏 제하의 머리를 쥐어박았다.

"너 그거 어디서 들었어!"

노발대발한 규성이 소리치자 제하가 어깨를 으쓱하더니 그 와중에 흐트러진 규성의 넥타이를 바로잡아 주었다.

"그야 유정 형님에게 들었죠, 누구겠습니까?"

"하여간 이 또라이 한씨 새끼들!"

보나 마나 한서윤이다. 희에게 자신이 고자라는, 별 말 같지도 않은 농담을 한 것도 그 녀석인 게 분명하다. 소개팅 자리에 없던 한유정마저 이 고자 드립을 알고 있다는 건 누군가 보고했다는 소리! 용의자로 지목된 한서윤을 떠올리며 이를 부득부득 간 규성은 난폭하게 숨을 몰아쉬었다.

"이 수박씨 같은 새끼들을 진짜!"

"아직도 수박 알레르기 있으십니까?"

제하가 태연히 묻자 규성이 "닥쳐 인마!" 하고 버럭 소리를 지르고는 분풀이로 소파를 걷어찼다. 여기서 규성을 더 건드렸다간 제하는 진짜 죽이 되도록 얻어맞을 것임을 예감했다.

그래서 얌전히 입을 다물고 남은 케이크를 맛있게 먹는데, 규성이 무언가 생각났는지 번뜩이는 눈빛으로 제하를 내려다보았다.

"야, 한제하."

"말씀하시죠. 듣고 있습니다, 형님."

"너 사표 낸다며."

"그건……."

화술의 달인으로 유명한 제하가 순간 벙어리가 되었다. 설마려니 싶었던 규성은 제하가 아무 말도 없이 케이크를 포크로 쑤시고만 있자 그제야 사표를 낸다는 말이 진짜라는 걸 알았다. 그는 규성은 험상궂게 일그러진 미간을 손가락으로 꼭꼭 눌러 펴고선 제하를 응시했다.

"뭐냐, 너. 한유정이 회장직에 앉아 있는 게 배 아파서 어떻게든 탈취하겠다더니."

"그건 말이 그런 거죠. 진짜 그럴 마음은 없습니다."

"알아, 인마. 네가 진짜 그럴 작정이었으면 진작 한유정한테 쥐도 새도 모르게 죽었겠지."

규성의 말에 피식 웃은 제하는 다른 말 없이 "진정하고 앉으시죠. 형님은 키가 커서 올려다보기 힘듭니다."라고 했다.

제하를 한 대 더 쥐어박을까 싶던 규성은 꽉 쥔 주먹에 한숨을 불어 넣고선 도로 자리에 앉았다.

여자 친구가 있다는 옛 같은 소문도 분명 한유정이 낸 게 틀림없다. 거기다 상무인 제하가 돌연 사표를 내 버리면 규성은 영국 지사로 발령 날 수가 없다. 구멍은 메워야 하는 법. 구멍이 제대로 채워질 때까지 제자리를 지킬 수밖에 없는 것이다. 한씨 집안과 엮이면 3대가 불운하다던 형님의 충고를 따랐어야 했는데.

"죄송합니다."

단호하게 말한 제하는 사표를 물릴 생각이 없다는 의지를 은근히 표명했다. 머리칼을 쓸어 올린 규성은 "그러냐." 하고 간단히 대꾸하고선 남은 커피를 한입에 털어 넣었다.

"빚은 갚겠습니다. 형님 출세 가도를 막은 셈이 되었으니까요."

"아니, 마침 잘됐어."

제하는 의외로 순순히 사태를 인정하는 규성을 잠깐 의문스럽게 쳐다보았다.

"연애가 안 풀리시나 보죠."

제하가 묻자 규성은 "연애는 쑥떡. 근처도 간 적 없어."라고 덤덤하게 중얼거렸다. 하지만 키스 후에 은근히 뺨을 붉히던 희가 생각나서 괜히 마음이 흐뭇해진 것도 사실이었다.

"그럼 소문부터 해결하셔야죠. 특히 그분은 겉보기와는 다르게 연약해서 아주 사소한 걸로 상처를 잘 받는다던데요."

"그분?"

이건 또 무슨 소리인가 싶어 규성이 눈을 치뜨자 제하가 빙긋 웃으며 커다란 케이크 조각을 포크로 푹 찍었다.

"형님과 비슷한 여자던데."

"…너, 그거……."

"꽤 힘드시겠습니다."

"……."

"아, 그리고 유정 형님은 S/S 패션쇼 때 돌아오신다고 하니 그때까지 칼을 잘 갈아 두면 더 좋겠죠."

그래, 한유정 그놈이 가벼운 입을 나불나불 떠들어 댄 게 분명하다.

규성은 떨리는 눈가를 간신히 진정시키고선 크게 심호흡을 했다. 어금니를 악물고 관자놀이를 지압하던 규성은 머릿속을 정리하는데, 갑자기 제하가 포크로 휴게실 문 쪽을 가리켰다.

"손님이군요."

손님? 제하의 말에 뒤를 돌아보자 몸매가 여실히 드러나는 원피스를 입은 보연이 뒤늦은 노크를 하며 생긋 웃었다.

케이크를 깔끔하게 먹어 치운 제하는 접시와 포크를 들고 온 조그만 상자에 집어넣어 챙기고선 단정하게 자리에서 일어섰다.

"서보연 씨. 실례되는 말씀이지만 이 휴게실은 당신이 들어올 수 있는 곳이 아닙니다."

제하가 예의 바르게 말하며 미소를 짓자 보연이 알고 있다는 듯 짧게 목례를 하며 말했다.

"죄송해요. 하지만 저 사람 목소리가 들려서 어떻게든 대화를 해야겠다 싶었거든요. 물론 다시는 이런 일이 없을 거라고 약속하죠."

손목시계로 시간을 확인한 제하는 앉아 있는 규성의 다리를 발로 툭 차고선 바깥쪽으로 고갯짓을 했다.

"이곳에서의 대화는 상무인 저도 규칙상 허락해 드리기가 어렵습니다. 대화를 나누실 예정이라면 옥상이 좋을 것 같군요."

"배려해 주셔서 감사합니다, 한 상무님."

보연은 제하만큼이나 화사하게 미소 지으며 휴게실을 빠져나가는 제하의 뒷모습을 응시했다.

보연도 사내에 도는 괴상한 소문을 들은 터라 어떻게든 상황을 타개하고 싶었다. 보연은 규성에게 사심이 없었다. 보연에게 있어 윤규성은 여전히 전 남자 친구의 남동생에 불과했다.

"언제까지 세워 둘래?"

보연이 피식 웃으며 말하자 그가 한숨을 내쉬며 자리에서 일어섰다.

"잠깐만이야."

규성이 나직하게 대답하며 보연을 스쳐 지나갔다.

승강기를 타고 옥상으로 향한 두 사람은 문턱을 넘기 무섭게 담배를 꺼냈다.

"소문 때문에 찾아온 건 핑계지?"

규성이 보연의 담배에 불을 붙여 주며 말하자 보연이 "어떻게 알았어?" 하고 생긋 웃으며 답했다. 사실이다. 소문은 핑계고, 그저 규성을 한번 보고 싶었다.

"그냥 네가 잘 지내는지 궁금해서. 노만 입사한다고 한 게 엊그제 같은데 벌써 부장님이네."

"애 취급은 그만해. 또 그러면 화낸다."

그가 눈썹을 찡그리자 보연이 깔깔 웃으며 그의 명치를 콕콕 찔렀다.

"소문이라면 걱정 마. 어차피 계약은 한국에 와서 한 것뿐이고, 여기엔 1개월 정도 머물다가 다시 프랑스로 돌아갈 거야. 내가 사라지면 소문도 사그라지겠지?"

"파리에 애인이라도 있어?"

담배를 난간에 문질러 끄며 규성이 낮게 묻자 보연이 피식 웃으며 "너 아직도 애 같구나."라고 말했다. 보연의 목소리엔 비난하거나 조롱하는 느낌이 전혀 없어서 그는 콧방귀를 뀌며 난간에 등을 기댔다.

"당신보다 네 살이나 어리니까 애지."

"애인 같은 거 없어."

나른한 음성으로 말한 보연은 난간에 팔을 걸치고선 강하게 불어오는 바람에 어느새 길어진 머리칼을 맡겼다.

"아무리 다른 사람을 만나도 무리더라고."

"죽은 사람한테 그렇게 목매다는 게 좋아?"

여전히 이해할 수 없다는 듯 규성이 힐난하자 보연이 예쁘게 눈웃음을 치며 "응, 좋아."라고 대답했다. 미소 짓는 보연은 아직도 그 사람을 이야기할 때면 반짝반짝 빛이 났다. 곁에서 그녀 하나만을 바라보고 살겠다던 남자들은 많았지만 보연은 여전히 혼자였다.

"매일 권명이 떠오른다고 하면 그건 거짓말이지."

담담하게 이야기한 보연은 규성의 안주머니에 있는 담배를 꺼내며 입술에 호를 그렸다.

"하지만 권명이 생각날 때마다 기쁘고 행복한 건 어쩔 수 없어. 지금은 죄책감 같은 것도 잊어버린 지 오래야. 나는 생각날 때마다 권명을 떠올리면서 사는 게 나름 속죄라고 생각해."

권명. 오래간만에 들어보는 이름이다. 이십 대일 적엔 그 이름을 그렇게 증오하고 원망했다. 하지만 술에 취해 우는 보연의 입에서 나오던 권명은 이미 세상에 없다.

"왜 하필 노만이야? 다른 데서도 괜찮은 조건을 달았을 텐데."

"그 사람 여동생이 여기에서 일한다더라."

"뭐?"

두 번째 담배를 입에 물던 규성이 보연의 말에 눈을 휘둥그레 떴다. 규성의 반응을 본 보연은 난간에 등을 기대고 양 팔을 걸치며 "몰랐니? 의외네." 하고 대답했다.

"권명 동생이 노만에서 일한다고. 권명 여동생한테도 죄 지은 건 사실이니까 그 아이가 노만에 몸담고 있다면 나도 여기서 일 좀 해 볼까 싶었지. 마침 노만에서 괜찮은 조건을 갖고 오기도 했고."

자살해서 죽은 권명에게 여동생이 있다는 것도 처음 듣는 소리인데, 그 여동생이 여기에 있다? 갑자기 머리털이 곤두선 규성은 머릿속을 스치는 한 여자 때문에 마음이 다급해졌다. 아니라고 부정하기엔 성씨며 이름이 너무 비슷하다.

"그거 누구한테 들었어."

"뭘?"

손에 쥐고 있던 담배를 부러뜨린 규성이 살벌한 표정을 짓자 보연이 주춤거리며 "그야 서윤이한테 들었지."라고 대꾸했다.

한서윤. 그래, 한서윤이라면 말이 된다. 부러뜨린 담배를 구둣발로 짓밟은 규성은 눈가를 손바닥으로 짓눌렀다. 윤이성과 윤규성에게 보연을 소개시켜 준 게 바로 한서윤이었다. 그리고 그 한서윤은 권희와 같은 학과 출신이고, 절친한 사이랬다.

"그 여동생 이름이 뭐야?"

"권명 동생? 이름이…… 권희일 거야."

그렇게까지 죽이고 싶었던 남자의 여동생이 설마 권희였을 줄이야.

쓰게 웃은 규성은 한숨을 삼켰다. 정말 미묘한 인연이다.

"명이가 희야라고 자주 불렀거든. 명이가 여동생을 얼마나 아꼈는지 내가 예전에 말 안 했던가?"

"안 했어."

딱 잘라 말한 규성은 입안이 바싹 마르는 걸 느끼고 다시 담배를 물었다. 아니, 아마도 지금보다 더 지대한 관심을 갖고 지켜봤을 것이다.

"야, 너 진짜 웃기는구나?"

"뭐?"

담배에 불을 붙인 규성은 허리에 손을 갖다 대며 귀엽게 항의하는 보연을 보고선 어리둥절한 얼굴을 했다.

"내가 분명 말했어. 명이가 동생을 하도 아껴서 등단할 필명을 강희로 했다고. 네가 그 이야기 듣고 시스터 콤플렉스라면서 엄청 비웃었잖아!"

강희? 듣고 보니 권명이 등단한 작가라고 들었던 기억이 난다. 서윤이 권명을 굉장히 동경했던 건 생각나지만, 작가였다는 것까지는 잊어버리고 있었다.

규성이 뺨을 긁적거리며 "그래, 그랬던 것 같기도 하네." 하고 어물쩍 말하자 보연이 심술을 부리며 그의 어깨를 아프지 않게 때렸다.

"그래서 내가 한국 떠날 때 너한테 그랬잖아. 강명 소설책 읽어 보라고. 그때가 네가 스물여덟이었던가?"

"그랬지."

"와, 네 반응 보니까 진짜 말해 주기 싫다. 더 이상 아무것도 말 안 할래."

보연을 응시하며 입에 문 담배에 불을 붙인 그는 그래, 권명도 작가였지, 하고 속으로 중얼거렸다. 젊은 데다가 꽤 유망한 작가였는데 돌연 자살하는 바람에 큰 이슈였다. 권명의 필명이 강희였고, 그 희가 권희의 희였다니. 어지간히 여동생을 좋아했던 모양이다. 그런 주제에 그런 짓은 왜 저질러서 상처를 입혔단 말인가.

규성이 입술을 물어뜯으며 괜히 속으로 투덜거리는데, 갑자기 머릿속에 무언가 꼬인 것처럼 번뜩 생각나는 것이 있었다.

이 타이밍에서 강명이 왜 생각나지?

담배를 입에 문 채 가만히 생각하던 그는 연기를 깊이 빨아들이다가 눈을 크게 떴다.

서보연은 한국을 떠나기 전 규성에게 강명이라는 작가를 추천해 주었다.

머릿속을 정리하던 규성이 크게 떠진 눈을 어쩌지 못하자 보연이 타들어 가는 담배를 튕기며 "이제 알았니?" 하고 퉁명스럽게 굴었다.

"강명이 권명 가족 중에 누군가래."

"······권명 가족이 총 몇 명인데?"

"아버지, 어머니, 권희, 권하. 이렇게 네 명. 나도 강명이 권희랑 권하 중에 누군지는 몰라. 근데 서윤이가 그러더라. 권하가 문예 창작과에 다닌다고. 그래서 권하가 문제의 강명이 아닐까 싶기도 해."

그래, 그러면 말이 된다. 그래야 권희가 지난번 '장담하는데요. 부장님같이 못된 사람이 그 책을 읽는다는 걸 알면 강명이 까무러치게 놀랄 겁니다.' 했던 발언이 이해가 간다.

가족이라 그녀가 강명과 닮았다는 착각이 들었던 걸까. 까칠해진 입가를 쓸어내린 규성이 헛웃음을 치자 보연이 코웃음을 치며 난간에서 등을 떼었다.

"너 이거 어디 가서 말하지 마. 나 서윤이한테 진짜 혼나. 출판사 일급 비밀이라고 했단 말이야."

고개를 끄덕인 규성은 이내 자신의 앞으로 가깝게 다가온 보연의 행동에 뒤로 물러섰다. 하지만 등 뒤에 난간이 있어 더는 물러서지 못한 그가 난처해하자 보연이 해맑게 웃으며 "너는 생긴 거랑 다르게 늘 귀여웠다니까."라고 속삭였다. 규성이 차마 뭐라고 대꾸하기도 전에 짧은 입맞춤하는 시늉을 한 보연은 찡긋 눈웃음을 쳤다.

"그리고 소문은 염려 마. 알아서 해 줄 테니까."

탄탄한 규성의 가슴팍을 아이 달래듯 톡톡 두드린 보연은 "그럼 안녕!" 하고 상쾌하게 인사하고선 옥상에서 사라졌다.

보연의 뒷모습을 얼빠진 채 보던 그는 "하여간 이래서 기 센 여자들은······." 하고 중얼거리며 다시 담배를 입에 물었다.

의외로 권희와의 관계가 꽤 스릴 넘친다.

그는 담배에 불을 붙이려다가 피식 터져 나오는 웃음에 얼굴을 손바닥으로 가렸다. 규성은 성급하게 자신의 오피스텔을 나가던 희를 떠올리곤 결국 담배를 담뱃갑 안으로 도로 집어넣었다.

"지금쯤 뭐 하고 있으려나."

실실 웃으며 난간에서 등을 뗀 규성은 느릿느릿 비상계단 쪽을 빠져나갔다. 보연과 입맞춤을 나누는 시늉이 그가 서 있던 반대편에 숨었던 사원에게 보기 좋게 사진 찍힌 줄도 모르고.

마케팅부로 복귀한 규성은 부서에 발을 들여 놓자마자 자신에게로 쏠리는 시선에 순간 걸음을 멈추었다. 의아함을 품고 규성이 눈매를 찡그리자 시선들이 쏜살같이 제자리로 돌아간다.

넓은 마케팅부를 찬찬히 훑던 규성은 어쩐지 불길함에 뻐근해져 오는 뒷목을 쓸어내리다가 희를 응시했다. 다른 사람들이 모두 그를 볼 때, 그녀만은 규성을 보지 않았다.

소문 때문에 혹시 마음이 상했나?

단단한 어깨를 주무르며 자리로 돌아간 규성은 자리에 앉자마자 울리는 호출 소리에 전화기를 들었다.

"네, 마케팅부……."

―접니다.

규성은 무언가에 압박을 받는 것처럼 자꾸만 쑤셔 오는 뒷목을 어루만지며 "말씀하시죠."라고 경어로 대답했다. 어쨌거나 한제하는 상무 이사니까. 제하가 어째서 사내 연락망으로 전화를 했는지는 몰라도 어지간한 이유가 있겠거니 싶었는데.

왜일까? 자꾸만 불길함이 등 뒤로 엄습한다.

―사내 채팅 방으로 대화 걸어도 되겠습니까?

"그러시죠."

규성에게서 정중히 허락을 구한 제하는 곧 "서 비서님, 그 사진 띄워 주시죠."라고 말했다. 여전히 수화기를 귀에 대고 있던 규성은 곧 '상무 이사 한제하'라는 대화 명이 채팅 방에 업로드한 사진을 보고선 안색이 파리해졌다.

―사진을 퍼뜨린 사람이 누구인지 추적은 해 놨습니다. 제가 때마침 사내 블로그를 훑고 있어서 다행인 줄 아셔야 할 겁니다.

그는 보연과 입맞춤을 나눌 듯한 사진을 바라보다가 마른세수를 연거푸 하고선 기가 차서 픽 웃었다.

"순식간에 퍼졌겠네."

규성이 비아냥거리자 제하가 "물론이죠. 혹시 모를 사태에 대비해 우선 사내 블로그 사이트는 차단해 뒀습니다."라고 대꾸했다.

과연, 이 사진 때문에 사원들이 죄다 자신을 쳐다본 건가. 눈가를 가리고 어이가 없는 마음에 키득키득 웃은 규성은 각도도 좋게 나온 사진에 할 말을 잊었다.

머릿속에 복잡해진 규성은 그 와중에 권희가 아득하게 떠올랐다. 수화기를 귀에 가져다 대고 그녀의 상태를 힐끗 살핀 그는 "혹시 본 사람들 중에……."라고 입을 열었다.

그러자 제하가 굳이 들을 것도 없다는 듯 아이디 하나를 불러 주었다.

—gwon_hui. 오래간만에 거한 사고 치셨군요. 형님.

"덕분에 내 인생이 지루하지가 않거든."

씁쓸하게 웃은 규성은 사진을 더 이상 보고 싶지 않아 채팅방을 꺼 버렸다. 복잡한 심경으로 얼굴을 문지른 규성은 희에게 변명해야 한다는 생각에 머리가 두통으로 깨질 것 같았다.

아니, 잠깐. 변명?

눈썹을 손바닥으로 가리고 있던 그가 눈가를 찡그렸다.

—차단은 했지만 사진이 퍼지는 건 막을 수 없습니다. 다른 사람들은 몰라도, 그분에게는 제대로 해명하시는 게 좋을 겁니다. 그럼 수고하시죠.

그는 달칵 끊긴 수화기를 신경질적으로 노려보았다. 사원들이 다시 자신을 쳐다보는 시선이 느껴지자 눈살을 확 찡그린 그가 거칠게 전화기를 내려놓으며 "뭘 쳐다봐." 하고 낮은 음성으로 사원들을 위협했다. 남의 사생활에 신경 쓸 여유가 있으면 일이나 똑바로 하라고 잔소리를 퍼붓고 싶었지만, 그 와중에 규성의 시선은 희에게 가 닿았다.

고개를 기울이고 두통이 밀려오는 이마를 손가락으로 느리게 지압한 규성은 최대한 침착하게 대처하자고 생각했다. 열 걸음도 채 못 되는 곳에 희가 앉아 있는데, 그녀가 어떤 표정을 짓고 있는지 제대로 보이지가 않는다.

빌어먹을 칸막이들. 고작 한 장의 사진으로 인해 조금 가까워진 그녀와의 거리가 도로 멀어진 기분이다.

대체 저 여자가 뭐라고 자신을 이렇게 초조하게 만들까. 그냥 그는 희가 조금 마음에 들었다. 어제의 키스는, 또다시 울 것 같은 희를 보자마자 마음이 동해 섣불리 저지른 짓이었다. 그녀가 오피스텔을 나가자마자 규성도 스스로를 자책했지만 그 순간 그녀에게 입을 맞추고 싶었던 마음은 진심이었다.

하지만 규성과 희는 아직 아무 사이도 아니었다. 무어라 명확하게 정의 내릴 수 있는 그런 사이도 아니었다. 그런데 왜 이렇게 권희에게 미안한 걸까. 가슴을 쓸어내린 규성은 한숨을 삼키며 다시 그녀를 보았다.

그녀가 자신을 외면하고 있는 이 상황이 못 견디게 싫다. 대체 왜? 어째서 저 여자에게 미움 받는 게 겁나냔 말이야.

화가 치민 규성은 결국 마케팅부에 들어온 지 몇 분도 채 되지 않아 자리를 박차고 나갔다.

생리대를 갈고도 한참이나 변기에 앉아 있던 희는 눈을 부릅뜨고 생각을 정리해 보기로 했다.

희는 많은 것들이 이해가 가지 않아 머리가 그저 멍했다. 서류 보고를 위해 규성에게 다가가도 기분이 그저 그랬다. 그런데 시간이 지나면 지날수록 어디 방구석에 처박혀 아무 생각도 않고 가만히 있고 싶었다. 지금 그녀의 심정은 몇 년 전의 그때와 비슷했다.

스물넷. 사랑하던 남자 친구와 설렌 마음으로 동거하다가 1개월도 채 되지 않아 '네가 솔직한 게 매력이라고 생각했는데, 지금은 아니야. 다른 사람을 배려한다면 가끔은 네 감정을 숨길 수도 있는 거잖아.'라며 단칼에 차였던 그 순간.

남자 친구에게 차였을 땐 혼자만 시간이 멈춘 것 같았다. 그러다가 생각과 감정이 주체할 수 없을 만큼 빠르게 돌아가기 시작한 건 짐을 얼렁뚱땅 꾸리고 나와 머문 모텔에서 새까만 밤이 되어서였다. 스물넷의 권희는 꼬질꼬질한 모텔 이불을 뒤집어쓰고 해가 뜰 때까지 엉엉 울었다. 가장 사랑한 사람에게 유일하게 내세울 수 있던 모습을 지적당하자 당장에라도 죽고 싶었다.

그때부터 희는 죽은 오빠 때문에 지레 겁을 먹어 소설을 쓰기 시작했고, 운 좋게 등단을 했다. 그날은 정말 그녀의 인생에 있어 엄청난 터닝 포인트였다. 그 사건 이후로 사람들이 말하면 그저 고개를 끄덕였고, 무슨 일이건 괜찮다고 답했다. 또다시 '넌 사람을 배려할 줄도 몰라?'라는 말을 들으면 정말 오빠를 뒤따라 죽어 버릴지도 모른다는 강박관념에 시달렸다.

땀이 흐르는 이마를 손바닥으로 문지른 희는 가쁘게 차오르는 숨을 토해 냈다. 어제 규성에게 솔직하게 털어 놓지만 않았다면 그가 서보연과 부러울 만큼 예쁘게 입을 맞추는 걸 보고도 속상해하지 않았을 것이다.

희는 다시 가슴이 지끈거렸다. 많은 게 잘못되었구나 싶었다. 실수를 저지르기 전에 그와의 관계를 확실히 정리해 두자 생각했다. 그런데 규성과 연인으로 지내는 일이 없을 거라고 생각하자 명치를 송곳으로 쑤시는 듯한 고통이 몸을 덮쳤다.

깍지를 끼운 손을 가슴에 가져다 댄 희는 숨을 천천히 내쉬고선 "진정하자, 진정해." 하고 주문을 걸었다.

심호흡을 천천히 한 희는 얼굴을 찬물로 깨끗이 씻고선 화장실을 나왔다. 희는 이 상황이 별거 아니라고 스스로에게 최면을 걸었다. 그렇게 하지 않으면 그녀의 머리가 터져 버릴 것 같았다. 규성을 마구 때리면서 왜 자신에게 어젯밤 그런 짓을 했냐며 한심하게 화를 낼 것 같았다.

규성의 책상 구석에 여전히 놓여 있는 강명의 소설책을 물끄러미 쳐다본 희는 가슴을 콕콕 찌르는 따가움에 자리로 재빨리 되돌아갔다. 뺨을 두어 번 두드린 희는 곧 있으면 마무리되는 소식지를 보며 마음을 크게 다잡았다.

그녀는 손을 맞잡고 맹세했다. 절대로 착각하지 않고, 휘둘리지 않고, 안일하게 굴지 않겠다고. 지난밤 규성과의 입맞춤은 열상熱想에 불과하다고.

어느 남자에게 사랑받을 수 있다고 아주 잠깐 생각했는데.

들뜨고 행복했던 감정들이 전부 짧은 봄날의 꿈만 같았다.

속으로 마음을 정리하고 있자 규성이 돌아왔다. 한 손엔 무언가를 든 채로 잠깐 마케팅부를 둘러보더니 덩그러니 혼자 야근하는 희를 보고선 조금 주저하는 기색이었다.

"일 마무리 다 못 했어?"

밖으로 나가는 내내 그녀가 일을 마무리 짓고 돌아가 버리면 어쩌나 걱정했으면서 입 밖으로 튀어나오는 말은 곱지를 못하다. 희는 규성을 보고선 "죄송합니다. 금방 마무리하겠습니다."라고 대답했다. 사무적인 어투에 규성은 잠깐 불만이 싹

텄지만 잔소리 없이 손에 들고 있던 걸 건넸다.

"먹고 해."

"네?"

"두 번 말하게 할래?"

희는 책상에 봉지를 내려놓는 규성의 손을 쓱 따라갔다. 그가 입은 옷에서 바람 냄새가 풍기기에 어딜 나갔다 왔나 보구나 싶었지만, 먹고 하라니? 느슨하게 묶여 있던 봉지를 풀자 플라스틱 접시에 먹기 좋게 담긴 회들이 보였다.

왜 사 왔을까. 사진에 대한 사과를 하는 건가?

하지만 사과 받을 이유가 없다는 생각이 앞섰던 그녀는 규성을 쳐다보며 "뭐예요, 이건?" 하고 물었다.

책상에 엉덩이를 걸치고 앉아 있던 규성은 잠깐 눈썹을 꿈틀했지만 침착하게 "회잖아."라고 답했다.

"부장님. 제 눈은 옹이구멍이 아니에요."

"알아."

크고 예쁜 눈인데.

속으로 중얼거린 규성은 플라스틱 접시를 꺼내며 의아함을 감추지 않는 희를 내려다보았다. 사진을 본 사람이라곤 믿기지 않을 정도로 태연자약한 행동이 오히려 더 무섭다. 속에 무언가를 감추고 있다는 게 여실히 보여서 그는 그 점이 속상했다.

"그러니까 제 말은……."

"왜 사 왔냐고?"

"네. 그겁니다."

하고 싶은 말을 규성이 떡하니 해 주니 썩 편했다. 그래서 회를 건드리지 않고 신줏단지처럼 쳐다보자 규성이 일회용 젓가락을 꺼내더니 희에게 건넸다.

"먹으라고 사 왔지 왜겠냐."

"아뇨. 그러니까……."

"안 먹어?"

희는 몇 마디 바락바락 대꾸하려다가 입을 꽉 다물고 젓가락을 받아 들었다. 빨리 그와 자신의 관계를 어떤 것도 아닌, 그저 상사와 부하로 단정 짓고 싶다. 그런데 이렇게 나오다니. 이런 건 비겁하다.

플라스틱 접시를 들고 회를 집어 먹기 시작하자 그제야 규성이 무서운 표정을 한 겹 벗었다.

"권희."

"왜요?"

"왜 아무 말도 안 하냐, 너?"

"무슨 말을요?"

왔다. 올 게 왔어.

가지고 있는 온갖 연기력을 끌어내 단조롭게 대꾸한 희는 회를 간장에 듬뿍 찍어 먹으며 규성을 쳐다보았다. 또랑또랑한 희의 눈동자를 쳐다본 규성은 지나치게 평범한 그녀의 반응에 도리어 화가 치밀었다.

속상해 죽겠다는 걸 숨기고 있는 게 다 보이는데 지금 시치미를 떼?

"너 사진 봤잖아."

"서보연 씨랑 찍힌 거요?"

"그래, 그거."

굳이 이름까지 언급해 줄 필요는 없는데.

규성이 쓰게 입맛을 다시며 긍정하자 희는 허공에서 깔짝거리던 젓가락을 멈추더니 "딱히 할 말이 없는 걸요." 하고 간단히 대답했다.

"제가 그 사진을 보고 부장님에게 어떤 말을 해야 했는데요?"

조용한 권희의 목소리가 규성의 가슴에 콕콕 박힌다.

윤규성도 모르는 건 아니었다. 희는 그에게 어떤 항의도 할 자격이 없었다. 왜냐면 아무 관계도 아니었으니까. 연애하자고 말은 던졌지만 두 사람의 사이는 좁혀질 듯 말 듯 위태롭고 아득하기만 했다. 그런데도 그는 그녀가 화를 내 주길 원했다. 그러기를 기대했다.

"그게, 좀 그렇잖아요. 저희는 아무 사이도 아닌걸요."

"뭐?"

"어제 그건, 별일 아니었다고 생각해요."

희가 가장 맛있다는 지느러미 부분을 우물거리며 말하자 규성의 눈가가 사정없이 찡그려졌다. 그래서 희는 곧바로 시선을 내리고 젓가락으로 회를 한 점 집는 척하며 다시 한 번 단호히 말했다.

"사람은 누구나 한순간에 흔들리잖아요. 제 말을 요약하면…… 어제는 제가 하도 울고불고 난리를 쳐서 부장님이 충분히 그럴 수도 있다는 거죠."

"그러니까 내가 어제 너를 두고 착각했다? 우는 여자가 불쌍해서 동정심으로 그 짓을 저질렀다 이거야?"

규성이 비아냥거리며 묻자 희는 겁도 없이 그를 올려다보며 턱을 주억거렸다.

"네. 그렇다는 거죠."

"너는 내가……!"

새까맣고 깊은 희의 눈동자는 생각을 가늠할 수 없을 만큼 짙은 빛이었다. '어제의 입맞춤이나 연애에 대한 건 별거 아니에요'라고 말하는 것처럼 아주 담담한 색이어서 순간적으로 규성은 말문이 막히고 말았다.

그는 조금 당황했다. 이런 식의 전개는 예상도 못 했다.

규성은 무감각한 희의 눈에 가슴 언저리에 아픔이 딱딱하게 뭉치는 걸 느꼈다. 이 조그만 여자에게 뭘 그렇게 기대했을까. 대체 왜 권희가 질투해 주길 바랐을까.

자신의 눈치를 살피며 식사를 중단한 희를 본 그는 힘없이 손짓했다.

"아니, 됐다. 회나 마저 먹어라."

"부장님은 안 드세요?"

자리에서 일어서는 규성에게 희가 넉살도 좋게 물어 온다. 규성은 자신을 붙잡은 희를 조금 원망스러운 눈길로 쳐다보다가 표정을 누그러뜨리며 고개를 내저었다.

"너나 실컷 먹어라."

"그럼 뭐…… 잘 먹겠습니다. 요즘 도미 비싼데."

"권희."

다시 회를 먹던 희는 몇 걸음 가다 멈춰 선 규성의 부름에 고개를 들었다. 내려다보는 그의 눈동자는 침착하고, 냉정했지만 어쩐지 쓸쓸한 빛이 한가득 돌아서 그녀는 하마터면 삼킨 회가 식도에 얹힐 뻔했다.

"너 그거 진심이냐?"

"아까 한 말이라면, 네, 진짜예요. 저 지금 부장님 차는 거예요."

희의 중얼거림에 규성은 피식 웃더니 "그래?" 하고 조용히 대답했다. 미소에는 비아냥거림이 너무 가득해서 표정이 처참히 일그러질 뻔했지만, 희는 간신히 참고선 회를 꿀떡 삼켰다.

"뭡니까, 부장님. 제 생각 무시하세요, 지금?"

언제나의 권희처럼 말대꾸를 하자 규성이 미소를 천천히 지웠다.

"아니."

희를 밀쳐 내는 손짓을 하던 규성은 손을 양 주머니에 집어넣더니 희를 보며 가라앉고 조용한 목소리로 말했다.

"그럼 나는 여지도 없이 차인 불쌍한 남자 연기를 해야겠구나 싶어서."

애당초 윤규성과의 연애는 우스꽝스러운 이야기였다. 하지만 '차인 불쌍한 남자'라는 그의 말에 희는 가슴이 아팠다.

"그러네요. 그러게 누가 연애하자는 말 막 하시래요."

그녀의 대꾸에 눈을 가늘게 뜬 규성이 어깨를 비틀며 한마디를 툭 던졌다.

"어제는 미안했다."

희는 부서를 나서는 규성의 뒷모습을 눈으로 하염없이 좇아갔다. 규성이 눈앞에서 사라지자마자 그녀는 텅텅 빈 마케팅부를 둘러보며 눈을 깜빡였다.

가슴에 규성에게 당한 한이 쌓여서일까.

그녀는 지금 당장 울고 싶었다.

회를 한꺼번에 집어 입안에 쑤셔 넣은 희는 젓가락과 플라스틱 접시를 서둘러 정리했다. 조금만 더 하면 끝나는 일인데, 모니터를 쳐다보고 있는 눈에 왠지 힘이 들어가질 않는다.

희는 규성의 마음속이 궁금했다. 이렇게 쉽게 마무리 지을 거면 왜 그날 키스를 한 걸까. 어째서 그렇게 행동했을까.

하지만 이제 규성과의 관계는 마무리 지었다. 괜찮다. 보통의 상사와 부하 관계다라고 스스로에게 주입시키고 있자니 편안하게 가라앉아 있던 머릿속이 어젯밤의 일로 들쑤셔졌다. 아무리 눈을 깜빡거리고 관자놀이를 두드려도 정신이 돌아오질 않았다. 기분이 한결 편해져야 하는데 마음 한구석이 바위로 짓이겨지는 것처럼 아프다.

간신히 키보드를 두드리던 희는 입을 틀어막고 역류하려는 회를 억지로 밀어 넣었다.

다른 팀에서 보내온 자료와 자신이 작성한 글들을 소식지에 옮겨 적고, 옷을 재단해 줄 공장에 보낸 희는 키보드를 두드리는 내내 정신이 멍했다. 홍보부 사람이 보내온 글을 다시 한 번 확인해야 하는데 그럴 여유가 없었다. 자신이 맡은 파트도 일부분 강오가 도와준 터라 다시 체크를 해야 하는데 도무지 글이 눈에 들어오지 않았다.

그렇게 얼렁뚱땅 소식지 시안을 인쇄한 희는 따끈따끈하게 나오는 종이를 손바닥으로 어루만지다가 고개를 수그렸다.

만약에 그가 정말로 사랑해 줄 거라고 기대했던 건 아닐까? 평소에 드문드문 보여 주던 그의 표정들은 지나치게 근사했고, 멋있다. 내뱉는 말마다 모두 마음에 들어서 이런 사람이라면 나를 받아 줄 것 같은 기대도 품었다.

어쩌면 어제의 키스 한 번에 윤규성에게 넋을 빼앗긴 걸까.

그래 봤자 하룻밤 만에 사람 마음이 변하는 건 아니었다. 윤규성이 권희를 좋아하지 않듯이, 그녀가 그를 싫어하지 않아도 사랑하지는 않는 것처럼.

사랑하지 않는 것처럼.

별거 아닌 문장이 머릿속에 떠오르자 목이 욱신거렸다. 울음이 터져 나올 것 같아 이를 꽉 문 희는 뿌옇게 흐려진 눈을 빠르게 깜빡이며 겨우 모니터에 시선을 집중했다.

그러니까 사실은 좋아하고 싶었던 걸지도 모른다.

규성과 연애를 해 보고 싶었던 걸지도 모른다.

자신이 아무리 권희답게 굴어도 피하지 않고 똑바로 봐 주는 사람이 세상에 단 한 명뿐일지도 모른다고 생각했다.

내내 사랑하고 싶다고 생각했다. 그래서 그랬던 건데…….

연애하자던 그 말이, 조금은 반농담이었다 하더라도 내심 기뻤나 보다. 규성과 가까워질 수 있는 기회가 뭉개졌다. 스스로 관계를 절단 냈다.

그녀는 다시 한 번 그에게 '진심인가요?'라고 묻고 싶어졌다.

하지만 그럴 수가 없어서 어깨를 웅크리고 한참을 울었다. 남녀라는 게 이렇게 금방 가까워지고 순식간에 멀어지는구나 하고 생각하면서.

사람이 이렇게 쉽게 반하고, 어렵게 잊는구나…… 하고 다시 한 번 깨달으면서.

S/S 패션쇼가 며칠 앞으로 다가왔다. 홍보부와 연계해 만든 소식지가 발간이 되면 기사가 우르르 나갈 테고, 노만은 한층 더 바빠질 예정이었다.

점심 식사 중에 약국을 찾은 희는 진통제를 구입했다. 아랫배가 찢어질 듯 아픈 게 아무래도 심상치가 않았다.

그는 지난밤 그렇게 회사를 나가고 돌아오지 않았다. 희는 하는 수 없이 새로 인쇄한 서류를 그의 책상에 올려 두고 퇴근을 했는데, 다음 날 아침에 규성은 아무런 지적도 하지 않았다. 그저 회의 시간에 며칠 뒤면 소식지가 발간될 테니 다들 바짝 집중하라는 말뿐이었다. 그러면서 오늘 아침에 규성은 희의 이마를 돌돌 만 서류 뭉치로 퉁 때리며 "집중해. 한눈팔지 말고."라고 타박했는데, 그런 규성을 보고 희는 신기했고, 놀라웠고, 아팠다. 어디가 아팠냐면…… 그냥 맞은 곳이 아팠다 치자. 그래서 그녀도 질세라 "생리 중에 여성이 얼마나 민감하신지 모르십니까?" 하고 면박을 주었다. 그 말에 규성은 비웃으며 "너도 여자였냐?"라고 비꼬았지만, 희는 더 이상 말싸움을 늘리고 싶지 않아 자리로 복귀했다. 그게 전부였다.

그러자 언젠가 자신이 남자 친구에게 뻥 차이고 매일을 눈물로 지새웠을 때 연서가 해 준 충고가 떠올랐다.

'계집애야. 남녀 관계는 물이랑 똑같은 거야. 금방 불어났다가, 금방 휩쓸리고, 금방 말라붙고, 금방 없어진다고! 그러니까 그만 처울고 밥 좀 먹어! 울다가 죽을 일 있니?'

그래, 연서 말이 정답이었다. 약국에서 진통제 두 알을 삼키고 나온 희는 알맹이 없이 웃으며 회사로 복귀하려는데, 뒤에서 빵을 먹으며 걷던 남자가 곁으로 다가왔다.

"마케팅부의 권희 씨 아닙니까?"

남자가 상냥한 어조로 묻자 희는 회사 사람인가 싶어 "네, 맞는데요."라고 우선 대꾸하고 보았다.

"절 아세요?"

희가 고개를 갸웃거리자 남자가 눈웃음을 치며 "물론이죠." 하고 답했다.

"권희 씨는 유명한 편입니다. 윤규성 부장의 적수로 명성이 자자하죠."

"뭐, 그건…… 그런가요? 그냥 솔직히 군 것뿐인데."

희는 낯선 남자에게서 규성의 이야기를 들으며 한숨을 꿀꺽 넘겼다.

"소개팅은 잘하셨습니까?"

"네?"

"윤규성 부장과 소개팅하신 거 알고 있습니다. 욕보셨죠?"

달콤한 초콜릿 스프레드만큼이나 사르르 녹는 미소를 지은 남자는 진심으로 희를 위로하고 있었다.

벌써 소개팅도 며칠 전의 일이었다. 그때 욕을 제대로 봤지만 그걸 이 사람이 어떻게 아는 걸까.

"다 알 수 있죠. 이래 보여도 윤규성과 권희 씨에 대한 거라면 다 압니다. 윤규성 부장이 권희 씨에게 눈길이 갈 수밖에 없었던 건, 권희 씨라 그랬던 거겠죠."

이 남자가 윤규성과 똑같은 말을 한다. 개꽃 부장도 그녀가 권희인 게 이유라고 말했다. 하지만 낯선 남자에게서 들어도 이해가 안 가는 건 매한가지였다. 희가 어리둥절한 표정을 짓자 남자는 사람 좋게 웃으며 "세상엔 말로 정의 내릴 수 없는 것도 있는 법이죠."라고 다시 한 번 강조했다.

"근데 그래 봤자 소용없어요. 부장님과 저는 아무 사이도 아니에요. 지독한 상사와 말 안 듣는 부하 직원일 뿐이에요. 정말 그게 전부예요."

"그렇습니까?"

남자는 담담하게 웃고선 도로 앞을 보는 희를 응시했다. 정말 그것뿐이라는 희의 말에 가시가 박힌 건 왜일까. 스프레드를 한 입 크게 퍼먹은 남자는 노만 정문 앞에서 걸음을 멈추었다.

"만나서 반가웠습니다, 권희 씨."

"아, 네."

악수를 청하는 남자의 손을 잡자, 남자가 주머니에 반대쪽 손을 집어넣더니 손바닥 크기 정도의 초콜릿 스프레드 한 통을 건넸다.

"이건 선물입니다. 우울할 때 드세요."

초콜릿 스프레드를 건네는 남자의 태도에 희는 살짝 당황했지만 "감사합니다."라고 말하며 그걸 받아 들었다. 희에게 스프레드를 건넨 남자는 그녀의 얼굴을 가만히 쳐다보더니 활짝 미소 지었다.

"저는 노만 상무 이사 한제하라고 합니다."

"아, 네에…… 네?"

"언젠가 또 뵙겠습니다, 권희 씨. 그럼 수고하시죠."

제대로 뒤통수 맞은 희에게 유쾌한 미소를 보인 제하는 그녀에게서 등을 돌리자마자 표정을 싹 굳히고 다시 초콜릿 스프레드를 퍼먹었다. 며칠 전 윤규성이 다짜고짜 자신을 불러내 술을 퍼먹일 때부터 알아봤어야 했다. 의도치 않게 규성의 술상대가 되어야 했던 제하는 이게 어찌 된 영문이냐며 유정에게 항의 전화를 했지만 유정도 잘 알지 못하는 듯했다. 심지어 규성은 "그 여자가 날 멋대로 물 먹였어."라고 소리치기까지 했다.

희는 규성과 아무 사이가 아니라고 단언했다. 그렇다는 건 지금 두 사람의 애정 전선에 엄청난 문제가 있다는 게 아닐까?

고개를 갸우뚱한 제하는 임원 전용 승강기에 몸을 싣고선 다 먹은 스프레드의 뚜껑을 닫는데, 서 비서에게서 전화가 왔다.

"네, 서 비서님."

—출타 중에 죄송합니다, 상무님. 급한 일이라…….

"아뇨, 괜찮습니다. 어차피 개인적인 용무였으니까요."

스프레드가 다 떨어지는 바람에 다급하게 외출한 참이니 상관없다. 제하가 스프레드가 묻은 입술을 엄지로 문질러 닦으며 "그래서 급한 일이 뭘까요, 서 비서님."이라고 묻자 서 비서가 잠시 뜸을 들이더니 조심스레 말했다.

─소식지에 조금 문제가 생겼습니다.

"문제라……. 큰 문제입니까?"

─2일에 걸쳐 발표되는 S/S 패션쇼 디자이너 순서가 뒤집혔습니다.

서 비서의 말에 제하는 잠깐 고개를 갸웃했다. 이게 무슨 말인가. 제하가 아무 말도 하지 않자 서 비서가 잠깐 침묵하더니 다시 말을 이었다.

─첫날에 발표되는 디자이너들이 둘째 날로 옮겨졌고…….

"둘째 날에 발표되는 디자이너들은 첫날로 옮겨 갔다, 이거죠."

─네, 그런데 진짜 문제는 옷에 새겨진 디자이너 이름들마저 뒤바뀐 채로 재단되었다는 겁니다.

서 비서의 말을 듣자마자 제하는 속으로 휘파람을 불었다. 간단하게 정리하면, 내가 지은 옷에 웬 엉뚱한 사람 이름이 적혀 있다는 이야기였다. 설마 이런 어이없는 일이 일어날 줄이야. 그것도 S/S 거의 코앞에 두고?

─이미 소식지가 발간되고, 각 신문사에서 기사까지 나갔습니다. 현재 패션 개발팀을 통해 디자이너들의 항의가 들어오고 있습니다. 해외 지사에서도 연락이 연달아 오고 있는 상황입니다.

"이사장 허락 얻어서 그 소식지 승인한 간부들 소집하세요. 곧 회의에 참가하겠습니다."

─알겠습니다.

통화를 마친 제하는 "으음." 하고 중얼거리며 희에게 줘 버린 스프레드를 떠올렸다. 일의 사태를 생각하면 세 통을 퍼먹어도 모자라다. 그 순하고 유들유들한 유정이 얼마나 역정을 낼지 생각하자 벌써부터 오금이 저린 제하는 어깨를 움츠리고 입매를 쓸어내리며 혼잣말을 했다.

"오래간만에 진짜 큰일 났네."

마케팅부로 들어서는 순간 사람들이 여기저기를 뛰어다니며 전화를 받고, 난리를 피우는 게 눈에 들어왔다.

희가 갑작스러운 사태에 당황하며 자리로 향하자, 자리에 일어선 채 넥타이를 풀던 규성의 날 선 시선이 그녀에게 꽂혔다.

"권희."

"네."

싸늘한 규성의 음성에 무언가를 직감한 희는 자세를 바로하고 그를 쳐다보았다. 넥타이를 푼 규성은 책상을 짚고 크게 심호흡을 하더니, 이내 주먹으로 있는 힘껏 책상을 내려쳤다.

"너는 대체 무슨 생각으로 사냐."

나지막하지만 신랄한 그의 말에 희는 한순간 당황해 말문이 막혀 버렸다. 입에 꿀을 바른 듯 희가 침묵하자 규성이 슬쩍 웃으며 소식지와 종이 몇 장을 그녀에게 집어 던졌다. 바닥으로 나뒹구는 종이들을 집어 든 희는 사람들의 시선이 힐끔거리며 꽂히는 걸 느꼈지만 그들을 하나하나 눈여겨봐 줄 여유가 없었다.

희는 서류들을 훑자마자 자신이 소란스러움의 한복판에 서 있음을 깨달았다.

맙소사.

강오와 자신이 작성한 파트에 빨간 밑줄이 그어져 있기에 뭔가 했는데……. 디자이너들의 이름이 엉뚱한 데 붙어 있었다. 강오에게 그 부분을 부탁했던 것을 떠올린 희는 얼굴이 하얗게 질렸다.

"그거 네가 한 거야, 홍보부 새끼가 한 거야."

"이건…… 강……. 아, 저, 제가…….

"누가 했냐니까!"

규성은 그 와중에 자기 잘못이라고 시인하려는 희를 보고 결재 판을 집어 던졌다. 철문에 부딪쳐 나가떨어진 결재 판에 희가 자리에서 휘청했고, 부서가 고요해졌다. 부서에 울리는 소리라곤 요란하게 울리는 전화벨뿐이었다.

거친 숨을 연달아 내쉰 규성은 자신과 희를 쳐다보는 사원들을 잡아먹을 듯이 쏘아보며 "구경났어? 일 안 해?" 하고 소리쳤다.

날벼락이 떨어지자 직원들은 마구 울리는 전화를 그제야 받으며 다시 허겁지겁 움직이기 시작했다. 멍한 이마를 손바닥으로 감싼 희는 며칠 전, 그가 사다 준 도미 회를 먹고 얹힌 걸로도 모자라 이런 한심한 실수를 했다는 걸 알았다. 아무리 기분이 우울하고 슬펐어도 제출하기 전에 확인을 했어야 했다. 이건 그녀의 잘못이었다.

입술이 하얗게 마른 희가 고개를 숙인 채 눈만 깜빡거리자 규성이 이마를 짚으며 웃음을 터뜨렸다.

"네가 지금 무슨 짓을 했는지 알아?"

"……."

"디자이너 여럿이 노만을 명예 훼손으로 고소했어. 그 새끼들이 요구한 금액, 네 평생 월급 다 합쳐도 못 내. 덕분에 해외 지사도 뒤집혔다고."

"……죄송합니다."

"계속 나가는 기사는 어쩔 거야. 노만에서 이런 병신 같은 실수를 해서 디자이너들 속 터지게 만들었다는 기사들은 대체 어쩔 거냐고!"

결재 판으로 희를 내려치려던 규성은 반사적으로 몸을 웅크리는 그녀를 보고선 이를 악물었다.

그도 눈앞이 캄캄했다. 홍보부 측에서 자기들은 모른다며 발을 빼는 바람에 마케팅부가 죄다 뒤집어쓰게 생겼다. 유정은 급하게 귀국해 이사진과 기자회견을 열 준비에 눈코 뜰 새 없이 바빴고, 규성은 막무가내로 쏟아지는 억측 기사 때문에 머리가 돌 지경이었다.

하지만 그 와중에 더 속이 타는 건 이것을 자신이 결재했다는 것이다. 결재 판을 책상에 내려친 규성은 앞머리를 헝클어뜨리며 등을 돌렸다.

그의 실수였다. 명백하게, 규성이 잘못한 것이다. 그 당당하고 곧던 권희가 새파랗게 질린 표정으로 바들바들 떨고 있는 걸 보고 있자니, 규성은 다시 가슴이 미친 듯이 욱신거렸다.

대체 왜, 고작 이 여자가 뭐라고!

괴롭게 얼굴을 일그러뜨린 규성은 죄송하다는 말을 연발하는 희를 보며 마른 눈가를 쓸어내렸다.

그로부터 2일인가, 아니, 3일이 조금 더 지났다. 규성은 희를 수시로 살폈다. 정말로 그녀가 아무렇지 않은지, 그날 일을 까맣게 잊어버렸는지 보고 또 보았다. 그런데도 희는 규성을 쳐다봐 주기는커녕 눈길 한 번 던져 주지 않았다. 자신은 매 순간 이유조차 모르는 분노가 치솟는데 그녀는 하루하루를 태평하게 살았다.

마음 한구석을 지배하는 이 애증조차 한순간의 착각일까.

이것도 미운 정을 기반으로 한 착각일까.

규성은 단언컨대 아니라고 확신했다.

그는 희에게 손을 뻗고 싶은 충동을 느꼈다. 성욕에 지배되는 감정 말고도 진심으로 눈앞에 있는 권희가 아름다워 보였다. 주체할 수 없이 원망스럽고 미워서 당장에라도 그녀에게 그 연애라는 걸 해 보자고 떼를 쓰고 싶을 만큼.

이번 건 윤규성과 권희가 동시 합작으로 저지른 실수다. 따지자면 상사인 그의 잘못이 더 컸다. 그러나 규성은 자신의 앞에서 고개를 들지 못하는 희를 보며 가슴 한구석이 저릿한 걸 느꼈다. 그런 감정을 느낄 때마다 화가 치밀었다. 못 견디게 슬펐고, 당장에라도 희를 끌어안고 싶었다.

윤규성은 사실 절박했다. 오랫동안 혼자여서 연애를 하고 싶다는 생각을 해 오긴 했지만, 그것은 무너지지 않고 꼿꼿하게 서 있던 권희였기 때문이었다.

하지만 희가 바라는 게 평범하고 바람직한 상사와 부하의 관계라면 규성은 기꺼이 그래 줄 작정이었다. 규성은 그녀와 연인이 되어도 썩 괜찮을 거라고 믿었다. 꽤 볼 만한 관계가 되지 않을까 생각했는데, 그녀가 싫다고 거절을 했다.

거절당해서 그녀에게 화가 나는 걸까?

아니면?

만약 다른 이유 때문이라면?

"집으로 가."

"부장님."

"징계가 결정될 때까지 입 그만 나불대고 집에 처박혀 있어."

"……."

"못해도 정직이나 권고사직이야."

입안이 바싹 마른 희는 규성을 쳐다볼 수가 없어서 그저 머리를 조아렸다. 제하에게서 받아 온 스프레드를 서류들과 함께 양손에 꼭 움켜쥔 희는, 단지 이 순간이 서둘러 흘러가길 바랄 뿐이었다.

"좋겠네, 권희 사원."

"네?"

날카로운 규성의 말에 희가 까맣게 죽은 표정으로 고개를 들자 규성이 피식 웃으며 그녀에게 비수를 박았다.

"해고당하고 싶어 안달이 났으니까 이번에 그 소원이나 이루시지."

"……."

"경위서 쓰고 퇴근해."

"……."

"가. 빨리."

저지른 실수를 마무리할 기회조차 주지 않는 규성을 멀거니 쳐다보니 미안하다는 말이 입술을 간질였다. 하지만 그저 허리를 꾸벅 숙이고 자리로 되돌아갔다.

의자를 당겨 앉은 희는 "괜찮니?"라고 조심스럽게 물어 오는 서현에게 미소와 고갯짓을 해 보였다. 서현에게 웃고 나니 정신이 좀 들었다.

희가 강오에게 넘긴 부분에서 실수가 났다. 굳이 따지자면 강오도 엄연히 실수의 절반을 책임져야 했다. 하지만 이건 그녀가 강오에게 부탁한 일이었으니, 강오는 잘못이 없다. 적어도 희는 이번 사태에 강오까지 휘말리게 하고 싶지 않았다.

양손을 모으고 거칠어진 입안을 침으로 축인 희는 가슴에서 지긋한 아픔을 느꼈다. 가슴 언저리를 쓸어내리며 바쁘게 전화를 받고 해명하는 동료들을 둘러본 희는 느릿느릿 경위서를 쓰기 시작했다.

벌 받았다.

사람과 깊이 엮이는 게 무섭고 상처 받는 게 겁나서 규성을 밀어냈다가 자신도 다치고, 그도 다치고, 다른 사람들도 다쳤다.

상황이 이렇게까지 되자 희는 그에게 묻고 싶은 게 생겼다.

저기요, 부장님은 정말로 제가 좋아서 그러셨나요라고.

물어봤다간 가차 없이 비웃음을 당할 것 같다는 생각에 희는 피식 웃었다. 이렇게 되니 정말 아깝다. 차라리 두 눈 딱 감고 연애 한번 해 보면 되는 건데.

욱신거리는 아랫배를 한 손으로 문지른 희는 약국에서 가져온 진통제를 한 알 더 먹고선 식도에서 올라오는 신물을 삼켰다.

경위서를 인쇄하고, 결재 판에 꽂아 규성에게 제출한 희는 그대로 마케팅부를 나섰다.

승강기 안에서 혼자가 되고서야 희는 몸이 어디론가 흘러내릴 것처럼 늘어졌다.

대체 윤규성은 권희를 어떻게 생각하고 있을까?

멍하니 그런 생각을 한 희는 눈가에서 똑똑 떨어지는 눈물을 손바닥으로 닦으며 승강기에서 내렸다.

노만을 나오고 나자 천천히 규성에 대한 미움이 올라왔다. 마음에 든다는 말은 전부 다 거짓말이었으면서. 그렇지 않고선 그의 태도가 이렇게 순식간에 바뀔 수 없다. 희는 그렇게 합리화했다. 밀어내고, 단절한 건 그녀 자신이었지만 그것에 순응한 건 윤규성이었으니까. 다른 건 몰라도 이 정도의 합리화로 스스로를 위로할 자격은 있다고 생각했다.

배가 고픈 건지, 아픈 건지 알 수 없는 아랫배를 양손으로 감싸 쥔 희는 택시 승강장까지 휘청휘청 걸으며 하얗게 마른 얼굴로 마케팅부가 있는 곳을 한 번 올려다보았다.

'여자가 생리할 때 아픈 이유는 너무 많은 감정을 받아들여서 그런 거래, 희야. 그걸 감당해 내지 못해서 그렇게 아픈 거래. 그만큼 후회해서 더 아픈 거래. 그러니까 괜찮아. 시간이 지나면 통증도 전부 사라질 거야. 다 잊힐 거야.'

희는 첫 생리를 하던 자신의 옆을 내내 지켜 주었던 오빠의 말을 떠올리며 택시에 올라탔다.

　받아들이지 못한 감정이 뭐기에. 후회하는 건 대체 어떤 감정이길래?

　명에게 묻고 싶은 말이 너무 많았지만 희는 아무것도 할 수 없었다.

　자꾸만 규성의 얼굴이 떠올라서, 아무것도…….

가시가 많은 건 상처가 많아서

'어이.'

'······.'

'야, 대답 안 하냐.'

'제 이름은 어이나, 야가 아닙니다. 윤규성 부장님.'

심심한 표정의 그녀는 보란 듯이 규성에게 면박을 주며, 목에 걸고 있던 명찰을 떡하니 내밀어 보였다.

'한글 읽으실 줄 알 거라고 믿습니다.'

'뭐?'

매섭게 노려보는 그를 보고도 조금도 기죽지 않고, 눈 하나 깜빡이지 않고 명찰을 손으로 짚으며 '읽어 보시죠.'라고 말하던 여자. 쳐다보는 눈빛에 꿰뚫려서 숨이 멎어 버릴 것처럼 도도하고 당차던.

'……권희.'
'네, 부르셨습니까.'

그때부터 이미 온 신경과 감각과 시선을 희에게 빼앗겼던 걸지도 모른다. 언제라도 케케묵은 과거의 상처를 털어 내고 어쩌면 네가 좋다라고 떳떳하게 말할 수 있도록.
"기분 나쁘게. 옛날 꿈이나 꾸고."
깊이 잠긴 목소리로 중얼거린 규성은 뻐근한 눈가를 어루만지며 숨을 내쉬었다. 요란스레 터진 기사들을 대충 막고, 이사진 대표를 통해 공식 사과와 노만 입장을 밝힌 뒤 디자이너들에게도 고개를 숙였다. 덕분에 회사가 발칵 뒤집혔으니 규성과 희는 책임을 져야 한다.
"잘 달래 주셨습니까?"
제하가 구석에 놓인 찻잔 세트로 걸어가며 조용히 물었다. 규성은 제하가 무엇을 말하는지 잘 알고 있었지만, 피곤해서 못 들은 척 눈을 감았다.
"권희 씨가 그러더군요."
"너 권희 만났냐?"
제하의 말에 소파에 불편하게 누워 있던 규성이 몸을 벌떡 일으켰다. 하지만 제하는 아랑곳 않고 찻잔을 그의 앞에 내려놓으며 말을 이었다.

"부장님과 자신은 아무 사이도 아니다라고."

말을 듣는 규성의 표정은 썩 담담했다. 싱거울 정도로 반응이 없는 그의 태도에 제하는 속으로 혀를 찼다.

"서윤이에게서 이야기를 들어 조금 압니다."

"뭘?"

"권희 씨에 대해 말이죠. 마음 같아선 형님께 술술 말씀드리고 싶지만, 이번만은 아무것도 알려 드리지 않을 겁니다. 보나마나 형님께서 또 성급하게 나서시다가 일을 망친 걸 테니까요. 아니, 애당초 마음이 있기는 하셨던 겁니까?"

제하의 말에 가슴이 뜨끔한 규성은 껄끄러운 표정을 지으며 제하를 쳐다보았다.

역시 키스를 한 건 성급했나 보다. 하지만 그는 나름 진지했다. 그녀가 마음에 든 것도 사실이었다. 멍한 얼굴을 하면서 도망치기만 하는 권희를 대체 어떻게 해야 했단 말인가.

규성은 스스로의 마음도 주체가 되질 않았다. 사태가 이 지경이 되니 희가 밉기도 하고, 차라리 잘됐다 싶기도 한데.

자꾸만 보고 싶었다.

울 것 같은 그녀의 얼굴이 생각나자 가슴이 저렸다.

속으로 열불이 터진 규성은 "빌어먹을." 하고 욕지거리를 내뱉고선 도로 소파에 누웠다.

제하의 말을 듣자 하니, 희에게는 권명이 자살한 것 외에도 다른 연유가 있는 모양이다. 그러고 보니 소개팅 하던 날 남자 친구들에게 차인 이야기를 하긴 했다.

괜히 속상해진 규성은 오늘 희를 호되게 나무라면서 동시에 후회했다.

"그래서 대체 형님에게 권희 씨는 어떤 존재입니까?"

제하는 긴 다리를 소파 밖으로 내밀고 드러누운 채 멀거니 천장만 쳐다보는 규성을 응시했다.

"첫눈에 반했을 리는 없고."

제하가 계속 말을 툭툭 던지자 그가 귀찮다는 듯 몸을 돌려 누웠다.

"좋아하는 건 사실입니까?"

"몰라."

어째서 권희와 키스하고 싶었을까.

규성은 곰곰이 생각해 보았지만 정답이 나오지 않았다. 그저 울 것 같던 희의 얼굴만 어른거릴 뿐이었다. 조그맣고 말버릇 험한 여자가 가슴에 박혀서 떠나질 않는다. 억지로 떼어 냈다간 가슴에 생채기가 날 것 같았다.

자리에서 벌떡 일어선 규성은 겨우 사태가 진정되었을 마케팅부를 떠올리며 머리를 헝클었다.

"형님도 참. 모르면 답니까. 정작 상대방이 마음을 닫았는데요."

"너 인마, 웃는 낯으로 그딴 말 좀 하지 말라니까."

"차라리 다시 시작하는 게 빠를 겁니다. 리셋하고, 전원 ON 말입니다."

그를 따라 자리에서 무릎을 일으킨 제하는 건담 조립이 한창인 사무 책상으로 다가가더니 곧 무언가를 꺼내 왔다. 손바닥 크기보다 좀 더 조그만 종이엔 글씨가 적혀 있었는데 언뜻 보아하니 주소 같았다. 제하는 초췌해진 규성의 얼굴을 보고는 그의 넥타이와 행커치프를 바로잡아 주며, 행커치프가 끼워져 있는 곳에 쪽지를 쓱 넣었다.

"이걸로 빚은 갚은 겁니다, 형님."

"고작 이걸로?"

규성이 어이없다는 듯 웃자 제하가 허리에 손을 얹고선 살짝 못마땅한 표정을 지었다.

"어차피 이번 사태에 형님 책임도 있으니 출셋길에서 떨어지신 거 아닙니까. 이것도 서윤이 녀석이 죽어도 말해 주질 않아서 인사부에서 캐낸 겁니다. 인사부 과장이 깐깐해서 알아내는 데 얼마나 힘들었는지 아십니까? 후에 서 비서에게 고맙다고나 하시죠."

말을 마친 제하는 상무실의 문을 열면서 규성의 등을 탁탁 밀었다. 상무실 밖으로 나온 규성은 행커치프에 꽂힌 쪽지를 꺼내 눈으로 읽었다. 누구의 집인지는 안 물어봐도 뻔했다. 규성은 그 주소를 보자마자 왠지 마음이 애잔해졌다.

제하는 규성의 등을 떠밀어 승강기에 태우고는 버튼을 누른 뒤 그에게 살랑살랑 손을 흔들며 말했다.

"참고로 저는 유정 형님과 권희 씨가 연애를 해도 한 달 동안 그 짓을 못 한다는 데에 50만 원 걸었습니다."

"이 새끼가!"

"수고하시죠."

닫힌 승강기를 걷어찬 규성은 하늘하늘 손을 흔들며 방싯

웃던 제하의 얼굴을 떠올리고는 주먹을 꽉 쥐었다. 열이 받은 그는 손안에서 힘껏 구기고 있던 종이의 존재를 뒤늦게 깨닫고선 허둥지둥 손바닥을 폈다.

깔끔한 글씨체로 적혀 있는 집 주소를 속으로 수십 번 중얼거려 외우며 그는 처량하게 마케팅부를 나가던 희를 떠올렸다.

지금 달려간다고 해서 권희의 귀에 그의 목소리가 들릴까. 아니, 규성은 아무리 힘들어도 권희에게 자꾸만 기우는 이 감정을 알아야겠다고 생각했다.

이것만은 반드시 해야 할 일이었다.

물론 그 모든 건 희가 윤규성을 만나 주었을 때에나 가능한 계획이지만.

주차장을 빠져나온 그는 초조한 듯 입술을 물며 속력을 높였다.

희는 오빠인 권명의 말마따나 감정을 제대로 소화해 내지 못해서 아픈 것이라 생각하며 아랫배를 뜨끈한 주머니로 찜질했다.

다만 여전히 불편한 게 있다면 그 감정이 윤규성을 좋아하기 때문인지 아닌지 묘하다는 것뿐.

시간이 어느새 6시를 넘었으니 사람들은 모두 퇴근했겠지만 마케팅부는 잘 모르겠다. 희가 사고를 단단히 쳤으니 어쩌면 단체 야근을 하는 중일지도. 미안한 마음에 서현에게 연락이라도 해 볼까 했지만 차마 그럴 용기가 나지 않았다. 매섭게 쳐다보던 규성의 눈빛을 떠올리면 가슴이 꽉꽉 쑤셔서 숨이 막힌다. 부하 직원으로 대해 주는 마음은 감사하지만 그 순간만큼은 규성이 자신을 외부인처럼 바라보는 것 같았다. 하대하는 것 같은 시선에 희는 평소와 다르게 울컥하기는커녕 상처를 입었다.

개꽃 부장은 지금쯤 뭘 하고 있을까. 자신을 마케팅부에서 쫓아내던 그는 무슨 생각을 했을까.

"나쁜 놈."

품에 핫팩을 끌어안고 다시 잠을 청할 생각으로 이불을 끌어당기는데 현관에서 초인종 소리가 시끄럽게 울렸다. 이놈의 원룸은 다 좋은데 초인종이 지나치게 고전적이어서 문제다. 시끄러워도 오죽 시끄러워야지.

아픈 허리를 간신히 일으킨 희는 아랫배에 핫팩을 갖다 대고선 인터폰 앞으로 다가갔다.

그런데 세상에, 맙소사.

회색의 인터폰 화면을 꽉 채운 남자는 윤규성이었다.

인터폰에 어른거리는 규성을 보자마자 마케팅부에서 혼난 게 떠오른 희는 갑자기 서러움이 북받쳤다.

규성은 보연을 좋아한다. 그런 주제에 연애해 보자고 말했다.

벽을 손바닥으로 짚고 인터폰을 쳐다보던 희는 고개를 돌렸다. 이런 순간에 개꽃 부장과 판매원과 거지는 만나지 않는 게 상책이다.

규성을 모르는 척하고 도로 매트리스에 누우려는데 또다시 초인종이 요란하게 울렸다. 꺼졌던 인터폰 화면이 다시 밝아지면서 그의 모습이 보였지만, 희는 강단 있게 외면했다.

"누가 열어 주나 봐라. 나쁜 놈 같으니! 여긴 어떻게 알고 찾아온 거야?"

규성이 찾아온 게 한편으론 기뻤지만 겁이 나기도 해서 그녀는 이불을 뒤집어쓰고 모르는 척을 했다. 쥐 죽은 듯 있으면 규성도 제 풀에 지쳐 돌아가려니 싶었는데.

"야, 너 문 안 열어?"

복도에 쩌렁쩌렁한 고함과 함께 현관문을 부술 듯이 두드리는 소리가 울려 퍼졌다.

"권희! 너 안에 있는 거 다 알아! 당장 못 나와?"

현관문을 발로 걷어차고 주먹으로 내려치는 소리에 화들짝 놀란 희가 현관 쪽을 응시했다. 규성의 터무니없는 태도에 그녀가 당혹스러움을 감추지 못하고 매트리스 위에 어정쩡하게 앉아 있자, 이번엔 집 안에 초인종 소리가 연달아 울리기 시작했다. 개꽃 부장도 옛날에 초등학교 앞에서 오락기 좀 눌러 봤나, 초인종을 수백 번씩 누르는 솜씨가 여간한 게 아니다.

하지만 시끄러운 초인종 소리는 가뜩이나 몸이 아픈 희에겐 엄청난 스트레스였다. 양쪽 귀를 틀어막고 이불 속으로 파고든 희는 "그만해, 이 미친놈아!" 하고 소리를 빽 질렀다.

"너 방금 미친놈이랬냐?"

개꽃 부장은 귀도 밝다. 규성은 그 와중에 희가 소리를 지르는 걸 들은 모양이었다.

안에 있는 걸 들켰으니 이판사판이다 싶은 그녀는 현관 앞으로 달려가 고함을 질렀다.

"지금 부장님 하는 짓이 미친 짓이지!"

그러자 문을 마구 두드리던 규성이 사나운 음성으로 "뭐?" 하고 되받아치더니 그에 질세라 목청을 높였다.

"너 진짜 미친놈한테 물려 볼래? 문 열어 당장!"

"싫어요! 부장님 같으면 문 열어 주고 싶겠어요? 생각 좀 하고 사시죠, 뇌는 폼으로 달고 다니나?"

"이게 진짜!"

말이 끝나자마자 문짝이 다시 쾅 소리를 내며 크게 흔들렸다.

오래된 철문에서 녹 가루가 후드득 떨어지는 것을 보고 몸이 뻣뻣하게 굳은 희는 진짜로 문이 부서질지도 모른다는 공포에 휩싸였다. 그러면 수리비에다가, 집주인에게 욕 얻어먹는 거에다가…….

손가락으로 문제점들을 하나하나 꼽던 희는 자기가 왜 이런 수모를 겪어야 하는지 화딱지가 제대로 치밀어서 덩달아 발로 문을 걷어찼다.

"야!"

"너 지금 야라고 했냐?"

"오냐, 야라고 했다 왜! 떫어? 당장 꺼지라잖아!"

"이게 사고 치더니 머리가 돌았나, 너 진짜 혼나 볼래?"

"사고? 웃겨! 그거 결재한 건 어디 누군데!"

위로해 주려고 왔는데 또 싸우고 있다. 규성은 어떻게든 희와 대화를 해 보고 싶었지만 현관문 너머에 있는 그녀와는 할 수 있는 게 아무것도 없었다. 거기다가 큰맘 먹고 찾아온 사람을 내치려고 안간힘 쓰는 것도 미워 죽겠다.

"권희, 너 핸드폰 왜 꺼 놨어."

"부장님 연락 받기 싫어서 꺼 놨어요. 왜요!"

가시 돋친 희의 비명에 규성이 초인종 옆을 짚고 있던 손바닥에 힘을 준다. 말다툼을 벌이고 싶지 않은데 가슴에 쌓인 게 많다 보니 자꾸 목소리가 날카로워진다.

"끝까지 이럴래?"

"죽어도 이럴 거예요!"

"야! 너 말로 할 때 문 열어라. 사람 불러서 문 따기 전에 당장 열어!"

견디다 못한 규성이 현관문을 주먹으로 내려치고 문손잡이를 돌리며 소리치자 안에서 울먹거리는 소리가 빽 튀어나왔다.

"내가 너 꼴도 보기 싫다는데 왜 이래! 사라지라잖아, 이 나쁜 놈아!"

목소리가 갈라지도록 고래고래 소리를 친 희는 크게 들썩이며 숨을 헉헉 몰아쉬었다.

못된 소리를 잔뜩 퍼부었는데 이상하게 현관문 너머가 조용하다. 등골이 싸해진 걸 느낀 희는 관자놀이를 타고 흐르는 땀방울을 훔쳐 냈다. 잔뜩 열을 올렸더니 몸이 용암처럼 뜨겁다.

희는 열이 펄펄 오르는 얼굴에 손으로 부채질을 하며 거칠게 흔들렸던 현관문을 바라보았다. 밖이 너무 고요하니 그게 더 무섭다. 혹시 꼴도 보기 싫대서 상처 받아서 돌아갔나. 그녀는 문에 귀를 대 보았다.

그러나 언제 난리가 났냐는 듯 현관문 너머는 고요함 그 자체다.

"……고작 이 정도 난리 피우고 갈 거면 오지를 말지."

자그맣게 투덜거린 희는 섭섭한 기색을 미처 숨기지 못하고 현관문을 슬쩍 열어 보았다. 밖이 정말로 조용하다. 그거 몇 마디 했다고 진짜로 가 버렸나 싶어 문을 좀 더 여는데.

"어이."

문 옆에 칼만 쥐여 주면 누가 봐도 망나니라고 착각할 만큼 험상궂은 윤규성이 서 있었다.

"엄마야! 진짜 놀랐잖아요!"

희가 몸을 움츠리며 재빨리 현관문을 닫으려 하자 규성이 "동작 그만!" 하고 소리를 지르며 현관문 사이에 구두를 집어넣었다.

세상에, 놀래라. 안전 고리를 걸어 두고 현관문을 열기를 정말 잘한 것 같다.

콩닥콩닥 뛰는 가슴을 쓸어내리며 눈에 불을 켠 규성을 마주한 희는 낮의 일이 떠올라 시선을 휙 내렸다.

그녀가 시선을 외면하자 벽에 기대서 있던 규성이 현관 틈을 손으로 벌리며 희를 쳐다보았다.

"야."

"……"

"대답 안 해? 상사 말이 아주 개똥으로 들리지."

"……"

"너 진짜 입 안 열래?"

그가 속상한 목소리로 말하자 희가 주춤거리며 뒤로 물러섰다.

가뜩이나 현관문 틈이 좁은 것도 갑갑해 미치겠는데 저 여우 같은 게 도망을 간다.

규성은 어떤 표정을 짓고 있는지 보여 주지 않는 희가 답답했다. 화내려고 온 게 아닌데 그녀가 미친놈이라고 소리쳐 열이 받는 바람에 또 성질을 내 버렸다.

"……야."

"…… ."

"……희야."

규성이 나지막하게 이름을 부르자, 희는 몸 어딘가에 고여 있던 감정이 터지는 걸 느꼈다.

묵직하고 따가운 것으로 은근히 문대어지던 가슴이 꽉 웅크려지더니 스르르 퍼져 버린다. 병에 걸린 것처럼 꽉꽉 조였던 심장이 한순간에 풀어지자 목 주변이 따끔거리기 시작하면서 눈앞이 뿌옇게 흐려졌다. 흰자위 위로 차곡차곡 쌓이는 물방울에 희는 숨을 크게 들이마시고는 꼭 맞잡고 있던 두 손으로 얼굴을 가렸다.

"왜 오셨어요?"

윤규성이 너무 밉다. 처음부터 미웠는데, 지금은 더 미워 죽겠다.

"저한테 어째서 이러시는 거예요."

"권희. 고개 좀 들어."

"……제발, 그냥 돌아가 주세요."

그녀가 울음 섞인 목소리로 애원하자 안전 고리를 쏘아보던 규성은 얼굴 하나가 겨우 들어갈 틈으로 손을 뻗었다.

"권희."

"부르지 마세요."

"희야."

헝클어진 머리칼을 스쳤다가 왕방울만 한 눈에서 뚝뚝 떨어지는 눈물을 닦아 준 그는 눈가를 험하게 일그러뜨렸다.

젠장. 마음속으로 욕을 내뱉은 규성은 안전 고리가 걸린 현관문을 원망스럽게 보며 이를 악물었다. 울리려고 찾아온 게 아닌데. 일이고, 마음이고, 뭐 하나 제대로 되는 게 없다.

욱신거리는 마음을 견디지 못하고 손을 조심스럽게 움직인 그는 희의 뺨을 손바닥으로 감쌌다.

손가락 사이로 흐르는 물기를 느낀 그가 입술을 물었다. 이 여자 하나 때문에 하루 종일 몇 번을 죽고 사는지 모른다. 두 번 다시 보지 말아야지 하면서도 눈만 감았다 하면 희가 생각났다.

그는 뻑뻑하게 마른입을 조용히 열었다.

"문 열어, 권희."

뺨을 어루만져 주는 손길과 목소리는 괴리감이 너무 심해서 어깨를 움찔 떨며 고개를 들자 그가 당장에라도 울 것 같은 표정으로 서 있었다.

이기적인 남자다. 자꾸 이런 식으로 다가오면 마음을 열어 줄 수밖에 없는데.

"아무 짓도 안 해. 그러니까 열어."

떨리는 손으로 손잡이를 살짝 잡아당긴 희는 차라리 이대로 문을 닫아 버릴까 생각도 했다. 그런데 고통스럽게 일그러진 그의 얼굴이 눈앞에 아른거려서 희는 겁에 질렸는데도 안전 고리를 풀고 말았다. 손잡이에서 손을 놓자 문이 바깥쪽으로 스르륵 밀려 나간다.

지고 있는 노을빛이 크게 밀려들어 옴과 동시에 규성이 그 빛을 등진 채로 그녀를 와락 얼싸안았다.

그에게 안기는 순간 스며 오는 진한 체취에 희는 가슴 가운데 박하사탕 맛을 닮은 싸한 느낌이 퍼지는 걸 느꼈다.

"······저한테 왜 이러세요, 정말?"

"귀찮게 자꾸 캐물을래?"

"나, 나도 부장님 귀찮아요, 뭘!"

무시하는 것 같은 규성의 목소리에 희가 발끈하며 그에게서 떨어지려고 하자 그가 손바닥으로 그녀의 뒤통수를 꾹 눌러 도로 품 안에 담았다.

훌쩍이는 그녀를 안자마자 초조하게 달음박질치던 심장이 거짓말처럼 잠잠해졌다. 아기들에게서 날 법한 보드라운 체취가 나는 희의 머리에 입술을 묻은 규성은 두근거리는 고동 소리에 그제야 아아, 하고 속으로 중얼거리며 깨달았다.

권희를 좋아한다.

작고 동글동글한 희의 뒤통수를 어루만진 규성은 '좋아한다.'는 문장을 속으로 중얼거리자마자 얌전해졌던 심장이 쿵쿵 뛰는 걸 느꼈다.

맙소사. 좋아할 여자가 없어서 하필 권희라니. 그는 웃음이 터져 나올 것 같았지만 인정하자마자 몸 중심부에서 싸하고 달콤한 것이 피어오르는 걸 느꼈다.

세상에. 이 여자가 진심으로 좋다. 그는 희가 좀 더 웃는 걸 보고 싶었다. 자신을 보면서 아이처럼 밝게, 화창하게 웃는 걸 물리도록 바라보고 싶었다.

"저, 부장님. 언제까지 안고 계실 거예요? 좀, 좀 놓아주시면……."

"네가 좋아서 그런다."

고막을 부드럽게 두드리는 울림에 그의 품에 코를 박고 있던 희가 순간 호흡을 멈추었다. 규성의 등을 힘껏 끌어안고 있던 팔에 힘을 빼자 그가 그녀를 더 깊이 품에 가두고 또다시 속삭였다.

"네가 좋다니까."

"……그, 그러세요?"

"야. 사람이 진심을 담아 말하면 제대로 된 대답을 해야지."

어정쩡한 대답에 규성이 짜증 난 어투로 대꾸하자 희가 눈물범벅으로 그를 올려다보며 울먹거렸다.

"무, 무슨 대답을요?"

"부장님처럼 멋진 남자가 좋아해 주셔서 기쁩니다라던가."

"죄송한데요. 저 아직 안 미쳤어요."

거기다 그의 말을 약간 반신반의하기도 하고.

그렇지만 뒷말을 뱉었다간 규성이 화를 낼 것 같아서 그녀는 그저 그의 가슴팍에 얼굴을 기대었다.

진짜일까? 정말 진심인가? 머릿속으로 온갖 억측과 망상이

스쳐 지나갔다. 좋아한다는 말을 들었는데 밀려오는 이 담담함은 뭐란 말인가.

그런데 신기하게도 규성과 말다툼을 벌이던 시점부터 지끈거리던 아랫배의 고통이 싹 가셨다. 기이하다는 표정으로 아랫배를 문지른 희는 이내 자신의 정수리에 콩 하고 꿀밤을 먹이는 손길에 눈을 휘둥그레 떴다.

"너, 쓸데없는 생각 했다간 죽는다."

"쓸데없는 생각요?"

"이 남자가 나를 갑자기 왜 좋아한다고 할까."

뜨끔.

"이 남자가 진짜 나를 좋아하는 걸까?"

움찔.

"이 남자가 어쩌면 착각을 하는 건 아닐까, 기타 등등."

규성이 내뱉는 말마다 어깨를 후들후들 떤 희는 아무 말도 못하고 그저 다리를 움츠렸다.

그녀는 이 순간이 그다지 로맨틱하게 느껴지지 않았다. 꼭 과도기를 거쳐 가는 느낌이었다. 좀 더 커다랗고 위대하고, 위험한 무언가로 향하기 위해서는 반드시 거치고 가야만 하는.

"제가 언제부터 좋으셨는데요?"

규성에게서 한 발 멀어진 희가 용기를 내고 물어보자 그가 한 치의 망설임도 없이 대답했다.

"말대꾸할 때부터."

"저어, 아무리 그래도 변태는 좀……."

"변태 아니야, 인마. 하여간 못 하는 말이 없어, 이 조그만 건."

역시 윤규성과 권희에게 로맨스란 없다.

희와 한 발자국 정도의 거리를 유지하던 규성이 앞으로 슬쩍 다가갔다. 눈물로 뒤덮인 뺨을 양손으로 소중하게 감싸 쥔 그는 주황빛 노을에 반짝반짝 빛이 나는 그녀의 눈동자를 응시하다가 피식 웃었다.

"네가 우는 모습을 보고 뻑 갔다고 치자."

"네?"

"그런 게 있어."

그렇게 내뱉은 그는 아프지 않게 희의 이마에 꿀밤을 놓더니 "이건 네 멋대로 나 걷어찬 벌이고." 하더니 다음엔 그녀의 코에 손가락을 살짝 튕겼다.

"이건 오늘 네가 사고 친 벌이고."

"부장님, 그건……!"

할 말이 있다는 듯 희가 반박하자 규성이 그녀의 손을 들어 올려 입에 틀어막았다. 얼떨결에 제 손으로 입을 막게 된 희가 눈을 또렷하게 뜨자 규성이 그녀의 손등 위에 입술을 갖다 대고 온화하게 말했다.

"이건, 진짜야."

거짓말이 아니라, 그는 권희를 좋아한다.

입술을 가린 손가락 사이로 규성의 숨이 희미하게 느껴져서 희는 자신도 모르게 입술을 자그맣게 벌렸다. 키스를 나누는 착각이 들 정도로 손가락 위에 부드럽게 입을 맞추는 느낌과 살살 불어오는 숨소리에 그녀의 눈길이 아래로 노곤하게 깔린다.

"권희."

얇고 가는 손가락 위에서 이름을 부른 규성이 귓불을 빨갛게 물들인 희를 보며 씩 웃었다.

"너, 나 은근히 좋아하지?"

"……싫어하거든요."

"거짓말."

능글맞은 목소리로 규성이 말하자 희가 어이가 없다는 표정을 지으며 그에게 잡힌 손을 뿌리쳤다.

"거짓말은 부장님이 더……!"

"역시 연애하자는 말을 철회하기는 싫다."

규성이 희의 허리를 끌어안으며 그녀의 이마에 입술을 마주 대었다.

"그러니까 한 번만 더 기회 주면 안 될까?"

"기회?"

그녀가 살짝 의아한 목소리로 되묻자 규성이 입술을 아래로 서서히 당기며 "그래, 기회 말이야. 기회." 하고 반복해서 말했다. 손가락 하나가 들어갈 정도의 틈을 만들어 두고 희와 눈을 마주한 규성은 보기 드물 정도로 부드럽게 웃었다.

"나 장난치는 거 아니야. 진짜 해 보자니까?"

자꾸만 도망가려는 그녀의 손가락에 깍지를 끼운 규성은 보드랍고 따뜻한 희를 품에 안으며 가슴 벅찬 음성으로 말했다.

"내가 널 왜 좋아하는지, 네가 불안하지 않게 확실히 알려 줄 테니까."

"부장님."

"너도 이제 도망가거나 또 착각이라는 얼토당토않은 말로
나 무시하면, 그땐 너나 나나 다 죽는 거야."

"협박이잖아요 이건."

규성의 체취를 가득 들이마신 희는 토라진 목소리로 중얼거
리면서도 또 눈물이 날 것 같아서 그냥 그에게 가만히 안겼다.

'희야. 오해와 이해의 차이가 뭔지 알아?'

갑자기 명이 한 말이 떠오른다.

'말하면 이해가 되는 거고, 혼자 삭히면 오해가 되는 거야.
간단하지?'

그녀는 생각보다 규성이 진지한 태도로 자신에게 다가왔다
는 걸 이제야 알았다. 그래 봤자 몸에 새겨진 두려움은 씻겨
내려갈 수 없는 거지만, 희는 커다란 규성에게 꽉 안겨 있는
지금이 무척이나 편안했다.

"근데 저 그 전에 들어야 할 게 있어요."

반듯하게 제자리를 지키고 있는 규성의 넥타이를 홱 잡아당
긴 그녀는 어느새 눈에 독기를 품고선 그를 노려보았다.

"뭐, 뭔데?"

"서보연에 대한 거요. 적어도 변명은 듣고 부장님이랑 뭘 하
든 말든 생각해 볼래요."

"……아, 그건……."

"혼자 쇼 하다가 지쳐서 오해하기 싫어요."

한 발 물러선 희는 규성을 바로 쳐다보았다.

"말해 주세요."

언젠가 당신에게 주저 없이 달려갈 수 있도록.

규성은 똑바로 해명했다. 입맞춤을 나눌 뻔한 건 순전히 서보연의 갑작스러운 행동 때문이었노라고, 자기는 추호도 그럴 마음이 없었으며 하지도 않았다고.

그러자 희가 말했다. "그럼 내가 다른 남자랑 뽀뽀하고 있는 사진이 찍혀도 부장님은 이해하시겠군요."라고.

연애에서만큼은 머리가 안 돌아가는 개꼿 부장은 그녀의 효과적인 비유를 듣자마자 그제야 잘못을 인정했다.

"화낸 건 사과 안 하세요?"

"그건……."

희가 조목조목 따지고 들 때마다 왜 이렇게 할 말이 없는지 모르겠다.

규성은 지금 현관 앞에 무릎을 꿇고 앉아 있었다. 모든 걸 다 듣고, 해결할 때까진 원룸 문지방을 넘지 말라는 말에 규성은 그녀의 의견을 순순히 들어주기로 했다지만, 무릎을 꿇은 지 30분. 슬슬 다리가 저리기 시작한다.

"까놓고 말하면 그 결재, 부장님이 승인하신 거잖아요."

그는 희가 화를 내는 이유를 십분 이해했다. 그가 나빴다. 아무리 화가 났다지만 그 딱딱한 결재 판을 집어 던져서 겁을 주다니. 갑작스럽게 벌어진 사태와 희에 대한 원망으로 마음이 어떻게 되었나 보다.

규성은 주먹을 꽉 움켜쥐면서 땅에 머리를 박았다.

"미안. 내 잘못 맞는데 화풀이한 거야."

"그렇다고 결재 판을 던져요? 부장님 손버릇 정말 안 좋으시네요. 이런 남자랑은 죽어도 만나지 말라고 그랬는데."

"누가 그래?"

울컥한 규성이 고개를 퍼뜩 들며 희를 노려보았다.

"그때는 진짜 흥분해서 그런 것뿐이라니까? 너 나 못 믿냐?"

"이제 안 믿어요."

엄하게 말한 희의 모습엔 상처 받은 기색이 가득했다. 그 모습을 보자마자 미안한 마음에 꿀 먹은 벙어리가 된 규성은 옆머리를 긁적거리며 "미안하다니까." 하고 작게 중얼거렸다.

희는 썩 멀리 떨어져 있지 않은 규성을 보며 팔짱을 끼고 있던 팔을 풀었다.

외로워서 죽고 싶은 순간에 그가 딱 찾아왔다. 가슴이 맺힌 것도 많고 쌓인 것도 많고, 여하간 윤규성이라는 이름 석 자를 떠올리면 체한 것처럼 가슴이 답답하고 아파 죽겠는데 왜 자꾸 보고 싶은지 모르겠다.

고작 개꽃 부장에게 시도 때도 없이 두근거리는 감정을 느껴야 한다는 게 어쩐지 민망하다.

"……내 취향이 아닌데."

"뭐?"

"네? 아뇨, 아무것도 아니에요."

그보다 이러고 있을 때가 아니다. 희는 자신을 똑바로 보는 규성과 눈을 마주하다가 한숨을 내쉬었다. 미닫이문이 설치되어 있는 현관문 앞으로 다가간 희는 무릎을 꿇고 앉아 꽤 얌전히 있는 규성을 보았다.

"저 잘리면 이제 마케팅부도 조용해지겠네요."

희가 볼멘소리로 중얼거리자 다리가 저려 코에 침을 바르던 규성이 "웃기는 소리." 하고 딱 잘라 말하며 책상다리로 자세를 바꾸었다.

"누가 반성 그만하래요? 빨리 무릎 꿇어요!"

"인마, 나이 서른 넘은 남자 이만큼 무릎 꿇게 했으면 됐지."

"부장님이 나잇값을 못 하시잖아요."

정말 이 조그만 건 못 하는 말이 없다.

욱한 그의 눈초리가 위로 올라갔지만, 규성은 최대한 화를 눌러 참으며 희를 쳐다보았다. 대체 이런 여자의 어디가 예쁘다고 홀딱 넘어가서는 이 생고생이란 말인가.

윤규성은 스스로가 별종이라고 생각하며 무릎을 토닥토닥 두드리다가 자신을 새침하게 보는 희의 눈동자를 들여다보았다.

그녀가 얄미워 죽을 때마다 눈동자를 보면 터질 것 같던 마음이 사르르 녹는다.

"너, 눈에 꿀이라도 발랐냐?"

"네?"

엉뚱한 규성의 말에 희가 고개를 갸웃거리자 그가 피식 웃었다.

"너 안 잘릴 테니까 걱정 마."

"그 반대죠, 부장님."

그동안 잘리려고 얼마나 노력했는데. 희가 뒷말을 삼키며 뚱한 얼굴을 하자 규성도 덩달아 부루퉁한 표정을 지으며 그녀의 코를 잡고 살며시 흔들었다.

"네가 노만에서 잘리게 내버려 둘 것 같아?"

"회사에서는 잘리게 생겼으니 좋겠구나 하고 비아냥거리셨으면서."

"말이 그런 거지, 말이."

그 말 하면서 속이 얼마나 타들었는지도 모르고 이건 꼬박꼬박 말대꾸다.

코를 놓아준 규성은 일순 누그러진 눈매로 그녀를 보았다. 앞머리를 위로 넘겨 볼록하게 드러난 조그만 이마와, 그를 자꾸만 유혹하는 아몬드형의 예쁜 눈과 복스럽게 생긴 예쁜 코, 그리고 몇 번이고 훔쳐 먹어도 부족할 것 같은 도톰한 입술까지.

어깨 위에 쌓인 머리칼을 그녀의 등 뒤로 넘겨 준 규성은 묘하게 웃으며 "걱정 마." 하고 입을 열었다.

"네 말마따나 결재한 건 나니까 책임져야지."

그는 쓰게 웃으며 "넌 잘못 없어. 걱정 마."라고 다시 한 번 못을 박았다.

"하지만……."

"이럴 땐 그냥 네, 알겠습니다 하는 거다."

희는 규성이 무슨 생각을 하는지 알 수 없었다. 규성의 태도가 불안하다. 그는 대체 무슨 생각인 걸까.

“그러게 누가 일 똑바로 안 하시래요?”

그녀가 할 말은 아니지만 가라앉은 규성의 모습이 마음에 걸려 괜히 심통을 부렸다.

“그러게 말이다. 누가 일 처리를 그렇게 했냐, 대체.”

그녀와 손을 맞잡은 그는 힘없이 웃으며 눈을 맞추었다.

하지만 티셔츠 목둘레 아래로 다소곳하게 드러난 그녀의 쇄골을 보며 입을 맞추고 싶은 충동에 휩싸인 그는 슬슬 돌아가야 할 때가 된 것을 알았다. 마음이야 당장 그녀를 침대에 갖다 눕히고 별짓을 다 하고 싶었지만 일에는 순서가 있는 법. 저번처럼 충동적으로 다가갔다간 희가 상처를 입을 게 안 봐도 뻔했다.

“이만 가야겠다.”

희는 자리에서 일어서는 규성의 손에 이끌려 덩달아 일어났다. 여전히 신발을 신은 채였던 규성은 희를 품에 와락 한 번 안았다가 그녀에게 호되게 등짝을 두들겨 맞으며 원 플러스 원으로 “또 왜 이래요! 진짜 신고당하고 싶어요?”라는 잔소리도 얻어먹었다.

“야, 권희.”

“아, 왜요?”

“너 내일 되면 나랑 차근차근 전부 얘기하는 거다.”

“무슨 얘긴?”

“있어, 그런 게. 하여튼 그렇게 하겠다고 해.”

말도 안 해 주면서 약속하라니, 이런 억지가 어디 있담.

희는 그런 그의 태도가 정말 질린다는 얼굴이었지만 고개는 끄덕거렸다.

"너 약속한 거다, 진짜."

"아, 그렇다니까요. 여자가 한 입으로 두말하나."

"여자들을 한 입으로 두말해."

"진짜 혼나 볼래요?"

규성의 가슴을 주먹으로 때린 희는 눈을 부릅떴다. 개꽃 부장과 대화하면 좀체 좋게 끝나지를 않는다.

희가 눈을 여우처럼 사납게 치뜨자 규성이 머리를 어루만져 주곤 등을 돌렸다.

"내일 보자."

"……."

"잘 가라는 인사도 안 해 주냐?"

"……안녕히 가세요."

"오냐. 간다."

그는 그녀와 한 번이라도 입을 맞추고 싶었지만 그랬다간 뺨을 맞을 것 같아서 오늘은 선을 지켜 적당히 물러났다.

원룸 앞에 주차해 둔 차에 오르자마자 어디론가 전화를 건 규성은 조금 착잡한 표정을 지으며 "나다." 하고 입을 열었다.

—마이 러브! 괜찮아? 권희 씨한테 안 맞았어? 살아 있는 거지?

"미친놈아, 어디다 대고 마이 러브야."

—무사한가 보네?

"뭐, 아직까지는."

운전대에 팔을 기댄 규성은 피식 웃으며 희와 맞잡았던 손을 쥐락펴락했다. 자신에게 안겨 질질 짜면서도 떨어지지 않던 희를 떠올린 규성은 입가에 스멀스멀 피어오르는 웃음을 애써 감추고는 헛기침을 했다.

"너 한제하한테 이야기 다 전해 들었지?"

─규성아 너…… 그 얘기 진짜 진심이야? 진짜? 내가 징계 회의에서 그거 말 꺼내면 못 돌이켜. 알지? 너도 끝이라고, 끝!

"진심이야. 그러니까 징계 회의 열어서 한제하랑 이사진들이나 잘 꼬여. 어차피 내가 실수한 거야. 내가 결재한 거니까 내가 책임져."

규성의 말에 말 많기로 소문난 유정이 아무런 말도 하지 않는다. 핸드폰 너머로 잠깐 침묵이 이어졌고, 곧 설득하기를 포기한 듯한 유정이 한숨과 함께 물어 왔다.

─그렇게 해 주면 나한테 떨어지는 콩고물이 뭔데?

"한서윤이랑 짜고 날 물 먹인 걸 용서해 주지."

─오오, 진짜지?

할 의욕이 당장에 생겼다는 듯 유정이 생기발랄하게 답했다.

몸을 뒤로 움직여 시트에 몸을 묻은 규성은 "아, 그리고." 하고 입을 열며 눈가를 찌푸렸다.

"마케팅부에 숨어 있는 네 끄나풀 말이야."

─음, 그건……. 저기, 규성아, 권희 씨는 좀 괜찮아? 어때?

"말 돌리지 마라, 한유정. 왠지 미묘하게 얼굴이 낯익다 했어, 그 새끼. 내가 알기론 머리가 괜찮은 놈으로 알고 있는데 왜 노만에서 병신 짓을 하는 건데?"

─그게 왜 그랬냐고 물었더니 너한테 얻어먹은 욕이 하도 많아서 엿 좀 먹이려다가 권희 씨까지 엮인 것뿐이래. 근데 네가 그걸 결재시킬 줄

은 본인도 몰랐다던데. 정말이야.

유정의 말에 규성은 한숨을 푹 내쉬었다. 이게 다 인과응보다. 이럴 줄 알았으면 사원들에게 잘 좀 할걸. 공과 사를 구분 못 해 사고를 치다니. 아무래도 윤규성도 슬슬 맛이 가는 모양이다.

―내가 충분히 잔소리해 놨어. 그러니까 적당히 혼내.

"빌어먹을, 팔도 안으로 굽는다고. 이 녀석이 지랄을 하네. 그럼 권희 속 타들어 간 건 어쩔 건데?"

―아아, 알았어, 알았어! 네가 제안한 대로 징계 회의 끌고 나갈게. 그럼 되는 거지?

"그래, 그거면 돼. 일 제대로 해라."

그는 유정이 뭐라 말하는 걸 들었지만 대꾸하지 않고 통화를 끊었다. 이제 이걸로 이번 사안은 종결 난 것이다.

규성은 희가 정말로 노만에서 해고되는 것만은 볼 수 없었다. 그건 그녀에게서 한 발, 아니 한 백 걸음 정도 멀어지는 걸 의미하는 거였으므로 무슨 수를 써서든 막아야 했다.

나이가 서른한 살이나 된 어른이었지만 감정을 표현하는 방법과 좋아하는 사람을 대하는 태도는 여전히 철부지 꼬맹이다. 그러니 이번에 발견한 권희만큼은 기필코 놓을 수가 없다. 규성은 어느 누구에게든 장담할 수 있었다. 권희만큼 속이 여리고, 이해심 많고, 착하고, 거기다 밀고 당기기까지 잘하는 완벽한 여자는 찾아볼 수 없을 거라고.

손바닥으로 얼굴을 가리고 우는 희를 상상만 해도 가슴이 욱신거린다.

이젠 윤규성도 후진 없이 오로지 직진이다. 희의 옆에 거머리처럼 찰싹 붙어서 그녀를 볼 때마다 떠오르는 걸 하나하나 이야기해 줄 심산이었다. 그런 각오로 희의 손바닥 감촉과 살짝 끌어안았던 허리 감촉을 떠올리는데 배 속에서 꼬르륵 소리가 났다.

진짜 윤규성, 로맨스와 거리가 멀어도 너무 멀다.

"아아, 배고프다."

클랙슨에 머리를 가볍게 박은 규성은 빠앙 하고 길게 울리는 소리를 들으며 눈을 감았다. 그리고 내일 당장 열릴 징계 회의를 떠올리며 의미심장하게 웃었다.

"넌 이제 나한테 꽉 잡혔어, 권희."

앓는 소리를 내며 목을 뒤로 젖힌 유정은 골이 다 아팠다. 천하의 윤규성이 이런 한심한 실수를 하다니. 아니, 규성을 그렇게까지 몰고 간 권희도 대단한 사람이다.

"똘기가 다분한 건 알고 있지만, 정말 두 번 다시 이런 짓 하면 가만 안 돼. 내 말 알아들어?"

유정은 여유 만만하게 홍차를 들이켜며 "그럼요." 하고 밝게 대답하는 강오를 노려보았다.

"처남 때문에 규성이 인생이 제대로 엇나갔어. 어쩔 거야?"

유정은 한숨 쌓인 목소리로 화를 냈지만 강오는 여전히 태연한 얼굴로 받아쳤다.

"애당초 제 잘못도 아니죠. 저는 권희 씨에게 일을 부탁받았고, 결재한 건 윤 부장님 아닙니까."

찻잔을 내려놓은 강오는 조금 엄격한 표정을 지으며 유정을 쳐다보았다.

"아무리 그래도 그렇지. 그렇다고 권희 씨를 휘말리게 한 건 나빴어."

"권희 선배에겐 죄를 지었다고 생각하지만……."

개꽃 부장에겐 썩 미안한 마음이 안 든다. 안 그래도 마케팅부에서 못난이 신입 사원인 척 연기하느라 힘들어 죽겠는데, 거기에 규성의 잔소리에 비난까지 더해지니 딱 죽을 참이었다. 그러기에 누가 연애 하나 똑바로 못 하고 일을 이 지경으로 만드느냔 말이다.

"그래도 윤 부장님이 그걸 결재할 줄이야 전들 알았나요."

꼬고 있던 다리를 푼 강오의 얼굴로 아주 잠깐, 미안한 기색이 스쳐 지나갔다.

"권희 선배가 권고사직을 당하게 되는 것만은 회장님이 어떻게든 막아 주실 거라고 생각했지만……. 윤규성 부장님이 이렇게 나오실 줄은 몰랐어요. 꽤 무서운 분이네요, 윤 부장님도."

평소에도 대단한 양반이라고 생각했지만 강오는 이번 사태를 겪으면서 윤규성의 두려움과 위엄을 동시에 느꼈다. 연일 기사가 터질 정도로 시끌벅적한 사태를 단 하루 만에 잠재웠다. 그건 윤규성의 능력이었다.

강오는 규성에 대한 부러움을 숨기지 않으며 뺨을 긁적였다.

"원래 좋아하는 사람이 생기면 앞뒤 안 가리고 덤비시는 분이에요?"

"응? 규성이? 그럼, 마이 규성은 늘 그랬지. 그래서 안쓰러

울 때도 많았고. 하여튼 말이야, 내가 규성이랑 권희 씨가 잘 되게 갖은 애를 다 쓰고 있는데 그걸 망쳐 놓다니. 진짜 나빠, 처남."

"잘되기는요. 윤 부장님이 권희 씨를 때리려다가 결재 판을 집어 던졌는데요."

강오가 희에게 죄책감을 갖고 있는 이유는 희를 이번 사건에 휘말리게 한 것도 있지만 결재 판으로 얻어맞을 뻔한 상황을 보았기 때문이다.

"처남은 이만 돌아갑니다. 앞으로 회장실로 부르지 마세요, 눈치 보인다고요. 가뜩이나 낙하산이라는 소문 안 들리게 하려고 멍청한 연기 하는데. 그리고 조만간 프랑스로 돌아갈 거예요. 그렇게 아세요."

유정을 못마땅한 눈초리로 쏘아본 강오는 겉옷의 주름을 펴고선 등을 돌렸다.

"다른 건 다 모르겠는데, 처남, 당분간 밤길 조심하는 게 좋을걸?"

문손잡이를 잡은 강오는 능청스럽게 웃으면서 하는 유정의 충고에 오싹 소름이 돋았다.

"윤규성이 진짜 무서운 이유는 말이야, 뒤끝이 무지막지하게 심하다는 데에 있거든. 괜히 나랑 서윤이가 규성이에게 벌벌 기는 게 아니란 말이야. 네가 누군지 알았으니까 윤규성이 절대 가만있지 않을걸? 적어도 제 화 삭히지 못해서 몇 대 쥐어 팰 거야."

"……."

소란스러운
관계

"괜찮아. 처남. 비록 규성이가 손이 좀 맵긴 하지만 우리 부인에게 잘 설명해 줄게!"

유정은 발랄하게 웃으며 손을 흔들어 배웅했다. 회장실을 나서는 강오의 표정이 조금 어둡긴 했지만 유정은 강오가 규성에게 몇 대 맞아도 눈 감아 줄 참이었다.

닫힌 회장실 문을 쳐다보던 유정은 한숨을 삼키며 다시 밀려오는 두통에 눈을 감았다.

"아아, 정말. 이제 어쩐다."

조용하고 조심스럽게, 하지만 솔직하게

"아, 좀, 부장님 진짜 이건 아니라고 생각합니다."

희는 몹시 오래간만에 진지한 표정으로 자신의 집에 들이닥친 걸로도 모자라, 자신의 매트리스에 누워 책을 읽는 규성에게 토로했다.

회사에 나가지 않아도 된다는 생각에 늦잠을 즐기던 희는 어제저녁과 마찬가지로 시끄럽게 현관문을 두드리는 소리에 눈을 떴다. 이 요란한 불청객이 누구인지는 안 봐도 뻔할 뻔 자여서 희는 이불을 뒤집어쓰고 시치미를 뗐는데, 갑자기 비밀번호를 누르는 소리가 들리지 않는가.

화들짝 놀라서 자리에서 일어난 희는 문이 열리는 현관문을 보고 어안이 벙벙해졌다. 규성이 비밀번호를 알고 있다는 건 둘째 치고, 희는 브래지어를 입고 있지 않은 상태여서 온갖 비명을 지르며 손에 잡히는 물건을 죄다 집어 던졌더랬다.

하여간 진짜 미친놈 아니냔 말이다. 나이 꽉 찬 처녀가 사는 집을 그냥 막 들어와?

얼굴이 붉으락푸르락해졌던 희는 식칼을 집어 던지려다가 규성이 순순히 집 밖으로 물러나는 걸 보고 참았다.

그녀는 침대 위에 비스듬하게 누워 강명의 소설책을 정독하는 규성을 쳐다보았다.

이 상황은 무엇인가. 개꽃 부장은 왜 여기 있는가. 아니, 어떻게 비밀번호를 알았을까?

부엌 쪽으로 가는 길목에 무릎을 꿇고 앉은 희는 시종일관 규성을 경계하며 눈을 가늘게 떴다.

"권희."

"뭡니까."

"내가 아무리 잘생겼다지만 그렇게 쳐다보는 건 좀 부담스럽다."

"지랄병에 걸리면 약도 없다고 했습니다. 부장님."

시답잖은 말 좀 그만하라는 희의 날카로운 어투에 규성은 보던 책을 쓱 내리고 그녀를 보았다. 무릎을 꿇고 앉아 언제든 도망갈 태세를 하고 있는 희의 자세를 물끄러미 살핀 규성은 도로 책을 들여다보며 "걱정 마라, 안 잡아먹는다."라고 말했다.

"대체 비밀번호는 어떻게 아셨어요?"

"글쎄. 어떻게 알았을까?"

규성의 말에 눈을 가늘게 뜬 희는 자신의 집 비밀번호를 알고 있는 사람들을 떠올려 보았다. 부모님과, 남동생과, 그리고…….

"한서윤?"

"오, 빙고."

규성이 정답이라는 듯 검지로 희를 가리켰다.

한서윤 이 자식을 그냥! 희가 원고를 수시로 펑크를 내다 보니 서윤은 절친한 친구이자 매번 개고생을 하는 강명의 편집자로서 그녀의 집 비밀번호를 알고 있었지만 서윤이 자기 맘대로 집 안에 들어오는 일은 단 한 번도 없었다. 그런데 그걸 윤규성한테 불다니. 어금니를 와드득 씹은 그녀는 조만간 비밀번호를 바꾸어야겠다고 생각하면서 주먹을 꽉 쥐었다.

"저기요, 부장님."

"왜?"

"여자 집에 이렇게 무턱대고 찾아오는 건…….""

"안 그래도 금방 가려고 했다, 인마."

그럴 거면 왜 왔담.

희가 역시 싫다는 눈초리로 그를 보자, 규성이 피식 웃으며 매트리스 위에 반듯하게 앉았다.

"권희."

"왜요!"

"배고프다. 밥 먹자."

"부장님 집에 가서 식사하시죠. 저는 배 안 고픕니다."

이 남자는 시간이 지나면 지날수록 더 뻔뻔해진다. 규성은 아니꼬운 눈초리를 던지는 희를 쳐다보다가 문자 메시지가 여러 개 와 있는 그녀의 핸드폰을 쓱 눈여겨보았다. 징계 회의를 할 때가 되었으니 회사 사람들도 신경이 곤두섰겠지.

어차피 그녀의 집에 오래 있을 마음은 없었다. 그도 징계 회의에 출석해야 했으니까. 책을 덮고 자리에서 일어선 규성은 희가 몸을 숨기고 있는 부엌으로 쓱 들어갔다.

그가 다가오자 재빨리 부엌에서 벗어난 희는 냉장고 문을 열려다가 포스트잇을 보곤 눈살을 찌푸리는 규성의 얼굴에 새하얗게 굳어 버렸다.

포스트잇 중에 원고라고 쓰인 것도 있는데! 그것뿐이랴. '마감 좀 지켜라'라고 서윤이 써 놓고 간 것도 있다.

안색이 창백하게 질린 희가 "저, 부장님!" 하고 규성을 끌어당기려고 하자 그가 포스트잇 한 장을 거칠게 떼어 내더니 눈살을 찡그리며 또박또박 읽었다.

"개꽃 부장 엿 먹이기?"

"……아, 그, 그건…….."

원고보다 더한 시한폭탄이 냉장고에 있었구나. 예상치도 못한 포스트잇에 희가 당황해하자 규성이 눈썹을 꿈틀거리며 포스트잇을 구겼다.

"그래, 그래서 회사에 있을 때마다 나한테 엿을 먹었냐?"

"보셨어요?"

희가 놀란 듯 소리치자 규성이 포스트잇을 쥔 손에 힘을 꽉 주었다.

"오냐, 봤다. 허구한 날 나만 보면 가운뎃손가락을 세우기에 한번 혼내 줄까 하다가 꾹 참았지."

와, 이건 생각도 못 했다. 설마 개꽃 부장이 알고 있었다니.

희가 시선을 아래로 내리깔며 아무런 변명도 못 하고 입을 꼭 다물고 있자, 기분이 단단히 상한 규성이 포스트잇을 쥔 채 그녀를 지나쳤다.

"나 간다."

"어, 저, 부장님!"

실로 오래간만에 당황한 희가 규성을 불렀지만 규성은 아무런 대꾸도 않고 신발을 신었다. 아무리 그래도 본인 욕을 하는 걸 눈앞에서 보면 역시 기분이 나쁘겠지. 희가 어쩔 줄을 몰라 하며 신발을 다 신은 규성을 초조하게 쳐다보자, 규성이 뺨을 씰룩거리며 희의 코앞에 꿀밤을 들이댔다.

"너."

"……네, 네에."

그에게 호되게 맞을 걸 예상하며 눈을 찔끔 감는데.

"이걸로 어제 내가 너한테 화낸 거 싹 다 잊어버리는 거다."

"네?"

"간다. 밥 굶지 말고 점심 먹고."

희는 어느새 현관문을 열고 나서는 규성을 보며 어리둥절했다. 평소 같으면 죽고 싶냐는 몇 마디쯤은 날려야 윤규성 아닌가.

희가 눈을 깜빡거리며 현관을 완전히 나선 규성을 뒤따라 나서는데, 그가 갑자기 그녀의 미간 사이를 톡 치더니 잔소리를 퍼부었다.

"그리고 인마, 너 청소 좀 하고 살아라. 바닥에 머리카락이 많아서 앉을 데도 없던데. 설거지 안 하는 것까지는 이해해도 청소는 좀 아니지 않냐?"

규성의 지적에 얼굴이 확 붉어진 희는 머릿속에 떠오르는 변명들을 내뱉기 위해 입술을 달싹였지만 혀를 차는 그의 태도에 아무런 말도 뱉을 수가 없었다.

그러고 보니까 집 안 청소를 한 게 언제던가. 민망함에 저절로 고개가 숙여진 희는 "진짜 간다. 문단속 잘 해라."라며 머리를 쓰다듬어 주고는 돌아서는 규성을 차마 쳐다볼 수가 없었다.

외간 남자에게 널어놓은 속옷을 들키지 않아서 다행이라고 생각했는데 설마 이런 복병이 숨어 있을 줄이야. 속으로 규성을 원망하며 후끈후끈 열이 오른 뺨을 마구 문지른 희는 "아아, 죽겠네, 정말!" 하고 걸걸하게 소리치며 손으로 부채질을 했다.

딴건 다 몰라도 윤규성에게 이런 걸 지적받다니! 평소 업무를 보다가 잔소리 듣는 것과는 데미지가 차원이 다르다.

크게 심호흡을 한 희는 벌겋게 열이 오른 얼굴을 화장대 거울로 쳐다보며 헛웃음을 쳤다.

"……개꽃 주제에."

그나저나 대체 오늘은 왜 왔을까.

닫힌 현관문을 눈여겨본 희는 의아한 눈빛으로 바닥을 내려다보았다. 규성에게 지적을 받고 바닥을 보니 머리카락 천지다.

"진짜 되는 게 하나도 없네."

규성에게 제대로 민망한 모습을 보인 희는 정말 오래간만에

좁은 원룸을 쓸고 닦았다.

밀린 빨래며 설거지까지 마무리 짓고 나니 시간은 어느새 점심을 먹을 때였는데, 그쯤에야 징계 위원회가 얼추 마무리 된 것 같다고 서현과 연서에게서 연락이 왔다. 규성도 못해도 권고사직이나 해고라고 했으니 희는 까짓것 여유로운 마음으로 기다려 주겠다고 생각했다. 소명할 기회는 있었지만 참석하지 않았다. 왜? 늘 잘리고 싶어 안달이 났던 권희니까. 어차피 입사하던 날부터 잘리고 싶던 직장이 아니던가. 이번 기회에 모두 내던지고 작가로서 살자고 생각했지만 희는 어제 자신을 찾아온 규성의 말이 두고두고 거슬렸다.

곧 죽어도 괜찮으니 걱정 말라고 호언장담하던 그의 말이 왜 이렇게 불안하게 느껴질까.

하지만 그가 징계 회의에 따른 결과를 어찌지는 못하리라 생각하니 그때까지 청소를 마치고 원룸에서 온몸이 퍼지도록 잠이나 자야지 싶더라.

다음에 윤규성이 오거든 자신만만하게 차까지 내어 주리라 생각하는데……. 잠깐. 개꽃 부장이 여길 또 온다? 저도 모르게 그런 생각을 했다는 걸 알자 희는 멍청한 얼굴이 되었다.

혹시 개꽃 부장에게 세뇌당하는 거 아닐까. 이런 식으로 하루에 한 번씩 찾아오면서 자기가 안 오면 허전함을 느끼게 하려는.

별 이상한 생각을 하며 청소기를 바닥에 문댄 희는 뒤늦게 얼굴조차 씻지 못했다는 걸 생각하고는 끙 하고 크게 앓는 소리를 냈다.

정말 윤규성에게 보여 줄 거 못 보여 줄 거 다 보여 줬구나. 그렇게 생각하며 청소기로 책상 아래의 먼지들을 주워 담는데 침대 옆에 두었던 핸드폰이 요란하게 울렸다. 청소기를 끈 희는 핸드폰 액정 화면에 뜨는 연서의 이름을 보고선 순간 가슴이 쿵 내려앉았다.

징계 회의 발표가 벌써 난 모양이다. 매번 잘리기를 기도했던 회사였는데, 막상 해고 통보가 코앞에 있으니 가슴이 섬뜩하다.

희는 침을 꼴딱 삼키며 통화 아이콘을 옆으로 밀었다.

"여보세요?"

―희야, 대박! 대바아아아아아아악!

어머, 나 진짜 잘렸나 보다. 희가 그런 생각을 하며 두근두근 뛰는 심장을 쓸어내리는데.

―대박! 너 감봉이야! 내일부터 회사 나오래!

응?

―거기다 개꽃 부장이 정직 2개월이야! 대체 이게 무슨 일이니? 세상에, 개꽃 부장이 결재해서 책임 물 줄은 알았지만, 어머, 정직이야! 정직!

연서의 말에 희는 속으로 조용히 하느님을 찾았다.

'네 말마따나 결재한 건 나니까 내가 책임져야지.'

제게 이런 시련을 주지 마세요.

'넌 잘못 없어. 걱정 마.'

망연한 표정으로 핸드폰을 떨어뜨린 희는 핸드폰 너머에서 "여보세요? 희야, 권희?" 하고 부르는 연서의 목소리는 듣는 둥 마는 둥 하며 손바닥으로 얼굴을 감쌌다.

'이럴 땐 그냥 네, 알겠습니다, 하는 거다.'

미쳤다. 윤규성은 미친 거다.

그때 희는 핸드폰 너머에서 "이 계집애야! 대답 좀 해!" 하고 빽 지르는 연서의 시끄러운 목소리를 들으며 생각했다.

이제 윤규성에게 발목 꽉 잡혀도 아주 제대로 잡혔다고.

거울을 보며 옅은 화장을 마친 희는 다시 한 번 더 핸드폰을 들여다보았다. 규성에게서 연락이 없는 걸 체크한 희는 입술을 삐죽이며 "누가 먼저 연락하나 봐라."라고 투덜거렸다. 그에게 전화를 하는 건 썩 어렵지 않다 쳐도 무슨 말을 꺼내야 할지도 모르겠고, 어떤 말로 위로를 해야 할지도 몰랐다. 규성이 최종 결재를 했으니 당연히 징계를 받을 거라고 생각은 했지만 어째서 홍보부 사원과 자신은 감봉이고 그는 정직 2개월이란 말인가. 그래도 희는 그나마 강오가 연루되지 않아서 다행이라고 생각했다.

하지만 출세 가도를 달리던 규성은 나락으로 떨어진 셈이었다. 앞길 창창한 사람을 구렁텅이로 끌어들인 것 같아 찜찜하고 죄책감이 느껴졌다.

그녀는 한껏 툴툴거리면서도 마음 한편으론 감사하고 있어서 규성을 보게 되거든 진심으로 고맙다는 말을 할 참이었다.

립스틱을 내려놓는데, 가방 안에 미리 넣어 둔 핸드폰이 진동한다.

"응, 강오 씨."

―저 지금 일 끝났어요, 선배. 어디서 볼까요?

"그럼 내가 회사 근처로 갈게. 회사 앞에 딱 하나 있는 카페 알지? 거기."

―네, 그럼 거기서 봬요!

규성에게서 연락을 하염없이 기다리기만 하는데 강오에게서 연락이 온 건 정말 뜻밖이었다. 강오가 저녁을 먹자며 갖다 댄 이유는 '이번 일에 죄송해서'와 '그간 감사드려서'였다. 통화를 하는 내내 강오의 말에는 묘한 뼈가 많았다. 그게 거슬렸던 희는 마침 저녁밥을 해 먹기도 귀찮았던 터라 흔쾌히 만나기로 한 것이다.

"선배!"

희를 보자마자 강오는 활짝 웃으면서 달려왔다. 과연 마케팅부 순돌이. 규성에게 당했던 슬픈 역사들을 말끔히 잊어버린 희는 조그맣게 웃으면서 초췌한 강오의 얼굴을 쳐다보았다. 마케팅부가 뒤집혔을 건 예상했지만……. 신입 사원마저 이렇게 피곤해할 정도면 말 다했다.

괜히 미안한 마음이 든 희는 강오의 등을 토닥이며 "오늘도 수고했네, 강오 씨." 하고 위로해 주었다.

"미안해, 나 때문에."

희가 쓰게 웃으며 말하자 순간 강오의 얼굴에 묘한 기색이

스쳐 갔지만, 강오는 쓰게 웃으며 "아니죠, 따지고 보면 그건 제 실수였는데요." 하고 대답했다.

"회사 근처에 괜찮은 가게가 있더라고요."

"그래?"

"파스타 집인데 괜찮으세요?"

"토마토만 안 들어가면 나는 다 먹어."

교통이 너무 막혀 가게까지 걸어가며 토마토 스파게티를 못 먹게 된 구구절절한 사연에 대해 늘어놓은 희는 가게에 들어서자마자 만원인 가게를 보고선 입을 떡 벌렸다. 비어 있는 자리도 예약석이라는 카드가 놓여 있어서 그냥 다른 곳으로 가는 게 좋지 않을까 생각했는데, 강오는 종업원에게 다가가더니 "오늘 이강오라는 이름으로 예약했는데요."라고 말했다.

"강오 씨, 여기 예약했어?"

"네, 혹시 몰라서요. 아, 음식까지 같이 예약했는데 괜찮으세요?"

"응, 난 상관없어. 토마토만 아니면."

희의 대답에 빙긋 웃은 강오는 "우리 종업원 얼른 따라가요!"라고 목소리를 낮춰 속삭였다. 내가 파스타가 싫다고 하면 어쩌려고 그랬어라는 말이 목구멍까지 나왔지만 희는 어쩐지 강오에게 간파당하고 있다는 생각이 들었다. 실수 잘 저지르고, 어리바리한 이강오와는 약간 거리감이 느껴진다.

"여기 되게 유명한가 보네?"

회사 주변에 유명한 식당이 있다는 사실에 대해 몰랐던 희가 종업원이 들을세라 나지막하게 중얼거리자, 강오도 덩달아 목소리를 낮추며 말했다.

"예전에는 그냥 그저 그랬는데, 텔레비전에 나오면서 유명해졌대요. 저도 한 번 와 봤는데 그럭저럭 먹을 만하더라고요."

종업원이 가져다 준 물수건으로 손등을 닦은 그녀는 힘없이 웃는 강오를 쳐다보았다.

"일 많이 힘들었어?"

"네? 아뇨, 평소랑 같았죠 뭐. 왜 그러세요? 제 얼굴에 '피곤'이라고 쓰여 있어요?"

양 뺨을 콕콕 찌르며 강오가 묻자 희가 피식 웃으며 "그래, 그렇게 적혀 있네."라고 대꾸했다.

희를 보며 뺨을 찌르던 손을 내려놓은 강오는 고개를 수그려 가지런히 놓인 포크와 나이프를 보더니 조금 어설프게, 그리고 낮게 웃었다.

"강오 씨?"

"죄송해요, 선배."

"응? 뭐가?"

강오의 말을 이해하지 못한 희가 눈을 빠르게 깜빡거리자 잠깐 입술을 달싹거리던 강오가 "저 때문에 일이 이렇게 됐잖아요."라고 말하며 객쩍게 웃었다. 어쩐지 다른 말을 하려던 것 같았지만 희는 애교를 부리는 후배가 그저 귀여워서 "괜찮아, 뭘." 하고 대꾸하며 피클을 포크로 콕 찍었다.

"마케팅부는 어때? 많이 괜찮아졌어?"

"네, 지금은 거의 정상적으로 돌아가요. 뭐 부장님이 없어서 좀 더 바빠지긴 했지만요."

"부장님 2개월 정직 먹은 거 사실이구나."

희가 여전히 믿기지 않는다는 어투로 중얼거리자 강오는 물수건으로 손을 닦던 행동을 멈추고 그녀를 쳐다보았다.

괜스레 지분거리던 피클을 입에 넣은 희는 자신을 빤히 보는 강오의 표정에 눈을 깜빡거렸다.

"내 얼굴에 뭐 묻었어?"

"아뇨, 피클을 좋아하시는 것 같아서."

"응? 아니, 뭐 음식 나올 때까지 괜히 입 심심하니까. 하나 두 개씩 먹는 거지."

"네에, 많이 드세요."

하지만 희가 피클을 더 찍어 먹을 필요도 없이 요리는 금세 나왔다. 버터를 발라 구운 빵에 스프를 찍어 먹은 희는 강오가 간간이 물어보는 업무에 대해 대답을 해 주었는데, 일에 대해 강오와 진지하게 대화를 하다 보니 살짝 의아함이 느껴졌다. 세부 사항까지 이렇게 잘 아는 사람이 어째서 매일같이 실수 연발이었을까. 머리와 몸이 따로 노는 스타일인가?

하지만 일에 대해 이야기하는 강오는 그다지 즐거워 보이지 않아서, 희는 강오가 오기 전에 마케팅부에 있었던 소소한 이야기들을 들려주었다.

면발을 포크에 돌돌 말던 희는 떠들고 보니 회사 생활이 그다지 지옥 같지만은 않았다는 걸 알았다. 힘든 만큼 달콤했던 순간도 있었던 것이다. 하지만 역시 가장 평안했던 순간은 규성이 태클을 걸지 않고 결재를 해 주었을 때이리라.

"선배님."

"음?"

"권희 선배님은 역시 솔직하신 게 어울리시네요."

"응?"

"그냥 제 생각이에요."

희가 당황한 표정을 짓자 강오가 난처한 듯 웃으며 말했다.

"잘 웃으시고, 다른 사람에 대한 생각도 거리낌 없이 이야기하시고."

"⋯⋯."

"그게 되게 권희 선배와 잘 어울린다고 생각했다는 거예요, 저는. 항상 하라는 대로만 하시고, 딱히 반발도 잘 안 하시고. 그래서 윤 부장님에게 대드실 때마다 깜짝 놀라거든요."

"그건 뭐⋯⋯ 윤 부장님이 하도 악독하니까."

괜히 못된 소리를 하며 민망함을 감춘 희는 머리칼을 귀 뒤로 넘기며 애써 침착하려 했다.

강오는 뺨을 붉히는 희를 보며 어색하게 웃고는 "되게 멋있으셨어요, 선배."라고 말했다.

"강오 씨."

"네."

"왠지⋯⋯."

마지막인 것처럼 이야기하네. 희는 그 말이 내뱉고 싶었지만 규성이 정직을 먹은 것에 대한 충격이 사라지지 않아 그런 것이려니 하며 고개를 내저었다.

"아냐, 아무것도. 근데 여기 파스타 괜찮다. 안 느끼하고."

"진짜요? 와, 다행이다. 제가 음식까지 예약하면서 조마조

마했거든요."

"내 입맛이 까다로운 것도 아닌데 뭘 그래. 아, 강오 씨 나 음료 좀."

헤프게 웃는 강오를 보며 천연덕스럽게 대꾸한 희는 강오가 건네는 음료를 받다가 그릇에 기울여 놓은 포크를 쳤다. 포크에 감아 놓은 파스타 면발이 튈까 봐 깜짝 놀라 손에서 힘을 뺀 희는 그 바람에 치맛자락에 음료를 왈칵 엎질렀다.

플라스틱 컵이 바닥으로 떨어지자 잠깐 사람들의 시선이 닿았고 종업원이 금방 달려왔다.

"괜찮으세요, 손님? 티슈 가져다 드릴까요?"

"어, 네, 그래 주실래요?"

당황한 기색을 애써 감추며 치마를 털어 내자 강오가 안주머니에서 손수건을 꺼냈다.

"선배, 여기요. 이걸로 닦으세요."

"강오 씨는 나도 안 가지고 다니는 걸 갖고 있네?"

"신입 사원의 자세라고 해 두죠."

희의 말에 슬쩍 웃은 강오는 그녀에게 손수건을 건네고선 다시 의자에 엉덩이를 붙였다. 조금만 더 신경을 써서 컵을 받았다면 좋았을 텐데. 이래서 양식을 먹을 땐 늘 매너를 지켜야 한다고 하는 모양이다.

종업원이 가져다 준 티슈로 치마의 축축함을 덜어 낸 희는 강오와 마저 식사를 하고선 가게를 나왔다. 가게 근처에 있는 카페에서 후식으로 강오에게 커피를 산 희는 아메리카노를 마시며 희미하게 얼룩이 남은 치마를 손바닥으로 문질렀다.

"그래도 사이다라 다행이었네요."

"그러게. 나 환타 시킬 생각이었는데."

그녀의 말에 키득키득 웃은 강오는 "선배, 어디에 사세요?"라고 물어보고는 버스 정류장에 가득한 회사원들을 쳐다보았다.

"나 노만 근처에 있는 원룸촌."

"선배도 거기 사세요?"

"응. 강오 씨도 그런가 봐?"

깜짝 놀라는 강오의 반응에 희는 피식 웃었다.

"근데 강오 씨. 궁금한 게 있어서 그러는데, 물어봐도 될까?"

"네, 어떤 건데요?"

뭐든 물어보라는 듯 강오가 눈을 반짝반짝 빛내자 희가 띄엄띄엄 말문을 열었다.

"어……. 그, 연애하면, 좋아?"

"음. 잘 모르겠어요."

강오의 대답에 희가 실망한 눈초리를 하자 강오가 웃음을 터뜨리며 "선배, 지금 표정 되게 이상해요."라고 말했다.

"좋기도 하고, 가끔은 후회되기도 하고. 다양하죠. 어떻게 '좋다'라고 단정하겠어요."

부드럽게 미소 짓는 강오는 마치 산전수전 다 겪은 노인과도 같아 보였다. 지나치게 어른 같아 보이는 그 모습에 왠지 스스로가 철부지 아이가 된 착각에 빠진 희는 "그, 그래?" 하고 대꾸하고 고개를 돌렸다.

"근데 그건 되게 좋아요."

"응?"

"엄청나게 힘들고, 괴로워서 엉엉 울고 싶을 때 끌어안아 줄 사람이 있다는 게 중요한 거죠. 사랑의 힘은 그런 거 아닐까요? 괜찮다는 말도 필요 없이 그냥 옆에 있어도 왠지 위로가 되는 거. 이런 건 선배한테 좀 유치한가요?"

말해 놓고 쑥스럽다는 듯 강오가 헤실헤실 웃었지만, 희는 비웃거나 퉁명스러워하지 않고 "그렇구나." 진심을 담아 고개를 끄덕여 주었다.

그녀는 이해가 가지 않았지만 주변에 연애하는 사람들을 보면 대체로 그런 분위기였던 것 같다. '이왕이면 같이 손잡고 가자.'라는. 신발 끈을 묶을 때까지 기다려 주기보다는 내가 묶어 줄게라는 기분 좋은 설렘 같은 것들이 가득했던 것 같다.

"연애라는 건 신기하구나."

그녀가 경이롭다는 듯 중얼거리자 강오가 소리 죽여 웃었다.

"선배도 연애해 보셨잖아요."

"해 보기야 했지."

단 한 번도 즐겁지 않았을 뿐.

그녀가 기억하는 연애란 착각의 늪에 빠져 실컷 쇼 하다가 마무리 짓는 지독한 일이었다. 오랫동안 혼자이고 나니 너무나 외로워서 누군가 옆에서 같이 잠들어 주길 바랐던 것뿐이라는 본심을 알았지만, 그러기에 그녀는 나이를 많이 먹었고 그런 식의 순수한 연애를 해 줄 남자들은 어디에도 없었다.

"남자들은 다 그렇게 이기적인가?"

규성을 떠올리며 희가 툴툴거리자 강오가 당황한 듯 "네, 네?" 하고 되물었다. 하지만 희는 정말로 진지한 표정으로 "강오 씨도 그러니?" 하고 쏘아붙였다.

"진짜 그러지 마."

"……."

"여자들은 섬세하다고. 시간이 필요해. 근데 그것도 모르고 무작정 좋아한다고 하면 옳다구나 하고 받아 줄 줄 알아?"

"……아, 어, 네에. 기억해 둘게요."

자신도 모르게 규성의 이야기를 하고 말았지만 희는 여전히 그걸 인지하지 못한 채 한껏 투정을 부렸다.

제대로 된 연애나 사랑을 해 보기도 전에 끝났던 기억들을 빙 돌려 털어놓은 희는 어느새 원룸촌 근처에 도착한 걸 발견하고 강오를 보았다.

"강오 씨는 어느 쪽이야?"

"저는 저기, 녹색 간판 달린 원룸이에요."

"내가 생각한 것보다 가깝네. 나는 여기. 바로 편의점 맞은편."

"그럼 여기서 헤어질까요?"

고개를 끄덕거린 희는 핸드백을 가지런히 쥐면서 빙긋 웃었다.

"고마워, 오늘 저녁 되게 잘 먹었어. 나중에 내가 살게."

'나중에'라는 말에 갑자기 멍한 표정을 지은 강오는 뒷목을 어루만지더니 미묘하게 미소 지으며 고개를 끄덕거렸다.

"들어갈게. 강오 씨도 얼른 가."

"네. 아, 저어, 선배님."

"응?"

"어…… 아뇨, 아무것도 아니에요. 조심히 들어가세요!"

귀엽게 양손을 흔들어 보인 강오는 말을 애매하게 끊고선 등을 돌려 버렸다. 녹색 간판이 달린 원룸 쪽으로 성큼성큼 걸어가 버리는 강오의 뒷모습을 쳐다보던 희는 화장실을 보고 물을 안 내린 듯한 찜찜함에 귓가를 긁적였다.

멀어지는 강오의 모습을 보다가 등을 돌린 희는 핸드백 속에서 핸드폰을 꺼내고는 연락이 단 한 통도 없는 걸 확인하고 입을 삐죽였다.

"역시 말해 주지 않으면 모른단 말이야."

희는 원룸 승강기에 오르고선 핸드폰을 도로 가방에 집어넣다가 멈칫했다. 조금 축축하게 젖은 손수건이 핸드백 안에 들어 있는 걸 보고 적잖이 당황했다. 어느새 3층을 지나치는 승강기 전광판을 본 그녀는 "곤란하네." 하고 중얼거렸다.

"……음, 내일 회사에서 돌려줘야겠지?"

원룸 입구로 걸어가던 강오는 주차장 중간에 멈춰서 몇 걸음 정도 뒤로 걸었다. 자신의 눈이 잘못되었나 싶어 주차되어 있는 차의 번호판을 읽는데, 순간 뒤에서 무자비하게 헤드 록을 걸어와 강오의 몸이 뒤로 기울어졌다.

"부, 부장님!"

누군지 보지 않아도 안다는 듯이 강오가 소리를 지르자 당장에라도 죽일 듯이 목을 압박하던 헤드 록이 풀렸다.

"어이, 이강오."

껄렁한 목소리로 강오를 부른 규성은 한 손을 리드미컬하게 움직여 우두둑 소리를 냈다. 굉장히 소름 돋는 관절 소리에 고개를 힐끗 든 강오는 험상궂은 얼굴을 한 규성을 보자마자 마음이 싸해졌지만, 덤덤한 표정을 유지하며 빙긋 웃었다.

"안녕하세요, 부장님."

"안녕 못 한다, 인마."

규성이 어이가 없다는 듯 실실 웃다가 표정을 단번에 굳히며 강오의 멱살을 움켜쥐었다. 맥없이 멱살이 잡힌 강오는 저절로 숨이 막혔지만 여전히 헤프게 웃으며 간신히 그의 손목을 움켜잡았다.

"양심도 없는 새끼냐, 너는."

규성은 웃음기가 쫙 빠진 눈길로 위협하며 물었다.

어째서 이 녀석을 깜빡하고 있었을까. 회사에서 굉장히 바보 같은 짓만 하느라 완전 알아채지 못하고 있었다. 한유정이 결혼식을 올릴 때, 텅 비어 있던 신부 측 가족석을 유일하게 채우고 있던 남자. 성씨가 다른데도 제수씨와 남매라던 녀석.

"이강오."

"네, 부장님."

"왜 권희 물 먹였어."

"솔직히 부장님이 결재해 주실 거라곤 생각도 못 했다고요."

강오는 웃음을 지우고선 쌀쌀맞게 말했다. 거기에 살짝 열이 뻗친 규성은 비웃음을 치면서 잡고 있던 멱살을 더 위로 당겼다.

"오냐, 내 탓이다, 새끼야. 솔직히 불어. 너 일부러 개판으로 작성해서 냈지?"

"그건……. 지금 간부들이 그 모양이니 이런 어이없는 사태도 일어나는 겁니다. 아랫사람들한테 뒤집어씌우기에 바쁜 거 보셨잖아요."

눈썹을 치켜세우며 반박하는 강오의 말에 순간, 규성의 팔에 힘이 빠졌다.

"간부들 중에 어느 누구도 회사 돌아가는 꼴에는 관심도 없어요. 그러니 그 많은 윗선들이 이번 사태가 자기 실수가 될까 봐 애꿎은 사원들 핍박하는 겁니다."

웃음기 서린 강오의 말에 그가 관자놀이에 시퍼런 핏대를 세웠다. 그는 이번 사태의 책임감을 충분히 느꼈지만 강오의 웃는 낯을 보자니 통탄할 따름이다.

"어차피 노만은 지금 상태를 유지한다 해도 언젠가 이사진들이 뒤집어질 날이 올 겁니다."

"……."

"이번 사태도 쉬쉬하는 것 좀 보시라고요."

"하! 이 새끼 봐라? 따지고 보면 너도 그 인맥으로 여기 들어왔잖아. 네가 그딴 말 할 입장이냐?"

규성은 여태까지 마케팅부에서 지켜본 강오가 진짜 이강오가 아니라는 걸 어림짐작하고선 멱살을 놓아주었다. 잔기침을 한 강오는 목덜미 아래에 빨간 자국이 남은 걸 쓸어내리며 규성을 쳐다보았다.

"아마 제 예상이 맞는다면 프랑스 지사장이 본사로 들어올 겁니다. 업무 처리는 윤 부장님만큼 칼 같으니 볼 만할 겁니다. 주주 회의가 열리고 간부들이 마구 갈리겠죠."

그때까지는 꽤 긴 시간이 걸리겠지만. 뒷말은 삼킨 강오는 자리에서 가방을 들고 힘겹게 일어섰다. 규성에게 흠씬 두들겨 맞을 걸 예상했는데 의외로 한 대도 맞지 않았다. 결재를 한 책임을 지겠다는 건가?

"야, 이강오."

"왜 그러십니까?"

"너 정말로 나 엿 먹이려고 괜히 일 저질러 본 거냐? 내가 그 오점 발견했으면 어쩌려고 했어?"

"딱히 상관없었습니다. 어차피 정말 그냥 찔러본 것뿐이에요."

사실 강오가 찔러본 일이 타이밍이 맞아서 이렇게 된 거지만, 만약 규성이 제정신인 상태로 문서를 꼼꼼하게 훑었다면 이런 사단은 일어나지도 않았을 터였다.

"다른 지사에서 본사의 평판이 안 좋은 게 사실이죠. 노만 본사는 혈연을 중시한다면서요. 제가 프랑스 지사에 있었을 때도 아주 들을 만했거든요."

잠자코 강오의 말을 듣던 규성은 순간 의외의 말에 눈썹을 위로 치켜세웠다.

"네가 프랑스 지사에 있었다고?"

"말하자면 복잡합니다. 하여간…… 뭐 그렇습니다."

노만 본사가 구멍이 숭숭 나 있다는 건 규성이 열심히 일해 봤자 소용이 없다는 걸 의미한다. 이것보다 더 허탈한 일이 어디에 있을까. 쓸쓸한 걸 느끼지 않으려고 죽도록 일에 매달렸는데.

자괴감을 느낀 규성은 피시식 바람 빠지는 웃음소릴 냈다.

"어차피 지금 하고 있는 프로젝트에서만 발 빼면 사직서 낼 생각이었습니다."

"당연하지. 다리 뻗고 편히 살려고 했나?"

그가 칼같이 말하자 강오도 할 말이 있다는 듯 콧방귀를 뀌었다.

"제가 저지른 일에는 제 나름대로 책임을 지려고 했으니까 양심 운운하지 마세요. 안 그래도……."

"강오 씨?"

어느새 노을이 내려앉는 사방으로 천천히 걸어오며 강오를 호명한 것은 웬 여자였다. 희미하게 얼룩이 묻은 치마를 입은, 머리가 긴 여자.

내내 뻔뻔하던 강오의 얼굴이 굳어진 걸 확인한 규성은 설마 하는 표정으로 뒤를 돌아보았다.

"부장님도?"

희가 의아한 표정을 지으며 자리에 멈춰 섰다. 자신을 보며 눈을 동그랗게 뜨는 규성은 살짝 당황한 표정을 짓더니 이내 잽싸게 앞을 바라보았다.

당황한 기색이 만연한 강오를 본 규성은 인상을 찡그리며 "젠장, 일이 꼬이네." 하고 혼잣말로 중얼거렸다.

다행히도 강오가 나름 눈치가 있어서 평소처럼 바보 같은 웃음소리를 내며 희의 시선을 분산시켰다.

"여긴 왜 오셨어요, 선배님?"

희는 강오를 의심스러운 눈초리로 쳐다보았다. 강오가 산다는 원룸 근처까지 왔을 때, 어쩐지 험악하게 싸우는 두 남자의 목소리가 들려서 나중에 찾아올까 했는데, 웬걸. 주차장에는 규성과 강오밖에 없었다. 그렇다는 건 저 두 사람이 싸우고 있었다는 이야기가 되는데…….

설마 개꽃 부장이 소식지 사태를 물으려고 온 건 아니겠지.

그녀는 눈을 가늘게 뜨며 규성의 뒤통수에 말을 건넸다.

"여기서 뭐 하세요, 부장님?"

선명하고 또박또박한 그녀의 목소리에 규성은 머릿속으로 온갖 변명거리를 생각해 냈다. 하지만 무엇을 말하건 결국 들통이 날 것 같아서 꿀 먹은 벙어리인 채로 있자, 강오가 웃으며 말했다.

"부장님이 제가 따로 해야 할 일 지시하느라 오셨어요."

"해야 할 일?"

희가 눈매를 예리하게 치켜세우며 되물었지만 강오는 천연덕스럽게 연기했다.

"네. 제가 지금 박 대리님이 팀장 맡으신 프로젝트를 하는데, 일이 어려워서 많이 어설프거든요. 그거 걱정되신다고 따로 와 주신 거예요."

개꽃 부장이 언제부터 그렇게 부하 직원에게 착실하고 상냥한 사람이었던가. 희는 강오가 거짓말한다는 것쯤은 알고 있었지만 규성이 강오의 말이 옳다는 듯 격하게 고개를 끄덕여서 입맛을 다시는 것으로 캐묻기를 멈추었다.

"실은 강오 씨가 손수건 두고 가서 전해 줄까 하고 왔어."

"아. 아, 맞다, 손수건!"

"응. 소중한 것 같아서."

챙겨 온 손수건을 들고 희가 다가가자 규성이 흠칫하더니 그녀에게 재빠른 걸음으로 다가와 손수건을 낚아챘다. 그녀가 이상한 낌새를 더 채지 못하도록 정확하고 신속한 행동으로 강오에게 손수건을 건네준 규성은 강오의 두 눈을 쳐다보며 낮게 경고했다.

"너, 내가 갈군 거 권희한테 말하면 죽는다."

대답은 듣지도 않고 강오를 원룸 안쪽으로 깊숙이 밀어 버린 규성은 어느새 자신의 뒤로 다가온 희를 보고선 머리털이 쭈뼛 섰다.

"저, 부장님. 이강오 사원이랑은 왜 같이 계셨어요?"

강오가 허둥지둥 승강기를 타고 올라가 버렸지만 희는 의문을 떨칠 수 없었다.

그녀에게 둘러댈 변명거리를 떠올리던 규성은 이내 무언가가 생각났는지 눈을 부릅떴다.

"왜 네가 이강오 손수건을 갖고 있어?"

"네? 아, 오늘 강오 씨랑 밥 먹었거든요."

"뭐?"

규성이 입술을 일그러뜨리며 못마땅한 기색을 드러냈지만 희는 미처 그걸 보지 못하고 "파스타 집에 갔는데 꽤 좋았어요."라고 만족스럽게 말했다.

희를 불만스럽게 본 규성은 한 발 멀어져 그녀의 차림새를 살폈다. 옅게 한 화장에 그다지 튀지 않는 복장. 강오에게 예쁘게 보이려고 옷을 차려입지 않았다는 걸 확인한 그는 그제야 안도를 하고선 그녀의 콧잔등에 손가락을 튕겼다.

"아! 왜 때려요!"

"너 나랑 밥 먹어."

"네?"

"나중에 나랑 밥 먹자고."

그녀의 손목을 잡고 차로 걸어간 규성은 조수석 문을 열며 말했다.

"타."

"저 이제 집에 가 봐야 하는데요."

여기 온 건 규성 때문이 아니라 손수건을 돌려주기 위해서다. 희가 눈을 깜빡거리며 차에 타기를 거부하자, 규성이 그녀의 등을 떠밀며 "타라면 좀 타라." 하고 잔소리를 했다.

"집까지 안전하게 모셔다 드릴 테니까 타."

조수석에 타기를 끝까지 거부하던 희는 언짢아 보이는 그의 표정과 방금 전까지 강오와 말다툼을 벌였던 것으로 미루어 보아, 지금 말을 듣지 않으면 험한 꼴을 당하리라는 결론에 도달했다.

가끔은 변덕으로 규성의 말을 고분고분 들어도 나쁘진 않을 것 같다는 생각에 희는 마지못해 조수석에 착석했다.

차에 오르자마자 치맛자락을 정돈하는데, 규성이 그녀의 쪽으로 손을 뻗더니 "가만히 있어."라고 말하고 안전띠를 매어 주었다. 가슴을 스치고 지나가는 규성의 자연스러운 행동에 숨을 딱 멈춘 그녀는 안전벨트가 자리를 찾아 아귀가 들어맞는 소리가 들릴 때까지 얌전히 있었다.

어디에 시선을 둘지 모를 정도로 머릿속이 하얘졌던 희는 차 시동이 걸리는 소리에 퍼뜩 정신을 차렸다.

"어디 가는 건데요?"

"가고 싶은 데 있어?"

"아뇨, 딱히. 어, 그냥 걷고 싶어요."

희는 와이셔츠 단추를 많이 끌러서 살짝 드러난 규성의 목을 응시했다. 서현이 가끔 남자 사원들이 소매를 걷어붙이거나 단추를 풀 때 묘하게 박력을 느낀다고 했는데……

규성의 목덜미를 보던 희는 숨을 흡 들이마시며 정면을 보았다. 선명하게 드러난 목울대와 쭉 뻗은 목선을 보는데 왠지 부끄럽다. 야한 걸 훔쳐본 사춘기 소녀의 기분. 괜히 기분이 민망해서 손바닥으로 부채질을 하자 그가 "더워?" 하더니 창문을 내려 주었다.

4월 초의 선선하고도 차가운 바람이 이마를 스쳤다. 그녀는 바람에 머리칼이 흩날려 운전석 쪽으로 고개를 돌렸다.

그의 옆모습이 평소보다 두 배로 무섭고 쓸쓸해 보이는 게 계속 마음에 걸렸지만 희가 할 수 있는 건 손가락을 꼼지락거리는 것뿐이었다.

정체된 도로 위에서 깊은 침묵을 지키다가 차가 정지한 건 꽤 긴 시간이 지나서였다. 차가 멈추자마자 고개를 퍼뜩 들어 올린 희는 코앞에 차가 빽빽하게 몰려 있는 대로大路를 보았다.

"걷고 싶다며."

흔히 걷고 싶다고 말하면 수목원이나 공원을 떠올리지 않나. 그녀는 규성의 말에 토를 달고 싶었지만 이번만큼은 아무 말 없이 내렸다.

희가 차에서 내리자마자 규성은 대로를 보며 입술을 멍하니 벌린 그녀를 보고 소리 없이 웃었다.

"조금만 걷자."

"어디까지요?"

"으음. 대로 중간까지?"

"그래요, 그럼."

흔쾌히 승낙한 희는 고개를 끄덕이고선 먼저 앞서 걷는 규성을 뒤따라갔다. 뒤에서 따라갈까 싶었지만 주머니에 손을 집어넣고 너무나 조용히 걷는 그의 뒷모습이 애처로워서, 희는 하는 수 없이 걸음을 바삐 놀려 규성의 곁으로 다가갔다.

"부장님."

"응?"

"……감사합니다."

희의 말에 살짝 묘한 표정을 지은 규성은 뒤늦게 깨달았다는 듯 턱을 주억거렸다. 그러고는 그답지 않게 아무 말도 꺼내지 않았다.

희는 그런 규성이 불편하고 무서웠다. 평소 회사에서나 볼 수 있는 모습과 비슷했지만 그것보다 분위기가 좀 더 무거웠다.

침묵한 채 중간까지 다다랐지만 규성은 좀 더 걸었다. 그녀는 그를 묵묵히 따랐다. 어쩌면 규성은 곁에 아무나 있어 주기를 바라는 게 아닐까 싶은 마음에 희는 그의 곁을 무작정 지켰다. 하지만 아무 말 없는 규성이 여전히 생소해서 희는 가끔씩 규성의 옆모습을 살폈다.

다홍 빛깔로 화려하게 노을이 부서지는 광경에 고스란히 녹아든 규성은 형용할 수 없을 만큼 반짝거렸다. 차들이 켜 놓은 라이트와, 유리창에 반사되어 나타나는 스펙트럼, 그리고 그 사이를 유유히 스치는 규성의 모습은 너무 현실과 동떨어져 보였다. 그를 볼 때마다 앞을 가로막고 와락 끌어안고 싶은 충동에 사로잡힌 희는 숨을 크게 들이마시며 눈가를 문질렀다.

규성은 자신을 쳐다보는 희의 시선을 줄곧 느끼고 있었는지 이내 웃음을 터뜨렸다.

"나한테 반했냐? 뭘 그렇게 봐."

느긋한 규성의 목소리에 얼굴이 붉어진 희는 중요한 치부를 들킨 것처럼 민망해했지만 시치미를 떼며 "술 취하셨어요? 무슨 소리를 하시는 거예요." 하고 어깃장을 부렸다.

희의 투정에 규성이 "서보연이 형이랑 사귄다는 걸 알았을 때." 하고 입을 연 것은 대로의 3분의 2 정도를 걸었을 때였다.

"앞으로는 여자 말고 나를 위해서 열심히 살자고 생각했던 것 같은데."

고해 성사를 하는 듯한 그의 목소리는 어쩐지 서러운 것 같았다.

"근데 나를 위해서 한 게 딱히 생각이 안 나."

입술을 비뚤게 일그러뜨리고선 "이상하지?" 하고 작게 중얼거린 규성은 스스로를 견딜 수가 없었는지 마른세수를 했다.

"뭔가 이런 기분이면 사람이 되게 비참해진다고나 할까, 좀 그러네."

마른세수를 마친 그의 눈빛을 보자마자 그녀는 가슴 한가운데가 아려 왔다.

희는 스스로가 내포할 수 있는 감정은 100퍼센트로 한정되어 있다고 생각했다. 그런데 그녀는 그를 만나면서 어느새

90퍼센트에 도달했다.

만일 감정의 상태가 100퍼센트에 다다르게 되면 어떠한 일이 일어날까.

"슬프세요?"

그녀의 질문에 규성은 나른하게 미소를 지으며 고개를 외로 기울였다.

"슬프다기보다는 속상한 정도지."

솔직한 속내를 털어놓은 규성은 마음 한구석이 뻥 뚫린 허전함에 주머니를 뒤져 담배를 꺼냈다. 그가 손목 스냅으로 담배 한 개비를 꺼내 들자 희가 희미하게 콧잔등에 주름을 잡더니 담배를 빼앗았다.

"피우지 마세요."

"입 심심한데."

규성이 부루퉁하게 중얼거리며 빼앗긴 담배를 쳐다보자 희가 손에 든 담배 한 개비를 톡 부러뜨리며 단호히 말했다.

"몸에 안 좋은 거예요."

"그럼 뽀뽀라도 해 줄 거냐?"

"어림도 없어요!"

분위기도 모르고 시도 때도 없이 그러기는. 희가 눈을 흘기자 규성이 키득키득 웃으며 담뱃갑을 도로 주머니에 넣는다.

"애인이 아닌 사람과 그런 짓 안 해요, 이제."

확고한 희의 태도에 규성은 "그래?" 하고 단조롭게 대꾸했다.

"그래도 나 너 살리고 2개월 정직 먹었잖아. 뭐라도 해 줘야지."

투정과는 어울리지 않는 그의 감미로운 시선에 희는 다급히 앞을 보았다. 그가 이렇게 쳐다보면 자꾸만 숨이 멎는다. 그녀는 태연한 척 앞을 끈덕지게 바라보며 마음을 가라앉혔다.

"제가 언제 그렇게 해 달라고 부탁드렸어요? 아니죠? 잘리게 해 달라고 매일 빌었는데 무슨 소리예요. 거기다 부장님도 책임지셔야 하는 일이었잖아요."

그녀도 할 말이라면 있다. 하지만 규성은 그런 대답쯤은 염두에 두고 있었다는 듯 대수롭지 않게 넘겼다.

"그래도 나한테 고맙지?"

"……."

"너 은근히 미안해하는 거 다 아는데 자꾸 그럴래?"

"아, 진짜!"

"그러니까 2개월 동안만이라도 나랑 연애하자."

그때 대로를 꽉 채우고 있던 자동차들이 느리긴 해도 슬금슬금 앞으로 나가기 시작했다.

대뜸 연애하자고 말하는 규성의 목소리는 저번처럼 좋아한다고 성급히 말하던 때와 사뭇 달랐다. 그의 말에 황망히 눈을 깜빡거리던 희는 곧 빵빵거리는 소리에 다급히 현실 세계로 돌아와 규성을 외면했다.

"싫어요."

하지만 규성은 그럴 줄 알았다는 듯 희와 눈높이를 맞추었다.

"연애가 싫으면 만나 주는 것도 안 되냐?"

"……그건 부장님이 아무 짓도 안 한다는 전제하에서요?"

희가 그의 눈치를 보며 묻자 규성이 낮게 웃고는 "그래, 그런 전제하에서."라고 말했다.

"네가 하자는 대로 다 할 테니까."

규성을 올려다보던 희는 고개를 수그려 그의 신발과 자신의 신발을 번갈아 보았다.

손을 뻗으면 당장에라도 안길 수 있는 이 거리가 좋다. 너무 가깝지 않고, 그렇다고 또 멀지도 않은.

희는 코앞에 있는 규성을 보았다. 자신을 가득 담은 그의 눈동자는 희귀한 보석처럼 빛이 나서 그녀는 살포시 미소를 띠고 물어보았다.

"이유가 뭔데요?"

"지금은 내가 굉장히 외로우니까."

"그리고?"

"네가 예뻐 보이고, 계속 보고 싶기도 하고……. 결론은 네가 좋아서 옆에 있고 싶다는 거지."

그건 윤규성의 진심이었다. 내내 그녀의 주변에서 헛돌기만 하던 개꽃 부장이나 개떡이 아니라 윤규성의 솔직한 진심.

규성을 마주한 희는 그제야 고개를 끄덕였다.

"원룸에 오시면 밥은 해 드릴게요."

"그래, 그거면 돼."

자질구레한 이야기를 떠들며 걷다 보니 어느새 대로의 끝이 보인다.

"야, 권희."

답답한 게 신기할 만큼 쑥 내려간 가슴을 쓸어내리던 희는 규성을 돌아보았고, 규성이 이상한 낌새를 보이며 웃자 슬금슬금 뒷걸음질을 쳤다.

"왜 대로에 데려왔는지 안 물어보냐?"

"왜 데려오셨어요?"

"나 없이도 회사 생활 열심히 하라는 의미에서. 상사와 이렇게 오래 나란히 걷는 건 흔치 않은 일이잖아, 안 그러냐?"

뺨을 스친 그의 손길에 미처 반응을 보일 틈도 없이 규성이 새끼손가락을 그녀에게 내밀었다.

"돌아가야지. 여기서는 택시도 못 탄다, 권희?"

규성의 말에 희는 어리둥절한 표정을 지었지만 이내 킥킥 웃었다. 많고 많은 다섯 손가락 중에 제일 작은 새끼손가락이라니. 하지만 그건 그의 진심 중 하나였다. 조금만 천천히 하자는 윤규성의 속마음.

조심스럽게 규성의 손가락을 잡자 당기는 규성의 힘에 몸이 앞으로 기운다. 자연스레 그의 옆에서 걷게 된 희는 갑자기 두근거리는 기분에 휩싸였다.

"부장님."

"왜?"

"이제 가요, 집에."

"그래. 데려다 줄게."

대로를 걷는 내내 희는 규성과 세상에 단둘이 남겨진 기분이었다. 그런데도 조금의 불안함도 없이 오히려 '무언가'가 충족되는, 알 수 없는 느낌이 함께였다.

"저기, 부장님."

"또 왜?"

"……아뇨, 그냥 불러 봤어요."

"싱겁기는."

희는 대로를 벗어나는 내내 규성의 새끼손가락을 꼭 잡은 채, 어쩐지 행복한 마음으로 그의 곁에서 걸었다.

이강오 사원이 사표를 냈다.

강오의 사표는 더한 파장을 일으켰다. 무수한 이야기들이 떠돈 건 어쩔 수 없는 일이었으리라. 사실 강오가 프랑스 지사장의 사람이라는 등, 유능한 인재였다는 등 무지막지한 이야기들이 떠돌았지만 강오는 그 어느 것에도 해명하지 않았다.

회사에 복귀한 지 일주일이 훌쩍 넘은 희는 최근 한 가지 마음에 걸리는 게 생겼다. 그건 다른 것이 아닌 바로 몸무게였다. 그에게 밥을 주겠다고 했더니 규성은 매일 아침, 저녁을 그녀의 집에서 먹었다. 덕분에 희는 하루에 두 끼 정도를 먹다가 삼시 세 끼를 모두 먹어 치우느라 소화 불량에 시달리기까지 했다.

물론 저녁은 더 이상 먹지 않겠다고 규성에게 항의도 해 보았다. 그랬더니 규성 왈 "너 지금 농부들이 힘겹게 지은 쌀을 개무시하냐? 안 앉아?"라며 그녀를 비난했고, 맥이 풀린 희는 결국 밥을 먹을 수밖에 없었다. 거기다 더 억울한 건 규성이 한 밥이 유별나게 맛있다는 사실이었다. 진짜, 너무 맛있었다.

하기야 여자와 남자가 좁은 원룸에 있는데 아무 일도 없었을까. 근데 아무 일도 없었다. 희가 규성의 거기가 병이 들어 꺾여 버린 건 아닐까 의심할 정도로, 진짜 정말 아무 일도 없었다. 가끔 규성이 그녀의 옆으로 슬쩍 다가와 손을 잡을 때는 있었다. 그렇지만 손을 잡을 뿐이지 다른 행동은 하지 않았다.

두 사람은 조용하고 조심스럽게 지냈다. 마치 몹시 오랫동안 알고 지낸 사이 같다가도, 알고 지낸 지 하루밖에 되지 않은 낯선 사이처럼 그렇게 지냈다.

서로의 이야기를 톡 까놓고 지내지는 않았지만 희는 규성이 자신의 집에 올 때마다 강명의 소설책을 읽는 것이 부담스러웠다. 거기다 규성은 이번 강명의 소설책을 가차 없이 비평했다. "지나치게 대중적으로 변한 것 같아."라면서.

그 때문에 희는 당분간 원고 제의를 받지 않기로 했다. 어느 정도 쉬고 싶은 마음도 있었고, 규성이 뻔질나게 원룸을 드나드는 바람에 글을 쓰는 것도 불편했다. 하지만 이 생활이 싫지 않았다. 몹시 만족스러운 건 아니지만 그럭저럭 즐거웠다.

점심을 먹고 여느 때처럼 앉아 마저 일을 시작한 희는 곧 책상 구석에 둔 핸드폰이 울리는 걸 느끼고선 액정 화면을 재빠르게 손바닥으로 가렸다. 요즘 시도 때도 없이 핸드폰이 울려서 무음으로 바꾸어 둔다는 걸 깜빡했다. 이렇게 열이 나도록 문자 메시지를 보내는 사람이 누구냐고?

영화 보러 가자.

희는 뜬금없는 규성의 제안에 잠깐 고개를 갸웃했지만 영화

라는 단어가 무척 오랜만인 듯 느껴졌다. 그래서 '그래요.'라고
답장을 보내고선 핸드폰을 끄려는데 그간 그와 나눈 문자 메시
지 내역이 위에 차곡차곡 쌓여 있는 게 아닌가.

어제저녁쯤에 주고받은 문자 메시지를 본 희는 피식 웃
었다.

오늘 저녁 뭐냐? — 규성

콩나물밥요. — 희

여기까지만 보면 되게 무뚝뚝한 부부의 대화 같다. 하지만
조금만 더 아래로 내려 보면…….

장난해? 어제도 콩나물에 밥 비벼 먹었잖아. —규성

얻어먹는 식충의 잔소리가 시작된다.

먹기 싫음 오지 마세요. — 희

야! 너 진짜 나쁘다. 그럼 반찬은 뭔데. — 규성

콩나물 무침요. — 희

야!! — 규성

소란스러운
관계

참. 부장님, 국은 콩나물국이에요. - 희

조금 늦은 퇴근을 하고 부랴부랴 상을 차리는데 냉장고에 콩나물뿐이더라. 그건 정말이지 어쩔 수 없는 선택이었다.

희야, 그거 진짜야? 장난이지? 그렇지? - 규성

애절한 그의 문자 메시지에 희는 사진을 찍어서 보냈더랬다. 콩나물밥에, 참기름 넣은 간장에, 콩나물국에, 콩나물무침으로 차려진 밥상을. 그랬더니 규성은 더 이상 답장이 없었다. 드디어 규성이 처음으로 밥을 먹으러 오지 않는 걸까 싶었는데 아니나 다를까, 집에서 반찬을 직접 공수해 오셨다. 그러면서 규성은 혹시 모를 사태에 대비한다는 말과 함께 희의 냉동고에 돈가스를 넣어 두었다.

희는 콩나물 밥상을 보며 험악하게 인상을 일그러뜨린 그가 생각나 자꾸만 웃음이 났다. 거기다 더 웃긴 건 그는 못난이처럼 얼굴을 잔뜩 찡그렸으면서도 콩나물밥에 간장을 비벼 잘만 퍼먹었다는 것이다.

"얘, 너 뭐가 그렇게 웃겨서 실실거려?"

옆구리를 콕콕 찌르는 느낌에 희가 "으응?" 하고 화들짝 놀라며 서현을 쳐다보았다. 서현은 의아한 표정으로 희를 보더니 "뭐가 웃겨서 실실 쪼개냐고, 이 계집애야." 하고 면박을 주었다.

"내가 실실 웃었어? 미안, 시끄러웠어?"

"시끄럽진 않았는데 네가 그렇게 웃으니까 영 신경 쓰여야지."

서현이 깊게 캐묻지 않은 걸 다행으로 여긴 희는 가슴을 쓸어내리며 다시 핸드폰을 사각지대 깊숙이 두었다.

　　하지만 희는 잠깐 짬을 내어 최근에 개봉한 영화들을 보다가 다시 그에게 문자 메시지를 보냈다.

　　영화 제목은요?

　　문자 메시지를 보낸 지 한 1초가 지났을까. 핸드폰 화면이 밝아졌다.

　　비밀.

　　규성의 답장에 살짝 미간을 찡그린 희는 혹시 모를 사태에 대비해 그에게 경고했다.

　　공포 영화면 안 봐요.

　　그러자 이번에도 몇 초 지나지 않아 그에게서 답장이 왔다. '그건 나도 못 보니까 걱정 마라.'라고. 그 답장에 희는 의외라고 생각했다. 피 튀기는 것도 잘 볼 것 같은 양반이 은근히 심약하다.

　　다시 모니터를 쳐다본 희는 모니터를 잠깐 들여다보며 업무를 보다가 마케팅부 구석에 걸린 시계를 보고 자리에서 슬쩍 일어섰다.

휴게실로 향하던 희는 마케팅부 근처를 서성이는 여자를 보았다. 옷이 사원치곤 꽤 화려해서 단번에 눈에 들어오는 사람이었다. 누군가 싶어서 쳐다보는데 여자와 그녀의 눈이 딱 마주쳤다.

희가 당황해서 서둘러 도망치려 하자 여자가 "권희 씨? 권희 씨 맞죠." 하고 그녀를 불렀다.

보연을 보자마자 머릿속이 하얗게 변한 희는 보연에게 무어라 말을 건네야 할지 몰라 어색하고 뻣뻣하게 웃었다. 보연은 희를 보고 크게 미소를 지으며 "저, 서보연이에요. 기억하시죠?"라고 말을 건넸다.

"혹시 권희 씨만 괜찮으면, 우리 잠깐만 이야기할 수 있을까요?"

보연의 제안에 희는 잠깐 머뭇했다. 하지만 싫다고 해 봤자 보연이 자신의 의견을 수용해 줄 것 같진 않아서 희는 그러겠노라 대답했다.

희는 휴게실에 들어서자마자 담배를 꺼내 무는 보연을 보고선 살짝 눈살을 찡그렸다.

"죄송하지만, 담배는 안 피우시면 안 될까요."

희가 난색을 표하며 정중히 말하자 보연이 활짝 웃으며 기꺼이 담배를 집어넣었다.

"정말 명이랑 정말 많이 닮았네요. 보자마자 바로 알아봤어요. 아, 혹시 내가 권명을 이렇게 부르는 게 불편하면……."

보연이 눈치를 살피자 희가 재빠르게 고개를 내저었다.

"아뇨, 괜찮아요."

"그래요?"

희가 턱을 주억거리는 걸 보고 안심한 보연은 예쁘게 눈웃음을 지었다.

그녀는 여전히 예쁜 보연을 쳐다보다가 문득 질투가 났다. 이렇게 나이를 먹어도 젊고 섹시해 보이는 여자가 정말로 있다니. 코앞에 여배우 같은 여자를 두고 이런 생각을 하자니 윤규성의 눈이 높기는 높다는 생각에 희는 괜히 섭섭해지고 말았다.

권명이 이 여자를 그렇게나 사랑했다. 거기다 윤규성의 형과, 윤규성 본인도. 여자가 보아도 보연은 충분히 매력이 넘쳐서 희는 그게 배가 아팠다.

그녀가 두 손을 모은 채 우두커니 서 있자 그게 보기 민망했던 보연은 뺨을 긁적이더니 "음료수 드실래요?" 하며 자판기를 가리켰다.

"네, 이온 음료로."

그리고 희는 음료를 뽑는 보연의 뒷모습을 보다가 괜히 패배 의식에 사로잡혔다. 이렇게 예쁜 여자를 죽도록 사랑했던 윤규성이 대체 그녀의 어디가 좋다고 연애까지 하자고 했을까.

"혹시 윤 부장님과 관련된 일인가요?"

보연은 희의 말에 고개를 갸우뚱했다.

"윤 부장이 혹시 윤규성인가요?"

"……윤규성 씨에 대한 게 아닌가요?"

"당연히 아니죠. 윤규성이랑 저랑 무슨 상관이라고요. 설마 그때 돌아다니던 사진 때문이에요? 그건 제가 잘못한 거예요."

보연은 음료수 캔을 손에 꼭 쥔 채 무언가를 골몰히 생각하는 희를 응시했다.

희는 저를 쳐다보는 눈길에 시선을 들었고, 보연과 눈을 마주했다.

"권희 씨에게 할 말이 있어서요."

희는 눈을 마주하자마자 응급실 앞에서 담배를 뻑뻑 피워 대며 내내 자신과 눈을 마주쳤던 보연이 생각났다. 그러자 핏기가 싹 빠져 영안실에 누워 있던 명도.

삽시간에 입술이 파리해진 희를 본 보연은 "이런." 하고 쓰게 혼잣말을 하며 곤란한 표정을 했다.

"당황하게 할 생각은 없었는데, 미안해요."

"아뇨, 아닙니다. 괜찮아요."

"저는 다다음 주쯤이면 파리로 돌아가요."

"……."

"제 연락처예요. 그 전에 꼭 권희 씨와 이야기했으면 좋겠네요. 제가, 제가 권희 씨에게 하고 싶은 말이 있어서 그래요. 부탁할게요."

휴게실을 나서는 보연의 뒷모습을 멍하니 보던 그녀는 명의 유언장을 떠올렸다. 희만 보고 몰래 태워 버린 그 유언장. 보연은 권명의 유언장을 응급실에서 희에게 건네주었다.

명의 유언장 마지막엔 미안하다는 말이 적혀 있었는데 그건 가족에게 고하는 게 아니었다.

미안해, 보연아.

내용조차 잘 떠오르지 않지만 그 문장만큼은 생각났다.

왜냐면 희는 서보연이 미웠으니까. 명이 자살하기 전 마지막으로 전화 통화를 시도한 건 희도, 부모님도 아닌 보연이었다. 하지만 서보연은 받지 않았다.

머리가 어지러워진 희는 휴게실 소파에 앉아 보연이 주고 간 음료수 캔을 만지작거리며 생각에 빠졌다. 새삼 싸늘하게 주검으로 변한 명의 창백한 낯이 떠올라 자꾸만 속이 울렁거린다.

장례식 전 마주했던 오빠의 시체를 떠올리니 오싹 겁이 나서 떨던 희는 챙겨 나온 핸드폰을 움켜쥐었다.

평소라면 부모님에게 전화를 걸었겠지만…….

―여보세요?

희는 규성의 음성을 듣자마자 왠지 울음이 날 것 같았다. 공포가 느껴지자 규성이 떠올랐는지 이유는 알 수 없지만 이왕이면 가장 가까이에 있는 사람의 목소리가 듣고 싶었다.

죽지 않고 살아 있다고 또렷하게 느끼게 해 줄 만큼 아주 강하고, 단단한 사람의 목소리를.

―전화를 걸었으면 말을 해야지, 인마.

"어, 음, 그러게요."

―너 어디 아파? 목소리가 왜 그래?

"아뇨, 그냥, 음, 어…… 저어…… 부장님."

―듣고 있어.

"……."

―괜찮아.

"……어, 저어, 그게…… 그러니까…….”

―희야.

"……강희라고 아세요?”

희의 말에 규성은 잠시 말이 없다가 “알지, 잘.” 하고 짧게 대답했다. 알고 있다는 규성의 목소리에 안도한 희는 다시 침묵했다. 무슨 말이든 꺼내서 무서움을 날려 버리고 싶은데 어떤 것도 떠오르지 않았다.

오빠를 떠올리면 자연히 죽은 모습이 생각난다. 그렇게 크고, 다정하던 사람이 한 번에 손목을 긋고 죽었다. 아주 초라하게 가족들의 곁으로 돌아왔다.

머릿속으로 나도 외로우면 오빠처럼 될까라는 생각에 희는 저절로 울음이 터져 나왔다.

―희야.

규성은 그녀가 강희, 그러니까 권명을 언급했다는 것에서 희가 무언가에 겁을 먹었다는 걸 대충 짐작했다.

―희야. 내 이름이 뭐지?

"…….”

―인마, 상사가 명령하면 대답해야지. 대답 안 해?

규성은 짐짓 화를 내는 어투였지만 목소리는 무척 온화했다. 소파 위에서 잔뜩 웅크린 채 차가운 숨을 내뱉던 희는 규성의 짜증에 피식 웃으며 말했다.

"윤규성요.”

―옳지, 착하다. 그럼 네 이름은?

"……뭐예요, 부장님. 저 어린애 아니에요.”

숨결이 조금 부드러워진 희가 중얼거리자 규성은 그제야 안도했는지 "이제 좀 괜찮아?" 하고 나긋한 목소리로 물었다.

—희야.

"네. 부장님."

—오늘 영화 다 보고 콩나물 국밥 먹으러 갈까?

규성의 말에 문자 메시지 내역을 떠올린 희가 킥 웃었다. 그에게 들릴 정도로 큰 웃음소리였는지 규성이 덩달아 웃으며 "뭐, 인마. 지금 비웃냐? 나는 진지한데?" 하고 장난스럽게 말했다. 규성의 말에 사진으로 찍어 둔 콩나물 밥상을 떠올린 희는 키득키득 웃으며 "네, 네. 먹으러 가요." 하고 화답했다.

—권희.

"네?"

—네가 이러면 내가 보고 싶잖아. 반칙이라고, 인마. 털끝 하나 못 건드리게 하면서 자꾸 이럴래?

"베개 끌어안고 있으세요, 그럼."

—베개 끌어안고 사리 만들고 있으면 뭐 해 줄 건데?

"손잡아 드릴게요."

—매일 하는 거잖아, 그건.

선심 쓴 제안에 그가 투정을 부리자 희는 고민하다가 "그럼……." 하고 입을 열더니.

"팔짱 끼는 것도 허락할게요."

—으음.

규성이 언뜻 흔들리는 기색이자 희가 피식 웃으며 쐐기를 박았다.

"뒤에서 끌어안는 것도."

—너 그 말 물리기 없기다.

별거 아닌 걸 허락해 준 것뿐인데 그렇게 좋을까. 희는 기쁨이 절로 묻어나는 규성의 목소리에 자그맣게 미소 지었다.

"네. 전 한 입으로 두말 안 한다니까요."

—나는 한 입으로 두말하고?

"잘 아시네요?"

—하여간 말하는 거 하고는. 곱게 하면 입에 가시가 돋쳐?

아니꼽게 말하면서도 규성은 예전처럼 마구 짜증을 내지 않았다. 희도 어느 순간인가 규성의 삐딱한 말투가 정말로 화를 내는 건지 아닌 건지를 알게 되었다.

서로에 대해 좀 더 알게 되는 것. 이런 게 같이 밥을 먹는 사이인가 보다.

—하여튼, 죽어도 잔업 하지 말고 퇴근 때까지 얌전히 기다려라.

"혹시 야근하게 되면요?"

—임시 상사한테 전해.

"네?"

—잔업 시켰다간 개꽃 부장이 확 잡아먹으러 간다고.

희와 통화를 마친 규성은 규희가 "누구니?" 묻는 말에 "몰라도 돼."라고 단호하게 잘라 말했다. 하지만 몰라도 된다는 말이 떨어지기 무섭게 규희가 스프를 떠먹던 수저로 규성의 이마를 힘껏 내리쳤다.

"아, 진짜! 더럽게 왜 이래, 윤규희!"

"죽고 싶니?"

평소 규성에게서 튀어나와야 할 말이 규희에게서 튀어나왔지만 위화감은 조금도 없었다. 규성은 불쾌한 티를 마구 드러내며 이마를 냅킨으로 닦아 내고는 "하여간 성질머리 하고는." 하고 투덜댔다.

커다란 레스토랑을 운영하는 규희 덕에 점심만큼은 굳이 돈을 지불하지 않고도 호사스럽게 먹을 수 있는 규성은 아주 가끔 희를 이곳에 데려올까 했지만 극성스러운 누님 때문에 불가능했다. 왜냐면 규성의 형제들은 맏형인 이성을 제외하고 성질머리가 무서울 정도로 한결같았으니까.

"그럼 방금 그 통화는 누구야. 응? 희야라고 다정하게 부른 그 여자 누구냐고. 너 누나 질투하게 만들래?"

"누나가 무슨 상관이야. 밥이나 드시지?"

"말버릇 하고는. 혹시 유정이랑 서윤이가 말한 그 아가씨야?"

"몰라."

"너 자꾸 이러면 내가 뒷조사해 버릴 거야. 알아? 못 할 것 같니? 이성이 오빠한테도 확!"

이성의 이야기가 나오자 형에게만큼은 끔뻑 죽는 규성이 결국 나이프를 소리 나게 접시 위에 내려놓으며 바락 소리를 질렀다.

"아, 그래. 내가 지금 수작 거는 여자다, 됐냐!"

"진작 그렇게 나올 것이지. 그래서 여자는 예뻐? 착해?"

규희의 질문 공세에 규성이 먹던 스테이크를 당장 토해 낼 것 같은 얼굴을 하자 규희가 눈살을 찡그리며 "알았어, 새끼야. 눈길 하고는. 대체 누굴 닮아서!" 하고 잔소리를 퍼부었다.

하지만 그는 누님의 시선을 외면치 못하고 결국 떨떠름하게 입을 열었다.

"눈이 예뻐."

"또?"

"으음…… 손도 예쁘고. 코도 예뻐. 귀도 예쁜데."

"어머, 이 미친놈아. 그냥 안 예쁜 데가 없다고 해. 닭살 돋게 뭐 하는 짓이니?"

포크로 한 대 때리는 시늉을 해 보인 규희는 그러면서도 실실 웃는 제 동생이 어이가 없고, 귀엽고, 신기해서 은근슬쩍 떠보았다.

"어디까지 갔는데?"

"……."

"말이 없는 거 보니까 성 쌓으려면 한 100년은 멀었나 보다?"

"시끄러워. 나도 기다리는 거야."

규성의 말에 스프에 빵을 찍던 규희가 "어머." 하고 어울리지 않는 감탄사를 연발하며 눈을 휘둥그레 떴다.

"네가? 세상에, 해가 오늘 서쪽에서 떴나?"

"오늘만 해가 서쪽에서 뜬 게 아니라 몇 주는 서쪽에서 떴다."

"……저기, 얘, 너 진짜 내 동생 맞아?"

규희가 빵을 떨어뜨리고 다급하게 규성의 얼굴을 요리조리 매만지자 규성이 누나의 손을 토라진 표정으로 피했다.

"나도 참고 있는 거야, 빌어먹을. 그 여자가 원할 때까지

기다리는 거라고. 그런 게 좋아하는 거라며! 젠장, 나라고 싫은 줄 알아? 그렇게 예뻐 죽겠는데 안 건드리고 싶겠냐고!"

스테이크를 칼로 푹푹 쑤시면서 잔뜩 흥분한 규성은 규희가 멍하니 쳐다보는 것도 모르고 소리를 질렀다.

안 그래도 권희가 요즘 볼 때마다 더 예뻐지는 것 같아 미치고 환장할 노릇이었다. 어디서 몰래 마사지라도 받나 자꾸 피부에서 광택이 나고 허리는 더 잘록해지고. 심지어 뺨에 밥풀 붙이고 먹는 것도 예뻐서 돌아 버릴 지경이었다.

"나 보고 웃을 때마다 안고 싶어 미칠 것 같은데 그 여자가……. 아, 아, 젠장! 됐어. 밥이나 먹을래."

아까 전화만 해도 그렇다. 벌써부터 보호 본능을 자극하지를 않나, 웃는 목소리로 설레게 하지를 않나. 그러면서 희는 현실에서 규성을 마주하면 늘 적절한 거리를 지켰다.

그녀의 옆에 있고 가끔 버팀목이 되는 것만으로도 충분히 행복하지만 그래도 요즘은 솔직히 좀 힘들다. 이제는 찬물로 정신을 차리는 것도 버거웠다.

"규성아. 내 동생."

규희는 흥분을 가라앉히고 도로 칼질하는 규성을 보며 흐뭇하게 웃었다.

"누군지 몰라도 그 여자가 너를 참 근사하게 만든 것 같아."

"미안한데 나 원래 근사했다."

초를 치는 규성의 말에 다시 수저를 들어 규성의 이마를 내려친 규희는 혀를 차며 말했다.

"넌 꼭 마무리가 문제야. 정말 분위기 깨는 데엔 선수지, 윤규성.”

“아, 진짜! 수저로 때리지 말라니까, 윤규희!”

스테이크를 입에 마구 욱여넣는 규성의 잔에 샴페인을 따라 준 규희는 곧 동생의 눈치를 슬쩍 살폈다.

“한제하던가? 너랑 같이 유학했다던 꼬마.”

“한제하가 왜?”

“우리 서방이 그러던걸. 사표 냈다고. 유정이가 사직서 수리했다더라.”

고기를 꼭꼭 씹던 규성은 순간 어금니를 움직이는 것을 멈추고 몇 조각 남지 않은 스테이크를 내려다보았다.

“그리고 해외 지사에서 온 사람이 상무 자리에 앉았대.”

“그래?”

“프랑스 지사장 출신이라던데, 지지자들이 꽤 많은가 봐.”

“노만 프랑스 지사는 본사와 맞먹으니까. 거기가 한국 본사보다 더 제대로 굴러가긴 했어.”

“주식도 해외 쪽으로 돌리고 있다더라. 우리 서방은 그거 좀 염려하던걸. 그래도 한국이 본사인데, 주식 소유는 이쪽에 더 두고 있어야 하는 거 아니냐면서.”

“내버려 둬. 자기들이 알아서 하겠지.”

규희는 의외로 태연히 대꾸하는 규성을 보며 속으로 슬쩍 안도했다.

“나도 사업이나 할까, 누나.”

난데없는 규성의 말에 규희가 어리둥절해서 되물었다.

“뭐? 무슨 사업을?”

"뭐든 아이템 하나 생각해 보지?"

규희는 남은 스테이크 조각을 마저 꼭꼭 씹어 먹는 동생을 보며 빙그레 웃었다.

"너 좋을 대로 하렴."

"그럴 거야."

"사업을 하겠다고 한다면 내 서방의 똘마니로 삼아 줄 테니까."

"됐거든. 사양이야, 그딴 건."

쌀쌀맞게 말한 규성은 자리를 박차고 일어서며 규희를 슬쩍 돌아보았다. 웬일로 친절하게 미소를 지어 주는 규희의 모습에 규성은 알게 모르게 불안했지만, 누나가 왠지 감동한 것 같은 터라 규성은 머리를 벅벅 긁으며 규희에게 말했다.

"나중에…… 애인이랑 올게."

"그래, 누나 진짜 기대하고 있을 테니까. 나중에 또 오렴."

"갈게."

한산한 레스토랑을 빠져나가는 규성의 뒷모습을 쳐다보던 규희는 자신이 가짜 뱀 모형을 들고 달려갈 때마다 자지러지게 울던 규성을 떠올리며, 감회가 새롭다는 듯 손등에 턱을 괴고 중얼거렸다.

"정말 쟤가 남자가 되어 버렸네."

업무를 마친 희는 곧장 회사를 나갔다. 혹시 규성이 기다릴까 봐 헐레벌떡 뛰어나간 희는 회사 앞이 깔끔한 걸 보고선 눈을 치켜떴다. 신경질 부릴까 봐 빨리 나왔더니. 그래서 볼을 부풀리고는 핸드폰을 꺼내는데, 그에게서 미리 문자 메시지가

와 있었다.

회사에서 두 블록만 더 걸어와.

규성의 문자 메시지에 곧이곧대로 걷던 희는 빵빵거리는 클랙슨 소리에 뒤를 돌아보았다. 낯익은 차 번호판을 보고선 저도 모르게 빙긋 웃은 희는 조수석 쪽으로 다가갔다.

"회사 앞에 계시겠다면서요?"

"네가 내 차 타는 거 보면 사람들이 무슨 생각하겠냐."

"으음. 아마도…… 이상한 생각?"

"나는 회사 쉬고 있으니까 그렇다 쳐도 너는 아니잖아. 조심해야지."

희는 눈을 빠르게 깜빡거리며 규성을 보다가 그가 출발하지 않고 자신을 빤히 쳐다보자 "왜요?" 하고 물으며 고개를 갸우뚱했다.

규성의 시선이 아래로 슬쩍 내려가는 걸 확인한 희는 그제야 안전벨트를 착용하지 않았다는 걸 알았다. 그의 차를 탈 때마다 규성이 매어 주는 게 습관이 되어서 깜빡했다. 희가 귓불을 붉히며 허둥지둥 안전벨트를 당기자 그녀의 속마음을 눈치챈 규성이 웃으며 안전띠를 매 주었다.

"……진짜 완전 깜빡했어요."

규성은 사랑스럽게 눈을 깜빡거리며 미소 짓는 희에게 입을 맞추고 싶다고 생각했지만, 정말 꼭 참았다.

요즘 들어 이 여자가 왜 이렇게 물이 올랐는지 모르겠다. 속

눈썹이 도드라진 눈은 더 또렷해졌고, 굳이 진한 립스틱을 칠하지 않아도 입술은 늘 적당한 다홍 빛깔로 물들어 있다.

그것뿐이랴. 한창 눈부신 오후 햇살이 창으로 드리울 때마다 그녀의 얼굴은 별 가루라도 뿌린 것처럼 빛이 났다.

"근데 정말 영화 뭐예요? 이상한 건데 속이시는 거 아니죠?"

다리를 쭉 뻗은 희가 의심스럽다는 듯 묻자 규성이 뺨을 씰룩거렸다.

"야, 너 진짜 나 속물 취급할래? 자꾸 이러면 확 삐치는 수가 있어. 아니면 액셀 밟아 콱 한강에⋯⋯."

"아아, 알겠어요, 알겠어! 그래서 뭔데요? 네?"

희가 정말 궁금한지 눈을 초고속으로 깜빡이며 묻자 규성이 "별거 아닌데." 하고 자신 없이 말하며 지갑에서 표 두 장을 꺼냈다.

"이거야."

영화 표를 확인한 희가 제목을 읽더니 눈을 가늘게 떴다.

"로맨스?"

희가 혼잣말을 하고선 규성을 힐끗 보았다. 액셀을 부드럽게 밟아 앞으로 나아가는 그의 귓불이 언뜻 붉어져 있었다. 그가 꽤 부끄러워하는 걸 보고 어쩐지 웃음이 난 희는 웃음을 꾹 참고 "재미있을 것 같아요."라고 선심 쓰듯 말했다.

"그래?"

"네. 정말로."

그녀는 웃는 규성을 보며 덩달아 따라 미소 지었다. 요즘 그를 볼 때마다 마음이 들썩이는 횟수가 늘었다. 규성을 쳐다볼 때마다 심장이 간지러운 것 같기도 하고 갈비뼈가 따끔한 것 같기도 했다. 어쩔 땐 규성의 얼굴을 보지 못할 정도로 따끔거림이 심했다.

영화관이 있는 백화점에 도착하고, 희는 규성을 따라 차에서 내렸다. 그는 에스컬레이터에 오르자마자 발 디딜 틈 없이 많은 사람들을 보고 혀를 내둘렀다.

"영화 보고 밥 먹어야 하는데 배 안 고프겠어? 팝콘 사 갈까?"

"으음, 팝콘 큰 거면 배불러서 저녁 못 먹을 것 같은데."

"그럼 팝콘 조그만 건?"

"부장님 팝콘 좋아하세요?"

"영화 볼 때 입이 심심하잖아."

규성의 말에 희는 담배도 그렇고, 팝콘도 그렇고, 입이 심심한 걸 어지간히 싫어하는구나라고 생각했다. 근데 참 의아한 것은 그냥 사면 될 텐데 꼭 저의 의견을 물어본다는 것이다. 그게 왠지 귀엽기도 하고, 자신을 배려해 주는 것 같아 기쁘기도 해서 희는 "그럼 조그만 걸로요."라고 말했다.

"음료는?"

"부장님은 어떤 거 좋아하세요?"

"나는 환타."

"저도요."

"그래? 오렌지 맛?"

"네. 오렌지 맛."

영화관에는 사람들이 꽤 많아서 규성은 희를 의자에 앉혀 두고 혼자 서서 기다렸다. 덕분에 희는 사람들 틈에서도 빛이

나는 규성을 실컷 구경할 수 있었다. 옅은 하늘색의 브이넥에 하얀색 바지가 굉장히 잘 어울리는 남자. 능력 있다고 자부하는 남자들처럼 올백 머리를 하지 않아도 멋있는 사람.

무릎 위에 양 팔꿈치를 대고 손바닥에 턱을 괸 채 규성을 보던 희는 자꾸 마음이 흐뭇했다.

규성은 판매대에서 다섯 번째로 줄에 서서 기다리다가 팝콘과 음료수를 사 왔다. 희는 음료수 두 개를 의자에 내려놓고 그가 사 온 팝콘 하나를 입에 넣었다.

"양파 맛이네요?"

"응. 싫어?"

"아뇨. 저 양파 맛밖에 안 먹거든요. 의외로 부장님이랑 저랑 취향이 잘 맞네요? 신기하다."

희는 하얗고 고른 이가 드러나도록 환하게 웃었다. 그의 심장에 무리가 갈 만큼 예쁘게 웃었다는 걸 희는 알고 있는 걸까.

솜털이 보일 정도로 깨끗한 그녀의 얼굴을 들여다보던 규성은 이내 음료를 내려놓더니 다급한 얼굴을 했다.

"나 잠깐 화장실 좀."

빠른 걸음으로 남자 화장실로 들어선 규성은 세면대 앞에 서고선 크게 숨을 헉헉거렸다.

"……저 조그만 게 진짜."

하마터면 키스할 뻔했다. 속으로 중얼거리며 한숨을 내쉰 규성은 뜨겁게 달아오른 뺨을 찬물로 식혔다. 그나마 다행인 건 아랫도리가 반응하지 않은 점일까. 요즘 들어 희가 애교에 물이 올랐다. 그걸 지켜만 봐야 하는 규성은 정말이지 고문을 당하는 기분이었다.

티슈로 얼굴을 살살 문질러 닦으며 화장실을 나온 그는 어느새 팝콘을 품에 끌어안고선 주위를 두리번거리는 희를 보고는 웃음을 터뜨렸다. 그새를 못 참고 광고판이나 3D 홍보를 기웃거리는 그녀의 뒷모습은 정말 작고 귀여웠다.

"부장님, 영화 시작하기 2분 전이에요!"

"오냐, 간다, 가. 그거 1분 늦는다고 세상 망하냐."

"망해요! 사람들한테 민폐니까!"

규성은 자신을 보며 다급하게 발을 동동 구르는 희조차 사랑스럽다고 생각했고 그 순간 새삼스레 깨달았다.

절대로 저 여자에게서 벗어나기는 글렀다는 걸.

상영관에서 나온 희는 텅 빈 팝콘 통과 음료수를 쓰레기통에 버리고는 규성과 나란히 걸으며 영화에 대해 떠들었다.

"뻔했는데 해피엔드라 다행이에요."

그리고 그녀는 약속한 대로 팔짱을 껴 달라고 팔을 내미는 그에게 순순히 팔을 걸어 주었다. 팔짱을 끼자 규성도 자연스럽게 그녀의 보폭에 발을 맞추었고, 희는 편안하게 규성을 올려다보았다.

"새드 엔드는 싫어?"

올려다보는 희의 눈길에 그가 묻자, 희가 고개를 내저었다.

"그건 아니지만 그냥 왠지 찜찜하거든요."

"너는 봐도 눈물 한 방울 안 흘릴 것 같은데."

규성의 말에 희는 울컥한 마음이 들어 그의 팔뚝을 힘껏 꼬집었다.

"아파, 인마! 내 팔이 무쇠냐. 허구한 날 꼬집게?"

"부장님이야 말로 감수성이 있기는 하세요? 로맨스가 뭔지는 아시죠?"

희가 더 이상 팔짱 끼기 싫다는 듯 팔을 풀자 규성이 서둘러 그녀의 허리를 붙잡으며 "어허, 이 녀석 봐라?" 하고 능글맞게 말했다.

"내가 이래 보여도 마음은 십 대다, 권희."

"웃겨, 서른한 살 먹은 아저씨면서."

허리에 손을 은근슬쩍 감은 그의 손등을 꼬집어 준 희는 눈을 새초롬하게 뜨며 대꾸했다.

"마음이 십 대여서 항상 야한 것만 생각하신다 이거죠."

"누가 야한 생각을 했다고 이래?"

티격태격하면서 주차장을 나온 희는 그렇게 말싸움을 하고도 조수석을 열어 주는 규성의 태도에 빵빵하게 부풀렸던 볼의 공기를 슬그머니 뺐다.

"그래도 남자 배우가 표현이 좋아서 보는데 편했어요. 딱히 오글오글하지도 않고."

조수석에 앉으며 이번엔 잊지 않고 안전띠를 맨 희가 들뜬 목소리로 말하자, 막 운전석에 착석한 규성이 "그래?" 하고 어딘가 불만스러운 음성으로 대꾸했다.

"난 별로던데."

"그래요? 전 괜찮았는데."

"못생겼잖아."

잠깐. 대화의 초점이 엇나갔다.

희는 그제야 그가 눈을 매처럼 치켜뜬 이유를 알았다. 하지만 그가 이런 데에까지 질투한다는 건 기절초풍할 일이다. 질투할 게 없어서 스크린 속 남자를 질투하다니.

하여간 이 남자 정말 가지가지 한다.

"요즘 제일 잘나가는 배우인데요? 연기도 잘해서 상도 몇 번 받았어요."

"나보다 못생겼어. 코도 낮고, 눈도 딱 보니까 칼 댔던데. 넌 눈은 장식으로 달고 다니냐? 그런 건 척하면 척해야지. 요즘 여자들은 다 알던데."

최고 잘나가는 톱스타가 자기보다 못생겼다니.

하지만 희는 규성의 말을 조금 인정했다. 잘생긴 레벨로 따지자면 규성이 한 수 위다. 물론 그녀가 규성을 하도 자주 훔쳐보느라 눈이 뒤집혀서 그렇게 보이는 건지도 모른다.

"그럼 부장님은요?"

"척 보면 모르냐? 자연산이잖아."

그가 신경질적으로 기어를 넣으며 후진을 하자, 희가 "흐음. 그래요?" 하고 말하며 퉁명스레 말했다.

"근데 저는 부장님처럼 코 높은 남자는 별로예요."

"왜?"

다른 여자들은 이런 남자 찾느라 애가 타는데 권희는 그게 싫단다. 규성이 불만 가득한 표정을 짓자 그녀는 진심이라는 듯 제 코를 톡톡 두드렸다.

"우리 엄마가 그랬거든요. 코 높은 남자는 바라는 것도 많아서 여자 힘들게 한다고.”

“그건 살아 보지 않으면 모르는 거잖아. 콧대 높은 남자가 다 그러라는 법 있냐?”

“우리 아빠 코가 높아요. 그러니까 99퍼센트 믿을 만하죠. 근데 부장님도 코 높으시잖아요.”

“야, 그건…….”

규성의 입술이 미미하게 틀어진 걸 발견한 희가 피식 웃었다.

“부장님.”

“뭐, 인마.”

“지금 코 낮추는 성형 수술 없나 생각하셨어요? 설마 아니죠?”

“낮추기는 개뿔. 남들은 돈 주고 세우는데 내가 왜 낮춰, 나는 내 자식한테 내 코 물려줄 거야.”

뜨끔했지만 규성은 무덤덤하게 대꾸하며 주차장을 빠져나갔다. 매끄러운 콧대를 문지른 규성은 손을 슬쩍 내리고선 자신과 다르게 아담한 그녀의 콧잔등을 내려다보았다.

“그래도 역시 전 코가 적당히 높은 남자가 좋아요.”

“너 나 지금 약 올리냐?”

규성이 울컥한 듯 격하게 말하자 희가 어깨를 으쓱했다.

“설마요. 부장님 코도 멋진 코예요.”

말을 마친 그녀는 창문으로 들어오는 바람에 눈을 가늘게 떴다. 바람결에 갑작스럽게 드러난 목덜미가 쌀쌀하다.

하얗게 드러난 목덜미를 훔쳐보다가 재빨리 시선을 옮긴 규성은 룸 미러에 드문드문 들어오는 희를 보며 손에 힘을 꽉 주었다.

목 부분이 꽤 크게 팬 옷 때문에 위로 살짝 휘어진 쇄골이 보이고, 곡선이 예쁜 턱과 목이 여실히 드러났다. 이대로 더 그녀를 훔쳐보았다간 왠지 흥분해 버릴 것 같다.

겨우 호흡을 가다듬은 그는 정신을 다잡으며 정면을 보는데 희가 "아." 하고 중얼거렸다.

"영화 감사해요."

"연애 이야기라 지루해하는 줄 알았는데? 너 하품한 거 다 봤어."

"어, 보셨어요? 사실 약간 지루했어요. 아주 약간."

희가 솔직히 말하며 깔깔 웃었다. 그 움직임을 놓치지 않고 보던 규성은 이내 그녀의 귀에서 반짝이는 것을 보았다.

"귀걸이야?"

그의 질문에 희가 움찔하며 황급히 귀를 가렸다.

"원래 귀걸이를 하고 다녔던가?"

"어, 아뇨. 오늘만……."

규성이 몰랐다는 눈초리로 귀를 가린 그녀의 손목을 잡아 아래로 끌어 내렸다.

그는 주변에 정체되어 있는 차에서 흘러나오는 불빛에 반사되어 빨갛게 빛나는 모조 보석을 보았다.

처음 알았다. 그녀가 귀걸이도 하고 다닌다는 걸.

빨갛게 반짝거리는 빛은 희와 무척 잘 어울려서 그는 머리카락을 귀 뒤로 넘겨 주었다.

조심스럽게 잔머리를 넘겨 주는 손가락이 하얀 귓바퀴를 스친다. 규성은 바싹 굳은 희를 당장이라도 안고 싶었지만 순순히 귓불에서 손을 거두고 몸을 뒤로 물렸다. 그러고는 설렘이 가득 담긴 눈길로 얌전히 앉아 있는 그녀를 보았다.

잔잔하던 가슴이 그녀로 인해 또 빠르게 달음박질한다. 짧게 숨을 삼킨 그는 주먹을 가볍게 쥐고 입술을 눌렀다. 호흡이 조금씩 벅차 와서 정신이 아찔하다.

"귀걸이, 앞으로 회사에 하고 가지 마."

잠깐 사이에 규성의 목소리가 갈라졌다.

그녀는 한쪽 손을 들어 그가 건드린 귀를 만지작거렸다. 귓가에 가까이 닿을 때 났던 스킨 향……

희는 규성 모르게 심호흡을 했다. 다가오자마자 심장이 들썩거려서 혼이 났다. 귓가에 다가온 숨결에 기분 좋았다면 변태인 걸까.

횟횟한 뺨을 손등으로 문지르는데.

"권희."

규성이 나직하게 그녀를 불렀다.

순간 희는 심장의 혈액이 역류하는 걸 느꼈다.

"희야."

여전히 뻣뻣하게 앉아 있던 희는 그의 속삭임에 심장이 쿵하고 뛰는 걸 느꼈다. 조심스레 규성을 쳐다본 그녀는 살며시 미소 짓는 그를 보자마자 가슴이 쾅쾅 뛰는 소리를 들었다.

맙소사.

"귀걸이…… 잘 어울려."

그의 속삭임에 희는 생각했다.

아. 지금 당장, 당신에게 팔을 뻗어 안기고 싶다라고.

규성이 혹시 모를 사태에 대비해 냉동고에 쑤셔 둔 냉동 돈 가스는 일주일 내내 상에 올랐다. 가끔 치즈 돈가스인 척 사각형 모양의 치즈를 얹은 채로 나오며 변화를 거듭 시도하고 있지만 그래 봤자 그건 냉동 돈가스였다.

"이제 내가 네 밥상을 볼 때마다 투정 부리는 이유를 알겠냐?"

"와, 부장님. 저는 항상 부장님의 건강을 고려해서 야채 위주 식단으로 차린 거라고요."

일주일째 같은 음식을 먹는 데 질린 희가 젓가락으로 돈가스를 콕콕 찌르며 항의했다.

"시종일관 풀밭 식단이었잖아, 인마. 여기서 도 닦을 일 있냐?"

"요리 솜씨가 없는 걸 어떻게 하라고요. 그러게 누가 나랑 밥 먹으래?"

규성이 슬쩍 내밀어 주는 나물을 쳐다보던 희는 새치름하게 중얼거리면서도 그가 수저 위에 얹어 준 걸 군말 없이 먹었다.

"근데 너 요즘 은근 반말이다, 권희?"

"착각일 거예요. 아니면 부장님이 난청이시거나."

"착각은 개뿔. 나 아직 귀 안 먹었다."

"근데요 부장님, 이거 뭐예요? 새콤달콤해서 되게 맛있다."

희가 방금 전 규성이 집어 준 나물이 마음에 들었는지 눈을 빛냈다.

"그건 달래무침. 꽤 먹을 만한가 보다?"

규성은 자신이 직접 만든 반찬이 맛있다고 말해 주는 희의 말에 마음이 괜히 뿌듯해졌다. 그래서 달래무침을 그녀의 수저 위에 또 얹어 주며 "맛있냐?"라고 물었다.

"네, 맛있어요. 달달하고, 적당히 쌉쌀하고."

수저 가득 밥을 쌓아 달래무침과 함께 냠냠 삼킨 희는 수저에 묻은 밥풀을 떼어 먹으며 생긋 웃었다.

"이거랑 취나물에다가 봄동까지 해서 양푼에 비벼 먹으면 진짜 맛있을 것 같아요."

"저녁에 그렇게 먹을까?"

"네. 딱히 고추장 없어도 될 것 같은데요?"

봄동을 젓가락으로 건져 먹은 희는 굉장히 뜻밖인 그의 모습에 나날이 감탄 중이다. 설마 개꽃 부장에게 이런 기가 막힌 요리 솜씨가 있을 줄이야.

그와 아침 겸 점심 식사를 마무리 지은 희는 자신이 설거지하겠다고 자처했고, 규성은 소화가 되거든 하라며 대신 상 정리를 도와주었다.

매트리스에 앉아 무릎을 품에 끌어안고 있던 희는 규성이 자신의 공간 안에서 커다란 덩치를 일사불란하게 움직이며 무언가를 하는 게 너무나도 보기 좋았다. 그가 자꾸 사랑스러워 보여서 요즘 큰일이다. 봄이라고 눈에 콩깍지가 쓰인 걸까.

눈을 비비적거린 희는 그대로 몸을 옆으로 기울여 침대 위에 누웠다.

정말 거의 1개월 반 전까지만 해도 규성과 이런 관계가 될 줄은 몰랐다. 지금도 몹시 애매하지만, 설마 누구도 아닌 개꽃 부장과 이렇게 될 줄이야 알았던가.

**소란스러운
관계**

희는 한동안 평화롭게 회사 일을 하고 있었지만 마음만큼은 소란스러웠다. 규성을 볼 때마다 심장에 걸터앉은 웬 소녀 하나가 자꾸 수줍게 비명을 지른다. 심지어 그를 볼 때마다 습관적으로 자꾸 그의 손길을 기다렸다.

어느새 침대에 일자로 쭉 누운 희는 파란 벽지를 보자 난데없이 바닷가에 가고 싶어졌다.

"부장님. 부장님."

"왜, 왜?"

두 번 부르자 규성이 부엌에서 두 번 대답한다. 그의 대꾸에 슬쩍 웃은 희는 "바다 좋아하세요?"라고 물었다. 설거지를 해야 할 그릇들을 개수대에 담가 놓은 규성은 "바다?"라고 되물으며 주방 옆으로 고개를 쏙 내밀었다.

요것 봐라. 권희 팔자가 상팔자라고, 희는 밥을 먹고 침대 위에 누워 있었다.

"너 밥 먹고 바로 누우면 체한다."

"괜찮아요. 예전에 개꿀 부장이라고 있었는데 그분한테 욕을 하도 먹어서 이젠 쇠를 씹어 먹어도 소화시키거든요."

"참나, 인마. 누군 그짓 하면서 욕 안 먹은 줄 알아?"

그의 얼굴엔 나름 억울하다는 항의가 드러나 있어서 희는 누운 채로 그를 쳐다보며 "하긴." 하고 수긍했다.

"부장님이 그동안 먹은 욕을 생각하면 천년만년 사실지도 모르겠네요. 부장님은 꼬부랑 할배가 돼도 분명 성격은 꼬장꼬장하실 거예요."

"너야말로 나중에 나잇살 먹고 성질부리는 할망구감이야."

그래도 예쁘고 귀여운 권희겠지만.

뒤에 내뱉고 싶은 본심은 쏙 삼킨 채 규성은 침대 맡에 놓인 책장에 등을 기대고, 챙겨온 책을 마저 읽기 위해 펼쳐 들었다.

머리맡에 있는 규성이 조용해지자 희는 고개를 살짝 뒤로 젖혔다. 희는 어느새 규성과 이렇게 한 공간에 있는 게 익숙했다. 책을 읽는 그를 물끄러미 보고 있으면 어느 순간부터인가 이곳에 있는 게 더는 외롭지 않게 되었다는 걸 깨달았다.

제어가 되지 않는 마음이 심장 위에서 자꾸 달음박질을 칠 때마다 희는 그와 키스한 날을 회상했다. 목덜미에 슬쩍 닿았던 규성의 뜨거운 손바닥을 생각하면 희는 저절로 어깨가 움츠러들고 아랫배가 꽉 조여들었다. 그런 느낌이 들 때마다 희는 스스로가 발정 난 고양이 같았다.

그래서 심술로 규성이 읽고 있던 책을 잡아당겼는데, 여전히 책을 읽는 중간에 방해받는 게 싫은 그가 희를 향해 눈살을 찡그렸다.

"부장님만 읽으세요?"

"그럼 책 하나를 나눠서 읽으랴?"

규성은 말도 안 되는 떼를 쓰는 희를 보았다. 어제오늘 들어 희가 이런다. 사소한 걸로 투정을 부리고 별거 아닌 걸로 볼을 부풀린다. 그의 눈엔 그것도 귀여워서 문제지만, 심심찮게 늘어 가는 그녀의 변화가 조그만 기대로 다가왔다.

"읽어 주시면 되잖아요."

"이걸?"

"네. 가끔 저희 오빠도 그래 줬거든요. 같은 책을 읽고 싶다고 제가 칭얼거리면 오빠가 읽어 줬어요."

규성은 그녀의 오빠가 누구인지 알고 있지만 모르는 척했다.

"권희한테 오빠가 있는 줄은 몰랐네."

"……네, 되게 멋진 오빠예요."

"설마. 나보단 안 멋있겠지."

자신만만한 규성의 말에 "뭐예요, 그게." 하고 말하며 웃음을 터뜨린 희는 머리칼을 아이처럼 쓰다듬어 주는 규성의 손길에 눈을 살짝 감았다.

그녀는 잠들어도 좋다는 듯이 머리를 쓸어 주는 그의 빗질에 무릎베개를 해 주고 머리를 쓰다듬던 명을 떠올렸다.

"그래도…… 부장님보단, 역시 우리 오빠가 좀 더 멋있어요."

그는 조그맣게 웃는 그녀를 보며 다가가고 싶은 마음을 억눌렀다.

언제부터인가 그녀가 말이 늘었다. 규성은 이런 권희의 변화에 가슴 벅찼다. 단지 애정 표현을 하지 못하는 묘한 상황일 뿐, 규성은 희를 늘 원했다. 그저 그녀가 이 거리를 지키고 싶어 하는 것 같아서 그는 큰맘 먹고 기다리기로 한 것뿐이다.

"그러고 보니까, 부장님도 가족이 많다고 하셨잖아요."

"맞아. 오 남매니까. 징글징글하지."

"왠지 궁금한데. 부장님 형제들은 어떤지."

"우리 형 빼고 다 나 같은 성격이야. 쌍둥이는 더 개망나니고."

"……진짜요?"

그 말은 윤규성 네 명이 집 안에 있다는 건데. 희가 믿기지 않는다는 듯이 눈을 끔뻑이자 그가 피식 웃는다.

"진짜야. 둘째 누나 영향을 너무 받았거든. 형은 온화함 그 자체인데 둘째 누나는 왈가닥 여장부라서. 여자인데 나보다 입도 더 걸걸하고 손도 매워."

"그럼 그 누님은 완전 여자 윤규성이네요?"

규성은 그녀의 말에 피식 웃고는 책을 가리키면서 "읽어 줄까?"라고 물었다.

"네. 읽어 주세요."

희가 대답하자 그는 눈으로 읽던 곳을 느리게 낭독했다.

그의 목소리에 귀를 기울인 희는 규성의 옆모습을 슬쩍 보았다. 손을 뻗으면 바로 닿을 것 같은 그가 너무 멀게만 느껴지자 어떻게든 그에게 안기고 싶다는 욕망이 자꾸 부풀어 오른다.

괜히 민망한 상상에 뺨을 희미하게 붉힌 그녀는 규성의 팔뚝에 머리를 기대고는 조용히 그를 불렀다.

"부장님."

"왜? 다른 데 읽을까?"

"아뇨. 그 책 다 읽으실 때까지 어디 가시면 안 돼요."

"가라고 해도 안 갈 거야."

희를 애틋하고 소중하게 보며 미소 지은 규성은 페이지를 넘기고 다음 장을 읽으려다가 시야의 한 귀퉁이를 푸르게 물들이는 벽지를 쳐다보았다.

"진짜 바다나 갈까."

갑작스러운 말이었지만 희는 고개를 끄덕이며 "지금 가요."라고 말했다.

"지금?"

"네, 지금. 싫으세요? 싫음 말고."

희가 은근슬쩍 엉덩이를 뒤로 빼며 말하자 규성이 웃음과 함께 그녀의 머리칼을 넘겨 주며 속삭였다.

"가자. 바다 본 지도 오래됐으니까."

네가 가고 싶으면 어디든 가자라는 말을 속으로 삼킨 규성은 자신을 보며 어느새 예쁘게 웃기 시작한 희를 보며 덩달아 환하게 웃었다.

어디든 권희와 함께 간다면 아무것도 하지 않아도 행복할 것이다. 그는 그렇게 생각하며 자리에서 일어나 나갈 채비를 하는 희를 설렘이 만연한 눈으로 보았다.

어느 소설에서인가 읽은 기억이 있다.

한 남녀가 있었는데 그들은 가난과 기아와 전쟁과 정변 속에 한평생을 살았다. 병란兵亂 속에 일평생을 산 그들이 간신히 평온을 얻은 건 삶의 끝자락에서였다. 하지만 이제는 노인이 된 남녀는 서로의 손을 잡으며 이렇게 말했다. 정말 멋진 나날들이었어요라고.

희는 꼬부랑 할머니가 되거든 자신처럼 착하지 않고 예쁘지도 않은 여자와 일평생을 함께해 준 사람에게 꼭 그 말을 해 주고 싶었다. 당신 덕분에 멋진 나날을 살았다라고.

난데없이 이런 생각이 든 건 날씨가 마치 지구 최후의 날처럼 요란해서이리라. 하늘은 진한 잿빛이었고 파도는 무서울 만큼 넘실거리며 하얀 거품을 모래사장 끄트머리까지 토해 냈다. 두 사람이 탄 차를 두드리는 빗소리도 봄비치곤 거칠었고 투박했다.

세상은 비가 내리는 소리로 그렇게 시끄러웠는데도 그들이 있는 차 안은 기분 좋은 조용함으로 가득했다.

모래사장으로 진입하는 입구 주차장에 차를 세워 두고서 규성과 희는 뒷좌석에 앉아 별거 아닌 이야기를 나누었다. 갑작스럽게 바다를 보러 출발한 터라 비가 내린 건 정말 예기치도 못한 일이었다. 그래서 하는 수 없이 차에 탄 채로 멀찌감치 바다를 보는 것으로 만족했다.

규성은 멀리까지 운전하고 오느라 꽤 지쳤는지 라디오에서 흘러나오는 클래식을 듣자마자 스르륵 졸아 버렸다.

의자를 뒤로 조금 밀어 두고 깊이 잠이 든 규성을 쳐다보던 희는 클래식이 그치고 날씨 예보를 하는 아나운서의 목소리에 라디오 볼륨을 조그맣게 줄였다.

아주 예전에 그를 정말 얄밉게 생각했을 땐 잠도 자지 않는 철옹성일 거라고 생각했는데 지금의 윤규성은 그 누구보다도 인간적인 사람이었다. 퍼 준 밥을 다 안 먹으면 삐치고, 반찬이 별로라고 투정을 부리면 실망하고, 맛있다고 말해 주면 얼굴에 웃음꽃이 피는, 꽤 단순하고 귀여운 남자.

그래서 희는 규성이 자신에게 마법을 부린 게 틀림없다고 생각했다. 대로에서 그의 새끼손가락을 잡고 걷는 내내 그가 자신에게 마법을 부렸다고 멋대로 억측했다. 그렇지 않고서야 그날 이후로 규성이 밉게 보이기는커녕 좀 더 괜찮고, 멋있는 남자로 보일 리가 없으니까.

그녀는 세상모르고 잠이 든 규성을 다시 한 번 응시했다. 곧히 잠이 든 건지 확인해 보기 위해 규성의 눈앞에 대고 손을 흔들어 보았지만 그는 미동도 없었다.

희는 조수석과 운전석 사이에 낀 콘솔 박스를 손바닥으로 짚으며 규성의 얼굴을 찬찬히, 그리고 깊게 뜯어보았다. 눈을 가느다랗게 감고 있는 그를 빤히 보고 있자니 심장이 선득선득 뛰어서 입술을 꼭 다물었다. 하지만 그를 좀 더 가까이에서 보고 싶었다.

조금 용기를 내어 가까이 다가가자 미미하게 벌어진 규성의 입술 사이에서 바람 새는 소리가 들렸다. 그 사이에서 나오는 소리를 듣던 희는 고개를 숙여 그의 가슴에 귀를 기울였다.

그녀는 두근거리는 심장 박동을 들으며 눈을 감았다.

규성의 심장 소리를 듣고 있으려니, 오래전 그가 고백했던 것이 떠올랐다.

'네가 좋아서 그런다.'

정말 지나가듯 흘린 말이었는데 심장 소리 때문인지 뒤늦게 그 말의 무게감이 가슴에 훅 전해져 온다.

'네가 좋다니까.'

노곤하게 잠든 규성의 얼굴을 물끄러미 올려다본 희는 둔하게도, 그를 보는 내내 입술이 간지러웠던 이유가 입을 맞추고 싶기 때문이라는 걸 깨달았다.

매일 밤 깜깜해지는 것을 무서워하던 희의 옆을 지켜 주었던 명도, 그녀가 예쁘다면서 다가왔던 남자 친구들도, 모두 다양한 이유로 떠나 버렸는데 지금 그녀의 곁에 윤규성이 있다.

희는 손등을 들어 그의 뺨을 어루만지고는 다시 심장 소리를 들었다.

남녀 관계에서 미는 건 어중간히 하더라도 당기는 것만은 확실히 하라고 늘 서현과 연서에게 교육을 받아 왔던 희였다. 그 덕에 그녀는 어렴풋이 여자의 감으로 알 수 있었다.

이제는 있는 힘껏, 윤규성을 당겨야 할 순간이라는 걸.

—남부 지방에서 올라온 비구름이 북쪽으로…….

간간이 지지직거리는 전파 소리와 깨끗한 아나운서의 목소리에 규성이 가늘게 눈을 떴다. 희의 이야기를 들어 주다가 까무룩 잠이 들어 버린 것 같은데 밖은 아직도 비가 내리고 있었다. 뻐근한 목으로 옆으로 기울인 규성은 "깨우지 그랬냐." 하고 말하며 조수석을 쳐다보다는데.

"……권희?"

그의 얼굴이 새하얗게 질렸다. 조수석이 텅 빈 것을 보자마자 다급히 뒷좌석을 돌아보았지만 역시나 없다. 물기가 바싹 마른 손바닥으로 얼굴을 쓸어내린 규성이 다급히 차에서 내리려는데 아주 멀리, 덩그러니 사람의 형체가 보였다. 와이퍼를 움직여 계속해서 흘러내리는 빗물을 밀어낸 규성은 바닷가에 서 있는 사람을 보자마자 얼굴이 창백한 빛깔로 변했다.

권희의 오빠 권명은 자살을 시도했고 그의 바람대로 죽

었다. 사랑하는 가족의 자살이라는 건 절대로 혼자서 감당할 수 있는 게 아니었는데도 권희는 일언반구도 하지 않았다. 규성은 그녀가 이야기할 때까지 기다리겠다고 생각했지만 당장에라도 무섭게 파도가 치솟는 바다로 뛰어들어 갈 듯 구는 희가 무서웠다.

이대로 그녀가 없어진다면…….

운전석 문을 왈칵 열어젖힌 규성은 차에서 내리자마자 머리카락을 흠씬 두들기는 빗줄기에 잠깐 하늘을 쳐다보았다. 빗줄기는 어느새 많이 가늘어졌지만 바다는 여전히 요동치며 모래사장으로 크고 높은 파도를 보내고 있었다.

규성은 정강이까지 바닷물에 담그고 있는 그녀의 뒷모습에 두려움이 치솟았다.

가끔 희가 구석에 앉아 꾸벅꾸벅 졸고 있는 걸 볼 때면 규성은 그녀가 살아온 방식을 가늠해 보려고 애썼다. 원룸에 놓인 물건들을 차근차근 뜯어보고, 그녀가 사 놓고 쌓아 둔 책을 눈여겨보고, 그녀가 앉았을 빨간 의자에 앉아도 보면서.

하지만 그 좁디좁은 원룸에 오래 있으면 있을수록 규성은 가슴이 아팠다. 어째서 권명은 희를 혼자 뒀을까? 왜 그녀처럼 작고 여린 여동생을 버리고 떠나 버렸을까.

그는 졸음에 겨워 고개를 꾸벅대는 희를 보면서 울고 싶었다. 밥을 같이 먹을 때 꼭 맛있는 반찬을 남의 수저에 놓아 주는 그녀를 보면서 몇 번이나 미안하다고 말하고 싶었다. 보기만 해도 예쁜 그녀를 사람들은 왜 그렇게 버릴 생각만 했을까.

사랑하자고 생각하기도 전에 그는 말끄러미 올려다보는 그녀의 까만 눈동자에 어느새 사랑스러움을 느끼고 있었다.

"권희!"

옅은 겨자 빛깔의 카디건을 우산처럼 머리 위에 덮고 있던 희는 자신을 호명하며 어깨를 부술 듯 붙드는 규성의 힘에 화들짝 놀랐다.

"부장님?"

뒤를 돌아보기 무섭게 아프지 않을 정도로 꿀밤을 맞은 희는 자신을 백사장으로 끌고 가는 규성의 손길에 어안이 벙벙해졌다.

희는 비에 홀딱 젖은 규성에게 재빨리 자기가 쓰고 있던 카디건을 뒤집어씌워 주고선 "부장님, 괜찮으세요?" 하고 물었다.

안색이 창백하게 질린 규성은 당장에라도 쓰러질 듯 위태하게 희를 쳐다보고 있었다. 비를 맞아 몸의 온도가 급격히 내려갔는지 하얗게 핏기가 가신 입술 사이에서 희미한 입김마저 새어 나오고 있었다.

"잠깐 바다에 들어갔어요, 진짜 잠깐이에요."

흔들리는 그의 눈빛에 희가 무어라 말하기도 전에 규성은 또다시 그녀의 이마에 꿀밤을 먹였다.

"너 진짜 혼날래? 날씨 상태 안 보이냐?"

"아뇨, 부장님, 저기⋯⋯."

"사람 간 떨어지게 하는 짓도 작작해야 할 거 아니야!"

"그게⋯⋯ 기껏 바다까지 왔는데 아쉬워서⋯⋯."

"그걸 말이라고 해, 너는!"

"그거 발 좀 담갔다고!"

규성은 카디건을 도로 그녀의 머리 위에 덮어 주고선 난폭하게 자신의 쪽으로 당겼다.

"시끄러워. 우선 차에 가서 얘기해."

희는 규성의 힘에 이끌려 백사장에서 벗어나기 무섭게 등을 떠밀리다시피 뒷좌석에 올라탔다. 타자마자 신경질적으로 날아온 수건 두 장을 얼떨떨하게 받아 든 희는 언젠가 자신의 차에는 마약 빼고 다 있다던 규성의 우스갯소리를 떠올리며 배시시 웃었다.

하지만 웃는 것도 잠깐. 세게 닫힌 문소리에 어깨를 흠칫 떤 희는 자신을 죽일 듯이 노려보는 규성의 눈길에 그저 허허 웃었다. 바보도 아니고, 그 파도가 넘실대는 바다에 정말로 들어갈 생각을 했을까 보냐. 그래도 규성의 표정은 무서웠다. 저렇게까지 살기등등한 얼굴은 실로 오래간만이어서 희는 저절로 규성의 눈치를 살필 수밖에 없었다.

"저어, 부장님?"

"조용히 해."

"……."

"지금 어떻게 혼내 줄까 생각 중이니까."

"진짜 발만 요만큼 담갔다니까요. 보셨잖아요!"

수건을 내리고 항의하자 그가 눈을 번뜩이며 희를 노려보았다.

"비 올 때는 계곡이나 바다에 들어가지 말라는 충고도 못 들었냐? 여기 백사장에 있는 경고 문구 안 보여? 너 한글 못 읽어, 인마? 술 마셨거나! 비 올 때! 들어가지 말라잖아!"

단어 하나하나에 힘을 주어 말하는 규성의 목소리는 날카롭고 무서웠다. 대체 뭐가 윤규성을 이렇게까지 불안하게 했을까. 비가 내리는데 바다에 들어가서? 아니면, 말도 없이 차를 나가서? 여기에 그를 혼자 둬서?

희는 도무지 자신을 쳐다보지 않는 규성의 뒷모습을 응시했다.

"그게…….."

"권희."

그녀가 무언가를 말하려 하자 규성이 다시 싸늘한 목소리로 희를 불렀다.

"또 그럴래?"

규성이 떨리는 목소리로 묻자 희는 고개를 세게 도리질했다.

"아뇨."

"잘못한 거 알아, 몰라?"

"……알아요."

규성은 네가 권명처럼 죽어 버리는 줄 알았다고, 그렇게 말하려다가 조용히 입술을 쓸어내렸다.

"권희."

"네."

"……희야."

희는 더 이상 그의 부름에 대답할 수가 없었다. 어느새 몸을 돌린 규성이 그녀를 곧장 보고 있었다.

탐욕스럽고 아찔한 눈빛을 드러내는 그를 보고 수건으로 얼굴을 가린 희는 가까이 다가온 숨소리에 눈을 질끈 감았다.

그녀의 뺨을 쓰다듬던 규성은 고개를 숙여 더 가까이 다가갔다. 입술 끝에 희의 뺨이 닿고, 체온이 느껴지자 그는 그제야 안도했다.

"희야······. 권희."

규성은 작게 트여 있던 그녀의 입술 위에 입을 맞추었다. 미미한 균열처럼 갈라져 있던 입술 사이로 그의 입술이 가볍게 맞물렸다가 떨어진다.

거부하지 않고 눈을 감았다가 가늘게 뜬 희는 축축해진 수건을 꽉 움켜쥐었다. 입술에 닿았던 따스한 느낌에 희는 눈가에 눈물이 핑 돌았다.

그의 손길이 이마에 붙은 머리칼을 뒤로 넘겨 주자 물기 어린 그녀의 눈가가 드러났다.

"······한 번만."

열기에 타들어 가는 것 같은 규성의 목소리가 희의 귓가를 간질였다.

"한 번만 더 해도 돼?"

눈가 밑부분이 빨갛게 물든 그가 가슴이 벅찰 정도로 사랑스러워서 그녀는 고개를 끄덕이고 눈을 감았다.

희가 눈을 감기 무섭게 규성은 가늘게 갈라져 있는 입술에 다시 한 번 더 입을 맞추었다. 아무것도 하지 않고, 정말로 가볍게 입을 맞추는 것으로 마무리를 지은 규성은 허둥지둥 새 수건을 펼쳐 그녀의 머리에 씌워 주고는 그녀를 품에 안았다.

"미안."

나직한 목소리에 희는 "뭐가요?"라고 물었다. 그러자 규성이 젖은 그녀의 머리카락을 수건으로 살살 털어 주며 답했다.

"······그냥."

규성의 품에 코를 묻고 있던 희는 차갑게 얼어붙은 몸을 어루만지는 손길을 느끼자마자 쏙 들어갔던 눈물이 다시 흰자위에 맺히는 걸 느꼈다.

"화낸 것도 미안하고."

떨리는 규성의 목소리에 그녀는 옷자락을 움켜쥐고선 그제야 깨달았다.

"이렇게까지 예쁜데 왜 진작 못 알아봤을까, 후회도 돼서."

세상에…… 이렇게까지 설렐 수가 있을까.

"좋아해, 권희."

이렇게까지 기쁠 수가 있을까.

"사랑해, 희야."

속삭이는 규성의 목소리에 희는 울음을 꾹 참으며 속으로 답했다. 네. 저도요. 저도 당신을 좋아해요라고.

역시 세상일은 뭐니 뭐니 해도 타이밍이다……라고, 희는 외관이 깔끔한 호텔에 들어서며 생각했다.

그러니까 지금 그녀는 절호의 순간을 놓쳤다. 나도 당신을 좋아해요 한마디면 되는데 그 말을 하지 못했다. 규성이 젖은 희를 보고 어디든 가서 몸부터 말리자고 하는 바람에 더 그렇게 되었다.

규성에게 순순히 이끌려 호텔에 들어선 희는 감기 들기 전에 씻으라며 그가 건네주는 티셔츠를 받아 든 그녀는 잠깐 고개를 갸웃했다.

"바지는 안 주세요?"

그녀는 규성이 들고 있는 반바지를 보며 물었다. 그러자 상의를 벗으려던 그가 피식 웃으며 희의 콧잔등을 아프지 않게 손가락으로 튕겼다.

"그럼 나는 뭘 입으라고, 이 녀석아."

그녀는 그제야 마찬가지로 홀딱 젖은 그를 보고 아차 싶었다. 짐을 싸 들고 놀러 온 것도 아니었는데 어째서 규성이 챙겨 온 옷이 더 있을 거라고 생각한 걸까.

희는 민망함에 얼굴을 붉혔다. 그래서 욕실에서 주춤주춤 비켜서며 "으음, 저…… 그럼 먼저 씻으실래요?" 하고 물었다.

그러자 규성은 희와 욕실을 번갈아 쳐다보더니 "아니, 괜찮아. 먼저 씻어. 난 그렇게 많이 안 젖어서 옷만 갈아입으면 돼."라며 정중히 등을 욕실 쪽으로 떠밀어 주었다.

그는 비에 젖어서 입술이 퍼렇게 질린 희가 걱정스러웠다. 아무리 속력을 낸다 해도 그들이 사는 곳에 도착하면 어두컴컴한 밤일 게 뻔해서, 규성은 무리수라는 걸 알았지만 급한 대로 희를 호텔로 데려왔다.

그에게 등이 떠밀린 희는 자신만큼은 아니지만 꽤 젖은 규성을 보았다.

"그러다가 감기 걸리셔도 몰라요."

"신경 쓰이면 같이 씻을까?"

"부장님, 자꾸 이러시면 성희롱으로 신고할 거예요!"

규성의 말에 잽싸게 화장실로 들어가서 그를 흘겨본 희는 욕실 문을 잠갔다.

정말 개꽃 부장은 부끄러운 줄도 모르는 모양이다. 어쩜 그런 말을 저렇게 간단하고 쉽게 할 수 있나.

짧은 팬츠를 벗은 그녀는 수건과 함께 걸어 놓은 규성의 옷을 보며 저절로 '크다'라는 생각을 했다. 티셔츠를 만지작거리던 희는 옷에 코를 묻고 냄새를 맡았다. 잘 마른 빨래 냄새가 난다. 그에게서 평소 풍기는 냄새가 건네준 옷에서 나자 희는 하염없이 쑥스러워졌다.

속옷만 남겨 두고 옷을 모두 벗은 희는 거울에 비춰지는 스스로의 몸을 빤히 쳐다보았다. 커다란 거울을 보는 순간 희는 속옷이 예쁘지 않은데 하고 떠올리고 말았다.

"그래도 속옷은 안 젖어서 다행이다."

규성이 아무리 차에 어지간한 걸 다 들고 다닌다지만 여자 속옷까지 있으면 그건 진짜 이상한 일일 테니까.

그녀는 속옷을 벗고 어느새 수증기가 가득한 샤워 부스로 들어갔다. 따뜻한 물이 피부에 닿자마자 차갑던 몸이 순식간에 흐물흐물 녹았다.

바닷물이 묻은 다리를 뽀드득뽀드득 소리가 나게 닦은 그녀는 긴 머리카락을 뒤로 넘기며 수건과 함께 걸어 둔 규성의 여벌 옷을 물끄러미 쳐다보았다.

오늘 정말 아무 일도 없을까?

낯부끄러운 생각을 한 희는 괜한 창피함에 황급히 뜨거운 물을 차갑게 바꾸고선 어깨를 오들오들 떨며 홧홧하게 오른 열기를 식혔다.

한편 희를 먼저 욕실에 들여보낸 규성은 수건으로 대충 머리를 털고 무릎까지 오는 바지로 갈아입었다. 몸의 물기를 닦은 그는 여전히 비가 내리는 호텔 창밖을 쳐다보았다. 봄비치곤 격렬한 빗줄기는 지금 규성의 심정과 비슷했다. 먹이를 두고도 건드릴 수 없는 육식 동물의 비애가 이런 걸까.

분명한 건 희가 그를 아주 조금 허락했다는 것이다. 차에서 한 번만 더 입을 맞추어도 되겠냐고 물었을 때 규성은 턱을 주억거리며 눈을 감는 희를 보고 심장이 바닥으로 곤두박질쳤다. 마음 같아선 그 자리에서 게걸스럽게 먹어 치우고 싶었지만 차에서 즐기기엔 배려가 없는 것 같아 어쩔 수 없이 짧게 입맞춤을 끝냈더랬다.

이러다가 정말 수도승이 될 것 같다. 아까 일 때문에 머리도 아프고, 입도 심심하고, 거기다가 아랫도리까지 팽팽하게 당기고.

그만큼 희와 입맞춤은 강력한 효과를 보여 주었다. 키스도 아니고 뽀뽀 한 번에 이렇게까지 흥분할 정도면 윤규성 정말 갈 때까지 다 갔다.

"고역이다, 진짜."

드라이어로 셔츠를 말리던 규성은 문득 이 사태에 짜증이 났다. 그녀는 왜 군말 없이 따라왔을까. 입술을 씰룩거리며 눈을 가늘게 감은 규성은 다시 욕실을 힐끗 쳐다보았다.

곁에 너무 들러붙어 있다 보니 '남자'가 아니라 '친구'처럼 느껴진 건 아닐까 하고 규성이 뜨악할 즈음, 희가 욕실에서 뿌연 수증기와 함께 나왔다.

심신이 지친 시선으로 그녀를 한 번 보았다가 고개를 돌렸는데, 규성은 이내 적잖은 충격을 받고 희를 다시 응시했다.

큼지막한 티셔츠 아래로 하얗고 길게 뻗은 허벅지를 보고선 규성은 희를 호텔로 데려온 걸 후회했다. 하지만 그는 최대한 태연하게 "다 씻었냐." 하고 물었다. 여기서 흥분한 티를 내면 여태까지 사리탑을 쌓으며 허벅지를 찔렀던 밤이 물거품이 되는 것이었다.

"네. 부장님도 씻으세요."

"난 옷 좀 말리고."

희는 습기가 조금 찬 방을 둘러보다가 규성을 보았다. 단단해 보이는 그의 팔 근육과 가슴을 쳐다보던 희는 어쩐지 심히 부끄러웠다. 그런 마음을 들킬세라 고개를 푹 숙이고 침대에 앉는데 규성이 희를 힐끗 돌아본다.

"권희."

"네?"

규성이 뒤를 돌아보기 무섭게 다리를 싹 오므린 희가 눈을 빠르게 깜빡였다.

"이리 와. 머리 말려 줄게."

웬일로 친절함을 베푸는 규성의 말에 희가 조금 주저하자 그가 눈살을 찡그리며 "머리 안 말리냐? 너 그러다 감기 든다." 하고 은근히 재촉했다. 희는 바닥을 두드리는 규성의 손을 보다가 슬쩍 아래로 내려갔다.

텔레비전에 비치는 그의 모습을 훔쳐본 희는 다리를 품에 끌어안고는, 젖어서 무거운 머리칼을 능숙하게 빗질하는 손길에 피식 웃었다.

"머리 말려 주는 게 익숙하시네요."

"자주 해 봤거든."

덤덤한 대답이었지만 오해하기 쉬운 내용에 희가 입을 다물자 규성이 재빨리 말을 덧붙였다.

"또 멋대로 망상의 나래 펼치지 말고."

"그럼 뭔데요."

"쌍둥이 녀석들 학교 갈 때마다 내가 머리 말려 줬거든. 그때 숙달된 것뿐이야."

예전에 그의 가족에 대해서 들은 게 생각난 희는 "동생분들이 많이 어려요?" 하고 물었다.

"지금 그 녀석들이 고등학교 1학년인가, 2학년인가."

무덤덤하고 단조로운 규성의 목소리에 희는 순간 머릿속으로 계산이 가질 않아 어리둥절했다.

"저, 부장님. 부모님 연세가 어떻게 되세요?"

"아버지는 곧 예순다섯인가 그러시고 어머니가 젊으시지. 열아홉 때 아버지한테 시집왔거든."

"열아홉요?"

희가 화들짝 놀라며 음색을 높이자 규성이 키득키득 웃으며 "진짜라니까." 하고 답했다.

"음, 어머니는 고등학교 졸업할 즈음에 형을 임신하시는 바람에 아버지가 미워 죽는 줄 알았대. 근데 우리 아버지는 아버지대로 꽤 초조해하셨더라고."

"어머니가 미인이신가 봐요."

물론 윤규성만 봐도 대충 어머니의 미모가 대충 짐작이 간다. 아들을 저렇게 낳은 분인데 오죽 미인이실까.

"뭐, 미인이긴 하시지. 어린 신부 덜컥 임신시키고 아버지가 뭐라고 변명했는지 알아? 어머니가 너무 젊고 예쁘니까 고등학교를 졸업하자마자 대학 핑계 대고 자기를 떠날까 봐 어떻게든 수를 써야 했대. 그렇게 해서 태어난 게 형이지. 지금은 그랬다간 범죄지만 말이야."

"그럼……두 분이 한 열 살 정도 차이 나시는 거네요."

"대충 그 정도 나시지."

규성은 허구한 날 어머니에게 휘둘리는 아버지를 떠올렸다. 그의 아버지가 얼마나 팔불출이냐면, 어머니가 새로 나온 아이돌 가수를 보며 괜찮다는 말을 할 때마다 눈에 불을 켜고 질투심을 드러내는 양반이었다. 나이가 예순을 훌쩍 넘은 양반이 그러다 보니 규성은 가끔 내가 나이를 먹으면 저렇게 되는 건 아닐까 하는 불길함에 몸을 떤 적이 한두 번이 아니었다.

"부장님 아버님도 대단하시네요. 능력이 있어야 예쁜 여자도 데리고 사는 건데."

"……썩, 아주 대단한 건 아니야."

바닥에 떨어진 머리카락을 한데 모아 쓰레기통에 버리는 희는 티셔츠가 커서 한쪽 브래지어 끈이 다 드러난다는 걸 모르는 것 같았다. 곤란한 표정으로 입가를 쓸어내린 규성은 곡선이 예쁜 희의 목덜미와 어깨를 쳐다보다가 문득 한 가지가 생각났다.

"네 이름, 혹시 하얗다 할 때 희야?"

"어, 네. 어떻게 아셨어요?"

"아니, 뭐 그냥. 짐작이지."

"그래서 오빠는 '명'이에요. 밝을 명. 동생은 '하'고요. 근데 원래 동생 이름은 권환이었어요. 환하다 할 때 환."

규성에게서 등을 돌려 붉은 발끝을 만지작거린 희는 자신의 머리칼을 건드리는 손길에 고개를 들었다.

"권환도 괜찮은데 왜?"

"동생 태어나기 전에 아빠가 점쟁이한테서 '하'라는 이름을 받아 왔대요. 셋째 자식은 여자든 남자든 반드시 '하'를 써야 액운을 피한다면서요. 근데 우리 엄마는 그런 거 안 믿으시거든요. 그래서 막내를 환이라고 지었는데…….."

오빠가 자살을 해서 '하'로 바꼈어요라는 말을 꿀꺽 삼킨 희는 흐릿하게 마무리 지은 대화를 재빨리 수습했다.

"그냥 어쩌다 일이 생겨서 어머니가 동생 이름을 개명했어요. 환에서 하로."

"그래도 네 이름이 제일 예쁘다. 권희."

"당연하죠. 우리 엄마가 딸이라고 얼마나 고심해서 지은 이름인데."

규성은 머리카락을 만지작대는 희의 뒷모습을 보며 작은 어깨를 뒤에서 끌어안고 싶다고 생각했다. 엊그제 그녀로부터 끌어안아도 된다는 허락을 받았지만 여기서 그런 짓을 벌였다간……. 역시 욕망을 억누르지 못할 것이다.

수컷으로서의 치솟는 욕심을 억누르기 위해 그는 자리에서 벌떡 일어났다.

흥분해서 벌게진 얼굴을 들키고 싶지 않았던 규성은 침대 밑에 두었던 수건을 재빨리 머리 위에 뒤집어썼다.

"······나도 씻어야겠다."

죄 지은 사람처럼 성급히 욕실로 들어가는 규성의 뒷모습을 쳐다보던 희는 꼭 닫히는 욕실 문을 보자마자 "후아!" 하고 들뜬 숨을 토해 냈다.

텔레비전으로 자신을 보며 안을까 말까 주저하던 그를 보고만 희는 가슴에 풍랑이 이는 걸 느꼈다. 주체할 수 없는 두근거림에 그녀는 빨개진 귓가를 손바닥으로 가렸다.

그가, 윤규성이 자신을 자꾸만 만지려고 한다는 사실이 싫거나 창피하기는커녕 죽을 만큼 설레서.

"······행복하다."

희는 진심으로 그렇게 생각했다.

규성은 욕실을 나가자마자 그녀에게 옷만 대충 마르면 호텔을 나가자고 말할 심산이었다. 여기에 더 오래 있다간 이성의 끈을 정말 놓아 버릴 것 같은 위태로움에 욕실에 내내 틀어박혀 있고 싶었지만.

보고 싶다.

바로 밖에 있는 희가 보고 싶었다. 하얗고 탱탱한 허벅지와 미끈하게 뻗은 종아리를 보고도 흥분하지 않을 자신이 있느냐고 묻는다면 장담할 수는 없어도 참아야 한다. 하지만 좋아하는 여자를 코앞에 두고 어느 남자가 마음 편히 있느냔 말이다.

심호흡하며 욕실 문을 열고 나온 규성은 꽤 쌀쌀해진 방에, 에어컨 리모컨을 찾아 두리번거리다가 어느새 침대 위에 누워 잠이 든 희를 보았다. 업어 가도 모를 정도로 곯아떨어진 희를 발견하고 규성은 피식 웃음이 터져 나왔지만 다리 사이로 언뜻 보이는 속옷에 얼굴을 다급히 반대로 돌리고 다시 벽에 머리를 박았다.

거짓말 안 하고 그는 권희 때문에 나날이 수명이 줄었다. 사리가 쌓여 갈 때마다 애정이 배가 되니 이를 어찌할꼬. 콩깍지가 단단히 씌었는지 잠이 든 희가 마치 동화 속의 공주님 같아서 규성은 웃음소리를 죽이고 그녀의 이마에 입을 맞추었다.

"자냐?"

혹시나 하는 마음에 물어보았지만 대답은 돌아오지 않는다.

늘씬하게 뻗은 그녀의 종아리를 쳐다보던 규성은 손보다 조금 더 작은 그녀의 발을 잡아 보았다. 발바닥에 무언가가 닿자 간지러웠는지 희가 몸을 뒤척인다. 꼼지락꼼지락 움직이는 발가락이 귀여워서 그는 한참을 소리 죽여 웃다가, 몸을 비스듬히 뉘고 자는 그녀의 옆에 조심스럽게 누웠다.

"내가 개꼿 부장이라고 불리는 걸 알았을 때 처음에는 굉장히 화가 났는데 말이야."

그다지 오래되지 않은 이야기를 꺼내며 꼭 감은 그녀의 눈두덩을 응시했다.

"시간이 흐르니까 왠지 사람들에게 미안하더라고. 나는 분명 면접이나 시험을 보고 정당하게 노만에 입사했는데 회장 측근이라는 이유로 동기들 시샘을 한 몸에 받았거든. 이를 악물고 덤벼들긴 했지만…… 신입이었을 땐 지옥이었어."

유학을 마치고 한국으로 돌아와 서보연을 만나고, 사랑하는 사람을 포기하고, 무엇을 하며 살지 갈피를 잃었을 때 규성은 노만에 입사하자고 생각했다. 무기력함이 싫어 일에 매달렸지만 그는 매일 외로웠다. 시도 때도 없이 달려드는 유정과 서윤, 제하가 단비처럼 느껴질 만큼 쓸쓸했다.

이런 이야기를 왜 잠이 든 희에게 하고 싶은 걸까. 하지만 규성은 왠지 그녀에게 말해 주고 싶었다.

"엎친 데 덮친 격으로 내 집안에 대해 알려지고 인사부 사람들이 눈치를 보고……."

규성은 간간이 떨리는 희의 입술을 검지로 톡톡 두드리며 말을 이었다.

"솔직하게 말해 이 나이에 부장이 된 건 다 집안 입김 때문이겠지. 나는 내 나름대로 엄청난 노력을 했는데 결국 집안 덕을 본 아드님이 된 거야."

아버지에게 소리를 지른 건 입사한 지 몇 년도 채 되지 않아 승진했던 그날이 처음이었다. 그래서 규성은 그날 이후 집에서 독립을 했다.

"절대로 집안 힘을 빌어다가 여기에 입사한 게 아니라는 걸 보여 주고 싶었어. 허세라고 해도 나는 내 나름대로 노력을 했다고 자랑하고 싶었거든. 그러다 보니까 사람들을 대하는 게 점점 버릇이 없어졌어. 직위는 그렇다 쳐도, 내가 바란 대로 즉각적인 결과가 나오지 않으면 낙하산으로 보일까 봐 초조해져서 어떻게든 사원들을 채찍질하고, 나무라고……."

언젠가 프랑스 출장에서 마중 나온 해외 사원으로부터 '당신이 그 유명한 규성이군요. 반갑습니다.'라는 말을 들었을 때 그는 무슨 뜻인지를 이해하지 못했다가 제하에게 전해 듣고서야 알았다. 노만 본사에 부하들을 무지막지하게 부려 먹는 괴물 같은 상사가 있노라고. 그가 몸담고 있는 부서에 들어가는 순간 인격이 악랄하게 개조되는 건 어찌할 수 없는 일이라고.

"그때는 그게 나를 위한 거라고 믿었어."

그렇게라도 일에 매달리지 않으면 눈앞에 보이는 게 없는 것 같았다.

그래서 2개월 정직을 먹은 게, 그는 다행이라고 생각했다.

여태까지 살아온 날들 중 가장 보람찬 시간이었다.

규성은 진심으로 행복했다. 희를 맞은편에 두고 밥을 먹고 있으면 대체 여태껏 뭘 위해 그렇게 독하게 살았을까 싶다. 나를 위해서 열심히 일했다고 생각했지만 결과는 모래성이었다.

그는 그녀를 품에 얼싸안고 까만 머리칼에 입술을 갖다 대었다.

"야, 권희."

낮게 그녀를 부른 규성은 땋고 풀기를 반복해 조금 곱실거리는 희의 머리칼을 손가락으로 넘겨 주며 씩 웃었다.

"너 안 자는 거 다 아니까 그만 눈 뜨지?"

규성이 속삭이자 순간 주먹을 꼭 쥐고 있던 희의 손가락이 움찔했다. 하지만 진짜 자는 척 미동도 하지 않는 그녀의 모습에 규성은 "그래? 주무신다 이거지." 하고 중얼거리며 한쪽 손을 허리 아래로 내렸다.

엉덩이를 아슬아슬하게 덮은 티셔츠 아래로 손을 뻗은 그는 옷 안쪽으로 손을 넣어 탱탱하고 감촉이 좋은 그녀의 허벅지를 쓰다듬었다. 그러자 대번에 희가 주먹으로 규성의 가슴을 때리며 "손 치우세요, 부장님!" 하고 소리를 질렀다.

"눈 감고 자는 척하면 모를 줄 알았냐?"

짓궂은 그의 속삭임에 눈을 가늘게 뜬 희는 그러면서 왜 자신에게 그런 이야기를 늘어놓았느냐 타박을 하려다가 "……몰라요." 하고 새치름하게 중얼거렸다.

규성은 삐쳐서 등을 보인 희를 끌어안았다. 그러고는 슬쩍 손을 움켜쥐자, 희가 움찔 떨며 "부, 부장님." 하고 조심스럽게 그를 불렀다.

"……모르는 척해."

"어, 어떻게 모르는 척해요!"

규성의 말에 목소리를 낮춘 희는 그에게서 벗어나려고 몸을 버둥거렸지만 발버둥 치면 칠수록 그의 팔 힘이 더 강해졌다. 팬티 한 장 달랑 걸친 엉덩이로 잔뜩 머리를 곤두세운 규성의 것이 느껴져서 희는 얼굴이 새빨갛게 물들었다.

꼿꼿하게 선 규성의 분신이 다리 사이에서 움직일 때마다 희는 자꾸만 야하고, 짐승의 본능 그대로인 생각들이 떠올라서 몸에 열기가 솟았다.

몸을 가둔 규성의 팔을 힘껏 움켜쥔 채 눈을 질끈 감자 귀 뒤편에서 그의 낮은 한숨 소리가 들려왔다.

"아무 짓도 안 해."

"……정말로?"

"진짜야."

단호한 그의 말에 희는 고개를 힐끗 돌렸다가 다시 꺼진 텔레비전을 향해 고정시켰다. 텔레비전에 그의 팔에 꼼짝없이 갇힌 자신이 보이자 희는 다시 심장이 빠르게 고동치기 시작했다. 여기서 좋아한다고 말할 수 있을까. 열기에 말라붙은 입술을 혀로 축이며 턱을 아래로 당긴 그녀는 후끈거리는 그의 손을 마주 잡았다.

"저어…… 부장님, 괜찮으세요?"

"퍽도 괜찮겠다."

비꼬는 것처럼 중얼거린 그의 목소리가 살짝 갈라진다. 뼈마디가 으스러질 것처럼 움켜쥔 손등 위에 툭툭 불거진 실핏줄을 내려다본 희는 그 위에 살짝 입술을 가져다 대었다.

그러자 그 순간 뒤에서 그녀를 안고 있던 규성이 손바닥으로 베개를 내리누르더니 희가 반응할 틈도 없이 위에 올라탔다. 연약한 허벅지를 내리누르는 그의 힘에 희가 눈을 동그랗게 떴다.

그는 내내 움켜쥐고 있던 희의 손을 들어 마디에 키스했다. 손가락 하나하나 입을 맞춘 규성은 뜨겁게 달아오른 입술로 박동하는 그녀의 손목에도 입술을 갖다 대었다.

희는 갑자기 그에게 짓눌리는 바람에 티셔츠가 위로 말려올라간 것을 내리려고 안간힘을 썼다. 그러자 아래서 꼬물거리는 걸 느꼈는지 규성이 그녀의 얼굴을 끓는 눈길로 뚫어지도록 내려다보다가 시선을 아래로 내렸다. 말려 올라간 하얀 티셔츠 아래에 자리 잡은 조그만 팬티를 본 규성은 티셔츠를 재빨리 잡아당기려는 희의 손을 붙잡았다.

"권희."

"……"

"대답해."

"……네."

귓불과 뺨이 붉어진 희를 응시한 규성은 팬티를 간신히 가린 그녀의 손바닥을 치워 냈다.

"내 말 똑바로 들어."

화가 난 것 같기도 하고, 거칠어진 것 같기도 한 그의 말에 희는 대답할 새도 없이 팬티 위를 쓰다듬는 부드러운 손길에 헉 하며 어깨를 움츠렸다.

"남자들은 그냥 짐승이라고. 이런 식으로 조금의 여지를 남겨 두면 상대방이 어떻게 생각하는지 알아?"

"부, 부장님……."

규성에게 몸을 깔린 희가 즉각 반응을 보이며 허리를 뒤틀자 그가 손가락을 세워 팬티에 가려진 예민한 부위를 찔렀다. 그러자 희가 입술을 깨물며 이불을 꽉 말아 쥐었다.

"아, 이 여자가 사실은 나랑 자고 싶으면서 튕기는구나, 이렇게 생각한다고. 알겠어?"

따끔하게 경고를 날린 규성은 그대로 손을 치우고선 숨을 색색 내쉬는 희의 뺨에 자신의 뺨을 갖다 대었다.

"이 악물고 참고 있으니까 괜한 동정으로 건들지 마."

"저어, 하지만……."

뻑뻑하게 마른 목에 침을 삼킨 희는 고개를 드는 규성과 눈을 마주했다. 그의 눈동자엔 여전히 깊은 열망이 가득해서, 그녀는 그걸 자신에게 모조리 쏟아 달라고 애원하고 싶었다.

"내가 왜 너랑 자고 싶은지 알아? 생각해 봤어?"

"그거야…… 부장님이 절 좋아하니까요."

"그렇기도 하지만 솔직히, 내가 만졌을 때 네가 낼 신음 소리가 궁금해. 나보다 네가 흥분하는 게 더 좋아, 권희. 네가 나를 통해서 느끼는 게 좋다는 거야. 근데 내 성욕 하나 풀자고 여기서 너랑 섹스하라고? 웃기는 소리. 차라리 허벅지를 찔러서 참았으면 참았지, 그딴 짓은 안 해."

한숨과 함께 속마음을 토로한 규성은 힘겨운 눈동자로 희를 보았다. 그녀는 조금의 건드림만으로도 들떴는지 뺨 주위가 잔뜩 붉어져 있었다.

촉촉하게 젖은 입술을 달싹거리며 무언가를 말하려던 희는 이내 울 것처럼 눈을 내리깔고 중얼거렸다.

"하지만…… 부장님이 좀 더 만져 주셨으면 좋겠어요……."

"……뭐?"

전혀 예상하지 못한 그녀의 말에 규성이 나직하게 되묻자, 희가 마주 잡은 그의 손을 입술에 갖다 대며 울먹거렸다.

"이렇게 흥분시키고 그만두는 게 어디 있어요!"

"야, 그렇게 따지면 너는! 너는 한두 번 이런 줄 알아?"

그간 쌓아 놓은 사리탑이 억울해서 규성이 소리치자 희가 덩달아 울컥했는지 그의 이마에 꿀밤을 먹였다. 얼떨결에 희에게서 이마를 얻어맞은 규성은 황당한 표정으로 얼굴이 홍당무처럼 물든 그녀를 내려다보았다.

"야, 너 이게!"

"그거야 그때는 몰랐으니까!"

"뭘 몰랐는데!"

"내가 부장님 좋아하는 거 몰랐……. 앗!"

분하고 속상한 마음에 소리치던 희가 반사적으로 입을 틀어막았다. 이런 식으로 고백하고 싶지 않았는데. 그녀는 속으로 울먹거리며 눈을 질끈 감았다.

하지만 난데없는 고백을 날린 것치고 규성은 꽤나 잠잠했다.

"부장님?"

희가 조심스러운 목소리로 덤덤하게 앉아 있는 규성을 불렀다. 적어도 기뻐하기라도 해야 하는 거 아닌가. 이렇게 나오면 알 수가 없다.

그녀가 복잡한 표정으로 규성을 올려다보자, 그가 잠깐 손바닥으로 얼굴을 가리더니 "잠깐, 너, 지금 뭐라고?"라며 나직하게 중얼거렸다.

아무런 반응이 없던 규성은 곧 세포 하나하나가 동시에 일깨워지는 것처럼, 느리지만 확실한 표정 변화를 보였다. 무표정한 얼굴에 조금씩 놀라움을 덧붙여 간 그는 동공이 커다랗게 확장되자마자 현실을 깨달았는지 그녀를 잡아당겼다.

"권희!"

"네, 네!"

어깨를 세게 붙잡고는 몸을 앞뒤로 흔드는 규성의 손길에 혼백이 쏙 나간 희가 얼떨결에 크게 대답했다.

"다시 말해 봐. 뭐라고? 나를, 뭐?"

"어, 그러니까요, 그게, 저어, 그……. 그…….."

"아, 젠장! 권희!"

"재촉 좀 하지 마요! 이런 식으로 듣는 남자가 어디 있……!"

희가 그를 밀어내며 빨개진 얼굴로 소리치자 규성이 그녀의 입을 틀어막았다. 공격적으로 부딪쳐 온 입술에 눈을 동그랗게 뜬 희는 깜짝 놀랐지만 그의 목에 팔을 두르며 입술을 벌렸다.

그녀의 허리를 힘껏 끌어안은 규성은 숨을 크게 들이마시며 고개를 옆으로 비틀었다. 그는 격한 흥분에 여태까지 참아 왔던 만큼 몸을 사리지 않고 실컷 희에게 키스를 퍼부었다. 입안에서 뒤엉킨 혀가 농밀하게 타액을 나누고, 빨아들이고, 핥기를 반복하자 안고 있던 그녀의 허리가 간간이 움찔거렸다. 그녀의 입술을 잔뜩 맛본 규성은 가슴이 들썩거릴 정도로 헉헉대는, 어디에도 보여 주고 싶지 않을 만큼 사랑스러운 여자를 내려다보았다.

"희야. 권희. 다시 말해 봐. 응?"

그는 입술에 자잘한 키스를 퍼부으며 열기에 눈을 반쯤 감은 그녀의 뺨을 두 손으로 감쌌다.

숨을 크게 내쉬기 위해 입술을 벌린 희는 규성이 하도 세게 빨아 당긴 입술을 핥다가 또다시 그에게 호흡을 빼앗겼다.

"하아, 하…… 부장님, 그만…….""

먹음직스러운 복숭아처럼 양 볼이 상기된 그녀의 귓바퀴와 목덜미에도 입술을 맞춘 규성은 쇄골 부근에 숨을 토해 내며 "권희." 하고 사랑하는 여자를 애정 가득 담아 불렀다.

"희야."

"……네."

잠깐 나눈 입맞춤은 부드럽고 달콤해서 규성은 당장에라도 희와 사랑을 나누고 싶었지만 꾹 참고선 이마에 키스했다.

"다시, 천천히 말해 줘. 못 들었어. 응? 다시, 딱 한 번만."

조용하고 조심스럽게, 하지만 솔직하게   315

통통하게 부푼 입술 근처로 내려와 속닥거리는 그의 목소리에 희는 시선을 아래로 내리며 더듬더듬 말했다.

"······부장님이······ 좋아요."

"······."

"······제가, 제가······ 당신을 사랑해요."

떨면서도 또박또박, 서툴게 고백하는 그녀의 목소리에 귀가 빨개진 규성은 희를 품에 끌어안고선 가슴 가득 차오르는 감격과 기쁨, 환희에 숨을 크게 들이마셨다.

"희야."

"······네."

"······너 진짜, 진짜 예쁘다."

"······그건 저도 알아요."

그 와중에 말대답하는 걸 잊지 않는 그녀의 일관된 태도에 피식 웃음을 터뜨린 규성은 다시 한 번 키스하며, 설레는 마음으로 생각했다.

네가 왔다.

빙빙 돌아가고, 밀어내기를 일삼던 네가.

드디어 내게 왔다.

그대가 내게 오시면

　서윤은 매트리스에 멍하니 앉은 집주인 희를 내버려 두고 손수 차를 끓이며 "희야, 그렇게 입 벌리고 있다가 파리 들어가."라고 말했다. 이번 계간지 봄 호에 실게 될 인터뷰 건에 대해 이야기를 하러 온 서윤은 넋을 놓은 채 "왜일까." 하는 혼잣말을 반복하는 그녀를 의아하게 보았다.

　"규성이 형이랑 싸웠어?"

　서윤은 그녀의 눈치를 보며 살짝 떠보았다. 하지만 무릎을 끌어안고 있던 희는 아니라는 듯 고개를 설레설레 저었다.

　"아니야? 그럼 규성이 형이 막대했어?"

　서윤에 질문에 희는 더 세차게 고개를 내저었다.

　막 대했냐고? 차라리 그랬으면 좋겠다!

　희는 속에서부터 울화통처럼 치미는 것을 꾹꾹 삭히며 발바닥을 손으로 꼭 감싸 쥐었다.

대체 어떻게 된 걸까.

희는 지금 발바닥을 꾹꾹 손톱으로 누르며 어제 호텔에서 있었던 일을 되감고 있었다. 하지만 머릿속에서 아무리 되감고 되감아도 끈적끈적하고 야한 영상은 재생되지 않았다.

희는 당장에라도 세상을 날아갈 듯 환하게 웃으며 자신에게 마구 키스를 해 대는 규성과 그날 사랑을 나눌 거라고 생각했다. 그래서 비록 속옷도 예쁘지 않고, 배도 살짝 나왔지만 괜찮으려니 싶었는데 규성은 키스만 열렬히 퍼부었을 뿐 아무 짓도 하지 않았다. 아무 짓도!

그녀는 그 사실이 믿기지 않았다. 이게 말이나 된단 말인가? 아플 정도로 치솟은 그의 아들내미를 규성은 호텔에서 보여 주기는커녕 꺼내지도 않았다 이 말이다.

"서윤아."

"으응?"

"혹시 말인데, 윤규성이 의외로 참을성이 강하던가?"

"에이, 말도 안 돼. 화나면 머리꼭지가 돌아서 닥치는 대로 엎기로 유명한 게 윤규성인걸. 너도 알잖아?"

서윤이 우습다는 듯 말하자 눈가에 당황한 빛이 스친 희가 입술을 깨물더니 다시 질문을 던졌다.

"그럼…… 여자와 할 땐 꽤 신중하게 생각한다던가?"

"너 오늘따라 왜 이렇게 웃기는 소리를 해, 희야. 규성이 형이 대체 어딜 봐서 신중하다는 거야?"

"……그런가?"

"그렇다니까."

하긴. 평소 규성의 성정을 보면 오래 참는 사람은 아니다. 그런 사람이 대체 왜 호텔에선 건들지 않았을까.

"진짜 고자라던가."

"응? 뭐라고, 희야?"

"아니, 아무것도."

언젠가 연서가 그랬다. 고자와 일반인은 겉으론 구분할 수 없다고. 안색이 창백하게 질린 희는 얼굴을 쓸어내리며 침을 꼴딱 삼켰다.

"저기, 서윤아."

"응."

"고자도 치료할 수 있지?"

"아니. 불가능한데?"

"뭐?"

서윤의 말에 깜짝 놀란 희가 목소리를 높였다. 그러자 희의 반응에 오히려 더 깜짝 놀란 서윤이 "왜 그러는데?" 하고 물었다. 서윤은 고자라는 범상치 않은 단어를 그녀와 나눈 기억이 떠오를 것 같기도 했지만 가물가물해서 뒷전으로 넘겨 버리고 다시 그녀를 보았다.

"갑자기 그 이야기는 왜 꺼내. 무슨 일 있어? 응?"

"아니, 무슨 일 있는 건 아니고……. 그냥 다음번 소설에 고자가 주인공인 소설을 써 볼까 하고."

"그래?"

그녀의 말에 대수롭지 않게 여긴 서윤은 엎을까 봐 멀찌감치 두었던 찻잔을 다시 손바닥에 얹고선 녹차를 후루룩 마셨다.

바닥에 주저앉아 잠시간 멍한 표정을 하던 희는 다시 서윤을 응시했다.

"서윤아."

"응."

"고자도…… 안 서?"

"음. 글쎄? 요즘 그런 데에 이유가 한두 가지여야지. 나는 그 단어가 생식 기능이 없는 남자들에게나 쓰는 말인 줄 알았는데. 그럼 발기 부전이나, 고자는 다른 게 아닐까? 서도 바로 사정해 버리는 건 조루니까. 발기가 되면 그건 고자가 아닐 것 같기도 한데."

잘 모르겠다는 듯 팔짱을 끼자 희가 서윤의 앞에 무릎을 꿇고 앉았다.

"서윤아."

"희야?"

"고자가 되는 이유는 뭔데?"

"내가 아는 걸로는 지나친 자위행위나 비아그라 같은 약물 과다 복용이나……."

황당한 질문에 진지하게 대답해 준 서윤은 살짝 미간을 찡그리더니 "아." 하고 한 가지 덧붙였다.

"그걸 너무 참으면 그렇게 된다는 말도 들었어."

서윤은 밝게 웃으며 마치 먼 나라의 이야기인 양 희에게 말해 주었다. 무릎을 꿇고 앉아 있던 희는 다리가 저려 코에 침을 바르다가 순간 표정이 어두워졌다.

"그거라는 건?"

"응. 그거. 남녀 결합."

서윤에게서 확인 사살을 당한 희는 '그걸' 하지 않아도 고자가 된다는 신빙성 없는 말에 충격을 먹었다. 겨우 손잡는 걸 허락한 수준이었는데 설마 그사이에 정말 그의 중요한 거기가 어떻게 된 걸까.

하지만 희는 그래도 규성이 좋았다. 정말로 사랑했다. 고자면 어떠하랴. 그간 그가 자신의 곁에서 애지중지해 준 걸 떠올리면 희는 규성과 손만 잡고 자도 괜찮았다.

굳게 결심한 표정으로 하얗게 질린 낯빛을 바로잡은 희는 두근거리는 가슴을 쓸어내리고선 숨을 크게 내쉬었다. 북 치고 장구 치기를 마무리 지은 그녀는 작가 강명으로서 해야 할 일이 있었으므로 마음을 다잡았다.

"희야. 왜 그러는데. 무슨 일 있어?"

"으응, 아냐. 일해야지, 일. 그래서 인터뷰는?"

"어차피 네가 공개적으로 드러나는 건 아니니까 그렇게 신경 쓸 건 없어. 기자들이 내 메일로 인터뷰 질문들을 보내면 네가 답변하면 되는 거야. 주고받는 형식이니까 메일 하나에 한꺼번에 다 적지 않아도 괜찮고."

"인터뷰는 언제부터야?"

"인터뷰 메일이 내 메일함에 도착하면 연락해 줄게. 아마 대충 이런 질문들을 하지 않을까 싶어서 내가 좀 뽑아 봤어. 너무 사적이거나 예민한 질문들은 거절해도 괜찮아."

서윤의 말에 고개를 끄덕거린 희는 “어쨌든 신비주의를 지키라는 거지?”라고 말하며 종이를 받아 들었다.

　실제 인터뷰에 응할 때 질문을 받게 되면 살짝 곤란한 것들을 추려 내던 희는 뭐라고 대답할지에 대해서도 진중히 생각을 하다가 “희야.” 하고 저를 부르는 목소리에 고개를 들었다.

　어느새 차를 싹 비운 서윤이 유들유들 웃는 얼굴을 보이며 가방에서 책 한 권을 꺼냈다.

　“규성이 형은 물어보면 다 대답해 주는 편이야. 물어보지 않으면 말해 주지 않고. 궁금하면 그냥 솔직하게 물어봐. 역시 본인 이야기는 본인에게서 듣는 게 최고니까.”

　여태까지 희가 ‘고자’라는 단어를 언급한 게 규성과 연관이 있음을 짐작한 서윤이 충고했다.

　“그리고 이건.”

　“…….”

　“시인 강희 유고 시집.”

　가족인 희와 하의 허락을 받아 나온 책이다. 하가 집에 남아 있던 권명의 시들을 부모님이 불태우기 전에 미리 챙겨 두긴 했지만 양이 그리 많지 않아 유고 시집을 내는 데 조금 무리가 있을 거라고 들었다.

　하지만 시집을 손에 쥐어 본 희는 생각보다 꽤 되는 두께에 눈을 동그랗게 떴다.

　“보연이 누나 말이야.”

　“응.”

　“한국에 돌아온 이유가 이것 때문이었대.”

"이거?"

시집을 내려놓고 서윤이 내민 파일을 펼쳐 든 희는 안에 정갈하게 정리되어 있는 수십 개의 시들을 보고선 숨을 삼켰다. 전부 오빠의 친필로 쓰인 시들이다. 파일의 처음부터 끝까지 오십 개가 넘는 시들을 쭉 훑은 희는 하나같이 상태가 좋은 종이들을 보고 마른 입술을 다물었다.

파일 검은색 겉표지를 쓰다듬은 희는 애잔한 눈길로 붉은색의 시집을 내려다보았다.

파일을 내려놓고 시집을 든 희는 짙은 붉은빛의 표지를 펼치고 '작가의 말'에 쓰여 있는 한 문장을 보자마자 눈시울을 붉혔다.

"서보연 누나가 그러더라."

"……."

"권명 형이 책을 낸다면 꼭 작가의 말에는 그렇게 쓸 거라고 항상 귀에 딱지가 앉도록 말했다고."

하얀, 나의 여동생에게

"명이 형 되게 나쁘다. 그렇지?"

서윤은 어느새 시집에 얼굴을 묻고 흐느끼는 희를 보고선 고개를 숙였다.

서보연은 노만과의 계약도 있었지만 사실 원래부터 명이 남겨 두고 간 이 시들을 희에게 돌려주기 위해 한국을 찾아올 예정이었다. 하지만 보연은 그 시들을 직접 돌려주고 싶었지만 그러지 못하고 끝내 서윤에게 파일을 맡겼다. "권희 씨가 날 힘들어하는 것 같아. 그러니까 부탁할게."라면서.

"희야."

"응."

눈물을 그치고 종이에 묻은 눈물 자국들을 닦아 내는 희를 보며 작게 웃었다.

"이제 다 울었어?"

"……내가 언제 울었다고."

코가 맹맹한 소리로 대꾸하는 그녀의 말에 웃음을 터뜨린 서윤은 "다행이다." 하고 중얼거렸다.

서윤은 진심으로 안도했다. 명의 장례식 날 이후 여전히 제 자리에 있기만 하던 희가 규성에게 이끌려 겨우 한 발 나아가는 것 같아서.

"정말 다행이다."

실컷 웃고 우느라 허기가 진 희는 밥을 해 먹기가 귀찮아 찬장에 쌓아 두었던 컵라면을 꺼냈다. 희는 서윤에게 뭐라도 같이 먹자고 권했지만 서윤은 일이 있다고 거절했다. 일이라고 말하는 것치곤 핸드폰을 보며 실실 쪼개는 게 심상치 않아서 희는 서윤을 순순히 보내 주었다. 서윤이 여자를 만나러 간다고 생각하니 어찌나 배알이 꼴리던지. 그녀는 다시 규성이 미워지기 시작했다.

서윤이 두고 간 질문지를 두고두고 읽은 그녀는 내내 잠잠한 핸드폰에 한 번 시선을 힐끗 주고선 볼멘소리로 꿍얼거렸다.

"전화 한 통 없는 거 봐."

물론 먼저 할 수 있는 일이긴 하지만 아직 그가 고자일지도 모른다는 충격에서 벗어나지 못했으니 잠깐 보류하도록 하자.

전기 포트로 물을 끓인 희는 나무젓가락까지 준비를 해 두고선 책상에 앉아 컵라면을 끓여 먹었다. 대체 라면을 먹는 게 얼마 만일까. 항상 규성이 식사를 챙겨 주다 보니 요즘 라면을 먹을 일이 줄어든 건 사실이었다. 약간 설익은 라면을 입에 집어넣은 희는 밀린 예능 프로그램을 보다가 뒤늦게야 야채 건더기를 넣지 않았다는 걸 알았다. 윤규성을 생각하느라 라면 건더기를 빼먹다니

분한 마음에 젓가락을 분지를 뻔한 희는 침착하며 기름이 뜬 라면을 내려다보았다. 사랑하는 남자가 고자일지도 모르고, 근데 라면은 맛없고. 아주 삼박자로 골고루 최악이다.

라면을 들어다가 싱크대에 부어 버린 희는 젓가락을 반으로 똑 분지르고선 입을 삐죽였다.

흔히 서로 좋아한다는 걸 알고 고백도 하고 그러면 하루 종일 못 붙어 있어서 안달이 나지 않던가.

희는 매트리스에 걸터앉아 핸드폰 잠금을 해제했다. 개꽃 부장이라고 저장된 번호를 보면서 전화를 걸까, 어떻게 할까 고민하던 희는 머뭇거리다가 문자 메시지를 보냈다.

나 안 보고 싶어요?

문자 메시지를 보낸 희는 핸드폰을 발가락 앞에 두고선 그의 답장을 기다렸지만 몇 분이 지나도록 잠잠해서 신경질적으로 배터리를 분리시켜 버렸다.

"오기만 해 봐! 알은체도 안 해!"

현관문을 보며 소리를 지른 희는 애꿎은 베개를 주먹으로 두드리면서 매트리스 위로 엎어졌다.

"……열 받아."

윤규성을 좋아하나, 싫어하나, 얄미워서 때려 주고 싶은 마음은 사라지지 않는다. 베개를 끌어안으며 눈을 못나게 치켜세운 희는 그대로 이불을 덮어쓰고 속으로 규성을 욕했다. 찾아오면 기필코 콧잔등에 이빨 자국을 만들어 주겠노라 다짐하면서.

"에취!"

입을 틀어막고 재채기를 한 규성은 코를 만지작거리며 어깨를 떨었다. 누가 내 욕을 하나. 훌쩍거리며 맹물을 삼킨 그는 고풍스러운 분위기에 한옥집을 물끄러미 훑었다. 설마 혜화동에 이런 찻집이 숨어 있었을 줄이야. 난데없이 모르는 핸드폰 번호로 문자 메시지가 날아와 뭔가 싶었지만, 대충 짐작했다. 하지만 주소만 떡하니 보내오는 게 영 아니꼬워서 스팸 메시지 취급을 했더니 이번엔 전화가 왔다.

―윤규성 씨.

단도직입적이고 위압감이 흘러넘치는 목소리에 규성은 단번에 눈치를 챘다. 강오가 언급하던 프랑스 지사의 그놈이라고.

─노만에 대해 나눌 이야기가 있으니, 그 주소지에서 만납시다.

분명 외국인이라고 들었는데 장소 잡는 취향이 아주 고전적인 한국인이다. 일찌감치 나온 차와 양갱을 먹으며 새 상무 이사 레인 피체르테를 기다리던 규성은 곧 장지문이 열리는 소리에 시선을 힐끗 위로 들었다.

진한 블론드 머리칼에 새파랗게 빛나는 눈동자를 가진 거구의 남자는 키가 족히 190은 되어 보였다. 규성은 눈빛에서 느껴지는 카리스마에 하얀 정장을 입은 이 남자가 레인이라는 걸 알았다.

"늦어서 미안합니다."

"알면 됐습니다."

나이가 많다는 점을 고려하여 최대한 바르게 대답한 규성은 쥐고 있던 찻잔을 내려놓으며 레인을 똑바로 응시했다. 부드러운 금발을 이마 뒤로 쓸어 넘긴 레인은 물수건으로 손등을 닦더니 양갱을 보며 무척 심각한 표정으로 "나는 떡이 더 좋은데. 바꿔 줄 수는 없나?"라고 비서에게 물었다. 레인의 말에 비서는 곧바로 장지문 밖으로 나갔고, 규성은 레인을 보며 직감했다. '한유정과 같은 부류잖아, 이 녀석.' 하고 말이다.

조그만 포크로 양갱을 쿡쿡 쑤시던 레인은 그제야 자신을 쳐다보는 규성의 시선을 느꼈는지 사람 좋게 웃으며 "아아, 이거 미안합니다." 하고 먼저 입을 열었다.

"만나서 반갑습니다. 레인 피체르테라고 합니다. 간단히 레인이라고 불러 주십시오, 윤규성 씨."

레인이 먼저 손을 내밀었지만 규성은 잡지 않은 채 "용건만

하달하시죠, 상무 이사님." 하고 딱딱하게 말했다. 규성은 강오를 그다지 좋아하지 않은 편이었지만 강오는 분명 레인을 두고 자신과 비슷한 남자라고 칭했다. 거기다 무서울 정도로 간부들이며 본사를 다루는 솜씨가 망나니 저리 가라. 그래서 규성은 웃는 레인의 낯짝을 믿지 않았다. 이강오가 살기를 숨기지 않는 독사였다면, 레인 피체르테는 그 뱀을 사육하는 녀석이었으니까.

규성이 악수를 거부하자 레인은 한쪽 눈썹을 치켜세우더니 "패기가 좋군." 하고 바로 본모습을 드러냈다.

"당신은 출셋길에서 밀려났으니 단도직입적으로 이야기하지."

찻잔의 테두리를 손가락으로 문지른 레인은 "갖고 들어와." 하고 장지문 밖에 대고 소리쳤다. 그러자 함께 등장했던 비서가 누런색의 서류 봉투와 얇은 노트북을 레인에게 건넸다.

"순순히 프랑스로 떠나는 걸 받아들였으면 좋겠군. 본사에서 입지가 좁아진 당신에겐 굉장히 훌륭한 조건이라고 생각하는데."

프랑스? 벌어지기 직전의 꽃봉오리로 조각한 떡을 내려다보던 규성이 미미하게 콧잔등에 주름을 잡았다.

"이유는?"

규성이 의문을 담아 나직하게 묻자 레인은 비서가 들고 온 것들을 그에게 내밀었다.

"간단히 말하자면 나는 당신이 곧 창간될 노만 잡지의 최종 책임자, 편집장이 되어 주길 원해. 교육부터 직위까지 확실히 책임져 주지."

마치 별거 아니라는 듯이 말하는 레인의 말에 떡을 쥐고 있던 규성의 손끝에 힘이 들어갔다. 와이프 소람의 작품 전시회를 들먹거리며 프랑스에 틀어박혀 있던 유정이 대체 뭘 꾸미고 있나 했더니.

"노만 잡지 《로카유rocaille》는 앞으로 전 세계에 있는 노만 지사들의 내부, 외부 사항을 통합하는 소식지이자 소비자들이 상품 정보를 제공하는 컬렉션이 되겠지. 옷, 구두, 액세서리, 가방, 화장품, 헤어스타일, 모델, 디자이너, 노만과 계약한 스타들. 그 모든 것들을 종합한 노만의 상징이 될 거다. 내가 프랑스 지사에서 썩으며 착실히 기획한 사안이지."

"한마디로 노만의 눈이라는 겁니까."

"맞아. 이해가 빨라서 좋군."

규성이 조금 더 마음에 들었다는 듯 레인은 고른 이를 드러내며 크게 미소 지었다. 레인은 당장 대답을 바라는 게 아니라는 듯 낮은 의자에 등을 편안히 기대고선 여유로운 표정으로 규성을 들여다보았다.

"유정이 당신을 추천하면서 그러더군. 믿는 도끼에 발등 찍히지 않게 조심하라고. 나는 도끼에 찍힐 만큼 머저리 같은 남자는 아니지만, 그런 짓을 저지르는 바보는 몹시 좋아하거든."

"그것 참 영광이군요."

노트북과 서류 봉투 안의 문서들을 번갈아 보던 규성은 레인을 향해 못마땅한 웃음을 날려 주고선 노트북을 덮었다.

"한 번 삐끗하면 더 이상 주체할 수 없이 떨어지기 마련이지. 하지만 유정은 당신의 능력을 썩 아까워하고 있어. 실적을 보니 과연 그렇더군. 그러니 노만에서 좀 더 제대로 된 일을 해 보고 싶다면 그 제안을 받아들이는 게 좋을 거야."

옷깃을 잡아당겨 주름을 편 레인은 볼일이 끝났다는 듯 자리에서 일어섰다. 규성은 배웅해 주고 싶지 않았지만 어쨌거나 아직까지는 그도 노만의 직원이었으므로 자리에서 일어나 레인과 눈을 마주했다.

"미안하지만 그 사업은 꽤 정신이 없어서 말이야. 생각할 시간을 많이 줄 수는 없어. 지금 당장 프랑스로 떠나 교육을 받고 실전에 부딪쳐도 족히 3년 넘게 걸리겠지. 그러니 내가 재촉하기 전에 먼저 연락해 줬으면 좋겠군."

규성은 아주 짧게 악수를 하고선 뒤도 돌아보지 않고 떠나는 레인을 쳐다보았다. 자리에 도로 책상다리를 하고 앉은 그는 종이를 떼어 낸 떡을 쳐다보며 마른세수를 연거푸 했다.

우선은 받아 들고 본 노트북을 손바닥으로 쓸어내린 규성은 "아, 젠장." 하고 욕지거리를 내뱉으며 눈을 가늘게 떴다. 머리가 찡하게 울릴 만큼 생각하던 그는 곧 주머니에 넣어 두었던 핸드폰을 꺼내고선 한참 전에 와 있던 문자 메시지를 이제야 보았다.

나 안 보고 싶어요?

애정이 흐르는 문자 메시지에 유쾌하게 웃은 규성은 허리를 앞으로 조금 숙이고선 핸드폰에 입술을 가져다 대며 중얼거렸다.

"안 보고 싶기는. 지금도 보고 싶어 죽겠는데."

하지만 안타깝게도 지금은 해야 할 일이 있다. 이대로 차를 타고 집으로 돌아가 버렸다간 그녀만 보고 싶어지겠지. 그러니 차라리 여기서 레인이 주고 간 정보들을 다 눈으로 훑고 싶었다.

그녀의 이름이 뜬 핸드폰에 입을 맞춘 규성은 사랑하는 여자에게 고자 취급을 받고 있는 줄도 모르고 "금방 갈게." 하고 조그맣게 중얼거리고선 다시 노트북을 켰다.

현재 시간 오후 7시. 핸드폰을 몇 시간째 노려보고 있지만 안타깝게도 기다리는 사람에게서 연락이 없다. 희는 당장에라도 묵직한 것으로 핸드폰으로 내려칠 듯 액정 화면을 쳐다보았지만 오늘 종일 날아온 건 김미영 팀장에게서 온 대출 문자 메시지뿐이었다.

덕분에 희는 온갖 망상을 하게 되었다. 호텔에서 자신에게 손을 대지 않은 게 어쩌면 고자여서일지도 모른다는 생각했는데. 서윤이 고자가 되는 원인 중 하나가 '응응을 참는 거'라고 했다. 그 말에 엄청난 충격을 받은 희는 당장에라도 규성에게 달려가 울고 싶었더랬다. 혹시 자신이 그렇게 거부하고 구박해서 그의 거시기에 문제가 생긴 걸까? 이런 생각을 할 때면 희는 머릿속이 새하얘졌다.

멀쩡한 남정네 하나를 고자로 만들어 놨으니 책임져야 할 것 같다는 생각에 눈앞이 팽팽 돌았지만, 그 와중에 연락해 주지 않는 규성이 미워서 고자가 되어 버린 게 쌤통이라고도 생각했다.

하지만 보고 싶었다. 죽을 만큼 보고 싶었다. 그가 어제 호텔에서 자신의 몸 안에 남겨 두고 간 불씨가 여전히 남아 있어서 그녀는 규성을 떠올릴 때마다 가슴이 묵직해지고, 아래가 저려 왔다.

저녁이 깊었는데도 규성은 오겠다 말겠다는커녕 연락조차 없다. 매트리스 위에 머리를 박은 희는 겁이 났다. 그녀는 언제나 '사랑한다'고 말해 주던 남자들과 만났지만 어째서인지 금방 시들해졌고 그녀가 그들을 사랑할 때쯤이면 어김없이 버림을 받았다. 울면서 이유가 뭐냐고 물어도 "그냥 네가 불편해졌어."라는 말뿐이었다.

뚱한 표정으로 핸드폰을 쳐다본 희는 눈을 가늘게 감고 한숨을 쉬었다.

미련한 여자 같다. 하루 연락하지 않았다고 이렇게까지 겁을 먹다니. 어쩌면 호텔에서 그가 자신을 건드리지 않고 욕망을 참았다는 데 더 큰 불안함을 느끼는 걸지도 몰랐다.

희는 그의 오피스텔을 찾아갈까 진지하게 생각했다. 찾아가서 고자인지 확인도 하고, 밥도 얻어먹고! 하지만 용기가 나지 않았다. 어제의 규성은 그녀의 고백에 뛸 듯이 기뻐했지만 그게 전부였으니까.

"……미워."

핸드폰 액정을 손가락으로 문지르던 그녀는 무릎에 얼굴을 묻고선 머릿속으로 규성을 떠올렸다. 손을 잡아 주고, 머리를 쓰다듬어 주고, 뺨을 어루만져 주고, 뒤에서 와락 끌어안아 주던 그가 그립다.

희는 미동조차 없는 현관문을 쳐다보았다. 윤규성이 고자여도 사랑할 수 있다는 생각을 철회할까 말까 진지하게 생각하며 외로움에 스르륵 잠에 빠지려는데, 원룸 특유의 요란한 초인종 소리가 쩌렁쩌렁 울렸다.

자리에 묘한 자세로 엎드려 있던 희는 순간적으로 어깨를 움찔했다. 하지만 일어서지 않았다. 기뻐하며 현관문으로 달려 나가지도 않았다. 그저 그대로 누워 있었다. 규성이라는 걸 짐작했지만, 지금은 그가 미웠다.

"희야?"

꼼짝도 하지 않으리라 마음먹었던 희는 이름을 부드럽게 부르는 목소리에 그만 고개를 들었다.

비밀번호를 직접 누르고 들어온 규성은 매트리스와 바닥 중간에 엎드려 있는 희를 보고선 화들짝 놀랐다.

"왜 그래, 어디 아파?"

규성이 걱정하자 희가 난데없이 주먹을 쥐더니 그의 가슴을 내려쳤다.

"윽! 야, 권희! 아프잖아!"

"아파요? 그래? 더 맞아, 그럼! 더, 더!"

"인마! 진짜 아프다고! 대체 왜 이래!"

아프다며 신경질을 부리는 규성의 말에 더 욱한 희는 눈에 힘을 바짝 주고선 마구잡이로 주먹을 휘둘렀다. 이유조차 모른 채 희에게 가슴이며 어깨를 실컷 두들겨 맞은 규성은 진심으로 억울했는지 "아 진짜! 권희!" 하고 소리를 질렀다.

"솔직하게 말해요, 부장님."

"뭐?"

"부장님 사실 고자였던 거죠? 그렇죠?"

"너 이게 진짜! 멀쩡한 남자 자꾸 고자 만들래?"

그녀의 말에 제대로 욱한 규성이 콧잔등에 주름을 잡았다. 이 조그만 게 그때 그렇게 혼쭐이 나고도 정신을 덜 차렸나 보다. 잘 익은 복숭아처럼 얼굴이 발갛게 물든 희는 뭐가 그렇게 분하고 서러운지 씩씩대며 그에게 잡힌 주먹을 빼내지 못해 마구 발버둥 쳤다.

"부장님 사실 고자 맞잖아요!"

안 그래도 종일 연락도 못 하고 못 본 게 신경이 쓰여서 최대한 다급히 달려왔더니. 기가 막히고 코가 막힌 규성은 황당하면서도 짜증이 치밀었다.

"너 진짜 왜 이래?"

"부장님 때문이잖아요."

"내가 뭘 잘못했는데!"

"부장님이 저 이렇게 만들어 놨잖아요!"

규성에게 잡힌 손을 뿌리친 희는 악다구니를 쓰며 어리둥절해하는 그를 보았다.

그녀는 자신을 답답하다는 눈초리로 내려다보며 "대체 왜? 뭔데 그래, 응?" 하고 살살 어르고 달래는 목소리에 눈을 지그시 감았다. 그러고는 그의 입술 주변에서 풍기는 알싸한 박하 향을 맡으며 와락 안겼다.

"보고 싶었어요."

"……."

"진짜…… 많이 보고 싶었어요."

"웬일로 기특한 소리를 하네."

규성은 아이처럼 자신에게 안겨서 꼼짝도 않는 희의 등을 쓰다듬다가 곧 그녀가 브래지어를 하지 않았다는 사실을 인지하고선 입을 꾹 다물었다.

이러면 안 되는데. 규성은 침을 꼴딱 삼키며 고개를 천천히 드는 희를 내려다보았다.

"부장님."

"응."

"박하사탕 드셨어요?"

"응. 줄까?"

그녀의 허리를 끌어안은 채로 규성은 주머니를 뒤적거리더니 투명한 봉지에 싸인 박하사탕 여러 개를 꺼내 보였다. 주머니에서 후드득 떨어지는 박하사탕을 본 희는 갑자기 웬 거냐는 듯 눈을 동그랗게 떴다.

사탕 하나를 꺼내어 희의 입속에 넣어 준 그는 곧바로 그녀에게 입을 맞추었다.

"금연이나 할까 해서."

규성의 말을 단번에 이해를 한 희는 입안에서 데굴 구르는 동그란 박하사탕을 맛보며 그의 가슴에 얼굴을 기대었다. 입안에서 달콤하고, 싸하게 퍼지는 박하 향에 규성의 허리를 끌어안은 그녀는 깊은 안도감을 느꼈다.

그녀는 헝클어진 머리칼을 한데 모아 주며 "진정 좀 했냐."라고 물어보는 목소리에 아이처럼 고개를 끄덕거렸다.

원룸 안에 퍼져 있는 새파란 어둠 속에서 그의 눈동자는 유독 밝게 빛이 났다. 얼굴을 든 희는 규성의 눈가를 손가락으로 찬찬히 더듬다가 웃을 때마다 그의 눈가에 보기 좋은 주름이 생기는 걸 알고선 작게 미소 지었다.

　　"부장님, 눈가에 주름 의외로 많으시네요."

　　"네가 하도 속 썩여서 그래."

　　"내가 언제 그랬다고."

　　"아까도 그랬잖아, 인마. 갑자기 고자라고 하지를 않나."

　　"그건……."

　　잠깐 주저한 솔직히 털어놓을까 말까 하다가 규성이 빨리 말하라는 듯 허리를 살살 간지럽혀서, 깔깔 웃음을 터뜨리며 소리쳤다.

　　"사, 사실은, 부장님이 어제 호텔에서……."

　　"응?"

　　"아무 짓도 안 하셨잖아요. 그게 이상해서…… 그렇잖아요! 평소에 못 건드려서 안달 난 사람이 그렇게 나오면 당황스럽다고요."

　　"나 참……. 배려를 해 줘도 문제냐, 너는?"

　　"배려요?"

　　규성이 보드라운 희의 뺨에 슬슬 자라기 시작한 수염을 문지르며 속삭였다.

　　"나는 너를 좋아한 지 오래돼서 당장에라도 너랑 하고 싶다지만…… 솔직히 남자랑 여자는 좀 많이 다른 생물이잖아. 거기다 장소도 모텔이었고."

"호텔이었죠."

"네가 좀 더 생각하고 나를 받아들일 시간을 준 거야. 고백 받자마자 덥석 해 버리면 네가 오해하지 않을까 싶어서. 근데 그걸 가지고, 뭐? 고자? 소개팅 할 때도 그러더니 너는 네 남자가 고자인 게 그렇게 좋냐?"

"좋기는 뭐가 좋아요!"

"한 번만 더 고자라고 해 봐, 너. 아주 혼쭐날 줄 알아."

"어떻게 혼쭐내 줄 건데요?"

규성에게 매달려 있던 희가 도발하듯이 묻자 그가 짓궂게 웃으며 슬그머니 티셔츠 안으로 손을 집어넣었다. 그의 손길이 닿자 희가 엉덩이를 움찔 떨었다. 규성은 희가 싫다고 앙탈을 부리며 벗어나는 걸 예상했는데, 그녀가 도망치기는커녕 목에 두른 팔에 힘을 주며 버티자 조금 당황했다. 그래서 혹시나 하는 마음에 허리를 쓰다듬던 손을 올려 봉긋한 가슴둘레를 어루만지자 그녀가 뜨거운 한숨을 토하며 허리를 반듯하게 세웠다.

"야, 권희. 너……."

"저 아직 부장님이 고자인지 아닌지 모르는데……."

떨리는 희의 목소리는, 그녀가 그에게 무엇을 원하고 있는지 아주 간단명료하게 정리하고 있었다.

"진심이야?"

"네, 진심이에요."

"……진짜?"

"자꾸 여자한테 한 입으로 두말하게 하는 남자는 나빠요."

진심으로 놀라는 규성을 보며 자리에서 일어선 희는 구겨져 올라가 있던 바지를 그의 앞에서 조심스럽게 벗었다. 옅은 분홍색의 아담한 팬티를 손바닥으로 간신히 가린 희는 얼굴에 서서히 번져 가는 열기를 참으며, 흥분으로 입가가 팽팽하게 당겨진 그를 보았다.

가느다랗고 하얀 다리를 노골적인 시선으로 훑던 규성은 부끄러움에 눈을 마주하지 못하는 희를 황홀하게 올려다보았다.

"권희."

그녀의 일부를 보는 것만으로도 쉽게 흥분하고 마는 그가 조심스럽게 종아리를 감쌌다. 고개를 숙여 매끄러운 종아리에 입을 맞춘 규성은 그대로 허리를 일으키고는 허벅지까지 자잘한 키스를 퍼부었다. 허벅지 안쪽을 쓰다듬은 규성은 희의 다리 사이에 뜨거운 한숨을 불어 넣으며 조용히 그녀를 불렀다.

"희야."

"……네."

"말해 봐."

"…….."

"내가 어떻게 해 주길 바라는지 말해 보라고."

희는 자리에서 움찔 떨었지만 그의 숨이 닿는 것만으로도 온몸이 달아올랐다. 당장에라도 터지기 일보 직전의 활화산이 가슴에 숨어 있는지, 순식간에 희열이 몸을 지배했다.

허벅지 사이에서 숨을 몰아쉬며 움직이지 않는 그를 내려다본 희는 두 손을 뻗어 그의 뺨을 감싸 쥐고는, 머리 위에 입을 맞추며 애원했다.

"안아 주세요."

"……."

"……사랑해 주세요, 규성 씨."

희는 허벅지를 터트릴 듯이 움켜쥐는 규성의 세찬 손길과, 허전한 아래를 희롱하는 혀 놀림에 간신히 발끝에 힘을 주고 서 있었다. 사랑해 달라는 말과 함께 찢기다시피 벗겨 나간 팬티는 이미 저만치 날아가 있었고 희는 쓰러질 듯 말 듯 아슬 아슬하게 발끝을 세워 자리에 선 채 규성에게 사랑을 받고 있 었다.

"앗…… 아, 아!"

"……좀 더, 조금만 더 허리를 숙여."

그녀는 부들부들 떨리는 무릎을 규성의 어깨에 기댄 채 촉 촉하게 젖은 그곳을 어쩌지도 못하고 음란한 자세를 유지하는 중이었다.

"……아, 앉게 해 주세요, 제발……."

손바닥으로 통통하고 작은 그녀의 엉덩이를 쓰다듬으며 혀 로 여성의 입구를 핥던 규성은 애원하는 목소리에 그녀가 쓰러 지지 못하도록 붙들었다. 그러고는 잔뜩 흥분했다는 증거로 찔 끔거리며 새어 나오는 애액을 혀로 맛본 뒤 조개처럼 꽉 움츠 린 그곳을 이빨로 아프지 않게 살짝 깨물고는 소리가 나도록 빨아들였다. 갈증이 일어 물을 정신없이 들이켜는 사람처럼 깊 은 샘에 얼굴을 묻은 규성은 손바닥으론 부드럽게 그녀의 허벅 지를 쓰다듬으며 희가 내지르는 얕은 신음 소리에 수컷으로서 의 충만감을 느꼈다.

그의 혀가 아래의 도드라진 정점을 빨아들일 때마다 그녀는 소용돌이 속에 휩쓸리는 기분이었다. 등골을 따라 오싹오싹한 전류가 흘러서 다리에 바짝 주고 있던 힘이 절로 빠졌다. 아래가 흐물흐물 녹아 없어질 정도로 격렬하게 핥고 물기를 반복하는 규성의 행동에 희는 정신이 나갈 정도로 아찔했지만, 좋았다. 좋아서 미칠 것 같았다.

"……권희."

욕망이 짙게 가라앉은 규성의 목소리가 허벅지 아래에서 낮게 울린다. 희는 그가 다리 사이에서 고개를 들자마자 무너지듯 자리에 주저앉았다. 지나칠 정도로 애무를 받은 아래는 아직 아무것도 하지 않았는데 벌써 저릿하고 둔한 통증이 밀려왔다.

희가 주저앉자마자 그녀의 입술을 엄지로 벌려 입을 맞춘 규성은 서툴게 혀를 움직이는 희의 입안을 난폭하게 마구 휘저었다. 놀란 희가 숨을 들이삼킬 틈도 없이 큼지막한 가슴을 손바닥으로 움켜쥔 그는 적당히 차고 넘치는 가슴을 주무르며 그녀의 목덜미에 끝없이 키스를 퍼부었다.

"규성 씨, 옷……."

희가 어깨를 움츠리며 여전히 옷을 걸치고 있는 그를 잡아당기자 규성이 "가만히 있어." 하고 낮게 으르렁거리며 그녀의 티셔츠를 위로 들어 올렸다. 그녀가 더 이상 떠들지 못하도록 다시 입을 틀어막은 규성은 옷 너머로 뽀얗게 드러난 가슴을 움켜쥐고선 빳빳하게 일어난 유두를 살며시 꼬집었다.

규성의 키스에 정신이 반쯤 몽롱해진 희는 따끔한 느낌에 그와 맞추고 있던 입술을 떨어뜨렸다. 숨을 가파르게 몰아 내쉬자 규성이 그녀를 거세게 끌어당겨 다리 위에 앉혔다.

허리가 아치형으로 휘어 뒤통수가 벽에 닿고 그녀가 허리를 바로 세울 틈도 없이 어둠 속에서 크게 출렁이는 가슴을 규성이 양껏 한 입 물었다.

곤두선 유두를 혀로 빙글빙글 돌리는 느낌에 비명을 터뜨린 희가 자신의 젖무덤에 얼굴을 박은 규성의 머리를 와락 끌어안았다.

"규성 씨, 응! 아앗!"

그는 군살 없이 매끈한 그녀의 허리를 쓸어내리다가 손을 올려 다른 한쪽 가슴을 어루만졌다. 가슴을 입으로 문지르던 규성은 이내 유두를 이빨로 살짝 깨물고선 방금 전의 부드러움은 온데간데없을 정도로 자극적인 소리를 내며 빨아 당겼다. 규성이 이빨을 세웠다가 빨아들이기를 반복하자 발가락을 오므린 희는 눈앞이 빙글빙글 도는 걸 느꼈다.

부드럽고 말캉한 살덩이를 입안에 가득 물며 물릴 정도로 실컷 먹어 치운 규성은 허리를 힘없이 뒤로 젖힌 채 숨을 몰아쉬는 희를 응시했다. 도망치지 못하도록 꽉 붙잡고 있던 그녀의 허리를 천천히 놓아준 그는 그녀를 자리에 눕히고선 재빨리 상의를 벗어 던졌다.

힘없이 매트리스 위에 팔을 벌린 채 숨을 고르고 있던 희는 젖가슴이 얼얼한 걸 느끼며 푸르스름한 어둠 속에서 상의를 벗은 그를 들썽거리는 표정으로 보았다.

적당한 근육이 잡힌 그의 아랫배와 허리 벨트 위로 살며시 드러난 치골이 더할 나위 없이 섹시했다. 헐떡거리던 숨을 삼킨 희는 자신을 깔고 앉은 규성의 아랫배에 땀이 배어 나오는 손을 가져다 대었다.

벨트에 손을 댄 규성은 그녀의 손길에 행동을 멈추었다. 흥분에 겨워 불그스름한 기색이 광대뼈 주위에 번진 희는 규성과 잠깐 눈을 맞추고선 손을 뻗어 그의 허리 벨트를 풀었다.

간신히 풀어헤친 허리 벨트를 매트리스 아래로 집어 던진 희는 바지가 아래로 천천히 내려가는 순간 그의 속옷이 부풀어 있는 걸 보고선 알 수 없는 두근거림에 꼭 다물고 있던 입술을 열었다.

"아파요?"

희가 조심스레 묻자 규성이 슬쩍 웃으며 "조금." 하고 속삭였다.

고개를 숙인 그는 그녀의 관자놀이에 입을 맞추며 허겁지겁 바지를 벗어 아래로 던졌다.

어두운 방에 빛이라곤 한 점도 없는데 규성이 놀라우리만큼 선명히 보였다. 희는 저를 가둔 강인한 두 팔에 커다란 안도감을 느끼고 있었다.

규성은 어둠 속에서 자그맣게 웃는 희를 보고선 "즐거워?" 하고 나긋한 목소리로 물었다. 상기된 두 뺨을 하고도 눈웃음을 치는 희는 가슴 가득 담아도 모자랄 만큼 화사해서, 그는 당장에라도 그녀를 가지고 싶은 마음에 목 언저리가 욱신거려 왔다.

"희야."

"네."

"좋아?"

"……네, 너무 좋아요."

동그란 가슴 둔덕에 입을 맞춘 규성은 솜털이 일어선 아랫배를 두 손으로 천천히 쓰다듬고선 이랑이 팬 그녀의 배꼽 윗부분을 혀로 핥았다. 은밀한 곳을 향해 갈수록 조금씩 퍼지는 아랫배를 손으로 간질이던 그는 골반이 뻗은 곳을 어루만졌다.

둔덕을 어루만지던 규성은 그녀의 여성을 손가락으로 찔렀다. 그의 손길에 바로 반응한 희가 허리를 뒤틀며 허벅지를 맞붙이자 규성이 "희야." 하고 숨을 토해 냈다.

그녀도 싫은 건 아니었지만 자동적으로 움츠러들게 된다. 희가 한쪽 손으로 눈가를 가리자 규성이 엉덩이를 살살 간질이며 물고 손톱을 아프지 않게 깨물었다.

"아, 규성 씨, 잠깐, 간지러워요!"

"으음, 이쪽?"

"꺅! 거기도!"

"여기도? 그럼 여기는?"

"아하하핫! 그만, 그만 규성 씨! 꺅!"

입구를 꼭 막고 있는 허벅지 안쪽을 마구 간질이자 희가 깔깔 웃음을 터뜨리며 허리에 주고 있던 힘을 풀었다. 규성은 어깨가 들썩일 정도로 웃는 희를 보고 입술에 호를 그렸고, 손가락으로 수풀이 자란 둔덕을 간질이며 낮게 속삭였다.

"여기는?"

"가, 간지러워요, 그만, 앗!"

아래를 살살 달래는 손길에 희가 다리에 힘을 빼자, 그 순간 규성의 엄지가 여성의 입구를 가볍게 문질렀다.

"힘 빼, 희야. 천천히…… 천천히 할 테니까."

입구의 경직된 근육을 어르고 달래던 규성은 희가 입술을
동그랗게 벌리는 것을 보고선 손가락을 입구 안으로 천천히 밀
었다. 낯선 침입에 그녀의 허리가 들썩였고, 그는 손가락을 꼭
옥죄는 압박에 아랫입술을 깨물며 입구를 애무했다.

"아, 아…… 응! 으, 앗!"

더 이상 다리를 웅크리지 못하도록 그녀의 다리 한 짝을 아
예 어깨에 걸친 규성은 자신의 손가락을 꽉 물고 있는 희의 입
구를 내려다보며 손가락을 더디게 움직였다. 핏줄이 불거진 규
성의 손목이 안쪽으로 움직이면, 그녀의 몸에서 가장 예민하고
흥분하기 쉬운 살점들이 그의 손가락에 따라 쓸리고 밀리기를
반복하며 좁은 통로를 서서히 넓혀 갔다.

자리가 넓어질 때마다 안쪽 깊은 곳에서 간지러운 느낌들이
이성적인 생각을 조금씩 축낸다. 기분 좋은 곳을 문지르며 자
극해 오는 손길은 신중하고 배려가 넘쳤지만 집요하고 짓궂
었다. 어느 특정 부위를 건드릴 때마다 살점들이 홧홧하게 달
아올라서 온몸에 전류가 흐르는 착각에 휩싸였다.

"아, 아응, 규성 씨…… 제발, 아, 아! 제발!"

"제발? 제발 뭘. 응? 희야, 제발 어떻게 할까."

"흣…… 싫어, 아! 너무…… 해……. 아아, 거기, 앗!"

두 팔을 위로 뻗은 채 바들바들 떠는 희를 흐뭇하게 두 눈에
담은 규성은 어느새 인내심이 달하는 걸 느끼며 자신의 아래를
슬쩍 보았다. 내내 여유로운 척하고 있지만 실은 그도 폭발하

기 일보 직전이었다.

아래로 쭉 뻗은 그녀의 종아리와 발등에 키스한 규성은 속옷을 벗어 던지고선 꼿꼿하게 치켜선 분신을 그녀의 앞에 들이밀었다.

"규, 규성 씨……."

가슴을 가린 긴 머리칼을 그녀의 어깨 너머로 넘겨 준 규성은 조금 겁을 먹은 희의 눈동자에 "역시 그만둘까?" 하고 낮게 속삭였다. 그의 말에 희가 눈을 동그랗게 뜨자 규성이 웃으며 그녀의 이마에 입을 맞추었다.

"네가 하지 말라면 지금이라도 멈출게."

그녀는 그가 무엇을 말하는지 알고 있었다. 진짜 나쁜 남자다. 이렇게 만들어 놓고 참아 줄 수 있다니? 분명 그의 야한 세포가 그녀에게 옮겨 온 게 분명했다. 그렇지 않고서야 그가 자신을 배려한답시고 말하는 게 이렇게까지 얄밉고 화가 날 리없다.

희는 빨갛게 부푼 입술을 벌리고선 그의 목을 자신의 쪽으로 당겼다. 그러고는 규성의 입술에 손바닥을 가져다 대며 예쁘게 눈을 흘겼다.

"한 번만 더 그런 소리 해 봐요."

"음?"

"진짜 가만 안 둘 거예요. 회사에 개꽃 부장이 고자라고 소문……. 앗!"

그의 얼굴을 코앞에 대고 조잘조잘 잔소리를 퍼붓는 순간, 머리를 단단히 세운 물건이 희의 몸 안으로 들어왔다.

"규성 씨, 아, 아앗!"

입구를 덮고 있던 살점을 쓸고 안쪽으로 파고든 그의 물건은 지금 그가 가슴에 품고 있는 열기만큼이나 뜨거워서 희는 시트를 꽉 움켜쥐었다.

"……하아, 희야."

처음으로, 겨우 들어간 그녀의 안은 그가 견딜 수 없을 정도로 좁았다. 희와 몸을 바싹 밀착시킨 규성은 그녀의 다리를 바깥쪽으로 좀 더 벌렸다. 당장에라도 몸을 움직이고 싶었지만 규성은 희가 충분히 익숙해질 시간을 주고 싶었다.

마주 잡은 손에 힘을 준 규성은 여전히 눈을 감고 있는 그녀를 내려다보며 애원하듯이 입을 열었다.

"규, 규성 씨……. 아윽!"

"희야……. 눈 좀 떠 봐."

그를 집어삼킬 것처럼 조여 오던 통로가 살짝 느슨해지자, 규성이 허리를 뒤로 뺐다가 앞으로 움직였다.

"아……!"

규성이 움직이는 걸 느낀 그녀는 반짝 눈을 뜨자마자 몸이 위로 올려붙여지는 힘에 허리를 크게 들썩였다.

"희야…… 희야, 권희!"

그가 그녀의 이름을 여러 번 부르며 엉덩이를 양손으로 꽉 붙들었다. 더 이상 희의 몸이 위로 튕겨 나가지 못하도록 붙잡은 규성은 허리를 다시 앞으로 밀어붙였고, 희는 안쪽으로 깊이 들어오는 기묘한 감각에 인어처럼 허리를 크게 펄떡거렸다.

"규성 씨, 앗! 아웃!"

몸을 한 바퀴 크게 휘감는 폭풍이 희를 와락 덮쳤다. 허리가 아플 정도로 치받는 규성의 행동은 무척 난폭했지만 희는 아래에서 퍼져 나오는, 짜릿하고 황홀한 감각에 허공에서 낭창거리던 다리를 그의 허리에 확 감았다.

날뛰는 그의 허리에 희는 당장에라도 골반이 엇나갈 것 같았다. 깊숙한 곳을 난잡하게 헤집고, 몸속에서 용솟음치는 그를 똑똑히 느낀 희는 아래에서 좁쌀만 하던 불꽃이 점차 거대하게 지펴져 한 가닥 남아 있던 이성을 집어삼키는 걸 느꼈다. 머릿속이 새하얗게 물들고 그녀와 그에게 남은 건 체면이나 위신을 떨쳐 낸 짐승 같은 행위뿐이었다.

퍽퍽 소리가 두 사람의 사이에서 울렸고 그럴 때마다 희는 그 음란한 소리에 희열을 느끼며 규성의 어깨에 손톱을 박고는 요부가 된 것 같은 착각에 빠졌다.

"아앗! 규성 씨, 앗! 앗!"

"윽, 희야…… 젠장! 느껴져? 내가 안에 들어간 게. 응?"

희는 입술 위로 정신없이 퍼부어지는 키스에 그를 끌어안으며 고개를 끄덕였다.

"앗! 응, 응! 아앗!"

불기둥을 휘두른 것처럼 뜨거운 그의 일부가 그녀의 안을 완벽하게 지배했고, 희는 자신의 젖가슴 위에 얼굴을 파묻는 규성을 와락 끌어안았다. 이대로 죽어도 좋을 것 같은 큰 쾌락은 세상에 태어나서 처음이었다.

고막을 뒤덮는, 규성의 헐떡거리는 숨소리가 희는 기뻤다. 이 남자가 이렇게나 만족하고, 흥분하고, 행복해하고 있다. 희는 헉헉거리는 숨을 내뱉으며 리드미컬하게 움직이는 그의 허리에 다시 한 번 비명을 질렀다. 몸 내부를 문지르는 그의 피부는 그녀가 여태까지 느껴 본 감각 중에 가장 화려했다. 철퍽거리는 소리가 울릴 때마다 희는 하얀 목을 뒤로 젖히며 당장에라도 기절할 듯 교성을 뱉었다. 그럴 때마다 희의 목덜미에 이를 박은 규성은 짐승처럼 거친 숨소리를 내뱉으며 그녀의 이름을 불렀다.

"희야, 권희……. 좋아, 좋아서 미칠 것 같아!"

끌어안을 때마다 몸이 더욱더 밀착되었고, 규성은 흥분이 더해 갈 때마다 희의 귓바퀴를 깨물고 귓불을 잘근잘근 씹었다. 귓속으로 혹 들어오는 그의 숨소리는 그녀의 온 신경을 자극해서 희는 어느새 규성의 다리 위에 주저앉아 엉덩이를 들썩거렸다.

"아아! 나, 나, 이제……. 규성 씨, 앗! 앗!"

점차 빨라지기 시작한 그의 허리에 희가 자지러지게 소리를 지르자 입 안으로 물컹한 혀가 밀려 들어왔다. 차가운 밤공기를 사이에 두고 허공에서 마구 혀가 뒤얽혔고, 희는 점차 과격해지는 그의 허리 놀림에 헉 숨을 들이켰다.

침대 위로 풀썩 스러진 희는 안쪽으로, 더 안쪽으로 깊이 파고들며 최후의 발악을 하듯 머리를 곤두세운 그를 느꼈다. 부드러운 벽을 거칠게 긁으며 점점 더 빠르게 움직이는 그의 허리에 희가 고개를 내저으며 몸을 버둥거렸다.

몸 안쪽에서 무언가가 폭발하려는 조짐에 그가 안쪽에 심어 둔 불씨가 터지기만을 간절히 바라며 격하게 발버둥을 쳤다.

"희야, 조금만, 더, 더!"

"아! 아앗!"

"윽!"

그녀의 아래 둔덕에 뿌리까지 완벽하게 삽입한 규성이 신음을 터뜨리며 사정했다. 희의 내밀한 곳에 사랑을 나눈 흔적이 흘러내렸고, 수컷으로서의 임무를 마친 그는 가쁘게 숨을 토해 내며 그녀의 가슴 위로 무너졌다.

희는 자신의 어깨를 끌어안은 채 숨을 훅훅 내쉬는 규성을 내려다보았다. 온몸에 힘이 하나도 없었지만, 이것으로 그가 완전히 자신의 사람이 되었다는 안도감에 눈물이 날 것 같았다.

손을 뻗어 규성의 앞머리를 넘겨 준 희는 천천히 고개를 드는 그의 눈동자를 보고선 또다시 심장이 두근거렸다. 방금 막 사정을 마쳤는데도 그는 욕망을 조금도 해소하지 못한 듯 여전히 새까만 눈빛이었다.

"한 번만 더 하자."

"지, 지금요?"

움찔 어깨를 떨며 희가 몸을 뒤척이자 규성이 그녀의 어깨를 확 붙잡으며 키스를 퍼부었다.

"으응, 규성 씨…… 앗! 잠깐, 아웅!"

누가 윤규성이 고자래!

희는 만리장성을 달나라까지 쌓을 기세인 규성의 허리 놀림에 자지러지며 한 가지 사실을 그날 새벽까지 뼈저리게 깨달았다.

윤규성은 고자가 아니라 삼천궁녀도 만족시켰다던 의자왕이었다는 걸.

입가에 만족스러운 웃음이 퍼진 규성은 자신의 품에 고양이처럼 쏙 안겨 새근새근 잠이 든 희를 내려다보았다. 땀에 젖은 희의 앞머리를 옆으로 넘겨 주고 여전히 상기되어 있는 뺨에 입을 맞춘 규성은 보들보들한 그녀의 가슴에 남은 키스 마크들을 자랑스럽게 보며 또다시 "후후." 하고 음산하게 웃었다.

그의 얼굴은 귀한 보양식을 먹은 것처럼 윤기와 생기로 번들거렸다. 그간 쌓아 둔 사리탑을 한 번에 보상받은 규성은 다시 한 번 소리 죽여 웃고선 입술을 오물거리는 희를 보며 싱긋 미소 지었다. 그녀가 자신의 품에서 벗어나려고 버둥거릴 때마다 잠에서 퍼뜩 깬 규성은 결국 한숨도 자지 못했지만 조금도 눈을 붙이지 못한 사람치곤 지나치게 팔팔했다.

그는 핸드폰으로 시간을 확인하고선 희의 속눈썹을 어루만졌다.

"권희."

규성은 미동조차 없는 희의 이마에 입을 맞추고 "희야." 하며 다시 한 번 사랑하는 여자를 불렀다.

"회사 가야지."

"……회사?"

회사라는 단어에 눈을 조그맣게 뜬 희가 눈가를 비비적거리다가 이내 "싫은데……." 하고 투정을 부리며 그의 품에 쏙 안겼다. 벌거벗은 가슴팍에 와 닿는 숨소리와 귀여운 칭얼거림에 규성은 염치없는 아들내미가 단단해지는 것을 느꼈다.

"그래, 회사. 회사 안 가?"

희는 귓불을 간질이는 달콤한 목소리에 잠깐 멍하니 있다가 그의 품에서 몸을 일으켰다.

그러고 보니 오늘은 월요일이다. 세상에, 회사를 가야 한다는 것도 모르고 그렇게 즐겼다니.

허리와 골반이 욱신거리는 걸 느낀 희는 도로 규성의 몸 위로 엎어지고 끙끙 앓는 소리를 냈다.

"나 회사 가기 싫어요, 부장님."

이불 아래 슬쩍 드러난 탄탄한 그의 허벅지에 얼굴을 부비며 중얼거리자, 규성이 그녀의 머리칼을 어루만지더니 "가기 싫어? 그럼 안 가면 되지." 하고 속삭이며 희를 잡아당겼다.

"가지 말고 하루 종일 나랑 있자, 권희."

"……아무 짓도 안 할 거예요?"

"그건 딱히 장담 못 하겠는데."

"그럼 그냥 회사 갈래."

목덜미와 쇄골에 입을 맞추는 규성을 간신히 밀어낸 희는 사지가 욱신거리는 걸 참으며 매트리스에서 내려왔다. 어쩐지 베란다가 캄캄하다고 생각했지만 날씨가 우중충해서 그러려니 생각하며 자리에서 일어섰다.

어제 규성에게 혹사당한 아래가 저릿하고 따끔하다. 싱글벙글 웃는 규성을 얄밉게 쳐다본 희가 저만치 날아간 속옷을 줍기 위해 허리를 굽히는데.

"같이 목욕할까?"

어느새 뒤로 슬쩍 다가온 규성이 그녀의 엉덩이에 입을 맞추며 야하게 속삭였다.

"싫어요. 또 무슨 짓을 하려고? 그리고 우리 집 욕실은 좁아서 두 명 못 들어가요!"

"찰싹 붙으면 두 명이서도 목욕하겠던데? 하자, 응? 나 찜 찜해."

규성은 희가 도망가지 못하도록 발목을 꽉 움켜쥐고선 미소 지었다. 그의 웃음에서 무언가 불길함을 감지한 희는 알몸이라는 것도 잊어버린 채 허둥지둥 발을 붙잡은 그를 떼어 내려 안간힘을 썼다.

"부장님 집 여기서 가깝잖아요! 그냥 집에 돌아가서……. 엄마야!"

자리에서 일어선 규성은 더는 들을 것도 없다는 듯 그녀를 품에 안고선 성큼성큼 욕실로 걸어갔다. 태어나서 난생처음 남자에게 아기처럼 안겨 본 희는 울긋불긋 근육이 불거진 규성의 팔을 보고 얼굴을 확 붉혔다. 그에게 안긴 희는 욕실로 들어서는 규성의 발걸음에 뒤늦게 정신을 차렸지만 발버둥을 쳤을 땐 이미 샤워 부스 안이었다.

"부, 부장님…… 집에 안 가세요?"

물 온도를 조절하는 규성에게 혹시나 하는 마음에 물어본 희는, 곧 따뜻한 물줄기와 함께 허벅지를 쓱 어루만지는 손길에 벽에 기대고 있던 등을 퍼뜩 일으켰다.

"부장님! 내가 이럴 줄 알았……. 앗!"

샤워기를 위에 고정한 규성은 어제 하루 종일 맛본 그녀의 아래쪽을 손으로 부드럽게 쓸며 희의 콧잔등에 입을 맞추었다.

아담한 희의 콧날을 입술로 어루만진 규성은 고통을 호소하는 그녀의 샘을 손가락으로 조심스럽게 만졌다. 겉의 살갗은 조금 부었지만 안은 그가 살짝만 건드려도 다시 움찔거리며 금방 촉촉해졌다.

"아…… 그만, 그만하세요! 저 회사 가야, 아! 아웃……!"

"아직 좀 더 즐겨도 괜찮아. 6시밖에 안 됐거든."

규성의 말에 찡그리고 있던 눈을 번뜩 뜬 희가 쏟아지는 물줄기를 피하며 그를 쳐다보았다. 그러자 규성은 씩 웃더니 "내가 회사 가야 한다고 했지 시간까지 말했던가?" 하며 능청스럽게 입을 맞춰 왔다.

울컥하는 마음에 희가 주먹을 치켜들자 그가 그녀를 다시 벽으로 몰아붙이고는 그곳 안으로 손가락을 슬쩍 넣었다.

"앗! 아프다니까, 아웃! 부장님!"

"부장님이 아니라, 윤규성."

"규성 씨! 알겠으니까 빼요!"

"빼면 해도 돼?"

세상에 어쩜 이럴 수가 있을까. 진짜 짐승이다. 이 남자는 몸의 에너지를 전부 거시기로 돌리는 건가?

희는 천연덕스럽게 관계를 요구하는 규성을 보며 당장에라도 울 것 같은 표정을 지었지만, 어느새 손가락으로 가슴을 지분거리는 그의 행위에 몸이 달아오른 것도 사실이었다. 마지못한 표정으로 고개를 끄덕거린 희는 곧바로 그의 키스를 받아들여야 했다.

그와 키스를 나눈 희는 이내 어깨를 잡아 몸을 돌리는 규성의 손길에 머뭇거리며 가슴을 벽에 밀착시켰다.

"왜, 왜요?"

희가 조바심을 내며 묻자 규성이 그녀의 귓바퀴를 살며시 깨물더니.

"왜긴 왜야."

하고 속삭이고는 뒤에서 입구를 찔러 왔다.

손을 뻗어 벽에 착 달라붙은 희의 가슴을 움켜쥔 규성은 만족스러운 듯 낮은 소리를 흘리며 "역시 좋아, 희야." 하고 흥분에 도취된 듯 중얼거렸다.

"허리 살짝 낮추고……."

"이, 이렇게요?"

요구대로 벽에서 몸을 살짝 미끄러뜨린 희는 뒤에서 거칠게 밀고 들어오는 남성에 소리를 지르며 허리를 잡은 그의 손을 움켜쥐었다.

"앗! 아, 규성 씨, 아앗!"

출렁거리는 희의 젖가슴을 다른 손으로 터뜨릴 듯 움켜쥔 그는 거칠게 숨을 내뱉으며 빠르게 허리를 움직였다.

"금방, 금방 끝낼게, 윽!"

질퍽거리는 소리가 물 때문에 한층 더 짙어졌고, 희는 뒤에서 밀어붙이는 힘에 허리가 역으로 접힐 것 같은 고통과 쾌감에 지독히 시달렸다.

규성은 입으로는 금방 끝내겠다고 속삭였지만 그들의 정사는 그렇게 생각보다 빨리 끝나지 않았다. 희를 샤워 부스 안에서 맛나게 먹어 치운 규성은 커다란 수건으로 그녀의 몸을 닦아 주다가 또다시 아들내미가 곤두서는 바람에 세면대 앞에서 한 번 더 그녀와 사랑을 나누었다.

비록 6시에 일어났지만 8시 반이 넘어서야 허둥지둥 옷을 갈아입은 그녀는 그의 차를 얻어 타 제법 안전한 시간에 회사 근처에 도착할 수 있었다. 집이 회사 근처라는 게 이렇게까지 감격스러울 줄이야.

그녀는 안전띠를 풀어 주는 규성을 보며 눈을 흘기고는 "갈 게요." 하고 새침하게 말했다.

하여간 당분간 건드리기만 해 봐라. 독기를 품으며 차에서 내린 희는 사지가 쑤시는 걸 느끼며 조수석 문을 부러 세게 닫았다.

가방을 품에 끌어안으며 그를 힐끗 보자 규성이 그러기를 기다렸다는 듯 활짝 웃으며 손을 흔들었다.

그를 만난 이래로, 윤규성이 저토록 활짝 웃는 걸 본 적이 있던가? 희는 자신을 향해 손을 흔들며 밝게 웃는 규성에게 저도 모르게 미소로 화답했다.

"다녀올게요."

"오냐, 다녀와라."

종일 혹사당해 아랫도리가 욱신대는데도 희는 그를 향해 예쁘게 웃었다.

아, 정말. 이래서 사랑을 하면 사람이 약간 맛이 가는 모양이다.

희를 회사까지 바래다주고 온 규성은 사각팬티 차림으로 침대 위에 널브러진 제하를 보고 눈살을 찡그렸다. 눈에 넣어도 안 아픈 여자 친구를 배웅하고 왔더니 집에 웬 강아지 한 마리가 퍼질러 있다.

"한제하."

"……."

"지금 당장 일어나면 네가 원하는 만큼 초콜릿을 사 주지."

"……으음, 형님 오셨습니까?"

"언제까지 여기서 이럴래, 너는."

"대충 직장을 잡을 때까지는 이럴 생각이었습니다만."

부스스하게 일어선 머리카락을 문지른 제하는 또다시 외박을 감행한 규성의 모습을 물끄러미 훑다가, 어쩐지 아침부터 그의 피부가 묘하게 탱글탱글하다는 것을 눈치챘다.

박하사탕을 우물대는 규성을 멍하니 바라보던 제하는 숨을 삼키고 다급히 그의 바짓가랑이를 잡아당겼다.

"형님! 설마!"

말도 안 된다는 듯 비명을 지르자 규성이 제하의 머리에 꿀밤을 놓으며 "놔, 인마! 바지 내려가잖아!" 하고 짜증을 냈다.

"사리탑 무너진 겁니까?"

믿기지 않는다는 눈빛으로 제하가 묻자 규성이 웃더니 제하의 콧잔등에 손가락을 튕겼다.

"무너졌지, 그럼."

한 번 무너졌나? 아주 와르르 무너져서 두 번 다시 쌓이지 않게 자근자근 짓밟았다. 자신의 품에 안겨 앙앙대던 희를 떠올린 규성은 다시 음흉하게 웃었다.

"어제만 넘기면 됐는데 어째서입니까!"

"아, 내가 알아? 권희가 하자고 매달리는데 그럼 어떡해!"

"권희 씨에게 무슨 짓을 하신 겁니까!"

"이게 사람을 뭐로 보고! 난 아무 짓도 안 했어, 인마! 당장 못 떨어져?"

규성에게 베개로 머리를 얻어맞은 제하는 50만 원이 멀리 유정의 지갑으로 들어가는 환상을 보며 뒤로 풀썩 넘어졌다.

사각팬티를 입은 제하를 아니꼬운 눈초리로 내려다본 그는 침대 구석에 엉덩이를 붙이고 앉았다. 그러고는 차에서 챙겨 온 노트북과 서류 봉투들을 침대에 내려놓고선 손등으로 제하의 엉덩이를 툭툭 쳤다.

"일어나서 이거나 봐, 한제하."

"……뭡니까, 그건?"

속옷 차림으로 벌러덩 누워 있던 제하는 규성이 펼쳐 주는 노트북을 보고선 고개를 갸웃했다.

"새 상무 이사라는 놈이 갖고 온 거다."

"만나셨습니까?"

서류를 꺼내 읽던 제하가 슬쩍 묻자 규성은 "만나기야 했지." 하고 말하며 다리를 꼬았다.

"너 나랑 프랑스나 가자."

"노만에서 일하는 건 이제 귀찮습니다."

서류를 도로 봉투에 집어넣은 제하는 머리를 쓸어 넘겨 주는 규성의 손길을 거부하며 딱 잘라 말했다.

"시간은 있으니까 천천히 생각이나 해라."

그는 누운 채 대꾸도 않는 제하의 뒷머리를 쓰다듬었다.

"장 보러 갈 건데 따라갈 거냐."

"초콜릿 사 주실 겁니까?"

이불 밖으로 고개를 빠끔 내민 제하가 딜을 걸자, 규성이 옷장에서 옷을 아무거나 꺼내 침대 위로 던지며 턱을 주억거렸다.

"사 줄 테니까 일어나."

"초콜릿 스프레드도 사 주실 겁니까?"

"다 사 줄 테니까 프랑스 가자는 거나 진지하게 생각해 봐. 그리고 남의 집에서 속옷 차림으로 돌아다니지 좀 마라, 인마."

조금 있으면 정직이 풀린다. 규성은 어쨌거나 무엇을 해야 할지 정해야 했다. 새로운 인생을 시작하기에 솔직히 말하자면 너무 귀찮고 가능하다면 주변에서 할 수 있는 걸 하고 정당한 이득을 취하는 게 편했다. 노만에 아주 많은 애정이 있는 건 아니지만 그래도 그간 삽질해 온 세월이 있으니까.

프랑스로 떠나는 것도 썩 나쁘지 않겠구나 싶었다. 무엇보다 새로운 사업이라는 데에 흥미도 있지만, 다른 사원들과 출발선이 동등한 게 가장 마음에 들었다.

하지만 문제는 권희였다. 프랑스로 떠나는 것도, 그곳에서 말단에서부터 일하는 것도 다 괜찮다. 얼마든지 이를 악물고 버틸 수 있지만 권희가 과연 자신과 함께 프랑스로 떠나 줄까?

그녀를 한국에 두고 갈 수는 없다. 겨우 손에 움켜쥐었는데 헤어질 수도 없다.

규성은 현관문을 닫으며 자신이 희에게 이곳에서의 생활을 포기하도록 강요할 자격이 있는지에 대해 생각했다. 하지만 방법이 없다. 앞머리를 뒤로 길게 쓸어 올린 그는 승강기에 올라타고 한숨을 내쉬었다.

자아, 이제 앞으로 어쩐다?

"나 오늘 외근 나갔다가 개꽃 부장 봤어."

커피를 마시던 희는 서현의 말에 눈을 동그랗게 떴다. 자리에 서서 거울로 화장을 살피던 연서는 "정말? 진짜야?" 하고 재차 물으며 서현의 맞은편에 자리를 잡았다.

희는 뜨거운 커피를 호호 불며 서현의 말에 집중했다. 대체 어디서 그 사람을 봤다는 걸까.

"나 회사 출근하자마자 외근 나가야 했잖아. 나갔는데 하도 허기져서 T 백화점에서 만두 좀 사 먹는데, 에스컬레이터 타고 개꽃 부장이 올라오는 거야. 근데 그 옆에 웬 남자가 같이 있더라?"

남자? 서현의 말에 귀를 쫑긋 세우고 있던 희는 고개를 갸웃했다.

"남자가 하도 낯이 익어서 몰래 숨어서 쳐다보는데, 저번에 사표 낸 상무 이사님인 거 있지?"

"세상에, 한제하 상무?"

남들은 한 번 오르기도 어려운 간부직을 왜 스스로 내놓았는지 알 길이 없지만, 역시 규성과 잘 아는 사이였던 모양이다.

"그 꽃돌이가 개꽃 부장 팔짱을 끼고 이거 사 달라 저거 사 달라 조르고 있더라. 내가 그거 보고 정말 숨넘어가는 줄 알았다니까!"

"두 사람 무슨 사이기에?"

연서가 눈을 휘둥그레 뜨며 묻자 서현이 "내가 아니? 하여간 팔짱 끼고 조르는 폼이 예사롭지가 않더라, 야." 하고 대답하고는 음료를 삼켰다.

"설마! 개꽃 부장이 진짜 게이였으면 그 사진이 말이 안 되지."

"역시 둘이 과하게 친한 거겠지? 근데 둘이 어떻게 아는 사이일까. 개꽃 부장 인맥도 좋네."

'그 사진'이라는 말에 눈가를 흠칫 떤 희는 깜빡 잊어버리고 있던 보연에 대해 떠올렸다. 연락을 기다리겠다며 명함을 주고 가긴 했지만 오빠가 써 둔 시들을 모두 돌려받았으니 이걸로 된 게 아닐까. 규성을 악착같이 사랑하고 있는 마당이라 보연을 만나면 왠지 굉장한 질투심을 느낄 것 같았다.

"참, 사진 하니까 생각났네. 내가 이상한 소문을 들었거든?"

"이상한 소문?"

희가 묻자 서현은 고개를 끄덕거리더니 "어제 들은 건데." 하며 말을 이었다.

"그 사진 돌아다닐 때 어떤 사원이 그랬거든. 자기도 들은 얘기인데, 옛날에 서보연이랑 윤규성이랑 그렇고 그런 사이였대."

"진짜 사귀던 사이였다는 거야?"

연서가 묻자 서현이 혀 차는 소리와 함께 고개를 내저었다.

"아니, 아니지. 섹스 파트너였다더라."

서현의 입에서 튀어나온 자극적인 단어에 희의 눈썹이 팍 찡그려졌다.

"세상에, 진짜?"

"사람들 말하는 거 엿듣는데 그 사람들도 어디서 들었나 봐. 근데 자꾸 쉬쉬하더라고. 뭔가 좀 이상하지?"

평소처럼 입을 다물고 두 사람의 대화를 경청하기만 하던 희는 탁자에 내려 둔 컵을 움켜쥐며 태연한 척 입을 꾹 다물었다. 최대한 표정을 유지하려고 애를 썼지만 미간 사이가 자꾸 좁혀 드는 건 어쩔 수가 없다.

"그 사진만 봐도 충분히 쉬쉬할 만하지. 섹스 파트너였던 사이였는데 회사 옥상에서 그런 짓 벌인 거 보면 말 다했다."

"그래도 소문은 믿을 거 못 되니까 그냥 우리끼리 씹고 잊어버리자. 괜히 입방정 떨었다가 벼락 맞아."

화장품을 정리한 연서는 상쾌한 얼굴로 말하며 자리에서 일어섰다. 음료를 홀짝거리던 서현은 "하긴." 하고 중얼거리더니 연서를 따라 일어서며 동의했다.

"개꼴 부장이라면 벼락 떨어뜨리고도 남지."

"희야, 넌 안 가니?"

"응. 난 조금만 더 쉬다가."

단조롭게 대꾸한 희는 초연한 표정으로 여전히 뜨거운 커피를 벌컥벌컥 들이켰다. 입천장이 다 데일 정도로 뜨거웠지만 커피를 꼴깍 삼킨 희는 서현과 연서가 휴게실을 나서자마자 주머니에 넣어 두었던 핸드폰을 꺼냈다. 혹시 몰라 보연의 연락처를 저장해 두긴 했는데 설마 연락하게 되는 날이 올 줄은 몰랐다.

희는 옛날 이야기니 기분 나쁘게 생각하지 말자고 스스로를 다독여도 자꾸만 기분이 처졌다. 만약 규성이 사랑했던 여자가 아예 모르는 사람이었다면 괜찮았을까? 어쩌면 서보연이라 더 예민하게 반응하는 걸지도 모른다.

그런데도 희는 속이 쓰리고 부글부글 끓어서 결국 보연에게 오늘 만나자고 문자 메시지를 보냈다. 때마침 보연도 하고 싶은 말이 있다고 했으니 겸사겸사 들으면 되리라.

희는 퇴근 후에 어디서 기다리겠다는 보연의 빠른 답장을 보고 생각했다.

같은 여자에게 진심으로 소중히 여기는 사람을 두 번이나 빼앗기고 싶지는 않아라고.

"여기에요, 권희 씨."

보연은 하얀 원피스에 검은색의 재킷을 걸쳤는데 단순한 차림에도 불구하고 멀리서도 빛이 보였다.

맞은편 자리에 앉자 보연이 "서윤이에게서 파일은 받으셨나요?"라고 물어 왔다.

"네. 여태까지 보관해 주셔서 감사합니다."

그건 정말로 보연에게 감사할 일이었다. 그래서 희는 진심으로 머리를 숙였다.

"아뇨, 아니에요. 그건 당연히 해야 할 일이었으니까요."

그녀를 보며 손사래를 친 보연은 웃음을 짓고는 메뉴판을 보여 주며 "뭐라도 드세요. 제가 살게요." 하고 말했다. 하지만 희는 딱히 무언가를 먹을 기분이 아니었다.

"그보다 기대도 안 하고 있었는데 권희 씨가 먼저 연락해 주셔서 정말로 기뻤어요."

희는 시선을 외면하는 저를 보며 웃는 보연에게 갑자기 죄책감이 밀려왔다. 따지고 보면 희는 보연에게 충분히 화를 낼 수 있는 입장이었다. 윤규성의 일은 소문일 확률이 크니 그렇다 치더라도, 권명의 일은 여전히 희에게 못으로 박혀 있으니까.

거기다 두 사람은 옥상에서 번듯하게 그런 사진까지 찍히지 않았느냔 말이다. 덕분에 희는 상처를 입을까 봐 두려워 먼 길을 돌아왔다. 그 사실만으로도 그녀는 보연에게 충분히 분노를 느꼈다.

"실은 서보연 씨께 여쭤 볼 게 있어서 연락드렸어요."

"어떤 걸요?"

"윤규성이랑, 어떤 관계셨어요?"

"……아, 그건……. 외람되지만 어째서?"

생각지도 못한 질문이라는 듯 보연의 얼굴이 의아함으로 물들었다.

희는 규성과 하고 있는 연애가 예전처럼 얼토당토않게 끝내 버린 연애들 중 하나가 되지 않기를 바랐다. 그가 그녀를 이해하고 기다렸던 만큼, 그녀도 규성을 끌어안고 싶었다. 하지만 하필이면 상대방이 보연이어서 희는 온 신경이 곤두서는 걸 느꼈고, 화가 났다. 보연은 권명으로도 부족해서 윤규성까지 독점했던 것이다. 그 사실이 슬펐다. 죽을 만큼 서러웠다.

"혹시 윤규성과 무슨 관계라도?"

"그 사람은 제 애인이니까요."

"아……."

연달아 예상치도 못한 질문과 대답이 나오자 보연이 "그랬군요." 하고 놀라는 목소리로 중얼거렸다.

"과거의 일이 사실인지 아닌지 모르지만 우연히 윤규성이 서보연 씨와 섹스 파트너였다는 걸 들었어요."

희는 보연이 그 사실을 부정하길 바랐다. 아니에요, 소문이
랍니다, 하고 웃으며 말하기를 기다렸다.

그런데 보연이 느닷없이 깔깔 웃기 시작했다.

"권희 씨도 그 소문 들었군요?"

"정말 소문인가요?"

"당연하죠. 저랑 윤규성은 아무 관계도 아니었어요. 사진 때
문에 애먼 소문이 났군요. 정말이에요."

주변 사람들이 힐끗거릴 만큼 보연은 호쾌하게 웃었다. 물
어본 희가 다 민망할 정도로 정말이지 호탕하게.

"윤씨 형제 모두가 책을 좋아해서 친구처럼 지내다가 이성
씨가 제게 먼저 고백을 했고……. 사실 그때 제가 제정신이 아
니었거든요. 그래서 이성 씨에게 실컷 상처만 줬죠. 윤이성이
좋은 사람이라는 건 분명해요. 헤어진 건 순전히 제 잘못이지
만 이성 씨가 규성이가 저를 좋아한다는 걸 눈치채서 더 복잡
해지기 전에 딱 자른 거죠, 깔끔하게. 그 뒤로 규성이를 아주
가끔 만나긴 했지만 순전히 밥만 먹고 안부만 묻는 사이었어
요. 정말 그게 전부랍니다."

보연은 이야기는 담담했다.

하지만 윤규성에겐 상처밖에 남지 않았다. 보연은 규성이
어떤 마음을 갖고 있는지 알았지만 이성에게 상처를 준 걸로도
모자라 규성에게까지 불행을 덧씌우고 싶진 않았다.

당시 보연은 권명을 잃고 아파 죽을 것만 같았다. 그래서 이
남자 저 남자를 만나며 살았다. 가슴의 구멍은 여전했고 보연
은 외로웠다.

그래서 프랑스로 떠나던 날 보연은 규성에게 강명을 알려 주었다. 강명이 권명의 가족이라는 이야기를 들은 보연은 그가 쓰는 소설이 규성에게 조금이라도 도움이 되길 바랐다. 규성은 서보연을 떠나보냈고, 강명은 권명을 잃은 셈이었으니까. 강명이 쓰는 이야기들을 보며 조금이나마 각자의 상처가 아물기를 기도했다.

"그럼 오빠는요?"

희는 무척 오래간만에 오빠라는 단어를 입 밖으로 꺼냈다. 울림이 낯설어서 울음이 날 것 같았다.

"오빠는…… 우리 오빠는 사랑하셨어요?"

"물론이죠."

보연의 대답에 희가 숨을 크게 삼키며 입을 닫았다.

"저는 죽을 때까지 권명에게 묶여 살 여자니까요."

느리게 말을 덧붙인 보연은 숨을 길게 내뱉었다. 명의 이름에 눈시울이 붉어진 보연은 희를 보며 겨우 미소를 지었다.

"실은 권희 씨에게 이 말을 하고 싶었어요. 제가 아직도 명이를 사랑한다는 걸요."

바보 같은 윤규성. 그 곰 같은 남자는 죽은 남자를 사랑한다는 여자를 그리워했다. 세상에, 이렇게까지 한심한 남자가 다 있다니. 희는 속으로 그를 욕하며 입술을 물었다.

죽은 사람을 여태껏 사랑할 수 있단 사실에 희는 규성이 보고 싶어졌다. 밤이 오고 새벽을 넘어, 해가 뜰 때까지 사랑한다고 말해 주고 싶었다.

"사람들과 어울려도 계속 외로워하던 명이를…… 저에게서 떨어뜨려 놓으면 어떻게든 혼자서라도 살아갈 거라고 생각했어요. 자기 자신을 사랑하는 법을 명이가 배울 거라고……. 그래서 매일같이 오던 전화도 받지 않았어요. 그런데 그게 권명에게는 강력한 극약 처방이었던 거죠."

어느새 눈물을 뚝뚝 흘리는 보연은 북받치는 울음소리를 참으며 두 손을 꼭 모아 쥐었다.

"나는 권희 씨에게서 권명을 빼앗은 거나 다름없어요. 권명을 위해 권명을 버렸지만, 사실 명이가 나를 애타게 부를 거라는 걸 알았어요. 어쩌면 그때의 나도 너무 어려서 나를 끝없이 원하는 명이의 목소리를 갈구했던 걸지도 몰라요. 그러니…… 내가…… 내가 권명을 죽인 거예요."

희는 말끄러미 보연이 경찰서에서 진술한 걸 떠올렸다. 사랑해서 권명이 혼자 살아가기를 바랐다던.

어쩌면 오빠는 한없이 약하고 겁이 많았던 사람일지도 모른다. 자기애 같은 건 조금도 없이 오로지 타인만을 위할 줄 알아서, 스스로가 사랑받을 수 없다고 생각한 순간 '어째서 내가 살아가야 하지?'라는 의문에 빠졌을지도 모른다.

그녀는 보연이 명을 정말로 사랑했다는 걸 오늘에야 알았다. 오빠가 어째서 보연을 그녀에게 그토록 자랑했는지 알 것 같았다.

"오빠가 어렸을 때, 한 번 없어진 적이 있었대요."

차분한 목소리로 이야기를 꺼낸 희는 가슴을 크게 쓸어내렸다.

"제가 태어나기 전인가 봐요. 나들이를 갔다가 부모님이 한눈을 파신 사이에 오빠가 없어졌대요."

보연은 희가 들려주는 이야기가 생소한 모양이었다. 미미하게 웃은 희는 예민하게 치뜬 눈가를 누그러뜨렸다.

"오빠를 찾은 건 반나절 만이었대요. 놀이공원 밖에서 발견했는데 벤치에 멍하니 앉아 있더래요. 울지도 않고 가만히 있었다나 봐요. 당연히 오빠 혼자서요."

"……권희 씨."

"오빠가 죽고 엄마가 그랬어요. 오빠가 항상 외로워하고 혼자 있는 걸 낯설어했던 건 그날 '버림받았다'라는 생각 때문일지도 모른다고요. 매일 괜찮다고 말했던 이유도 미움 받으면 버림받을까 봐 겁먹었기 때문일지도 모른다면서요."

명에게 유년기의 그 기억은 거대한 구멍이었을지도 모른다.

양손을 꼭 잡아 주던 부모님을 잃고 망연히 벤치에 앉아 있던 오빠는 무슨 생각을 했을까.

"우리 아빠 엄마는 아직도 오빠를 사랑해요. 진짜 이상하죠. 하여간 우리 오빠만큼 멍청한 사람도 없을 거예요."

두 손을 꼭 모은 희는 보연에게 미안했다. 규성과 섹스 파트너였을지도 모른다는 사실에 분개해 잠깐 눈이 먼 것도 사실이지만, 아직도 보연이 권명을 사랑한다는 고백에 가슴이 먹먹해지기도 했다.

정말이지 권명은 한심한 남자였다. 저를 사랑해 주는 사람들이 사방 천지에 널렸는데 그것도 모르고 외로움 타령을 했다니. 하지만 따지자면 그건 희도 마찬가지였다. 그래서 희는 같은 실수를 반복하지 않기로 생각했다.

죽도록 윤규성을 붙들 거라고 다짐했다.

"윤규성은 복 받았네요. 권희 씨 같은 여자를 만나고."

"그렇죠? 저도 그렇게 생각해요."

새침하게 대답한 희는 빙그레 웃었다.

무거운 짐을 내려놓은 것처럼 환하게 웃은 보연은, 내일 프랑스로 떠난다고 말해 주었다. 보연은 그녀에게 부디 잘 지내라는 말을 덧붙이곤 "행복하세요. 꼭."이라고 속삭여 주었다.

카페를 떠나는 보연의 뒷모습을 보던 희는 품에 규성을 가득 안고 싶은, 깊은 애정을 느꼈다.

사람들은 서로를 이해하지 못해서 항상 이렇게까지 사랑하고 싶어 한다. 보연이 여태까지 명을 잊지 못하고 사는 것처럼.

지금 그가 보고 싶다. 잔뜩 사랑하고 싶다.

등을 돌린 희는 천천히 걷다가 이내 달리기 시작했다.

마음이 달리는 곳으로 1

　현관문이 닫히는 소리를 들은 규성은 가스 불을 끄고 신발을 벗는 희를 보았다.

　"왜 데리러 오지 말라고 한 거야? 덕분에 식사 준비를 열심히 하긴 했는데……. 권희?"

　신발을 벗고 자리에서 벌떡 일어선 희의 눈가는 운 사람처럼 벌겠다. 그는 무슨 일이냐고 물을 새도 없이 공격적으로 다가온 희에게 또다시 한 번 놀랐다.

　손에 쥐고 있던 가방을 내팽개친 희는 규성의 앞으로 다가가 그가 걸치고 있던 와이셔츠 단추를 마구 풀기 시작했다.

　"희야?"

　그가 당황한 듯 소리쳤지만 희는 몸에 힘을 잔뜩 주고 규성을 책장 쪽으로 몰아붙였다.

"권희!"

영문도 모른 채 그녀에게 깔린 규성은 자신의 입술에 다급히 키스를 퍼붓는 희의 행동에 눈살을 찡그렸지만, 군말 없이 그녀의 혀를 받아 주었다. 초조한 듯 엉켜 오는 혀는 서툴렀지만 빠르고 성이 나 있어서 규성은 희가 밖에서 무언가를 겪었다는 걸 대충 짐작할 수 있었다.

키스하며 그의 와이셔츠 단추를 모두 풀어 헤친 희는 탄탄한 가슴을 더듬다가 갈급히 허리 벨트를 풀었다.

벨트가 짤깍짤깍 풀리는 소리가 나자 그제야 감고 있던 눈을 뜬 규성은 희와 나눈 키스를 음미할 틈도 없이 그녀에게 깔린 허벅지에 힘을 주었다.

"희야, 왜 그래."

규성은 반항하기를 포기하고 그녀에게 넌지시 물었다. 그의 바지를 잡아당겨 아래로 내린 희는 위아래로 흔들리는 규성의 목울대에 입을 맞추었다.

"내가 예뻐요?"

"당연하잖아."

"단발머리도 아닌데…… 예뻐?"

규성은 어째서 이 상황에 헤어스타일이 나와야 하는지 알 수가 없었지만 눈살을 찌푸리며 단호히 반박했다.

"넌 긴 머리가 더 잘 어울려. 난 내 여자한테 어울리는 게 좋아. 단발머리만 고집하는 바보가 아니라고."

주저함 없이 단번에 대답하는 그의 목소리에 속옷을 벗기려던 희가 고개를 들어 규성의 눈동자를 들여다보았다.

그가 보고 싶었다. 정말 죽을 만큼 만나고 싶고, 만지고 싶었다. 모든 게 닳아 없어져도 좋을 만큼 그에게 사랑받고 싶었다.

권희는 윤규성을 사랑한다. 자신의 옆에 붙어 끝없이 외롭지 않도록 위로해 주고 보듬어 주는 그를 죽을 만큼 사랑하고 있다.

"윤규성 씨는 내 남자예요. 그렇죠?"

그의 넓적다리 위에 주저앉은 희는 규성의 치골 부위를 부드럽게 쓰다듬으며 물었다. 그는 희가 어째서 이런 행동을 하는지, 이런 질문을 하는지 하나도 알 수 없었지만 질문에 성실히 대답했다.

"네 거야. 권희 거 맞아."

"그럼 나는요?"

"당연히 내 거지."

"나를 사랑해요?"

"사랑해."

다정한 고백을 들은 희는 그의 가슴에 입을 맞추고는 주저 없이 속옷을 잡아 내렸다.

핏대가 선 남성을 손에 움켜쥔 희는 신음을 내는 규성을 올려다보며 나지막하게 중얼거렸다.

"당신이 좋아서 미칠 것 같아요."

"희야."

"그러니까 나는, 당신이 갖고 싶어요. 이렇게."

희가 다리를 들어 스타킹을 끌어 내리고 팬티를 벗었다. 부엌에서 무언가가 끓어 넘치는 소리가 들렸지만 규성은 바짝 곤두선 제 분신이 메마른 그녀의 안으로 서서히 빨려 들어가는 걸 지켜보았다.

부엌 창으로 저녁노을이 들어오고, 자동차 클랙슨 소리와 두런두런 떠드는 소리들이 들렸지만 두 사람 사이엔 낮게 들뜬 한숨 소리가 전부였다. 비좁고 뻑뻑한 샘 안으로 들어간 규성은 뜨거운 한숨을 토했다.

배까지 말려 올린 스커트를 위로 더 올린 희는 허리를 서서히 아래로 내리며 이를 악물었다. 아래로 내려갈수록 조그만 엉덩이를 움켜쥔 규성의 손바닥에 힘이 들어갔다.

"당신이 떠나면…… 나도 죽어 버릴 거예요."

"……희야."

외로움을 견디다 못해 죽어 버린 명을 떠올리며 희는 진심으로 말했다.

"나를 위해서 떠난다는 말 같은 건 절대로, 읏, 용서 안 해요……. 하아, 당신이 다른 여자랑 있는 것도 못 봐."

완전히 주저앉은 희는 곤두선 규성의 물건이 경직된 걸 느끼고선 느리게 호흡을 골랐다.

규성은 그녀의 눈가에 고인 눈물을 입술로 훑어 주며 나직하게 속삭였다.

"안 그래. 안 떠나. 너 안 버려."

"제가 이렇게 집착하고 질투하는 여자여도 좋아요? 이래도 예뻐요?"

"상관없어. 나는 그것보다 더 집착하고, 더 질투할 거니까."

규성의 말에 눈물을 참은 희는 한심한 남자라고 욕을 하려다가, 그가 퍼붓는 키스에 말문이 틀어 막히고 말았다. 그녀는 지금이 전부인 것처럼 그를 갖자고 생각했다. 이 설렘을 모두 쏟아 내고, 당신을 사랑한다고 속삭여 주자고 생각했다.

"아, 앗! 앗, 규성 씨……!"

희가 그의 아랫배에 뜨거운 손바닥을 얹고 허리를 천천히 앞뒤로 문질렀다. 그러자 흥분을 참지 못한 그가 블라우스에 가려진 그녀의 젖가슴을 통째로 깨물었다.

애액이 흐르지 않아 부드럽지 않은 통로를 남성이 거칠게 휘저으며 마찰을 일으켰다. 희는 아래가 당장에라도 찢어질 듯하고 홧홧함을 느꼈다. 하지만 마찰이 일어나는 자리마다 야한 세포들이 속속 올라왔고, 순식간에 자극적인 소리가 두 사람의 피부 사이에 울렸다.

"아웅! 앗! 규성 씨, 앗!"

가슴팍을 살살 긁는 블라우스의 단추가 심히 거슬렸던 그가 옷을 힘껏 양옆으로 벌렸다. 옷이 양옆으로 뜯어지자 그녀의 허리 움직임에 맞추어 크게 출렁거리는 가슴이 드러났다. 손바닥으로 다급하게 브래지어를 위로 올린 규성은 고개를 숙여 아기처럼 그녀의 가슴을 빨았다. 꼿꼿하게 선 유두를 입에 문 그는 마시멜로처럼 말랑거리는 가슴을 힘껏 움켜쥐며, 뽀얗고 예쁜 가슴에 이빨 자국을 선명히 남겼다. 한껏 움츠러든 그녀의 목덜미와 어깨 선에도 입을 맞추며 혓바닥으로 짭조름한 피부를 맛보았다.

희는 숨이 턱까지 차올라 당장에라도 죽을 것 같은 아찔함에 눈을 질끈 감았다. 여성의 샘 안쪽에서 조금씩 분비되던 애액은 규성의 바지를 적시고 있었다. 허리를 아래로 짓누를 때마다 그의 일부가 몸 안쪽까지 사정없이 찔러서 그녀는 무슨 일을 하고 있는지 자각할 수 없을 만큼 어두운 쾌감을 느꼈다.

내벽을 거칠게 긁고 쑤시는 느낌이 머리까지 도달할 때마다 입구가 움찔거렸고, 그때마다 규성은 이를 악물며 그녀의 허리를 힘껏 들어 올렸다가 사정없이 아래로 잡아당겼다.

"아! 규성 씨, 아, 아파, 앗!"

"권희……."

안으로 진입하면 진입할수록 통로가 비좁아져 그의 물건이 더 딱딱해졌다. 허리가 아픈지 희가 몸을 뒤로 젖히자, 그녀의 입구 안으로 잔뜩 성을 내며 고개를 처박은 그의 물건이 드러났다.

하지만 흥분이 가시지 않은 규성이 낮게 으르렁거리며 그녀를 바닥에 눕혔다.

여유 있게 멀어져 있던 남성의 일부가 다시 내벽을 자극하자 희는 머리가 빙빙 도는 걸 느끼며 팔을 뻗어 그를 끌어안았다.

규성은 그녀의 등을 양팔로 감싸 안았다. 그의 단단한 가슴에 짓눌린 희의 젖가슴이 터질 듯이 사방으로 퍼졌다. 그는 그녀의 허벅지를 위로 들어 올려 그녀가 다리를 오므리지 못하게 막고는 헐떡이는 숨을 내뱉었다.

"권희!"

"앗! 아앗! 규성 씨, 아, 아윽!"

규성의 움직임이 격렬해지자 희의 비명이 터졌고, 그는 근육이 불거진 허벅지로 몸을 단단히 고정시키며 그녀의 안으로 파고들었다. 호흡을 내뱉지 못할 정도로 밀어붙여 오는 어마어마한 쾌감과 희열에 그냥 이대로 죽고 싶었다. 그래도 좋을 것 같았다.

입구에서 통로까지 난폭하게 문질러지는 감각에 희가 교성을 지르며 목을 뒤로 젖혔다.

"규성 씨! 윤규성, 아아! 앗!"

"희야, 사랑해, 사랑해, 희야, 사랑해."

"규성 씨, 앗! 아!"

야릇하게 철퍽거리는 소리가 두 사람 사이에서 한참을 울렸고, 규성은 이를 악물며 허리를 움직이는 속도를 높였다. 그가 사정할 기미가 보이자 희가 그의 허리를 꽉 끌어안았고 허리를 힘껏 치받은 규성이 그녀에게 키스를 했다.

안쪽에서부터 따뜻한 게 흘러내리는 걸 느낀 희는 눈가에 고인 눈물을 손바닥으로 서툴게 닦아 주는 규성을 올려다보았다. 두 사람 다 숨을 거칠게 헐떡거리는데도 서로에게서 시선을 거둘 수가 없었다. 규성은 여전히 희의 몸 안에 제 분신을 넣어 둔 채 입술을 탐닉했다. 실컷 키스를 하다가 짓눌려 있던 그녀의 포동포동한 젖가슴을 손바닥으로 와락 움켜쥐었다.

"앗, 아파요!"

희가 비명을 지르며 가는 다리를 퍼덕이자 규성이 "가만히 있어, 권희." 하고 위협하며 그녀의 쇄골을 입술로 부드럽게 핥았다. 가슴을 터뜨릴 듯 아프게 움켜쥔 규성은 그녀의 유두를 손가락으로 살살 문지르고 쓰다듬다가 이내 큼직한 가슴에 진한 키스 마크를 남겼다. 유두와 유륜을 혀로 몇 번이나 애무하며 빨간 자국을 곳곳에 남긴 그는 크게 부풀었던 욕망을 거우 진정시켰다.

"권희."

점점 어둡게 내려앉는 저녁노을에 규성의 얼굴이 조명을 받는 것처럼 빛이 난다.

"……희야."

"사랑해요."

온갖 고난을 겪고 생의 끝자락에서 '참으로 멋진 나날이었어요.'라고 말할 수 있었던 두 남녀는, 분명 서로의 손을 놓지 않기 위해 이렇게 생각했으리라.

"사랑해요, 규성 씨. 정말로, 아주 많이 사랑해요."

그대의 상처를 마주 보지는 못할망정, 등을 기대서라도 외롭지 않게 해 주겠다고.

분홍색의 이불 아래로 조그만 발 두 개와 큼지막한 발 두 개가 엉켜 있다. 한바탕 폭풍에 휩싸였던 연인은 지금 매트리스에 누워 서로를 끌어안고 있다.

"허리 안 아파?"

그는 머리칼을 옆으로 넘겨 주며 퀭한 눈가를 안쓰럽게 내려다보았다.

"부장님."

"또 부장이냐?"

호칭이 마음에 안 드는지 규성이 눈살을 찡그렸다.

"알고 계셨던 거죠."

투정을 부리던 그가 입을 다문다. 그녀가 무슨 말을 하는지 언뜻 눈치챈 규성은 대답 없이, 다만 그녀의 입술을 쓸어 주었다.

희는 자신을 내려다보는 규성과 눈을 맞추며 말을 이어 나갔다.

"부장님이 아시는 것처럼 우리 오빠는 자살했어요. 옛날엔 오빠가 서보연 씨 때문에 죽었다고만 생각했어요. 그래서 그 여자가 너무 미웠고요."

날렵한 규성의 턱을 어루만지던 희는 눈을 가늘게 뜨며 한숨을 길게 내쉬었다.

"그런데 제가 나이를 먹고, 시간이 흐르니까 어쩌면 오빠는 사랑받고 싶어서 그런 극단적인 생각을 했던 게 아닐까 싶기도 해요. 오빠를 있는 그대로 사랑해 준 건…… 서보연 한 명뿐이었으니까."

"그래."

규성은 그녀의 말에 수긍하며 조그만 손을 꼭 움켜쥐었다.

"이해할 수 없는 걸 나를 위해 맞춰 줄 수 있어요? 내가 무서워하고 불편해하면…… 나를 위해서 바꿔 줄 수 있는 거예요?"

"너는? 권희 너는, 나를 위해서 그렇게 해 줄 수 있어?"

손에 깍지를 끼며 묻자 희가 단호히, 그리고 강하게 고개를 끄덕였다. 어둠이 내려앉은 원룸에서도 그녀의 빛나는 눈동자가 확연히 보였다. 눈빛에 다시 한 번 매혹당한 규성은 희의 손등을 키스했다.

"할 거예요. 나는 늘 그래 왔으니까. 규성 씨한테 사랑받기 위해서, 내 옆에 계속 두기 위해서라면 뭐든 할 거예요. 물론 범죄적인 거나 변태적인 건 곤란해요."

"희야."

"네."

"예쁘다, 내 여자."

"……정말, 닭살 돋게 왜 그래요?"

"예뻐서 그러지. 야, 어딜 도망가?"

희가 슬금슬금 엉덩이를 빼자 규성이 그녀를 품에 확 당겼다.

규성이 안아 주기만을 기다렸던 그녀는 넓고, 싸늘한 그의 등을 조그만 손바닥으로 쓸어내렸다.

행복하다. 가슴에 따뜻한 느낌이 차올라서 모든 게 반짝반짝 빛나 보인다.

"바닷가에 갔을 때……."

조심스럽게 이야기를 꺼낸 규성은 얼굴을 드는 희를 내려다보며 쓰게 미소 지었다.

"네가 권명처럼 죽는 줄 알았어."

그래서 그렇게 화를 냈구나. 희는 이제야 이해했다는 듯 단단한 그의 팔에 머리를 올렸다.

"네가 바닷가에 있는 걸 보자마자 무서워서 그냥 무작정 사과해야겠다고 생각했어. 내가 앞으로 더 잘할 테니까 죽지 말라고."

"……."

"너한테 듣고 싶은 이야기도 많고, 들려주고 싶은 이야기도 많고, 나누고 싶은 것도 많으니까 제발 가지 말라고."

"어떤 걸 들려주고 싶었는데요?"

심장 소리가 규칙적으로 들려오는 가슴에 코를 비비적거리며 묻자 그가 가볍게 웃으며 그녀의 뒷머리를 쓸어 주었다.

"음, 눈이 예쁘다는 거?"

"내가요?"

"정말이야. 눈을 보고 반했거든."

"그럼 서보연도 눈을 보고 반했어요?"

"……뭐, 그랬지."

부정하지 않는 그의 말에 희가 눈을 가늘게 뜨더니 손바닥으로 규성의 가슴을 아프지 않게 내리쳤다.

가슴팍을 한 대 얻어맞은 그는 몸을 일으켜 여우처럼 자신을 쏘아보는 그녀의 시선에 눈치를 살피며 "화났어?" 하고 슬쩍 물어보았다.

"규성 씨는 이래서 나쁘다는 거예요."

이불자락으로 가슴을 가린 희는 한쪽 손으로 규성의 턱을 들어 저를 쳐다보게 했다.

"뭐, 그랬지가 아니라, 당연히 서보연보다 네가 더 예뻐라고 해 줘야죠."

"질투해?"

"안 할 것 같아요, 그럼?"

희가 황당하다는 듯 소리를 지르자 그가 씩 웃으며 그녀의 뒷목을 손바닥으로 감쌌다.

"괜찮아."

"뭐가 괜찮아요!"

"우리 희는 서보연보다 예쁜 구석이 훨씬 더 많거든."

"……그럼 어디 나열해 봐요."

쉽게 넘어가 주지 않겠다는 눈초리로 그를 흘겨보며 희가 말하자, 규성이 덩달아 몸을 일으켰다.

"봐 봐, 보톡스도 안 넣었는데 코도 예쁘지. 이마도 적당히 나와서 뽀뽀하기 좋지."

"그게 좋은 거예요? 순 사기꾼!"

희가 소리를 치며 가슴팍을 또 때리려 하자 규성이 조금 허스키한 웃음소리를 내며 그녀의 손을 붙잡았다.

"그리고 입술도 예쁘지."

"미운 소리만 하는데 뭐가 그렇게 예뻐요?"

"나 좋다고 말해 주는 입술인데 뭐가 밉냐? 예뻐서 죽겠는데."

말을 마치기 무섭게 쪽 소리를 내어 희의 입술에 뽀뽀한 규성은 연이어 쪽쪽 두 번 더 입을 맞추고선 그대로 목을 문질렀다.

"안 예쁜 데가 없지, 우리 희는."

"은근슬쩍 넘어가지 마세요."

웃음소리를 낸 그는 따끈한 열기가 남아 있는 그녀의 가슴 둔덕에 입술을 부드럽게 묻었다. 희의 허리를 끌어당긴 규성은 자신의 머리카락을 쓰다듬는 손길에 고개를 들었다.

행복이 만연한 미소를 짓고 있는 희는 정말로 아름다웠다. 사랑스러워 품에서 놓고 싶지 않았다.

규성은 권희를 사랑하게 되어 진심으로 다행이라고 생각했다.

"앞으로 여자 문제로 속상하게 안 해."

"당연하죠."

"네가 서보연도 질투 안 하게 할게."

"진짜예요?"

"진짜야. 약속."

규성은 희에게 새끼손가락을 내밀었고 "약속할게, 정말로." 하고 다시 한 번 말했다. 그가 내민 손가락을 쳐다보던 희는 새끼손가락을 걸어 주는 대신 규성의 손바닥을 꼭 마주 잡고선 그의 품에 이마를 기대었다.

"저 스물네 살 때 남자 친구랑 정말, 아주 짧게 동거한 적이 있었어요."

갑작스러운 고백에 규성의 눈가가 꿈틀거렸다.

고양이처럼 그의 가슴에 얼굴을 부비고 뜨거운 한숨을 토하던 희는 그때가 생각났는지 코를 훌쩍거리며, 왈칵 짜증을 냈다.

"진짜 나쁜 새끼였어요."

"응?"

"내가 왜 그딴 녀석 때문에 세상 망할 것처럼 굴었는지 생각만 하면 쪽팔려 죽겠어요."

이런 식의 전개를 예상한 게 아닌데.

규성은 바락바락 짜증을 내며 저를 꼭 끌어안는 희를 내려다보았다.

"그 녀석은 제가 솔직한 게 마음에 들었대요."

"음, 그게 권희의 매력인데."

하지만 규성은 희가 다른 사람들에게도 마구 솔직하게 굴면 어쩐지 엄청난 질투가 치솟을 것 같았다.

"그런데 시간이 지나고 나니까 그게 매력이기는커녕 단점이

더래요."

"뭐?"

"타인을 배려한다면 가끔은 네 감정을 숨길 줄도 알아야 하는 거 아니냐면서. 하지만 무섭잖아요. 말하지 않으면 모른다고요. 감정이라고 달라요? 나는 여태까지 만난 애인들에게 솔직하게 굴었어요. 제가 겁이 많아서 좀 집착하는 성격이거든요……. 그래서 하루라도 안 보고 연락을 해 주지 않으면 무섭다고 말했어요. 혼자 자는 게 무서우니까 하루만이라도 같이 자 달라고 애원했어요."

규성은 그때서야 희의 침대 밑에 스탠드가 있는 이유를 알았다. 늘 켜 두고 잤던 거구나.

그는 어리광을 부리는 그녀의 머리를 쓰다듬으며 여태까지 희를 버렸던 놈들을 한강에 수장해 버리고 싶다는 강한 충동을 느꼈다.

그는 절로 속상한 마음에 그녀의 정수리에 입을 맞추었다.

"근데 그게 시간이 지나면 지날수록 부담스럽고 불편하더래요. 그런 내가 헤어질 정도로 싫었으면 말이라도 해 주면 좀 좋아요?"

"말이라도 했으면 고쳤을 거야?"

"외로운 건 싫으니까요. 사랑한다는 게 있는 그대로를 지켜주는 의미이기도 하지만, 적어도 둘이 같이 살아가는 거라면 하나쯤은 포기하고 발맞출 수도 있는 거니까요."

희는 어둠 속에서 사랑스럽게 바라봐 주는 규성을 응시했다.

"제가 왜 규성 씨를 좋아하는지 알아요?"

그의 입술에 쪽 입을 맞춘 희는 규성의 젖은 머리칼을 강아지 만지듯 어루만지며 물었다. 벌거벗은 가슴에 그를 끌어안은 희는 가슴과 쇄골로 스며드는 느린 숨소리에, 기분 좋은 한숨을 흘렸다.

"세상에 나를 진심으로 사랑해 주는 사람은 없을 줄 알았어요."

나직한 고백에 규성은 희의 가슴 위에 입술을 맞추며 "어째서?" 하고 물었다.

"하도 차여서 아, 나는 안 되는 모양이다 하고 포기하고 있었거든요. 그런데 규성 씨가 옆에 왔어요."

"……."

"그렇게 싫다는 내 옆에 찰싹 붙어서, 어떻게든 좋아한다는 감정을 형태로 보여 주려고 애쓰는 게 정말 신기했거든요."

희는 쓰라린 유두를 입술로 조심스럽게 스치는 기척에 엉덩이를 떨었지만, 그래도 규성을 끌어안으며 계속해서 고백했다.

"세상에 이런 사람도 있구나 하고……."

"……권희."

"사랑하고 싶다고 생각했어요."

그렇게 생각하면서 당신을 봐 왔다. 어쩌면 '좋아한다'는 이름의 감정은 오래전부터 마음에 있었던 걸지도 모른다. 그저 이 힘겨운 상처들 때문에 감정이 아래로 묻히고 묻혀 이제야 수면 위로 떠오른 것뿐.

"사랑해요."

떨리는 그녀의 목소리는 무척 사랑스러웠다. 규성은 고개를 들어 촉촉한 희의 뺨에 키스를 했다.

"희야."

"……사랑해요, 규성 씨."

낮은 목소리로 성토하는 규성의 고백에 겨우 웃음을 터뜨린 희는 짧은 키스를 나누고선 자꾸만 옆구리를 간질이는 손길에 웃음을 터뜨렸다.

"저 내일 회사 가야 하는데."

자신의 위에 올라타 부드럽게 애무하는 입술에 희가 가슴을 웅크리며 말하자, 규성이 그녀의 조그만 엉덩이를 들어 올리며 짓궂게 말했다.

"가지 말고 나랑 놀아."

"개꽃 부장 맞으세요?"

"지금은 윤규성이니까 상관없어."

"나 그럼 회사에 소문내 버릴 거예요. 개꽃 부장 때문에 결근했다고."

"그럼 결근하는 김에 반지나 보러 갈까."

"반지요?"

놀란 희가 고개를 번쩍 들자 그녀의 아랫배에 입술을 맞추던 규성이 도리어 의아한 표정을 지었다. "반지 싫어해?" 하고 물어본 규성은 그녀를 자신의 가까이에 끌어 앉히고 눈을 마주했다.

도리질을 세게 한 희는 텅 빈 손가락들을 쳐다보다가 눈을 깜빡였다.

"반지는 왜요?"

"참나, 연인들끼리 반지 왜 하는지 알면서 묻냐?"

"……진짜요?"

"진짜지, 그럼."

"저 커플링 처음이에요."

"여태까지 만난 오징어는 다 잊어, 권희."

"내 옆에도 지금 오징어 한 마리 있는데."

능청스러운 희의 말에 규성은 피식 웃으며 다시 한 번 입을 맞추었다. 입술이 닳아 없어질 때까지 계속해서 키스하고 싶었지만, 통통하게 부푼 그녀의 입술이 내일 아침에 어찌 될까 걱정되어 이 정도에서 스스로를 자제시켰다.

"자자, 희야."

그녀를 품에 와락 안고 누운 규성은 이불을 덮어 주며 속닥거렸다.

"옆에 있을게. 푹 자."

분홍색 이불 아래 한데 뒤엉킨 네 개의 발바닥들은 간간이 꼼지락거렸지만 서로 떨어지고 싶지 않은지 착 달라붙은 채, 그렇게 밤을 지새웠다.

"권희 씨 요즘 회사에서 자주 졸고 그러네? 무슨 일 있어?"

휴게실을 들른 희는 박 대리의 말에 화들짝 놀라 퀭해진 눈을 당황한 듯 크고 빠르게 깜빡거렸다.

"네? 아뇨, 아니에요. 저 그렇게 자주 졸았어요?"

"응. 병든 닭처럼 자꾸 그러니까 걱정돼서. 어디 아파?"

"아뇨, 아픈 건 아니에요."

"밥도 입맛 없다고 안 먹고 그러니까 좀 신경이 쓰여야지."

요즘 도통 입맛이 없는 건 위염이 다시 도졌기 때문이다. 원고를 할 때가 되면 항상 신경성 위염이 희를 괴롭혔는데, 이번엔 원고도 뭣도 없는데 그 병이 그녀를 덮쳤다. 이건 밤새 내내 규성이 괴롭혀서 그런 것임이 분명했다.

커피를 뽑은 희는 계속 졸았다는 지적에 어쩐지 민망해졌다. 그래서 뜨거운 커피를 홀짝거리며 말없이 앉아 있는데, 턱을 괴고 멍하니 있던 박 대리가 입을 열었다.

"그보다, 얘기 들었어? 요즘 회사 윗사람들 시끄럽잖아. 사원들도 부서 옮기고, 뭐 그럴 거라던데. 하여간 무슨 일인가 몰라."

"그래요?"

"지금 칼을 쥐고 있는 게 상무 이사라잖아, 프랑스 지사에서 온."

박 대리는 빛이 나는 눈으로 주워들은 정보들을 토해 냈다.

"듣자 하니까 실력 있는 사원 몇 명을 프랑스 지사로 보낼 건가 봐. 프랑스어 할 줄 아는 사람들 한으로. 권희 씨도 프랑스어 할 줄 알잖아. 그렇지?"

프랑스어는 문학 공부를 하느라 겸사겸사 했던 것뿐이다. 그래서 그녀는 박 대리의 말을 부정했다.

"저는 아주 조금 하는 수준이죠. 대화할 정도까지는 못 돼요."

"그래도 그게 어디야. 해외 나가서 일하는 게 힘들긴 하지만 그래도 노만 프랑스 지사면은 여기 한국 본사보다 더 많은 게 모이는 곳이잖아."

"그런가요. 저는 솔직히 그런 데에 별 관심이 없어서."

그녀는 진심이었다. 권력욕도 없고, 승진을 시켜 주면 감사할 뿐 제자리에 맴도는 것도 상관없었다. 때문에 회사 이야기에 심드렁히 반응하는데, 박 대리가 꽤 의미심장한 정보를 꺼내 들었다.

"개꽃 부장도 프랑스로 차출될 거라던데."

"개꽃 부장요?"

희가 떡밥을 물었다. 그것도 아주 제대로.

"그렇다던데. 분위기가 뒤숭숭하니까 뜬소문일 수도 있겠지만 뭐 누구는 개꽃 부장이 프랑스로 좌천될 거라느니 다시 한번 기회를 주는 거라느니 말이 많다더라. 근데 프랑스 지사로 보내는 게 무슨 좌천이니, 안 그래? 그냥 2개월 정직 먹은 거 싹 눈감아 주고 거기서 잘해라 해 주는 격이지."

프랑스. 언젠가 연서에게 들은 기억이 있다. 프랑스 지사로 갔다가 한국 본사로 돌아오면 출셋길이 열린다는. 모세의 기적이 따로 없을 만큼 앞이 좌좍 열린, 일명 '웰컴 투 더 승진'의 정석이라고 들었는데, 그 길로 윤규성이 간다?

희는 규성에게서 그런 이야기를 들은 기억이 없었다. 아니지. 그간 정신이 없어 이야기를 꺼낼 틈도 없었으리라.

"소문 어디서 들으셨어요?"

"인사부 사람들이 이런 데 귀가 밝잖아. 그 사람들한테서 들었지. 왜?"

"개꽃 부장 가면 마케팅부가 완전히 평화로워지겠구나 싶어서."

얼버무린 희는 어쩌면 갑자기 앞으로의 일이 퍽 걱정되기 시작했다. 그가 정말로 프랑스로 떠나는 게 사실이라면?

아니, 같이 가자고 그가 손을 내민다면 어떻게 해야 할까.

"권희 씨, 아까부터 계속 문자 메시지 오는데 확인해 봐야 하는 거 아니야?"

생각에 잠겨 있던 희는 박 대리의 말에 탁자에 둔 핸드폰을 보았다. 문자 메시지를 연달아 보낸 사람이 누군가 했더니, 서윤이었다.

오늘 동창회 나올 거야?

동창회라니. 무슨 소리지.

눈을 끔뻑거린 희는 같이 가자, 나 혼자 가면 심심해라며 서윤이 보낸 비슷한 내용의 문자 메시지들을 읽었다. 분명 한 달에 한 번씩 대학 동기들과 만남이 있는 건 사실이다. 하지만 희는 나갈 때마다 기분이 상해서 두 번 다시 나가지 않으리라 마음을 먹었다. 거기다 그녀의 핸드폰으로 동창회 언급은커녕 연락도 오지 않았다.

나한테 연락 안 왔는데.

게다가 이번 달에 공과금을 내며 회비를 낸 것이 떠오르자 쓴 침이 넘어간다. 핸드폰에서 동창회 계좌를 삭제해 버리던가

해야지.

　스팸으로 넘겨 버린 거 아니야?

　서윤의 추측에 희는 그런가, 하고 생각하며 스팸 문자 메시지를 뒤졌다. 설마 싶었는데 진짜 그 틈바구니에 모임을 알리든 내용이 있었다.

　귓가를 만지작거린 희는 잠시 갈등했다. 어차피 가 봤자 재수 없는 것들이 아직도 혼자 지내냐는 등, 여태껏 전 남자 친구를 못 잊었냐는 등 속만 박박 긁을 텐데.

　위염으로 가뜩이나 고생 중인데 더 스트레스 받을 수는 없다.

　안 가.

　얄미운 동기 계집애들에게 시달릴 서윤에겐 좀 미안한 일이지만, 희는 오늘도 규성과 어화둥둥 놀고 싶었다.

　그런데.

　나 오늘 애인 데려올 거야. 그러니까 안 나오곤 못 배길걸!

　"뭐?"

　낚시인지, 도발인지, 뭔지. 희는 서윤이 보낸 문자메시지를 보자마자 눈을 부릅떴다. 맞은편에 앉은 박 대리가 "권희 씨?" 하고 놀란 눈초리로 불렀지만, 그녀는 핸드폰을 두 손에 꽉 움켜줘고 "말도 안 돼."를 연방 내질렀다.

거짓말 치면 죽는다.

문자 메시지를 보내자 서윤이 키읔을 연발하며 답장을 보냈다.

정말이야. 내가 거짓말 칠까 봐? 확인하고 싶거든 오늘 모임 장소에 나오는 게 좋을걸?

진심이야 너?

진짜라는대도? 너도 애인 데려와. 왜 있잖아. 정력왕.

이 자식. 윤규성이 고자가 아니라는 걸 알고 있었으면서! 핸드폰을 거칠게 내려놓은 희는 마른입을 커피로 축였다.
한서윤에게 애인이 생겼다니.
미지근해진 커피를 식도에 들이부은 그녀는 눈을 가늘게 뜨고 문자 메시지를 노려보았다.
윤규성을 거기 데려가라고? 웃겨. 그 여자들한테 무슨 소리를 들으려고! 속으로 한껏 비아냥거렸지만 서윤의 애인이 궁금한 것도 사실이다. 일언반구 안 하고 여자 친구를 만들다니. 오랜 친구가 갑자기 괘씸하게 느껴진다.
그러니까 정말로 애인 얼굴만 보고 오는 거다. 한서윤의 애인이 누구인지 얼굴만 확인하고 모임에서 재빨리 빠져나오면 된다.

저번 모임에서 욱하는 바람에 동기 여자애 한 명을 걸레통에 빠뜨린 사건을 회상한 희는 쩝 입맛을 다셨다. 이번만큼은 조용히 있다가 나오자. 있는 듯 없는 듯 앉아 있으면 괜히 저를 건드리지는 않으리라.

"박 대리님."

"으응?"

표정이 수시로 변하는 희를 지켜보던 박 대리가 종이컵에서 입술을 뗐다.

"여자라는 생물은 한 번 마음에 안 든 상대가 있으면 죽도록 괴롭혀야 심기가 좀 편안한가 봐요."

벌써부터 앞날이 캄캄하다. 하여간 잡아먹지 않고선 못 사는 건지, 단순히 권희라는 여자가 마음에 안 드는 건지, 여자 동기들은 유독 희를 가지고 꼬투리를 잘 잡았더랬다. 학과에 몇 없는 남자 동기들과 친해서 그런 거라고 서윤이 귀띔을 해주긴 했지만. 참나, 남자들이랑 친해지고 싶거들랑 가식을 떨지 말아야지!

"갑자기 왜 그래, 권희 씨?"

"오늘 동창회가 있어서요."

"아아, 내가 그 맘 알지. 쓸데없는 말은 한 귀로 흘려. 어차피 다 배 아파서 입 놀리는 애들이야."

"그렇죠, 역시?"

박 대리에게서 응원을 받은 희는 핸드폰을 꼭 쥐었다.

제발 이번만은 무사히 지나가도록. 나무아미타불 관세음보
살. 아멘.

마음속으로 기도를 드린 그녀는 한숨을 내쉬고는 자리에서
일어섰다. 무슨 일이 있어도 쓸데없이 휘둘리지 말자. 그렇게
몇 번이고 스스로를 다독이며 몇 시간 후의 만남을 몹시 걱정
했다.

마음이 달리는 곳으로 2

전 남자 친구의 이름 석 자를 잊어버리기 위해 몇 년을 치를 떨며 독수공방했던가.

그녀는 새삼 동창회 자리에 규성을 부르지 않은 걸 후회했다.

어쩌면 전 남자 친구가 더 최악으로 기억된 건 같은 학과 출신이어서였을지도 모른다. 졸업한 동기들 사이에 삽시간에 소문이 난 건 당연했고, 그 나쁜 놈은 헤어진 후에 그녀에 대해 좋을 대로 떠들고 다녔다. 동거를 한 탓에 얼마나 유치한 속옷을 입고 자는지, 사랑을 나눌 때 버릇은 어떤지, 키스는 얼마나 서툰지, 요리 솜씨가 얼마나 엉망인지 등등.

서윤에게서 그와 같은 소문이 떠돈다는 걸 들었을 때 희는 더 큰 상처를 받았다. 적어도 떠벌리고 다니지는 말아야지. 그건 그 남자가 권희를 사랑하지 않았다는 증거였다. 그냥 겉모습을 보고 마음에 들어 만났다는 것만 증명한 셈이었다. 그것도 모르고 사랑받는다는 생각에 동거까지 할 생각을 했다니. 그 이야기를 듣고 속상한 마음에 울음을 터뜨리자 보다 못한 서윤이 전 애인을 찾아가 흠씬 두들겨 패 주기도 했다.

입방정을 떨다가 혼쭐이 났다고 동창들 사이에 소문이 퍼져서 동창회에는 더 이상 나타나지 않는가 싶더니 곧 결혼한다며 낯짝을 들이밀었다. 구석 자리에 앉아 서윤이 오기만을 기다리는데 이놈은 왜 안 오나 모르겠다. 서윤의 애인만 보고 후다닥 돌아갈 셈이었는데. 아아, 술이 자꾸만 들어간다.

핸드폰을 꺼낸 희는 '보고 싶은데 어디냐.'라는 규성의 문자 메시지를 보고선 피식 웃었다.

개인적인 일이 있어서요. 금방 들어갈 거예요.

죽어도 동창회라곤 말 못 한다. 설마 한서윤이 쓸데없이 입을 나불거리진 않았겠지? 생맥주를 한 모금 들이켠 희는 깔깔거리는 웃음소리가 들리는 곳을 물끄러미 보았다. 아. 예전에 희를 버린 오징어 한 마리를 에워싸고 결혼을 축하한다는 등, 축하주나 마시라는 등 난리도 아니다.

저딴 오징어 때문에 몇 날 며칠을 서럽게 운 게 유치하게 느껴진다. 희는 속에서 울화가 치밀어 맥주를 단번에 비웠다.

"왜 이런 데서 혼자 마셔? 같이 어울리지."

낭랑한 목소리에 고개를 치켜든 희는 눈을 가늘게 떴다.

아, 왔다, 왔어.

미미하게 취기가 오른 눈으로 여자를 쳐다본 희는 속으로 연거푸 한숨을 내쉬었다. 아무래도 그날 부러진 명품 구두는 어디다 갖다 버리고 새로 하나 장만했나 보다. 콧대가 기고만장한 걸 보니 어디 좋은 남자라도 잡으셨나? 여자의 발목을 힐끗 본 희는 "오랜만이네." 하고 무감하게 대꾸했다.

"주혁이 결혼한다던데, 들었니?"

"그런 건 여기서도 들려."

"그래? 너 속상해서 어쩌니. 주혁이 못 잊어서 몇 년간 솔로 생활 했잖아."

그래, 못 잊어서 솔로 생활 했지. 저놈이 준 상처 때문에!

여자의 말을 듣는데 자꾸 속이 뒤틀린다. 소주잔을 힘껏 움켜쥔 희는 대꾸하고 싶지 않아 그저 허허 웃었다.

한서윤 빨리 와라. 제발, 빨리!

"주혁아, 방주혁! 여기 와서 마셔, 여기 희도 있어."

입술에 소주잔을 갖다 댄 희가 쿨럭 기침을 했다.

이 계집애가 정말 미쳤나 보다. 기가 막혀서 눈을 부릅뜨고 화를 내려는데, 술이 얼큰하게 들어간 오징어가 "어, 그래?" 하며 여자 쪽으로 다가왔다. 어울리지도 않는 파마를 한 오징어를 흘겨본 희는 착잡한 한숨을 삼키며 소주잔을 비웠다. 어쩐지 회사에서부터 내내 불안하더니 이 오징어를 마주하게 될 운명이라 그랬던 모양이다.

빈속에 술을 들이붓지 않아도 오징어에게 차인 기억을 떠올리면 속이 절로 쓰라렸다. 명이 죽고 나서 정말 힘든 나날이었다. 오빠를 따라 죽고 싶은 마음이 간절하던 순간에 사랑한다는 꿀 발린 말이 다가오자 희는 눈이 뒤집혀도 단단히 뒤집혔던 것이다.

"오랜만이네, 권희? 잘 지냈어?"

"보면 모르냐."

쌀쌀맞게 대꾸한 희는 오징어의 얼굴을 보다가 규성을 떠올렸다.

아, 진짜 보고 싶다. 윤규성이 진짜 꽃이긴 했나 보다.

얼굴이 매일 빛나다 보니 그 가치를 못 알아보고 있다가 눈앞의 오징어를 마주하자 그가 절실해졌다.

"너 아직도 혼자라며."

빈잔에 술을 부어 준 오징어가 마치 미안하다는 어투로 말했다.

"야아, 왠지 미안하다. 그때 내가 소문낸 것 때문에 아직도 꽁해 있냐?"

"설마! 그게 몇 년 전 일인데 얘가 마음에 담고 있겠어, 안 그러니?"

소주잔을 연거푸 비운 희는 그저 황망히 웃을 따름이었다. 어금니를 꽉 깨문 희는 안주를 입에 욱여넣으며 심호흡을 했다. 참는 자가 이기는 법이니 여기서 당장에 성질을 냈다간 죽도 밥도 안 된다.

여자는 희를 보며 깔깔 웃더니 "희가 너 못 잊어서 혼자 사는 거야. 그것도 모르고, 너 진짜 나쁜 남자구나." 하고 크게 떠들었다. 이 여우가 학창 시절에 한서윤에게 작업을 걸려다가 희와 사귀는 줄 알고 포기했던 걸 여전히 마음에 담고 있나 보다.

술잔에서 손을 치운 희는 입술이 뒤틀렸지만 '혼자'라는 말을 반박하기 위해 간신히 입을 열었다.

"나 애인 있어."

"뭐?"

"애인 있다고."

생각지도 못했는지 여자가 눈을 휘둥그레 뜨며 희를 보았다. 여자의 눈초리를 외면한 희는 새 술잔에 소주를 따르며 "정말로 애인 있어." 하고 단조롭게 대꾸했다.

"어머, 야. 너 거짓말 치면 안 돼. 주혁이 결혼한다고 안 지려고 어깨에 힘주니?"

"내가 거짓말 치는지 안 치는지 네가 무슨 수로 알아?"

화를 꾹 참은 희가 매섭게 번들거리는 눈으로 여자를 쏘아보았다. 소주잔을 소리 나게 내려놓은 그녀는 코웃음 치는 여자를 노려보다가 오징어에게 눈길을 돌렸다.

"아직도 꽁하냐고? 미친놈아, 시집도 안 간 여자가 남자랑 잠자리 할 때 버릇이 어떻다느니 소문 다 났는데 말짱할 것 같았어?"

심지어 스물넷이었다. 명이 죽고 아무에게나 매달려 무섭다고 울고불고 소리 지르던 때였다. 가슴에 응어리져 있던 돌덩이가 제자리에서 거칠게 구르는 걸 느낀 희가 씩씩거리며 오징어와 여자를 번갈아 보았다.

아주 둘이 쌍으로 지랄을 떤다, 정말.

이를 악문 희는 다시 소주잔에 술을 채웠다.

맨정신으로 윤규성을 만나고 싶었는데 아무래도 안 될 것 같다.

하지만 표정이 멍해진 오징어와 다르게 여자는 할 말이 더 남았는지 희의 술잔을 빼앗았다.

"근데 왜 애인 안 데려왔니? 우리도 슬슬 결혼할 사람 잡을 때잖아. 혹시 아직도 혼자 자는 게 무서워서 잠자리용 남자 만나는 거야?"

"다른 사람이면 모를까 너한테 보여 주기 아까워서 안 데려왔는데."

"뭐?"

술잔을 뺏은 여자의 손등을 매섭게 쳐 낸 희는 눈에 힘을 주었다.

"내가 누굴 못 잊어서 혼자 산다고? 너 나중에 막장 드라마 작가나 하면 되겠다. 안 그래도 그런 드라마 엄청 좋아했잖아. 잘 어울리네."

무덤덤한 어조로 몰아붙이는 희를 빨개진 얼굴로 보던 여자는 가슴을 비둘기처럼 크게 부풀리더니, 곧 코웃음을 치며 의자에 등을 기대었다.

"대체 언제까지 그렇게 살래?"

"네가 알 바 아니야."

그녀는 대꾸한 뒤 여전히 엉덩이를 붙이고 앉은 오징어를 노려보았다. 빨리 못 꺼지냐는 눈길로 쏘아보자 오징어는 여자의 눈치를 살피다가 슬그머니 일어섰다.

"어디가 방주혁. 앉아. 결혼하기 전에 네 전 동거녀랑 회포

나 풀어야지.”

‘동거녀’라는 단어에 또박또박 힘을 주어 말한 여자가 오징어의 옷자락을 잡아당겼다.

“애인이 네가 딴 남자랑 한때 살림 차렸던 거 아니?”

“살림이 아니라 동거지. 그리고 너 썩 못 꺼져?”

당장 사라지지 않으면 소주병을 던질 기세로 화를 내자 오징어가 황급히 다른 테이블로 옮겨 갔다. 못난 오징어의 꽁무니를 쳐다본 희는 소주병 입구를 움켜쥐고는 여자를 보았다.

또 시작하자 이거지?

술기운이 오른 희는 조금 벌게진 눈가를 문지르고선 소주병 뚜껑을 땄다.

“구두는 잘 고쳤어?”

희가 비실비실 웃으며 묻자 여자의 눈가가 흠칫 떨렸다.

“걸레통에 머리 박고 기절한 게 엊그제 같은데, 안 그래?”

“……그날 나 뒤에서 친 게 너니?”

그날 일을 떠올린 여자가 붉으락푸르락한 얼굴로 묻자 희가 어깨를 으쓱했다.

“이젠 사람 놀려 먹는 걸로도 부족해서 모함도 하는구나? 참 나, 심심하면 딴 데 가서 놀아. 이 짓도 귀찮다, 이젠.”

하지만 희는 ‘그날 퍽치기 한 게 나 맞거든?’ 하는, 아주 능청스러운 얼굴을 하고 있었다. 여자를 보고 콧방귀를 뀐 희는 집으로 돌아가서 규성에게 이 여자의 욕을 제대로 해 주고 말겠노라 다짐했다. 정말이지 푸닥거리를 하지 않고선 견딜 수 없을 것 같았다.

몇 번째인지도 모를 소주를 입안에 들이붓는데.

"권희!"

날카롭게 울리는 여자의 목소리와 함께 얼굴에 차가운 게 확 끼얹어졌다.

코끝에 확 퍼지는 술 냄새에 잠깐 눈을 깜빡이던 희는 주위를 둘러보았다. 차갑게 식은 분위기를 쭉 훑은 그녀는 아주 천천히 이게 꿈이 아니라 현실이라는 걸 인지했다.

내가, 내가 지금 물벼락이 아니라 술 벼락을 맞은 거야?

어안이 벙벙한 표정으로 여자를 쳐다본 희는 눈과 코가 심히 따가웠지만 이내 웃음을 터뜨렸다. 그러자 여자가 신고 있던 구두를 테이블로 올리며 언성을 높였다.

"너 그 구두가 얼마짜리인지 알아?"

여자가 당장 고소라도 할 듯 얼굴을 붉히며 소리치자, 침착하게 얼굴을 물수건으로 닦아 낸 희가 퉁명스레 대꾸했다.

"몰라. 관심 없거든."

"이거 네 몸 팔아도 못 사는 거야, 이 계집애야!"

무덤덤한 그녀의 모습에 더 열이 받았는지 여자가 맥주잔을 들었고 그 순간 주변에서 "어, 어어어어!" 하며 당황한 듯 소리를 질렀다. 희는 두 번째 술 벼락만은 용서하지 않으리라 생각하며 턱을 치켜드는데.

"이 주정뱅이가. 술은 적당히 마셔야 할 거 아냐."

낯익은 목소리에 희가 고개를 들었을 땐, 여자가 들고 있던 맥주잔이 바닥에 처참히 깨진 후였다. 코에 술이 들어가 몇 번 훌쩍거린 희는 난데없이 등장한 규성이 들고 있는 맥주잔과 그의 얼굴을 번갈아 보았다.

머리부터 발끝까지 맥주에 홀딱 젖은 여자는 멍하니 눈을 깜빡이다가 사태가 파악되었는지 입을 동그랗게 벌리고 바들바들 떨었다.

"이, 이게 무슨 짓이에요? 당신이 누군데?"

여자가 비명을 지르자 규성이 빙글 웃었다.

"나 권희 애인인데."

"뭐?"

규성을 올려다본 희는 술에 얻어맞은 코가 아파서 크게 훌쩍였다. 그러자 그가 맥주잔을 내려놓더니 "괜찮아?" 하고 물어 왔다. 아까까지만 해도 울화통이 치밀기 일보 직전이었는데 여자의 머리칼에서 맥주가 똑똑 떨어지는 걸 보니 좀 괜찮아졌다.

"어떻게 알고 왔어요?"

"위치 추적해서."

"……진심이에요?"

희가 눈을 크게 뜨며 그를 쳐다보자, 여자가 저를 내버려 두고 둘이 떠드는 게 화가 났는지 "야!" 하고 소리를 지르며 물수건을 집어 던졌다.

여자에게 물수건으로 얼굴을 맞은 규성의 표정이 살벌하게 변했지만 때마침 서윤이 "안녕!" 하고 상쾌하게 들어온 덕에 시선이 분산되었다.

윤규성이 들어오고 한서윤이 들어왔다는 건……. 눈가를 흠칫 뜬 희는 규성을 쳐다보았다. 한서윤이 기어코 주둥이를 나

불거렸나 보다.

서윤과 손을 꼭 잡고 있는 예쁘장한 여인네를 확인한 희는 핸드백을 챙겨 자리에서 일어섰다.

"가요."

볼일을 마무리 지었으니 여기 있을 필요는 없다. 규성이 여자에게 시원하게 술도 뿌려 주었고, 윤규성을 오징어에게도 보여 주었고. 이 정도면 완벽하다.

"가요, 규성 씨. 상대하지 마요. 눈 버려요."

술이 들어가 따끔거리는 눈가를 문지른 희가 그의 등을 밀었다. 뒤에서 좋은 시간 보내라는 서윤의 목소리가 들렸지만, 희는 못 들은 척했다.

가게에서 그를 끌고 나온 희는 따가운 눈가를 연신 비볐다. 눈이 아파서 어쩔 줄을 몰라 하자 규성이 편의점에서 생수를 사 와 눈을 씻겨 주었다. 그러더니 하는 말이……

"나 왕자님 같았냐."

빨갛게 부은 눈을 쉴 새 없이 깜빡이던 희는 그의 말에 픽 웃을 수밖에 없었다.

"진짜 왕자님이면 그 여자가 찍소리도 못하게 한 방 먹여 줘야죠."

"네 대학 동기라며. 어디서 또 마주칠 줄 모르는데 그냥 맥주 엎은 걸로만 해 뒀지."

규성이 툴툴거리며 빨간 희의 눈동자를 들여다보았다.

서윤에게서 오늘 대학 동창회라는 이야기를 들은 그는 그럼 오늘은 권희를 못 보겠구나 싶었는데, 서윤이 이상한 소리를 했다. 대학 여자 동기들 중에 권희를 못 잡아먹어서 유독 안달 난 여자애가 한 명 있다고. 그래서 혹시나 싶은 마음에 서윤을 따라가 봤더니 아니나 다를까, 그 여자가 희에게 몸값 운운으로도 모자라 맥주까지 퍼부으려 했다.

"두꺼비같이 생긴 게."

작게 꿍얼거린 그는 아프다며 칭얼거린 희의 눈가를 어루만져 주었다.

"앞으로 그런 자리 나가지 마."

"응, 안 나가요. 죽어도 안 나가."

조수석에 탄 희에게 안전띠를 매어 준 규성은 소주 냄새가 풍기는 그녀의 뺨에 입술을 지분거렸다. 알코올 때문인지 오늘따라 그녀의 얼굴이 유독 차다.

"으음. 술 냄새 난다, 권희."

"그야 소주 뒤집어썼으니까. 냄새 심해요?"

"아니. 심한 건 아닌데."

아닌데? 희는 말을 하다 마는 규성을 보았다. 그는 꽤 진지한 표정을 짓더니 빨갛게 부은 그녀의 눈을 보다가 난데없이 키스했다. 싸한 소주 맛이 풍기는 입술을 혀로 핥은 규성은 "차갑다." 하고 중얼거리더니, 벌어진 그녀의 입안으로 혀를 넣었다.

동그랗게 벌어진 입안에서 요리조리 피하는 말캉한 혀를 맛본 규성은 "키스는 나쁘지 않네." 하고 속삭이며 섹시하게 입가를 핥았다.

아아, 오징어를 보다가 윤규성을 보자니 눈이 더 정화된다.

핏줄이 선 눈으로 배시시 웃은 희는 그의 뺨에 입을 맞추었다.

"희야."

"네."

"우리 집 갈까?"

조금 젖은 그녀의 블라우스를 만지작거리며 규성이 낮게 속 닥거렸다.

오늘은 제하가 한서윤의 작업실에서 잔다고 했으니 오피스 텔에 아무도 없다. 그는 사탕을 기대하는 아이의 표정으로 희 를 보았다. 어느새 블라우스를 헤집어 브래지어 안쪽으로 손을 넣은 규성은 풍만한 가슴을 어루만지며 "응? 갈까?" 하고 재차 물었다.

목덜미와 귓바퀴를 잘근잘근 애무하는 규성의 손길에 마음 에 욕망이 멍울진다.

그녀가 "가요." 하고 떨리는 목소리로 대답하자 그가 눈을 빛내며 재빨리 운전대를 잡았다.

오피스텔에 도착한 두 사람은 애무도 없이 현관에서 사랑을 나누었다. 현관문에 기대어서 한 번, 현관에 드러누워서 한 번 을 끝내고 나니 먼저 녹초가 된 건 당연히 희였다.

희가 꼼짝도 못 하겠다며 앙탈을 부리자 규성이 그녀를 번 쩍 업어 침대로 날라 주었다. 침대 위에 앉아 미처 벗지 못한 속옷이며 스타킹에서 벗어난 희는 그새를 못 참고 또 덤벼드는 규성 때문에 천국과 지옥을 몇 번이나 오갔다. 규성은 희가 숨 을 바르작거리며 살려 달라고 비명을 지를 때에야 간신히 놓아 주었다.

지금 규성의 눈에는 그만하라며 웅크릴 때마다 돋아나는 그녀의 어깨뼈조차 예뻤다. 파란 이불에 몸을 묻은 희는 "한 번만 더 다가오면 코를 깨물 거예요!" 하고 단단히 위협했지만 그것조차 규성의 눈엔 사랑스러운 애교에 불과했다.

코를 깨물리기는커녕 도리어 냠냠 먹힌 희는 팔다리를 꼼짝할 수 없을 지경에 이르러서야 규성에게서 벗어날 수 있었다. 헉헉거리는 숨소리가 오피스텔의 어둠을 갈랐고, 희는 그에게 안긴 채 사지가 쑤시는 고통을 느끼면서도 가슴 가득 충만함을 느꼈다. 진심으로 사랑받고, 보호받고 있는 그런 충만함.

"희야."

"아, 안 돼요, 이젠 진짜 죽어도 못 해!"

슬쩍 다가오려는 규성을 희가 온 힘을 다해 막아서자 그가 낄낄 웃으며 그녀를 와락 안았다.

마른 희의 등이 가슴에 닿자 그는 자그마한 안도를 느꼈다. 몸은 당장에라도 꿈나라로 떠날 듯 노곤한데 그녀에게서 풍기는 체취 때문인지 자꾸만 정신이 말똥말똥해졌다.

손을 슬그머니 올려 희의 가슴을 어루만진 규성은 "아파요!" 하고 투덜대는 그녀의 목소리를 듣고 싱글벙글 웃었다.

"희야."

"왜요?"

질릴 만큼 물고 빤 그녀의 젖가슴을 지분거리던 그는 양손으로 포동포동한 가슴을 확 움켜쥐었다.

"규성 씨!"

희가 욱신거리는 아픔에 그를 돌아보며 비명을 질렀다. 그러자 그 타이밍을 기다렸다는 듯 규성이 잔뜩 부푼 그녀의 입술을 집어삼켰다. 아이, 진짜. 아파 죽겠는데 이 남자가 자꾸 이런다. 혼을 쏙 빼놓는 키스에 희가 얼이 빠진 표정으로 규성을 올려다보았다.

풀린 눈동자조차 귀여운 그녀를 보던 규성은 하얀 목덜미에 자잘한 키스를 퍼붓다가 조용히 입을 열었다.

"프랑스 갈래?"

"네?"

박 대리가 한 말이 사실이었어? 희가 눈을 동그랗게 뜨며 몸을 일으키자 그가 그녀를 순순히 놓아주었다.

"규성 씨 프랑스 가요?"

"응."

아직 제하가 간다 안 간다 확답을 내리지 않아 알 수는 없지만, 적어도 규성은 프랑스에 갈 생각이었다.

"갈래?"

가슴을 양팔로 가리고 자리에 주저앉아 있던 희는 그의 물음에 입을 다물었다. 그녀가 섣불리 대답을 못 하고 눈을 깜빡이자 덩달아 자리에 앉은 규성이 슬쩍 웃었다.

"괜찮아, 지금 대답 안 해도 돼."

"몇 년이나 있는 건데요?"

"글쎄. 적어도 5년 이상."

꽤 긴 시간에 희가 숨을 헉 삼켰다.

하지만 여기서 규성을 따라가지 않겠다고 한다면?

그녀는 머리칼을 귀 뒤로 정리해 주는 규성을 응시했다. 장거리 연애는 솔직히 자신이 없다. 규성과 떨어져 있는 것 자체가 불안한데, 프랑스라니?

희는 손을 뻗어 그를 끌어안았다.

아무런 말 없이 침묵하는 그녀의 뒷머리를 쓸어 준 규성은 "희야." 하고 자상하게 그녀를 불렀다.

"가자."

"……."

"같이 가자. 나는 너 없으면 이제 불안해서 못 살아. 사람 이렇게 만들어 놨으면 책임져야지."

"웃겨! 그런 규성 씨는요? 나 이렇게 만들어 놓고!"

아직도 몸이 아파 죽겠단 말이야! 울컥한 희가 그의 가슴팍을 찰싹 때렸다.

"같이 가 주면 선물 줄게."

그는 희에게 몇 대라도 더 맞아 줄 용의가 있었다. 그녀가 가지 않겠다고, 못 간다고 나오면 유정에게 부탁을 해서 희의 근무지를 프랑스로 확 이전시킬 생각이었다.

어둠 속에서 규성과 마주 본 희는 선물이라는 단어에 마음이 동했다. 뭘 주려고? 그녀가 관심을 갖자 피식 웃은 그가 스탠드를 켰다. 깜깜하던 방 안이 노랗게 밝아지자 그가 코트를 뒤적거리더니 빨간색 벨벳에 둘러싸인 상자를 꺼냈다.

"선물."

의미심장하게 웃은 규성이 케이스를 열었다.

"……같이 맞추자고 했으면서."

안에 있는 반지를 보자마자 희가 입술을 비죽였다. 하지만 가운데 투명한 다이아몬드가 박힌 반지는 정말로 예뻤다. 태어나서 처음 받아 보는 반지다. 다른 사람도 아니고, 윤규성이 같이 떠나자고 뇌물로 주는 반지. 반지를 보며 입술을 꽁 다문 희는 잠깐 그의 얼굴을 살폈다.

"이거 받으면 나 프랑스 가야 하는 거예요?"

"당연하지."

"뭔가 수지에 안 맞아요."

반지를 끼워 주려는 그의 손을 쏙 피하며 볼멘소리로 중얼거리자, 규성이 희의 손목을 꽉 잡았다.

"그냥 반지 같아?"

"……음. 그냥 다이아몬드 반지잖아요. 아니에요?"

희가 고개를 갸웃거리며 묻자 규성이 이마에 키스하며 반지를 약지에 쏙 끼워 넣었다.

"나도 생각이 있는 녀석이야, 권희. 애인을 무작정 프랑스에 데려갈 만큼 무식하지는 않아."

반지를 빼지 못하도록 그녀의 손을 꼭 마주 잡은 규성이 자그만 희를 품에 가두었다. 단단하고 부드러운 그의 가슴팍이 몸에 닿자, 희는 또다시 가슴이 두근거렸다.

"약혼반지야."

귓가에 울리는 부드러운 어감에 희가 "네?" 하고 되물으며 턱을 들었다.

"정직 풀리고 노만에서 일하는 것도 괜찮지만, 이왕 일하는 거면 좀 더 나를 객관적으로 봐 주고 평가해 주는 곳이 좋아. 그래서 프랑스로 떠나는 거야. 거기 가서 제대로 정착하려면 적어도 2, 3년은 걸리겠지. 근데 그때까진 내가 못 기다려. 그러니까 프랑스 가서 우리 집 구하면, 결혼하자."

"……."

"나랑 같이 살자, 권희."

희는 숨을 짧게 들이마셨다. 맞붙은 가슴에서 콩콩 뛰는 규성의 심장 소리가 들려와서 눈물이 날 것 같았다. 그래서 훌쩍대는 소리를 삼키며 괜히 심술을 부렸다.

"우리 집 구하는 데 얼마나 걸리는데요?"

"글쎄. 거의 반년?"

"그럼 난 어디서 살라고?"

규성을 밀어내며 희가 황당하다는 듯 물었지만 그는 유쾌하게 웃었다.

희가 '우리 집'이라고 말했다. 그 시점에서 이미 희와 같이 사는 행복에 빠진 규성은 땀이 마른 그녀의 이마에 입술을 비비며 답해 주었다.

"네가 살 집은 내가 구해 놓을게. 적어도 반년 동안은 일이 바빠서 사택에서 지내야 하거든. 미안해."

"……사택에서 지내면 일주일에 몇 번씩 찾아올 건데요?"

"아침, 점심, 저녁으로 찾아갈 거야."

그런 거면 거의 같이 사는 거랑 다름없다.

그를 보며 입술을 비죽인 희는 약지에 끼워진 반지를 쓰다듬었다. 이렇게까지 분에 겨운 사랑을 받을 줄은 몰랐는데. 반지를 낀 손을 꼭 움켜쥔 그녀는 규성을 응시했다.

가끔가다 생각했다. 이 관계의 종착지는 어디일까. 우리는 언제까지 손을 잡고, 사랑할 수 있을까.

그런데 지금 확신이 들었다.

먼 훗날 '당신 덕분에 근사한 인생이었어요. 고마워요.'라는 말을 들어 줄 사람이 바로 윤규성이라는 걸.

그에게 쪽 소리를 내며 입을 맞춘 희는 규성의 손에 깍지를 끼웠다.

"같이 가 줄게요."

"희야."

입가에 미소가 퍼진 규성을 보며 화사하게 웃은 희는 사랑하는 그를 와락 끌어안고선 떨리는 목소리로 속삭였다.

"이제 어디 가지 말고 나랑 평생 살아요."

희는 결국 노만에서 잘리기를 포기하고 사표를 던졌다. 규성의 정직이 풀리기까지 고작 3일을 남겨 두고 그녀는 회사를 나왔다. 약간 섭섭한 감정은 있었지만 후련했다. 집으로 내려가 사실 작가 노릇을 하고 있노라고 부모님에게 밝혀야겠다 마음먹은 희는, 지금 이렇게 규성과 함께 서울을 떠나 시골에서 펜션을 하고 있는 부모님을 찾아가는 중이었다.

어차피 규성을 따라 프랑스로 떠나야 했으니 회사는 정리해야 했다. 규성은 프랑스 지사에서 일할 수 있도록 도와주겠다고 했지만, 희는 솔직히 프랑스어를 유창히 할 자신이 없었다.

조수석 시트를 한껏 뒤로 민 채 주린 배를 쓰다듬은 희는 저를 힐끗 쳐다보는 규성의 시선에 "왜요?" 하고 물어보았다.

"지금 어디 가는 건데."

"그야 우리 집."

"진짜 가는 거야?"

장난이려니 싶었던 규성은 진짜라는 희의 담담한 표정에 흠칫했다.

"조만간 사위가 될 사람인데 일찌감치 인사드려야죠."

희는 "옷차림 좀 신경 쓸 걸 그랬네." 하고 투덜대는 규성을 보며 피식 웃었다.

"사표 냈다고도 말하고, 당신도 소개하고. 그리고…… 찾아볼 것도 좀 있어요."

프랑스로 떠나기 전에 오빠를 보고 싶다. 앨범이나 사진이 집 어딘가에 남아 있을 터다. 어머니가 다락방에 오빠에 대한 모든 걸 버리지 못하고 쌓아 두었으니 거길 뒤져 본다면 나오지 않을까. 아버지는 얼른 버려야 미련이 떠나고 애도 편해진다고 나무랐지만, 어머니는 울면서 "내 자식이니까 내가 끌어안고 살아. 그러니까 나 죽을 때 명이도 같이 보내." 하고 악을 쓰셨다.

"권희."

"왜요?"

"휴게소에서 맛있는 거 사 줄까?"

희가 배가 고파 하는 걸 눈여겨보던 규성이 말하자 그녀가 눈을 반짝이며 축 늘어져 있던 몸을 대번에 일으켰다.

"어떤 거?"

"너 먹고 싶은 거 전부 다."

"소프트아이스크림도 사 줄 거예요?"

"응."

"감자도?"

"사 줄게."

"그럼…… 뽀뽀는?"

기대하는 눈초리로 그녀가 눈을 깜빡거리며 묻자 규성이 희를 힐끗 보고선 피식 웃었다.

"키스가 아니고?"

그가 씩 웃으며 말하자 희가 능청스러운 표정을 지으며 "어머, 야해요." 하고 규성을 놀렸다.

희는 휴게소가 몇 킬로미터 남지 않았다는 간판을 보았다. 뒷좌석에 있는 강명의 소설책들을 힐끗 돌아본 그녀는 잠깐 마른 입술에 침을 바르더니.

"나 규성 씨한테 고백할 거 있어요."

하고 의미심장하게 말했다.

"고백?"

"내가 강명이에요."

나름 긴장해서 덜덜 떨며 말했는데 운전하던 규성은 그게 뭐 대수라는 듯 태연히 받아쳤다.

"알아."

"네?"

"알고 있었다고."

너무나도 담담한 그의 반응에 희는 눈을 깜빡거리다가 콘솔 박스를 손으로 내려치며 "대체 언제부터요!" 하고 소리를 쳤다. 그녀의 격한 반응에 화들짝 놀란 규성이 운전대를 놓쳤고, 놀란 가슴을 쓸어내리며 "인마, 운전 중이잖아!" 하고 버럭 화를 냈다.

"언제부터? 대체 언제!"

믿을 수 없다는 듯 그를 재촉하자 규성이 코웃음을 쳤다.

"네 집에 들어가서 개꽃 부장 엿 먹이라는 포스트잇을 봤을 때부터."

"그, 그거 아직도 안 잊었어요?"

덩치는 산만 한 남자가 쩨쩨하기는. 희가 새치름하게 눈을 흘기며 묻자 규성이 한 손을 슬쩍 들어 썩 아프지 않게 그녀의 코를 잡아당겼다.

"강명 사인북에 있는 거랑 글씨체를 비교했더니 똑같더라고."

"말도 안 돼! 이거 일급비밀이었는데!"

규성에게 코를 잡힌 채로 맹맹하게 소리친 희가 분하다는 듯 입술을 비죽거렸다. 그는 못난이처럼 볼을 빵빵하게 부풀린 희를 보면서 웃음을 터뜨렸다.

"그러게 누가 사인을 그렇게 형편없이 하래?"

"웃겨! 그거 진짜 정성 들여 한 거거든요? 기껏 서윤이가 부탁해 줘서 했더니!"

"사실, 그래서 널 좀 더 사랑하게 된 거야."

"……네?"

그의 말에 열을 내던 희가 입을 다물었다. 규성의 목소리는 너그럽고 온화해서 희는 입을 가만히 다문 채 반듯한 그의 옆모습을 보았다.

"내가 강명 소설을 읽으면서 버텨 온 것도 사실이니까. 아주 옛날부터 권희가 다른 이름으로 나를 위로해 주고 있었다는 생각이 들어서 네가 사랑스러워 미칠 것 같았거든."

솔직한 규성의 고백에 희는 약간 뺨을 붉혔다가 짐짓 토라진 척을 하며 앞을 바라보았다.

"그러니까 프랑스 가서 나는 일하고, 너는 글공부하고. 그럼 되잖아. 안 그래?"

마치 이렇게 될 줄 알았다는 듯한 규성의 말에 뚱한 표정으로 팔짱을 낀 희는 그에게 무언가 말하고 싶어서 가슴이 간질거렸지만 괜히 어깃장을 부렸다.

"프랑스에 집 예쁜 걸로 안 구하면 결혼 없던 일로 할 줄 알아요."

"참나, 다락방도 괜찮다고 했던 게 어디 누구더라?"

"윤규성 옆에 있는 권희죠. 누구긴 누구야."

어이없다는 듯 규성이 헛웃음을 쳤지만 희는 담담히 받아쳤다.

규성은 희를 영 미운 눈길로 쳐다보았지만 어느새 웃음이 피식 흘러나왔다. 희는 "여기 휴게소에 소프트아이스크림 있겠죠? 네?" 하며 잔뜩 들떠 있었다.

세상에, 저렇게까지 예쁘게 웃는데 윤규성인들 어쩌랴. 얄미워도 네, 네, 하며 잡수시고 싶다는 거 죄다 갖다 바치고 머리를 조아리는 수밖에.

그는 여전히 자신의 새끼손가락을 잡고 여기저기를 돌아다니기 좋아하는 희를 사랑한다.

희가 사표를 내고 그 짧은 며칠 동안 두 사람은 많은 곳을 누비고 다녔다. 어느새 봄기운이 만연한 놀이 공원이나 동물원, 수목원도 찾아갔고 다시 한 번 그 바닷가도 찾아갔다. 역시 같은 호텔에서 하룻밤을 잤는데 그때처럼 아무 일도 없었다. 규성은 그저 그녀에게 팔베개를 해 주고는 학창 시절 이야기를 떠들거나, 앞으로 해 보고 싶은 일에 대해 정답게 떠들었다.

이렇게나 사랑해 주는 권희가 떠나 버린다면 과연 자신은 어떻게 될지 걱정되어 덜컥 겁이 나곤 했다. 그래서 규성은 희와 프랑스에 가자마자 프로젝트에 돌입할 예정이었다. 일명 2세 만들기 프로젝트.

"규성 씨, 규성 씨! 있어요! 소프트아이스크림!"

먼저 달려가 여기저기 기웃대던 희가 팔을 크게 흔들며 규성을 향해 소리쳤다.

"자기는 어떤 거 먹을래요? 나는 바닐라 맛."

"나는 안 먹어도 되는데."

"내 거 뺏어 먹으려고 하는 거 다 알거든요? 죽어도 안 줄 거예요."

희는 기분이 좋으면 규성을 종종 '자기'라고 불러 주었다. 가끔 영악하게 머리를 굴려 무언가가 갖고 싶다거나 먹고 싶을 때 "자기야." 하고 부르곤 했는데 규성은 그때마다 여우에 홀린 것처럼 지갑을 열거나 요리를 하고 있었다.

"감자도 먹고 싶다며."

"난 설탕 뿌린 게 좋은데, 규성 씨는요?"

"나도 설탕. 야야, 너무 많이 뿌리는 거 아니야?"

다만 요즘 규성에게 한 가지 고민이 생겼다면 희가 의외로 제하와 너무 잘 맞는다는 것이다. 희가 부쩍 단 음식을 찾는 걸 보며 규성은 제하를 어떻게든 그녀에게서 떼어 놔야겠다고 생각했다. 안 그래도 왼쪽에선 희가, 오른쪽에선 제하가 초콜릿 스프레드를 사 달라고 조를 때마다 눈앞이 빙글빙글 돌았다.

감자에 호두과자, 아이스크림까지 챙긴 희를 보며 예뻐 죽겠다는 듯 미소 지은 규성은 아이스크림이 묻은 그녀의 입술 옆에 입을 맞추며 "맛있어?" 하고 물었다. 그러자 그가 뺏어 먹는 줄 알고 화들짝 놀란 희가 몸을 옆으로 뺐다.

"아이스크림은 안 줄 거예요."

"진짜 자꾸 그러면 확 뺏어 먹는다."

"치사해."

규성을 보며 입술을 비죽거린 희는 차에 다 와서 그에게 짧은 키스를 받았고, 곧 자신을 앞을 지나치며 "얼레리 꼴레리." 하며 노래를 부르는 아이들을 보고 웃음을 터뜨렸다. 아이의 부모님들이 "어머, 죄송합니다." 하며 아이들을 데리고 황급히 사라졌지만, 뭐, 공공장소에서 즐긴 두 사람 잘못도 있었다.

"아이들 예쁘네."

엄마의 손에 붙들려 화장실을 가는 아이를 보던 규성이 슬쩍 희의 아이스크림을 한 입 베어 물면서 말했고, 규성에게 아이스크림을 반이나 빼앗긴 줄 모르는 그녀는 아장아장 걷는 아이들의 모습을 보며 생글생글 웃었다.

"요즘 애들이 너무 예뻐 보이는 거 있죠? 자꾸 마트 가면 식기들이나 괜찮은 그릇만 눈에 들어오고. 나 진짜 결혼할 때 됐나 보다."

"그럼 내 아이 하나 낳아 주면 되지."

"웃겨, 내가 왜요? 난 이 인생을 좀 더 즐길 거예요."

희는 뺨을 부드럽게 스치는 규성의 입술에 눈을 살짝 감았다가 떴다. 그러고는 제 아이스크림이 절반이나 없어진 걸 알고는 소리를 지르며 운전석에 올라타는 규성을 노려보았다.

"내가 이럴 줄 알았다니까!"

조수석에 다급히 올라탄 희가 안전벨트를 두르는 규성의 팔뚝을 마구 때리며 "안 먹는다면서요?" 하고 신경질을 부렸다. 하지만 그는 능청스럽게 희의 뺨에 뽀뽀를 하며 말했다.

"키스하는 데 아이스크림 맛이 나더라고. 그러니까 먹고 싶어졌어."

"진짜 얄았어."

얼굴을 확 붉힌 희는 또 규성에게 빼앗길세라 서둘러 아이스크림을 먹어 치웠다.

"우리 부모님 보면 뭐라고 하실 거예요?"

그녀의 안전띠를 매어 준 규성은 그녀의 질문에 잠깐 침묵을 지켰다가 기어를 당기며 "으음." 하고 진지하게 중얼거렸다.

"따님을 부디 제게 주십시오 정도?"

"규성 씨가 그런 말 하니까 이상하다."

그러자 그가 운전대를 돌리며 "그럼 뭐라고 해? 앞으로 윤 서방을 잘 부탁드립니다, 그럴까? 그건 이상하잖아."라고 대꾸했다.

"참, 제하 씨요. 취직했대요."

"들었어. 무슨 경비원이라며?"

취직했다기에 이 녀석이 어지간히 노만에서 일하기 싫었나 보구나 싶었는데, 하는 게 어느 대학교의 경비 일이라는 걸 알고는 까무러치게 놀랐다. 해외 일류 대학에서 공부한 녀석이 어지간히 할 짓이 없었나 보구나 싶었지만 제하는 굉장히 진지했다. 그래서 규성도 진지하게 받아들여 주기로 했다.

"경비원 하니까 생각난 건데요. 저번에 부장님이 나 억지로 오피스텔 끌고 갔을 때 경비 아저씨가 감사했다고 그랬잖아요."

"아, 그거."

규성이 생각난다는 듯 고개를 주억거렸고 희는 감자를 반으로 쪼개어 호호 불며 "대체 뭐예요, 그거?" 하며 물었다.

"경비 아저씨한테 따님이 있거든."

"네."

"근데 따님이 아파서 병원에 입원했는데 간호해 줄 사람이 없다더라고. 그래서 내가 경비 일 며칠 봐 줄 테니 가 보시라 그랬지. 야간 경비여서 상관없었거든."

"그래도 되는 거예요?"

"건물 주인한테만 안 들키면 장땡이지 뭘."

규성에게서 설명을 듣고서야 납득한 희는 그의 입에 잘게 쪼갠 감자를 쏙 집어넣어 주고선 "우리 자기 착하네요." 하고 말해 주었다. 뜨거운 감자를 오물거리던 규성은 마치 아이를 달래는 듯한 희의 어투에 "응?" 하고 되물었고, 그녀는 감자를 무릎에 올려 둔 채 소프트아이스크림의 콘을 아삭아삭 먹으며 답했다.

"내가 이렇게 착한 사람이랑 만나고 있다는 게 기뻐서요."

"……."

"규성 씨, 내가 아무리 예쁘다지만 그렇게 쳐다보면 얼굴 뚫릴지도 몰라요."

"응. 네가 하도 예뻐서."

"나 예쁜 거 이제 알았어요?"

규성을 보며 눈웃음을 친 희는 배가 고픈지 먹을 걸 더 달라고 보채는 그에게 이번엔 호두과자를 먹여 주었다.

규성은 프랑스로 가자마자 사택에서 지낸다고 했다. 2인 1실이라고 했는데 룸메이트가 어떠냐에 따라 거처를 추후에 결정하겠다고. 그런데 제하가 그랬다. 그가 하루도 못 살고 사택에서 뛰쳐나올 확률이 크다고.

희가 이유가 뭐냐고 묻자 제하가 "이건 비밀입니다만." 하면서 그녀에게 "실은 같이 방을 쓰게 될 룸메이트 예정자가 형님과 사이가 썩 안 좋습니다."라고 속삭여 주었다. 그녀는 그게 누구냐고 굳이 묻지 않았지만 제하가 "형님이 하루 만에 뛰쳐나온다는 데에 100만 원 겁니다."라고 자신만만히 말하기에 진짜 그렇게 되어 버릴 것 같은 착각에 휩싸이기도 했다.

물론 윤규성의 룸메이트가 강오가 되었다는 걸 알게 되는 데엔 약간의 시간이 걸렸지만, 제하의 장담대로 규성은 1시간도 채 강오와 있지를 못하고 사택을 뛰쳐나가게 될 운명이었다.

거의 2시간을 좀 더 넘어 시골에 도착한 규성과 희는 자작나무 숲이 위치한 근처 펜션에 차를 주차했다. 어느 드라마를 촬영했노라고 입구에 푯말을 세워 놓은 자작나무 숲은 5월을 맞아 싱그러운 느낌이었지만 희는 규성에게 "겨울이 좀 더 예뻐요. 그러니까 꼭 다시 와요."라고 말했다.

"엄마 아빠 잠깐 어디 갔나 봐요."

"그래?"

"응. 다락방부터 들러야겠다. 이리 와요."

희는 규성의 새끼손가락을 당겼고 규성은 그녀에게 이끌려 2층으로 올라갔다.

계단을 오르는 길엔 창문이 나 있었고 창밖으론 자작나무 숲과 따뜻한 파스텔 톤의 지붕들이 줄지어 서 있었다.

"2층 여기가 내 방이고, 여기 옆방으로 들어가면 다락방으로 올라갈 수 있어요."

'권희'라고 쓰인 방의 옆방을 열자, 아무것도 없는 공간이 나왔다. 아마도 명이 살아 있다면 이 방에서 시를 쓰지 않았을까. 규성은 그런 생각을 하며 방구석에 놓인 나무 사다리를 그녀가 시키는 대로 바닥에 고정했다.

"천장 낮으니까 조심하세요."

"많이 낮아?"

"규성 씨는 키가 커서 분명 부딪칠 거예요."

사다리를 타고 다락방으로 올라간 규성은 겨우 앉을 수 있을 정도로 낮은 천장을 보고선 휘파람을 불었다. 다락방에선 매캐한 먼지 냄새가 났는데, 한쪽 구석에 꽤 많은 잡동사니들이 몰려 있었다. 텔레비전, 찢어진 소파, 매트리스, 무엇이 담겨 있는지 알 수 없는 상자들과 구석에 차곡차곡 쌓인 옷가지며 이불들도 보였다.

"다 오빠 거예요. 아빠가 보기 싫다고 여기 치워 놨거든요."

규성은 허리를 바싹 낮추고 상자를 뒤적거리는 그녀의 곁으로 다가갔다. 희의 옆에 허리를 구부리고 앉아 "뭘 찾는데?" 하고 묻자 희가 "테이프요."라고 답했다. 테이프? 규성은 의아한 듯 눈썹을 치켜세우고 더 이상 캐묻지 않고 잡다한 물건들이 담겨 있는 상자들을 뒤적거렸다.

소파 뒤편에도 상자들이 꽤 많이 쌓여 있어 먼지를 후 불어 내고 상자를 열자 딱 봐도 연식이 오래되어 보이는 오르골이나 장난감, 그리고 앨범들이 나왔다. 구석에서 물건을 열심히 뒤지고 닦는 희를 쳐다보던 규성은 슬쩍 앨범을 꺼내 보았다. 붉은색의 벨벳으로 뒤덮인 앨범은 한동안 사람 손을 타지 않았는지 간간이 먼지들이 엉켜 있었다.

앨범을 넘기자 한참 뒤인 3학년 11반에 권명이 있었다.

무척이나 사근사근한 눈매에 활짝 웃고 있는 입가와 창백해 보이는 피부. 하지만 겉에서 상냥하고 부드러운 느낌이 단번에 드는 권명은 어디로 보나 권희를 닮았다.

명의 사진을 부드럽게 손바닥으로 쓸어내'린 규성은 속으로 말했다.

'희를 사랑해 주셔서 감사합니다.'

앨범을 덮은 규성은 "이게 뭐야?" 하고 말하는 희의 목소리에 뒤를 돌아보았다.

상자에서 조그만 플라스틱 상자를 꺼내든 희는 그 안에 여러 개 꽂혀 있는 테이프를 보고선 "뭐가 이렇게 많담." 하고 혼잣말을 중얼거렸다.

카세트테이프들에는 반듯한 글씨로 하나하나 이름이 적혀 있었는데, 아는 사람의 것도 있었다. 부모님. 서보연. 권희. 권하. 그리고 이름이 적히지 않은 테이프가 딱 하나 있었는데, 희는 그 테이프와 '권희'라고 적힌 테이프를 꺼내 들었다.

"오빠가 녹음해 둔 건가 봐요."

"녹음?"

"응. 우리 오빠는 가끔 이런 식으로 하고 싶은 말을 해 줬거든요. 눈 마주 보고선 차마 못 하겠다면서."

카세트를 한참 찾다가 부서진 책상 서랍에서 놀랍게도 구식 '마이마이'를 찾아낸 두 사람은 핸드폰 이어폰을 마이마이에 연결하고는 '권희'라고 쓰인 카세트를 삽입했다.

"있죠."

"응?"

"떨려요."

버튼을 누르지 않고 나직하게 중얼거린 희는 이어폰을 규성과 하나씩 나누어 끼고선 그를 올려다보았다. 아직 아무것도 듣지 않았는데 희는 벌써부터 울 것 같아서, 규성은 그녀를 품에 꼭 끌어안은 채 희를 대신해 플레이 버튼을 눌렀다.

—음, 음. 안녕, 희야?

카세트를 누르자 조금의 지지직거리는 소리와 함께 낯선 남자의 음성이 귓가를 살며시 두드렸다. 무척 나긋하고, 발랄한 목소리. 희의 어깨가 움찔 떨리는 걸 느낀 규성은 그녀를 더 세게 끌어안고선 지금 들리는 이 목소리가 권명이라는 걸 알았다.

―네가 만약 이 테이프를 듣는다면 내가 세상에 없는 사람이라는 거겠지.

규성은 카세트에 이름과 함께 적혀 있던 날짜들을 기억해 냈다. 죽기 전에 혹시 몰라서 차근차근 녹음해 두고 날짜를 적어 놓은 걸까. 그는 어느새 눈가에서 눈물이 뚝뚝 떨어지는 희를 품에 끌어안고선 아무런 말 없이 그녀와 같이 명의 목소리를 들었다.

―보연이는……. 그러니까 나는 네가 보연이를 너무 미워하지 않았으면 하고 이 테이프를 남기는 거기도 하지만, 실은 굉장히 조심스러워. 사실…… 보연이는 중학생 때 이복 오빠에게 강간을……당했어. 보연이는 자살을 시도했고, 부모님이 나중에 그 사실을 알았대. 보연이는 아직도 고통 속에서 사는데 그 이복 오빠라는 사람은 부모님이 이혼하시고 나서 어떤 여자랑 결혼하고 잘 산다고 하더라. 참 기가 막히지? 보연이는 하루하루 사는 게 지옥이었어. 생리를 할 때마다, 자신이 여자라는 사실을 마주할 때마다 그 남자가 떠올라서 견딜 수 없어 했어. 그래서 내가…… 내가 그런 보연이에게 더 다가가려고 했을 때 보연이가 나를 무서워했어. 제발 저리 가라고…… 다가오지 말라고……. 그때 알았어. 사람이 가진 상처는 어떻게 해도 사라지지 않는다는 걸.

등을 부드럽게 쓸어 주는 손길에 고개를 든 희는 눈가를 일그러뜨린 규성을 보며 입술을 조그맣게 벌렸다. 어째서인지 지금 규성에게 해 주고 싶은 말이 있는데 목이 자꾸만 메어 말이 나오지 않는다.

지금 그에게 하지 않으면 안 될 것 같은 말이 있는데 가슴이 갑갑해서 도무지 나오질 않았다.

—희야…… 그래서…… 정말로 내가 죽어 버리기 전에 네게 꼭 말하고 싶었어. 고마워, 고마워, 희야.

규성의 옷을 놓친 희가 텅 빈 손을 아래로 내리자, 그가 "괜찮아." 하고 나직하게 속삭이며 그녀의 손을 잡아 주었다.

—너처럼 착하고, 예쁜 동생이 있어서…… 그래서 내가, 내 유년기가 단 한 번도 외롭지 않았어……. 그러니까 네게 너무 감사해. 만약에 다음 생에 태어나면, 한 번만…… 한 번만 더 오빠 동생으로 태어나 주면 안 될까? 그때는 네가 근사한 남자를 데려오고, 행복하게 살 때까지…… 절대로…… 절대로 이렇게 아프지 않을게…….

이어폰을 타고 흐르는 명은 차오르는 숨을 계속 넘기면서, 조용히 울고 있었다. 그의 품에 안겨서 소리 죽여 우는 희와 같이 어떻게든 울음소리를 내지 않으려고 안간힘을 쓰면서.

—이제 울면 안 돼, 희야.

소란스러운
관계

마치 희가 누군가의 품에 안겨 울 거라는 걸 예상했다는 것처럼.

우는 목소리로 밝게 웃으며 말한 명은 테이프가 툭 끊기는 소리와 함께 사라졌다.

열이 오른 희의 목덜미를 손등으로 부드럽게 쓰다듬어 준 규성은 "괜찮아. 괜찮아, 권희." 하고 속삭여 주고는 울음을 터뜨리지 않으려고 이를 악무는 희의 정수리에 입을 맞추어 주었다.

아까 오빠의 목소리를 들을 때 그에게 하고 싶었던 말은 무엇이었을까. 목을 간질이고 숨 막히게 하던, 그 절실한 한마디는 대체 어떤 말이었을까.

"이거 하나는 어떻게 할까? 그냥 듣지 말까?"

아기처럼 품에 안겨 지쳤는지 꼼짝도 않는 희에게 규성이 조심스레 물었다.

아직 아무것도 적히지 않은 테이프가 남았다.

그의 목에 팔을 단단히 두르고 미동도 않던 희는 힘든 눈길로 테이프를 보다가 이내 눈물을 마구 닦아 내며 도리질을 했다.

"아뇨. 들어요."

단호한 그녀의 목소리에 규성은 이어폰을 희의 귀에 도로 꽂아 주고선 플레이 버튼을 눌렀다. 그러자 이번엔 굉장히 활발한 명의 목소리가 고막을 툭 치고 지나갔다.

—안녕!

방금 들었던 것과는 차원이 다른 음성은 딱 봐도 다른 날짜에 녹음한 것 같았다. 희와 규성은 서로를 동그랗게 뜬 눈으로 쳐다보았고, 그때 귓가에 '이 테이프를 듣는 너는 누구일까?' 하는 의문스러운 명의 목소리가 들려 둘 다 고개를 갸웃했다.

　—너는 행복해?

　누군가에게 묻는 것 같은 명의 목소리에 규성은 갑자기 심장 한구석이 쿡 아파 왔다.

　—언제나, 언제나 내가 유약하고 한심해서 사람을 사랑하고자 했던 일이 오히려 불행하게 되는 것 같아.

　'너'는 누구일까.
　죽은 권명은 지금 누구에게 묻는 걸까.

　—그러니까 너는 그렇게 살지 말았으면 해.

　희는 어쩐지 묘한 기류를 느끼고 규성을 슬쩍 쳐다보았다.

　—나처럼 후회하고 어리석은 짓을 하더라도, 살아 있는 내내 반드시 행복해지렴. 울더라도 어딘가에 너를 사랑하는 사람이 있다는 것만큼은 잊지 말고.

"……규성 씨?"

천천히 돌아가는 카세트를 쳐다보는 규성은 어쩐지 눈가를 가리고선 아무 말도, 움직임도 없었다.

―실컷 울고, 잔뜩 웃으면서 '그 아이'를 사랑해 주렴.

나직하게 터져 나온 명의 목소리에 그녀의 시선이 카세트테이프에 꽂혔다.

―그 아이가 사랑한 사람이니 분명 근사하겠지만, 죽었을 내가 당신을 만날 일은 없을 테니까. ……그러니 당신에게 내 동생을, 부디 잘 부탁합니다.

희의 부모님은 말도 없이 들이닥친 그를 꽤 살갑게 맞아 주셨다. 거기다 어째서 결혼할 남자를 말도 없이 데려왔냐며 그녀의 등짝을 후려쳤다.

부모님은 규성을 몹시 후하게 평가했다. 아버지처럼 코 높은 남자는 죽어도 만나지 말라더니, 그녀의 어머니는 규성이 사윗감으로 무척 마음에 들었는지 숨겨 둔 산삼주까지 꺼내 주었다.

프랑스로 떠나야 한다는 말에 희의 아버지는 나라를 떠나 사는 건 안 된다고 강경히 반대했다. 하지만 어머니에게 허벅지를 몇 번이나 꼬집힌 후에야 반대 의사를 철회했다.

희는 회사에 사표를 냈고, 사실 작가로서 활동하고 있다고 고백했는데 규성이 있어서인지 부모님은 "나중에 따로 이야기하자."라고 말씀하셨다. 다짜고짜 매가 날아올 줄 알았던 그녀의 예상과는 판이하게 달라서 부엌에서 설거지를 하던 어머니에게 왜 화내지 않느냐 슬쩍 묻자 어머니는 덤덤히 이렇게 말씀하셨다.

"어쩐지 너도 그렇게 될 것 같았거든."

그리고 결혼 승낙을 받고 펜션에서 하룻밤 머물고 가게 된 두 사람은 해가 지기 전 5월의 자작나무 숲을 산책할 겸 천천히 걷고 있다.

"테이프, 부모님에게 안 보여 드려도 괜찮아?"

"네. 어차피 슬퍼하시기만 할 테고요."

여전히 규성의 새끼손가락을 잡고 해가 천천히 지는 자작나무 숲을 걷던 희는 "그만 돌아갈까요?" 하고 말하며 팔짱을 꼈다. 집에서 갈아입은, 하늘색의 팔랑거리는 원피스가 꽤 잘 어울리는 그녀를 내려다보던 규성은 "그럴까." 하고 말하며 왔던 길을 다시 천천히 돌아갔다.

"프랑스로 가는 걸 선택하길 잘한 것 같아."

웃음기 섞인 규성의 말에 희가 "왜요? 생고생 길인데." 하고 묻자 그가 그녀의 손을 좀 더 꼭 잡았다.

"너랑 새로 시작하는 거잖아. 권희랑 같이."

"······고생길 열린 게 뭐가 그렇게 좋다고."

희는 그 말에 기뻤으면서도 부끄러운 기색을 숨기며 투덜거렸다.

산등성이로 서서히 지는 저녁노을은 자작나무 잎사귀들에 매달려 붉은 빛깔로 빛이 났고, 멀리서 새가 지저귀며 어디론가 돌아가는 소리가 들려왔다. 숲은 간간이 불어오는 저녁의 나른한 바람으로 스산한 소리를 내며 나뭇가지들을 지나쳤고, 희는 바람에 흐트러진 머리칼을 귀 뒤로 넘기며 그의 손에 깍지를 끼웠다.

"있잖아요."

"응?"

"고마워요."

"뭐가."

"나를 사랑해 줘서요."

규성은 노을 특유의 다홍빛에 두 볼이 예쁘게 물든 그녀를 내려다보았다. 희는 조그맣게 벌린 입술을 살짝 다물더니 고개를 옆으로 기울이며 미소를 지었다.

"나는 이제 불행하지 않을 것 같아요. 죽는 날까지 규성 씨랑 행복하게 살 자신이 있어요. 만약 누가 행복하냐고 물어본다면 언제든 그렇다고 대답할 거예요."

그는 양 볼을 예쁘게 물들인 희의 말에 빙긋 웃었다. 그러고는 대꾸하는 대신 주머니에서 박하사탕을 꺼내 그녀의 입에 넣어 주었다.

그가 입에 넣어 준 박하사탕은 쌉쌀한데도 달콤했다. 희는 벅찬 마음에 울음이 날 것 같았지만 우는 대신 뒤꿈치를 살며시 들어 규성의 어깨를 내리누르고는 그의 이마에 입을 맞추었다.

"사랑해요."

눈가를 발갛게 물들인 채 고백하는 목소리에 규성은 그녀에게 살며시 키스했다.

머리부터 발끝까지 예쁜 노을빛으로 물든 두 사람은 짧은 입맞춤을 끝내고 서로를 쳐다보며 작게 웃었다. 입안에 남아 있는 박하사탕은 여전히 싸하고, 차갑고, 조금 썼지만, 그럼에도 달콤해서.

"돌아가자."

"네."

좀 더 걷고 싶은 마음에 멀리 돌아가는 내내 규성과 희는 '연인'이라는 칭호와 '애인'이라는 칭호 중 어떤 게 더 예쁜 단어인지 말다툼을 벌였다. 네가 고집을 너무 부리는 거야, 아뇨 규성 씨가 고집불통인 거예요 하고 화를 내다가 웃다가, 서로를 보고 또 웃으면서.

그들은 그렇게 손을 마주 잡고 함께 집으로 향했다.

Epilogue 당신의 박하사탕

"책장을 넘기던 그는 다음 장에 갈색의 얼룩이 묻어 있는 것을 보았다. 얼룩에선 희미하지만 커피 향이 났고, 그 향기를 맡자 그는 자연히 그녀를 떠올렸다. 불규칙하게 퍼져 있는 얼룩을 들여다보면 볼수록, 얼룩이 유독 짙은 부분에서……."

최근에 출간된 외국 소설을 느리게 읽던 규성은 자신의 가슴으로 고꾸라지는 희를 보고 읽기를 멈추었다. 읽어 달라고 그렇게 보채 놓고 졸기는.

흐트러진 그녀의 앞머리를 옆으로 조심스레 넘겨 준 규성은 책을 덮고, 그녀를 조심조심 품으로 받쳐 주었다.

부드럽게 흩어지는 그녀의 얇은 머리칼들 위로 오후의 나른한 햇살이 쏟아졌고, 한쪽 귀퉁이의 좁은 마당을 쳐다보던 규성은 미소를 지었다.

3개월 정도 되었지만 쌍둥이여서 그런지 그녀의 배는 보통 4개월쯤 된 임산부들만큼 부른 상태였다. 희의 아랫배를 조심스레 쓰다듬던 규성은 손바닥 안쪽에서 자꾸만 간질거리는 느낌이 들어 웃음을 참을 수 없었다.

규성은 조그만 그녀의 몸속에서 자신의 일부를 닮은 아이가 무럭무럭 자란다는 것이 경이롭고, 믿기지 않았고, 떨렸고, 무서웠다.

하지만 희는 당장 아이를 가질 생각이 없어서 꼬박꼬박 피임약을 먹고 있었는데 생리 주기가 워낙 불규칙하다 보니 의도치 않게 일이 벌어졌다. 물론 거기엔 반드시 아이를 갖겠다던 규성의 필승 전략(?)이 숨어 있었지만.

그래도 그녀는 아이가 생긴 것에 기뻐했다. 누구도 아닌 규성과 자신의 아이들이었다. 심지어 희는 아직 태어나지도 않은 아이들을 떠올리며 종종 헤프게 웃었다.

"……왜 책 더 안 읽어 줘요."

그의 품 안에서 손가락을 꼬물거리던 희가 잠이 깼는지 졸음에 겨운 목소리로 중얼거렸다. 가늘게 뜬 그녀의 눈동자를 내려다보던 규성은 피식 웃으며 박하 향이 나는 입술에 키스를 했다.

"네가 자니까."

"음, 그래도…… 목소리 들으면서 자는 게 좋은데."

상체를 힘겹게 일으킨 희는 부른 배를 손으로 끌어안았다. 길게 늘어뜨린 머리칼을 그녀의 등 뒤로 가지런히 정리해 준 규성은 희를 뒤에서 안으며 "졸리면 방으로 들어갈까?" 하고 속삭였다.

점심을 먹은 지 별로 안 되어서 그러는 걸까. 희는 자꾸만 졸음이 쏟아졌다. 눈을 뜨면 배가 고프고, 배가 부르면 잠이 왔다. 아주 사소한 일만 해도 몸은 금방 늘어졌고 아랫배가 살살 당겼다. 그래서인지 요즘 그녀는 부쩍 게을러졌다. 무언가를 할 때마다 규성을 찾았고, 앙탈을 부렸다.

방으로 가자고 말하는 규성의 목에 매달려 고양이처럼 얼굴을 비빈 희는 하품을 하며 눈을 감았다.

"나 아이들 이름 생각했는데. 들어 볼래요?"

규성에게 번쩍 안긴 희가 웃는 목소리로 종알거리자, 그녀를 안고 안방으로 들어가던 그는 "혹시 저번에 말한 그거야?" 하고 말하며 등으로 방문을 밀었다. 볼록하게 부푼 아랫배를 쓰다듬은 희는 "응, 그거요."라고 맞장구를 치며 침대에 부드럽게 등을 갖다 대었다.

규성은 침대에 비스듬히 눕고선 저의 새끼손가락을 꼭 잡는 그녀를 사랑스러운 눈길로 보았다.

아이가 쌍둥이인 걸 알고, 희는 몇 주간 아이들의 이름 짓기에 혼신을 다했다. 쌍둥이인 만큼 특별하게 지어 주겠다고 말했는데, 그녀는 한자는 절대 쓰지 않겠노라 호언장담했다. 그래서 규성은 태어날 아이들의 이름을 희에게 일임했다. '하얗다'라는 이름을 가진 그녀라면 아이들의 이름도 분명 훌륭히 지어 줄 거라고 믿었다.

"말해 줘. 어떤 이름인지."

자신의 품속으로 도로 기어오는 그녀의 머리를 손바닥으로 감싼 규성이 속닥거리며 묻자, 희가 배시시 웃었다.

"호수예요. 윤호, 윤수."

"부를 때 호야, 수야, 하려고?"

"네. 어떻게 알았어요?"

규성이 뺨을 손가락으로 톡톡 건드리며 묻자 희가 웃음을 터뜨렸다. 프랑스에 온 뒤, 희는 그와 함께 호숫가를 산책한 적이 있었다.

새끼손가락을 꼭 걸고선 물안개 없이 맑은 호수 주변을 천천히 걸었다. 타원형 모양으로 거대하게 펼쳐져 있던 호수는 장관이라는 느낌보단 평화롭고 싱그러워서 그녀는 규성을 졸라 그곳에 놓인 벤치에서 낮잠을 자고 왔다.

그의 다리를 베개 삼아 눕고, 넓은 하늘과 고요한 호숫가의 물소리를 듣던 희는 만약 규성의 아이를 낳게 된다면 이름을 반드시 '호수'라고 지어 주리라 생각했다. 그런데 쌍둥이라니. 어느 아이에게 호수라는 이름을 주어야 할지 한참을 고민하던 희는 결국 호수를 반으로 쪼개어 아이들에게 공평히 나누어 주기로 했다.

"있죠, 규성 씨."

"음?"

"외롭지 않아요?"

"전혀."

"그럼…… 슬프지는 않아요?"

"행복한데."

그녀의 이마 가까이에 입술을 대고 솔직히 대답한 규성은 보들보들한 희의 뺨을 손등으로 쓰다듬었다.

조금의 망설임 없는 그의 대답에 희는 "그렇구나." 하고 안도했다.

눈을 감는 희를 응시하던 규성은 그녀에게서 새근새근 들려오는 숨소리를 들으며 같이 눈꺼풀을 닫았다.

서로의 손을 꼭 잡은 채로, 언젠가 아이들이 태어나면 새끼손가락을 걸고 호수를 산책하자고 생각하며.

몇 개월 뒤 태어난 쌍둥이는 이란성이었다. 첫째 아들에겐 '호'를, 둘째 딸에겐 '수'라는 이름을 붙여 준 두 사람은 결혼한 지 3년이 되던 해 셋째 딸은 '강'을 가졌다. 셋째가 태어나자 규성은 프랑스에서 한국 본사로 복귀했지만 사직서를 제출했다.

그리고 회사를 때려치운 규성은 절친한 친구인 유정에게 간간이 이렇게 말했다.

"요즘 카레나 곰국 끓여 놓으면 애들 엄마 눈치 보인다. 어쩌지, 젠장."

의외로 뼛속까지 주부 정신이 강했던 규성에게서 사랑과 내조를 톡톡히 받은 그녀는 조금 더 유명한 작가가 되었다. 대학에 강의도 나갔고 가끔은 토크 쇼에도 출연했다.

하지만 두 사람은 여전히 서로에게 지기 싫어했고, 자주 싸웠고, 어쩔 땐 아이처럼 토라지기도 했다. 그럴 때마다 주변 사람들은 철 좀 들으라며 혀를 찼지만, 그들이 화해를 하는 데엔 단 1분도 걸리지 않았다.

규성이 화가 나면 희가 "여보, 자기야. 나 좀 봐요. 응?" 하며 애교를 부렸고, 희가 토라지면 규성이 "여보, 내가 잘못했다니까. 나 좀 봐 줘, 희야." 하며 두 손을 싹싹 빌었다.

그들은 여전히 소란스럽게 잘 살고 있다.
그리고 그건 언제까지고, 앞으로도 마찬가지였다.

_This love story is over. But love is forever.

수다스러운 후기

안녕하세요. 도란도란 할 때 권도란입니다.

연재하던 당시와는 글이 많이 바뀌었습니다. '앗, 그때 보았던 제목이랑 같네.'라고 생각하고 펼쳐 드신 분들. 인물 이름은 똑같은데 내용이 달라 놀라셨다면 사과드립니다.

이 작품을 쓰고 퇴고를 하니 어느새 8월이 갔습니다. 글 쓸 당시의 취지는 늘 거창한데 소설을 정리하고 나면 '그냥 독자님 머릿속에 남기만 해도 다행이겠구나.' 하고 마음가짐이 소박해집니다.

후기를 좀 더 쓰고 싶은데, 써야 할 말이 생각나지가 않네요. 저는 집중할 땐 늘 입에 먹는 걸 물고 있어야 해서 살이 조금 쪘습니다.

덕분에 지금 닭 가슴살을 먹으면서 다음 작품을 궁리 중입

니다. 그래서 '당분간 술은 자제해야지.' 하고 생각하면서 우습
게도 달잔을 샀습니다. 덩달아 막걸리도 구입했습니다. 막걸리
를 부을 때마다 술잔에 초승달 반달 보름달이 생기다 보니 술
이 쑥쑥 들어가더군요.

역시 제게 금주란 무리였습니다.

제 주변에 글을 쓰는 사람들뿐이어서 그런지 권희라는 캐릭
터는 자연스레 작가라는 또 다른 직업을 갖게 되었습니다.

으레 소설가나 시인을 떠올리면 겉으론 보통 사람과 별다를
바가 없는데 묘하게 이상하고 난해한 사고방식을 가졌다는 게
일반적인 이미지죠.

하지만 잘 생각해 보면 작가들이 상처나 상실을 기반으로
해서 글을 쓰듯이, 보통의 사람들이 살아가는 일도 별반 다를
바 없구나 싶었습니다.

다들 한 번 상처를 받으면 누군가는 잊고, 누군가는 잊지 못

소란스러운
관계

하죠. 그래서 '상처를 잊지 못하는 사람들'에 대해서 써 보고 싶었습니다.

사실 이 작품의 결말을 몹시 고민했습니다. 어찌할 것인가에 대해 두고두고 고민했을 때 사는 곳에 비가 마구 퍼부었는데. 언젠가 어느 소설가가 한 말이 생각났습니다. '이 소설을 보내기 위해 여름이 왔다.'라던.

제가 《소란스러운 관계》를 떠나보내기 위해 출판사 로코코가 왔나 봅니다. 허점 많은 작품을 출판해 주신 출판사 관계자분들에게 진심으로 감사드립니다.

"연애도 제대로 안 해 본 게 무슨 로맨스냐."라고 말하면서도 은근히 관심 가져 주시던 아빠에게도.

언제나 제가 하고 싶은 걸 할 수 있도록 길을 터 주시는 엄마에게도.

솔로인 저를 내버려 두고 홀라당 애인을 만들어 버린 동생

에게도. 책이 나온다니 열렬한 관심을 가져 준 JM과 독자 여
러분들에게 다시 한 번 감사드리면서.

　좀 더 즐거운 이야기로 다시 찾아뵙기를 기대하고 있겠습
니다.
　그러니 이야기를 읽어 주신 모든 분들 어디서나 항상 좋은
꿈꾸시기를.

8월 여름
권도란 드림

소란스러운
관계